T0401863

EL CORSARIO

EL CORSARIO

Xus González

es una colección de
RESERVOIR BOOKS

Papel certificado por el Forest Stewardship Council®

Primera edición: septiembre de 2024

Travessera de Gràcia, 47–49. 08021 Barcelona

Printed in Spain – Impreso en España

ISBN: 978-84-19437-96-9
Depósito legal: B-12.905-2024

Compuesto en M. I. Maquetación, S. L.

Impreso en Liberdúplex
Sant Llorenç d'Hortons (Barcelona)

RK 3 7 9 6 9

A mis padres

La piratería, como el asesinato,
es una de las más antiguas
actividades humanas.

PHILIP GOSSE,
Historia de la piratería, 1932

1

Siempre ha habido abogados de muchas clases, como todo en la vida, pero lo importante es que Valentín Carrillo era de los buenos.

No del tipo de buenos que defienden a sus clientes contra viento y marea porque están convencidos de su inocencia, luchando orgullosos en aras de hacer justicia. No, a Valentín Carrillo la inocencia se la traía al pairo, sobre todo porque sus clientes acostumbraban a ser responsables de la retahíla de delitos que se les imputaban. Él era más bien del tipo de buenos abogados que, a cambio de una elevada minuta, despliegan tal magia en los tribunales que logran para sus representados la ansiada tarjeta de «queda libre de la cárcel», como en el Monopoly. Y lo hacía adoptando una actitud agresiva, arremetiendo contra la instrucción y la investigación policial desde todos los flancos, en busca de una brecha en la que introducir los dedos y hurgar con fruición, hasta reducir o aniquilar cualquier indicio inculpatorio. No siempre triunfaba, pero sí acababa rebañando algo a favor de sus clientes en todas las ocasiones.

Por eso valía cada euro que cobraba.

El juicio de aquella mañana había quedado visto para sentencia. Carrillo se había merendado al fiscal, con corbata y todo. Las imputaciones que había espantado como si fueran moscas eran su especialidad: tráfico de drogas y pertenencia a organización criminal.

Empezar la semana con tan buen pie lo hacía sentir pletórico, así que cuando llegó a casa a media tarde se dio una ducha, se puso cómodo y se preparó para disfrutar de un buen copazo y de un señor habano.

Tenía la casa para él solo. Su esposa, Belén, aún trabajaba en el bufete, y tanto el jardinero como la mujer de la limpieza habían finalizado su jornada hacía rato ya. Ni siquiera Héctor, el chófer, pululaba por ahí; le había dado la tarde libre.

Vestido con un chándal negro de franjas blancas a los lados, calcetines y chanclas de piscina, Carrillo se dirigió a la terraza del salón a palpar la temperatura exterior. Disfrutaba enfundándose en aquel tipo de ropa, pero ni muerto se habría atrevido a salir con ella a la calle. Asociaba demasiado los chándales a sus clientes, una prenda que entendía que prefirieran cuando estaban en la cárcel, priorizando la comodidad a la estética, pero que en la práctica se empeñaban en vestir en todo momento, recluidos o en libertad. Estaba hasta la coronilla de repetirles que no podían presentarse a juicio vestidos con zapatillas de deporte, gorra y chándal, por muy caras que fueran sus marcas, por muy elegantes que se sintieran con ellas puestas. Aquello sacaba de quicio a cualquiera.

Abrió la puerta corredera de la terraza y notó una agradable brisa fresca en la cara; el invierno estaba pasando sin pena ni gloria. Aun así, antes de acomodarse en la tumbona puso en marcha una estufa de exterior y se la acercó. Como ya tenía el cabello prácticamente seco, se lo recogió en su habitual cola de caballo.

La coleta plateada, combinada con el traje y la corbata, constituía un rasgo físico que siempre lo había caracterizado, un vestigio de su pasado hippy que se negaba a dejar atrás, por mucho que ahora detestase aquella cultura piojosa. No solo lo diferenciaba del resto de sus colegas, sino que además tendía un puente entre él y sus clientes, logrando que lo vieran como un abogado diferente, menos estirado, más cercano, más... enrollado. O al menos así lo creía él.

Se encendió un Cohiba y ya la primera calada fue de placer. Después dio un sorbo al Macallan y gimió de gusto.

El chalet estaba ubicado en la zona más elevada de una urbanización de Castelldefels, en la ladera del macizo del Garraf, y disfrutaba de unas vistas privilegiadas del Mediterráneo. Consistía en una vivienda de corte moderno, edificada a dos niveles y con distribución invertida. La entrada principal daba acceso a la planta superior, donde se encontraban las estancias de día, como el despacho, la cocina y el amplio salón que comunicaba con la terraza donde en aquellos momentos el abogado se disponía a relajarse. En la planta inferior estaban los dormitorios y un cuarto destinado a la colada, y también el acceso a un extenso jardín con una gran pérgola, una barbacoa de obra y una piscina en forma de L.

Tras expulsar una espesa bocanada de humo, Carrillo apoyó la cabeza en la tumbona y prestó atención a un avión que sobrevolaba su posición. Surcaban el cielo múltiples estelas blancas, trazadas por ese y otros muchos aviones en sus idas y venidas del cercano aeropuerto del Prat.

No llevaba allí echado ni cinco minutos, muerto de gusto, con el airecillo entrándole por las perneras del pantalón del chándal, cuando sonó el penetrante zumbido del interfono de la puerta exterior.

Su reacción fue quedarse inmóvil, quieto como un palo, esperando a que, fuera quien demonios fuera, se largase por donde había venido. No esperaba a nadie, y los únicos que podían presentarse de improviso eran sus hijos, ya adultos, y esos tenían llave.

El zumbido regresó, y duró un buen rato. Carrillo aguardó de nuevo a ver si se cansaban, pero no, porque tras una breve pausa volvió a sonar. El momento de paz se estaba yendo a pique. El abogado se puso en pie, hecho una furia, y entró en el salón dando grandes zancadas, en dirección al recibidor, a comprobar quién leches llamaba con tanta insistencia.

En cuanto puso la vista sobre el videoportero y descubrió de quién se trataba, la mala leche que había acumulado en su interior comenzó a agriarse, y dio paso a la sorpresa e incluso a cierta punzada de temor: ocupando casi la totalidad de la pantalla aparecía el rostro de Karim Hassani, con su cabeza morena y rapada, depositada aparentemente sin más sobre unos hombros de levantador de pesos pesados.

Karim era uno de sus principales clientes, pero... ¿cómo coño había averiguado dónde vivía?

Dudó si responder. No deseaba hacerlo, pero, por otro lado, aquella visita era del todo intolerable. Carrillo era muy celoso de su intimidad y se esforzaba por mantener a sus clientes alejados de ella. El lugar de reunión habitual con ellos era el despacho, a menos que estuvieran en busca y captura, y en caso de urgencia les permitía contactar con él telefónicamente. Respondía siempre y respondía rápido. Por eso no alcanzaba a comprender qué hacía Karim allí, en su casa.

Para colmo, no venía solo. En la pantalla, tras la corpulenta figura del marroquí, se veía a dos de sus hombres: Omar Larbi, su mano derecha, y Yusuf Saadi, un machaca al que apodaban Momo. Carrillo conocía bien a la gente de Karim puesto que prácticamente los había representado a todos en alguna ocasión. Y, si no había sido él, había sido alguien de su bufete.

Pensó en los vecinos. ¿Qué dirían si veían a aquellos tres pintas rondando por el barrio?

–Karim, no puedes estar aquí –susurró al interfono.

–Abre, tenemos que hablar.

–Mañana, en el despacho. Te prometo que te haré un hueco.

–¿Un hueco? Pero si llevas días dándome esquinazo...

–Eso no es cierto.

En parte lo era, pero ¿qué otra cosa podía decir?

–Déjate de historias. Yo estoy aquí. Tú también. Abre de una vez para que podamos hablar. No te robaré mucho tiempo.

Había llegado el momento de ponerse duro. La mayoría de sus clientes no entendían otro trato, así que dijo:

–A ver si abres bien las orejas y me escuchas. Haz el puñetero favor de largarte por donde has venido. No es el momento, no es el lugar y, sobre todo, no son las formas.

Karim acercó lentamente el rostro a la cámara, invadiendo con su penetrante mirada la totalidad de la pantalla.

–¿Quieres que monte un escándalo aquí, en mitad de esta calle tan pija? ¿Que me líe a gritos? ¿Dando por culo a todos tus vecinos? ¿Diciéndoles que somos tus amigos? ¿Que nos has traicionado? ¿Que nos debes dinero? No, ¿verdad? Pues déjame entrar.

2

Valentín Carrillo dudó. Había que acabar con aquel asunto cuanto antes. Al fin y al cabo, intuía de qué quería hablar Karim con él. Era algo obvio y, a la vez, desagradable. De ahí que llevara un par de días esquivándolo intencionadamente, esperando a que las aguas se calmasen.

Se convenció al fin de que podría controlar la situación; después de todo, siempre había mantenido a sus clientes a raya. Pulsó el botón de apertura y los tres marroquíes enfilaron el camino de baldosas blancas que los conducía hacia la entrada principal del edificio. Cómo no, los tres vestían con chándal y zapatillas deportivas.

Carrillo abrió la puerta del chalet y los aguardó bajo el alféizar.

–Muy guapo –dijo Karim al advertir su atuendo–. Con mucho flow.

¿Se reía de él o lo decía en serio?

–¿Cómo has averiguado dónde vivo?

–Tengo mis recursos –respondió el marroquí con socarronería mientas se aproximaba a él.

–Si has venido a hablar de tu hermano... –dijo el abogado.

Karim no respondió; pasó a su lado, apartándolo ligeramente con un golpe de hombro, y accedió a la vivienda. A pesar de no medir más de metro ochenta, su corpulencia, esculpida a base de gimnasio y anabolizantes, lo convertía en toda una mole. Por su tamaño, era de los pocos clientes con los que Carrillo se ahorraba los comentarios sarcásticos, y el marroquí, por su parte, siempre le había correspondido con respeto. O así había sido hasta el momento.

Carrillo entró tras él en el recibidor, seguido por los otros dos, que cerraron la puerta a su espalda. Karim avanzaba por el pasillo camino del salón, mirando aquí y allá, con chulería, fingiendo sorpresa de vez en cuando o asintiendo con los morros fruncidos, como si evaluara el estilo de vida del abogado, mientras este comenzaba a pensar que el control de la situación se le estaba escapando.

Llegados al salón, Karim se detuvo en mitad de la estancia, se volvió y dijo:

–¿Me vas a contar qué cojones ha pasado con mi hermano?

Obviamente, Karim ya sabía lo que había pasado con su hermano: lo acababan de condenar por asalto con violencia a un traficante de cocaína. Lo había cosido a puñaladas y no se lo había cargado de milagro. Lo que sin duda pretendía averiguar Karim era por qué le había caído la pena máxima.

Carrillo emitió un profundo bufido y, acto seguido, abrió los brazos en señal de resignación.

–Pues ha pasado lo que tenía que pasar. Y que conste que yo ya os avisé –apostilló, alzando un dedo índice.

Karim lo fulminó con la mirada.

–No, de esto no nos avisaste.

–¿Cómo que no? Le dije a tu hermano que esta vez la cosa estaba bien jodida, que lo tenían agarrado por los huevos. Fui claro con él y fui claro contigo. Os aconsejé que aceptara la oferta de Fiscalía, que se declarara culpable, que tres años y medio era un chollo...

–¿Un chollo? Vamos, no me jodas...

–Claro que sí, un puto chollo... ¿Después de lo que hizo? ¿Con sus antecedentes?

Carrillo trataba de morderse la lengua, de controlar la ira y el asco que le provocaban los tarugos de sus clientes, como Karim, como tantos otros, que creían ser capaces de hacer su trabajo mejor que él. Pero no pudo evitarlo y al fin saltó:

–¡Como si no lo hubieran pillado con el carrito del helado! Había ADN, había huellas y había testigos en su contra. ¡El pack especial de Mierda Hasta el Cuello! Y yo venga a insistirle con que aceptara el trato. Y él dale que dale, que a juicio, que a juicio... Inocente, inocente... Pues muy bien, ¿quieres ir a juicio? ¡Pues toma, gilipollas! Así te hartes...

Karim se inclinó hacia delante, intimidador, y comenzó a dar golpecitos con uno de sus dedos sobre el pecho del abogado.

–Pasaste de él como de la mierda. Te pagué una buena pasta para que tú te encargases de su defensa. ¡Tú! Pero no. Por lo visto, tu tiempo es demasiado valioso como para perderlo con mi hermano, ¿eh? Por eso enviaste a una de tus ayudantes. ¿Me lo vas a negar?

–No, no te lo voy a negar, pero... ¡Ah!

Carrillo emitió un quejido agudo. La percusión sobre su pecho era cada vez más intensa y el dolor más penetrante. ¿Cómo habían llegado a tal situación? ¡Aquello era intolerable! ¡En su casa! ¡En su propia casa! Había comenzado a retroceder, dando pequeños pasos atrás, hasta que su espalda topó con los hombres de Karim, que le cortaban el paso, mientras su jefe seguía atosigándolo.

– ¡Sí, joder! –estalló Carrillo–. Le envié a una de mis pasantes, ¿y qué? Tanto daba que hubiera ido yo mismo. ¿no lo entiendes? Tu hermano estaba más que condenado. ¡Y se lo tiene bien merecido!

–¡Le han caído casi diez años!

–¡Pues que se joda! ¡Él se lo buscó! ¡Y sí, mi tiempo es demasiado precioso como para perderlo con un subnormal salido del coño de una salvaje analfabeta!

Ups.

Incluso Carrillo, alterado como estaba, fue consciente de que acababa de pasarse de la raya. Soltar un comentario así, por mucho que fuera lo que pensaba, había sido un error monumental.

Tan monumental como el obús que Karim descargó contra su estómago en forma de puñetazo. Aquello lo partió en dos. Se dobló como un muñeco, vomitó hasta vaciarse, y, tras un gancho en el mentón, perdió el conocimiento.

Al recobrar el sentido, descubrió horrorizado que colgaba bocabajo, en el vacío. Desde la terraza de la planta superior, apoyados en la barandilla, Larbi y Momo lo sujetaban únicamente por los tobillos. También tenía las manos atadas con algún cable eléctrico. Desvió la mirada bajo su cabeza, hacia el jardín, y a una distancia de casi cinco metros Carrillo alcanzó a vislumbrar una de sus chanclas, tirada allí, sobre el pavimento que cubría la zona más próxima al edificio, lejos del mullido césped y el agua de la piscina. Parecía intacta. Dudaba que él corriera la misma suerte en caso de que lo dejaran caer.

Mientras tanto, los marroquíes reían. Tanto los dos que lo sostenían, cada uno de una pierna, como Karim, que lo observaba reposando las manazas sobre la barandilla.

Carrillo trató de gritar, de pedir ayuda, de alertar a los vecinos, pero resultó imposible. Le habían embutido en la boca uno de sus calcetines, blanco, grueso y de algodón. Si pensaba en él, le venían nuevas arcadas.

–¡Eh! ¡Carapene! –exclamó Karim, y agachó la cabeza hacia el abogado.

Como el cuerpo de Carrillo no dejaba de oscilar, el marroquí tiró con fuerza con una mano de la pechera del chándal y con la otra de la coleta, y lo alzó hasta dejarlo doblado por la cintura. El tirón del pelo le dolió a rabiar, pero al menos ahora estaba medio incorporado.

Entonces, Karim dijo:

–Como dices tú, a ver si abres bien las orejas y me escuchas. Te he pagado ochenta mil pavos por la defensa de mi hermano. Ochenta mil putos pavos. Y todo eso para nada. Por suerte, sé que eres un tío serio. Y que me los vas a devolver. Así que dime dónde están, los cojo y te dejaré tranquilo.

Antes de poder responder con ningún gesto ni gemido, Carrillo sintió como su pierna se escurría de las manos de Momo. Durante una fracción de segundo sintió que caía, directo hacia el suelo, estampando sus sesos por todo el jardín. Por suerte, en el último momento Larbi consiguió sostenerlo en solitario.

–¡Mierda, tío, se me ha resbalado! –exclamó Momo.

–¡Ten más cuidado! –lo reprendió Karim.

Eso dio ciertas esperanzas a Carrillo. Lo querían vivo. Para que pagara, sí, pero vivo.

Karim volvió a incorporarlo junto a la barandilla y retomó el asunto.

–Ochenta mil son calderilla para ti, con todo lo que cobras en negro, cabrón. Así que suelta la pasta.

Carrillo era incapaz de pensar con claridad. Le dolían intensamente la cabeza, los tobillos, el estómago, la garganta… Y apenas podía respirar. Advirtió con terror cómo Karim hacía ademán de volver a soltarlo hacia la postura de colgado y comenzó a balbucear con insistencia, suplicando que se detuvieran.

Karim hizo una señal a sus hombres y estos aguardaron. Después dijo:

–¿Tienes o no tienes aquí el puto dinero?

Carrillo negó con todas sus fuerzas.

De un zarpazo, Karim le arrancó el calcetín de la boca.

–No me hagas registrar toda la puta casa. ¿Lo tienes aquí o no?

–No. Te lo juro por Dios… Aquí, no.

–Vamos a hacer como que te creo. Aunque solo sea por el tiempo que hace que nos conocemos. ¿Cuándo puedes conseguirlo?

–Supongo que mañana…

–Pues te doy hasta mañana, ¿te queda claro? Ochenta mil. Si no, la suma seguirá subiendo.

Larbi se acercó a Karim y le susurró algo al oído. Este asintió, pensativo, y dijo:

–Estás de suerte, Coletas. Mañana estaré liado. Así que nos veremos el miércoles. Y más vale que aflojes la pasta, porque si no te juro que vengo y te mato. Y si llamas a la policía o tramas algo, te juro que igualmente vengo y te mato. Sabes que soy capaz. Jódeme, que ya te pillaré. Y luego te mato y me fumo un puro.

3

Silvia Mercado tenía un presentimiento: aquella mañana iba a pasar algo gordo, por fin.

La mossa d'esquadra, destinada al Grupo de Robos Violentos de la Unidad Territorial de Investigación Metropolitana Sur, se encontraba en el salón de un apartamento vacío cedido temporalmente por una inmobiliaria. Se inclinó hacia delante sobre el taburete y retiró un poco más el estor que cubría el ventanal del balcón; no mucho, lo justo para obtener un mejor ángulo del edificio contiguo y, más concretamente, de la puerta principal y la rampa del parking.

En el momento menos pensado, el principal investigado del caso bautizado meses atrás como «AK-50» asomaría el morro, y entonces más valía no perderlo de vista.

Se trataba de Karim Hassani. Alias el Mulo, alias el Sincuello, alias el Yatepillaré.

El marroquí había pasado la noche en aquella vivienda de la calle Amadeu Torner de L'Hospitalet de Llobregat, en el apartamento de Jennifer García, su novia. Por medio de seguimientos, pinchazos telefónicos y el dispositivo de localización GPS que habían instalado en su BMW X6, el equipo investigador había constatado que Karim vivía a caballo entre aquel apartamento y su otro domicilio, donde residían su esposa y los cuatro hijos que tenían en común. Eso si no le surgía algún rollo inesperado, en cuyo caso pasaba la noche en un hotel.

El sonido lejano de una cisterna llegó hasta los oídos de Silvia, proveniente del cuarto de baño ubicado en el pasillo. A los pocos segundos se abrió la puerta del salón y apareció Joel Caballero, su compañero de vigilancia, ajustándose el arma en la funda interior de la cintura y cubriéndola con los bajos de la sudadera.

Apenas hacía tres semanas que trabajaban juntos, y Silvia todavía no sabía muy bien qué pensar acerca de Joel. Él venía de pasar los últimos años en la Unidad de Investigación de Sant Boi de Llobregat, y su incorporación a la UTI Metrosur fue completamente inesperada para todos, la sargento Lucía López incluida. Habían surgido algunos rumores al respecto, pero nadie sabía nada a ciencia cierta, a excepción de los jefes.

–Esto ya es otra cosa... –La cara de Joel era de puro alivio. Se aproximó a ella con la vista puesta en la calle y preguntó–: ¿Cómo va por aquí? ¿Alguna novedad?

–De momento nada. Lo más sospechoso que he visto es al vecino chino, sacando otra vez a pasear al perro.

Joel sonrió.

–¿Quieres un relevo?

Silvia negó con la cabeza.

–No, tranquilo. Ponte cómodo. Si acaso más tarde.

Joel se encogió de hombros y dio media vuelta para dirigirse al sofá situado en mitad del salón, uno de los pocos muebles que quedaban en el apartamento. Se dejó caer sobre él y echó la cabeza atrás, con los ojos cerrados. Lo poco que Silvia sabía de su vida personal era que acababa de cumplir treinta y siete años, que se había separado hacía unos meses y que tenía un crío pequeño. Si además se hubiese llamado Jordi y jugara al pádel, sería un cliché con patas, un clásico dentro de Mossos.

Por un momento, Silvia temió que su compañero se hubiera quedado frito, pero no fue así. Tras unos segundos completamente quieto, se frotó los ojos con vigor y se desperezó.

–Me da que no... –dijo, entre bostezo y bostezo– que no hacía ninguna falta que corriéramos tanto para venir aquí y montar la vigilancia.

–¿Por qué?

–Pues porque sí... Llevo como un mes detrás de esta gente, prácticamente no he hecho otra cosa desde que llegué a vuestra Unidad, y que yo recuerde solo nos han mareado, llevándonos de aquí para allá, pero del alijo, nada de nada. A este paso, mucho me temo que no vamos ni a olerlo.

–Pues yo no estoy de acuerdo. No sé si van a mover el alijo o si se preparan para dar algún palo, pero me apuesto lo que quieras a que traman algo. No es ni medio normal que empiecen a llamarse tan temprano. Estos no madrugan ni por equivocación.

Las primeras comunicaciones de la mañana entre Karim y su círculo más próximo habían comenzado poco después de las seis. Con Larbi, con Momo y también con aquel tal Rachid al que apodaban el Profesor. Por desgracia, ninguna de las conversaciones era en castellano, así que estaban a ciegas hasta que Ahmed, el traductor, no apareciese por comisaria y se pusiera a traducirlas.

–No sé. –Joel no parecía muy entusiasmado–. Yo es que a estos no les veo la lógica en nada... Dicen por teléfono que van a hacer una cosa y después resulta que hacen todo lo contrario. Además, ¿estamos seguros de que el tío sigue ahí dentro?

Silvia asintió. La ubicación de su teléfono así lo indicaba, aunque también podía darse el caso de que lo hubiera dejado allí a propósito. Era una táctica habitual en ellos, sobre todo cuando habían planeado alguna acción comprometedora. Con sus vehículos sucedía igual. La tarde anterior, por ejemplo, estaban atentos a la señal del localizador instalado en el BMW de Karim, aparcado en L'Hospitalet, cuando descubrieron que la señal de su teléfono móvil indicaba que el marroquí se encontraba lejos de allí, en algún punto del interior de Castelldefels. Para cuando quisieron ponerse tras su pista, ya estaba de vuelta. Ignoraban qué lugar había visitado y, sobre todo, qué demonios había hecho.

–La última llamada es de hace un rato –comentó Silvia–, y para entonces ya estábamos aquí. Me extrañaría mucho que se me hubiera pasado, la verdad. A Jenni sí la he visto, con el chaval. Pero de él, ni rastro.

Poco antes de las nueve, la novia de Karim Hassani había salido para acompañar a su hijo de diez años al colegio. Iba embutida en unas mallas negras y una sudadera roja, y peinada con un improvisado moño; después la había visto regresar con una barra de pan y un cartón de leche.

De Karim Hassani, sin embargo, nada de nada. Y Silvia estaba convencida, porque el marroquí era inconfundible. Algo así como la Cosa de los Cuatro Fantásticos, solo que en carne y hueso, con más horas de sol y también algo más bajito. Y tampoco era precisamente un superhéroe, ni siquiera un héroe; más bien todo lo contrario. Tenía un historial policial de los largos, con más de cincuenta detenciones a sus espaldas, y había pasado algunas temporadas a la sombra; no obstante, hacía ya más de diez años que apenas pisaba ninguna cárcel, y si lo hacía era durante cortos periodos. Ahora estaba en libertad, a la espera del enésimo juicio, paseándose a sus anchas y dedicándose a lo que mejor se le daba: asaltar a traficantes de droga.

–Pues a seguir esperando –dijo Joel, resignado. Agarró su mochila negra, que se encontraba en el suelo, apoyada contra el sofá, y del interior sacó un bocadillo envuelto en papel de aluminio. Medía más de dos palmos de largo.

Silvia, que lo observaba de reojo, sintió una punzada en el estómago; se había levantado con el tiempo justo, sin desayunar ni prepararse nada. Rebuscó en su bolso y encontró un paquete de galletas con dibujos de los Minions. Eran las preferidas de Candela, su hija de catorce meses, y más le valía reponerlas cuando llegara a casa.

Joel acomodó el teléfono móvil sobre una de sus rodillas y, entre mordisco y mordisco, comenzó a toquetear la pantalla. Con la boca medio llena, dijo:

–Ayer me mandó Rondón el vídeo del vuelco.

Aquello sorprendió a Silvia.

–Creía que ya lo habías visto –dijo.

–Qué va. Pero te juro que no puedo dejar de mirarlo. Esta peña está como una cabra.

Y, una vez más, volvió a darle al play para contemplarlo. Los sonidos llegaron a oídos de Silvia, nítidos y claros. Comprendía el asombro de su compañero, a ella también le había sorprendido la crudeza de las imágenes cuatro meses atrás.

4

El robo de un alijo de droga sucedido a mediados de noviembre, pasada la medianoche, había supuesto el arranque de aquella investigación.

Había tenido lugar en la AP-7, a la altura del Área de Descanso de Sant Sadurní d'Anoia, cuando una furgoneta procedente de la costa andaluza fue abordada por un Range Rover Evoque a punta de pistola. Los ocupantes del todoterreno se habían identificado como policías, con su luz rotativa azul, sus chalecos identificativos y sus amenazas de arrestar al conductor si no se detenía. Pero, obviamente, no eran policías. Eran ladrones y ansiaban el cargamento de la furgoneta. El conductor lo sabía, y por eso se resistió a detenerse. En breve, y tras unos disparos de aviso, los asaltantes consiguieron sacarlo de la carretera y acercarse al botín. Ni siquiera pudo evitar el robo el coche piloto, que circulaba algo más adelantado acompañando a la furgoneta. Y eso que reculó en contradirección e inició un tiroteo frenético contra los asaltantes.

A menudo este tipo de situaciones suceden al margen de la sociedad e incluso de las fuerzas de la ley, pero en esta ocasión la policía tuvo información de primera mano. Y no por un confidente, ni por el conductor de la furgoneta asaltada, que al ser interrogado manifestó ser víctima de una oportuna amnesia, sino por un testigo presencial: el comercial de una empresa cárnica que, de regreso a casa, había parado a echar una meada entre los árboles del área de descanso, frente al lugar donde se desarrolló la parte más gorda del asalto. Al oír los primeros disparos, que sonaron como una pequeña ráfaga, pam-pam, el chorro se le cortó de golpe. Al principio se limitó a observarlo todo, anonadado, y para cuando comenzó a grabar con su teléfono móvil, la furgoneta ya estaba circulando aprisionada por el arcén. Gracias a la grabación y a que uno de los asaltantes había abierto la puerta lateral del vehículo para comprobar el cargamento, se pudo saber a ciencia cierta que el objetivo del robo era la montaña de fardos que transportaba, con sus característicos embalajes de rafia marrón. Por lo menos había cuarenta bultos ahí dentro, lo que equivalía a una carga superior a la tonelada, y en algunos de ellos se distinguía la inscripción «AK-50» escrita con pintura oscura y a gran tamaño. De ahí el nombre del caso.

–¡Pero qué ida de olla! –exclamó Joel, pegando la mirada a la pantalla–. No veas cómo embisten a la furgoneta, ¿no? No la tumban de milagro. Y ¿qué es lo que…? Hay uno que lleva un hacha, ¿no?

Silvia asintió. Cuando los asaltantes abordaron la furgoneta, dos iban armados con pistolas y los otros dos con armas blancas; uno un hacha y el otro un machete.

–Parece que están descontrolados, y aun así… –Joel negó con la cabeza, asqueado–. Menuda panda de cabrones. Consiguen lo que han ido a buscar.

Silvia volvió a asentir y dijo:

–Es lo que tiene jugar con ventaja.

Estaba claro que los asaltantes sabían dónde estaría el transporte en todo momento y escogieron el lugar donde sería más vulnerable. Tenían un sistema que siempre funcionaba, sobre todo con traficantes de hachís.

Karim disponía de un socio en Marruecos que se las apañaba para acceder a cargamentos pendientes de ser trasladados a España y colocaba en el interior de uno de los fardos un dispositivo GPS de seguimiento. Tras el desembarco esperaban a que la ocultaran en algún lugar clandestino, lo que se conocía como «guarderías», y entonces entraban a por todo, con cuantas más armas mejor, y se hacían con la mercancía. Otras veces, cuando la información les llegaba tarde o la guardería estaba bien protegida, asaltaban el vehículo de transporte de camino a su siguiente destino, o en el nuevo punto de custodia. Se trataba de un juego peligroso pero rentable, porque los cargamentos solían oscilar entre los quinientos kilos y las dos toneladas.

A pesar de que hacía ya tiempo que corría como la pólvora que Karim y los suyos eran los responsables de buena parte de los vuelcos de hachís que se daban a lo largo del Mediterráneo español, apenas se habían tomado represalias contra él. Obviamente, no lo habían denunciado, tratándose de golpes entre delincuentes, pero es que todavía no había aparecido nadie con los santos cojones de enfrentarse a él. Estas no eran palabras de Silvia, sino del propio Karim cuando, un par de semanas atrás, un colega español le preguntó si no tenía miedo de que fueran a por él. Y Karim, con su voz rota y cortante, soltó: «Todavía no ha aparecido nadie con los santos cojones de enfrentarse a mí. Y si lo intenta, te juro que ya lo pillaré».

—Pero una cosa es jugar con ventaja y otra muy distinta es confiarse —opinó Joel, mientras se sacudía las migas de la sudadera—. Y está claro que se confiaron; si no, no se habrían dejado el extintor ahí dentro.

—Ten pon seguro que la próxima vez no cometerán el mismo error —afirmó Silvia.

El caso había tenido toda la pinta de ser de los que mueren apenas acaban de nacer, con pocas pruebas y una víctima muda. Ni el comercial ni su video permitían identificar caras o matrículas, y desde que habían retirado los peajes de la AP-7, resultaba muy difícil obtener un control del movimiento de los vehículos. No obstante, el caso resucitó dos días después del vuelco, cuando un Range Rover Evoque de color gris metalizado, con el lateral derecho y parte del frontal destrozados, fue localizado por una patrulla de la Guardia Urbana junto al cementerio de Montjuïc. Lo habían robado en Cornellà, de un parking privado, una semana atrás. Los de la Científica no encontraron nada que permitiera identificar a los autores del vuelco, porque antes de abandonarlo habían rociado de espuma todo el habitáculo con un extintor de incendios, muy meticulosamente... salvo por el pequeño detalle de que lo habían dejado allí mismo, tirado en el suelo del vehículo.

En la chapa metálica constaban un número de serie y el nombre de una empresa de mantenimiento, que los condujeron a uno de los extintores asignados a una gasolinera situada en Montcada i Reixac, en el otro extremo de Barcelona. La sustracción se había producido durante la misma noche del vuelco, con la gasolinera cerrada al público. En las imágenes de las cámaras de seguridad aparecía un tipo de complexión delgada con una gorra calada hasta los ojos y ataviado con una chaqueta Napapijri de estampado militar y capucha peluda, idéntica a la de uno de los asaltantes de la furgoneta. En la grabación, el tipo se dirigía hacia los surtidores, reventaba el cristal de emergencia y arrancaba de allí el cacharro. A continuación, y gracias a otra cámara que enfocaba a la parte posterior de la gasolinera, pudieron observar que el tipo subía al asiento del acompañante de un Volkswagen Golf negro que lo aguardaba en marcha.

Esta vez sí pudieron leer con claridad la matrícula, y averiguar que aquel coche estaba a nombre de la madre de Omar Larbi, mano derecha de Karim Hassani. Un bingazo en toda regla. La jueza de Vilafranca del Penedès encargada de instruir las diligencias autorizó el pinchazo de la línea telefónica de Larbi, cuyo número costó Dios y ayuda conseguir, y poco después se extendió la orden a los teléfonos de Karim Hassani y Yusuf Saadi, alias Momo.

Por lo que habían podido deducir de sus conversaciones, los mossos sabían que el alijo seguía en poder de la banda de Hassani, pero, pasados ya unos meses, no tenían ni un solo indicio de su paradero. La jueza había empezado a hartarse del caso, que le ocasionaba más dolores de cabeza que alegrías, con tantas peticiones policiales, pinchazos telefónicos y sistemas de seguimiento, y quería dar carpetazo al asunto cuanto antes, aunque supusiera no recuperar la mercancía: les dio otros diez días de intervenciones telefónicas para averiguar dónde se encontraba el alijo o, de lo contrario, cerraría el caso. No sin decretar antes varias detenciones, eso sí.

Pero Karim y su gente se irían de rositas, de eso estaba convencida Silvia Mercado, que conocía bien a Valentín Carrillo, apodado el Coletas, el abogado de aquella banda desde hacía casi quince años, una auténtica mosca cojonera que disfrutaba interrogando a los policías durante los juicios, haciéndoles sudar la gota gorda, para gozo de sus defendidos.

Además, aquellos cabrones eran muy cuidadosos. Habían aprendido a no caer en los mismos errores por los que los habían pillado en el pasado, y todo gracias a los atestados policiales y al asesoramiento de abogados como el Coletas. Por teléfono apenas comentaban nada que pudiera incriminarlos, y solían cambiar de número cada pocas semanas. De ahí que los mossos optaran por pinchar también el número IMEI de los terminales móviles, aunque algunos no solo cambiaban de tarjeta SIM sino también de aparato. Y pese a todo ello, aún resultaba verdaderamente difícil seguirlos, en especial a Karim, que no hacía más que mirar a todos lados, siempre al acecho, como si los oliera.

5

Adrenalina y cojones.

Karim Hassani lo tenía claro. Todo cuanto hacía falta para dar un buen palo era eso. Tampoco estaba de más contar con algo de planificación, músculo y balas, pero, por encima de todo, lo que se necesitaba era adrenalina para mantenerse alerta y cojones para llevar a cabo el golpe.

Y, si alguien sabía de dar golpes, ese era Karim.

Frente al espejo del cuarto de baño, después de darse una ducha y todavía desnudo, Karim se apoyó en el borde de la bañera y se inyectó la jeringuilla de Winstrol en el muslo derecho. Sintió un leve escozor al principio y después el líquido fluyó como si nada. Llevaba tanto tiempo ciclándose con esteroides anabólicos que aquel gesto se había convertido en un simple trámite para él, a pesar de que las cantidades habían aumentado y aumentado hasta superar con creces la dosis máxima recomendada. Por suerte, los efectos secundarios parecían estar bajo control; de vez en cuando echaba mano de alguna pastilla de Cialis o Viagra, pero, por lo general, bastaba con añadir a su dieta un porcentaje mayor de testosterona para contrarrestar la falta de fuelle.

Tras lanzar la jeringuilla a la papelera, se frotó el muslo sobre la zona del pinchazo, más por costumbre que por auténtica necesidad, y se calzó un bóxer de licra de color morado. A continuación, salió del cuarto de baño en dirección al dormitorio para vestirse.

Necesitaba ropa discreta. Y cómoda. Aquella no era una mañana más, de rutina de gimnasio. Había acordado un encuentro con un comprador de hachís dispuesto a pagar un precio decente por el alijo robado cuatro meses antes, en la AP-7.

Desde que se había hecho con aquella tonelada y media de chocolate, no veía el momento de colocárselo a alguien. Sin embargo, le costaba darle salida al lote completo, ya fuera a la mitad del precio habitual o incluso a una tercera parte. La razón es que ya nadie se fiaba de él. ¿Quién puede permitirse el lujo de confiar en alguien cuyo medio de vida es asaltar a traficantes? La mitad de los que tenían capacidad para comprarle tal cantidad de hachís habían jurado reventarlo si volvían a verlo, y la otra mitad no se atrevían a acercarse a él cargados de dinero por miedo a que les diesen el estacazo.

La única oferta seria que había recibido por la compra de todo el alijo había resultado ridícula. Provenía de un tipo bastante turbio a quien apodaban el Camionero y que regentaba una empresa de transporte con sede a las afueras de Viladecans, aunque todos tenían claro que se trataba de una tapadera. El muy mamón le había ofrecido un diez por ciento del valor de la droga en la calle. ¡Un diez por ciento! Aquel puto mafioso se creía que era gilipollas. Por supuesto, lo había mandado a la mierda.

Mientras tanto, Rachid Alaoui, su socio en el barrio, que se dedicaba al menudeo de la marihuana que él mismo cultivaba en plantaciones de mediana escala, comenzó a darle salida al hachís. El Profesor, pues así lo llamaban, disponía de un grupo de marroquíes jóvenes, algunos incluso menores de edad, que movían su mercancía por parques y bares y ahora, además, ofrecían la mercancía de Karim. Sin embargo, aquella vía no dejaba de ser algo temporal, un parche para sacar algún beneficio. Y era demasiado lento.

Esconder un alijo tan voluminoso constituía una patata caliente en muchos aspectos, y Karim era consciente de que necesitaba encontrar un comprador potente que no tuviera ni idea de quién era él ni, mucho menos, de que el chocolate provenía de un vuelco. La cosa parecía ir para largo hasta que el Francés hizo acto de presencia.

En el dormitorio, Karim abrió el armario donde Jenni le había reservado una parte considerable de estanterías y perchas para que guardase su ropa. Cogió un pantalón cargo de color gris oscuro, unas Jordan negras y rojas y una camiseta Under Armour azul marino. Rebuscó entre las sudaderas, pero ninguna le convenció. Eran de colores demasiado llamativos. Anchas, sí, pero poco discretas.

–¡Jenni! –gritó, plantado frente al armario.

Nada. El televisor siguió sonando en el otro extremo del apartamento, pero no se movió ni una mosca.

O Jenni no lo había oído o se hacía la sueca. Ambas cosas eran más que probables.

–¡Jenni! –volvió a gritar con mayor intensidad.

Esta vez sí, oyó como Jenni bajaba el volumen del televisor.

–¿Qué quieres? –preguntó la chica desde la otra habitación.

–¿Dónde está la sudadera negra?

–¿Qué?

–¡¿Que dónde está la sudadera negra?!

Jenni emitió un sonoro bufido y se dirigió al dormitorio con el clac-clac-clac de sus chanclas de dedo. Nada más asomar la cabeza, dijo:

–Pero ¿qué quieres?

–La sudadera negra que traje antes de ayer…

–¿No está ahí? –preguntó Jenni, señalando el armario.

Karim revolvió entre la ropa, mientras perdía la paciencia.

–Aquí no está, ya he mirado.

–Pues igual no la trajiste, y está en tu casa –dijo la chica, apoyándose en el marco de la puerta–. O en el coche. Coge otra. Tienes muchas.

–No, necesito la negra –respondió Karim, exasperado.

–¿Y eso? –preguntó Jenni.

–¿A ti qué te parece?

Jenni asintió; acababa de comprender lo estúpido de su pregunta.

–Pues no sé. Mira en la secadora –dijo.

–Ves y míralo tú.

Aquello la cabreó de veras.

–Paso. Estoy liada.

Y desapareció por el pasillo.

Karim la siguió.

–¿A qué viene eso, eh?

–Vete a la mierda –replicó sin volverse.

–¿Qué quieres? ¿Discutir? Pues para discutir ya tengo a mi mujer. Y no estoy contigo por eso.

Ella se volvió, con el rostro encendido.

–Ni yo estoy contigo para ser tu criada, para eso ya tenía al imbécil de mi ex, no te jode...

Ambos se quedaron mirando, retadores.

Aquel tipo de enganchadas entre ellos no eran habituales, y menos por tonterías como aquella. Jenni era una mujer de carácter y con las ideas muy claras, más racional que pasional y nada propensa a los ataques de celos ni a las escenitas. Por eso le sorprendía verla así.

–¿Qué cojones te pasa? –preguntó Karim.

–¿Que qué me pasa? ¿Qué te pasa a ti? Estás insoportable.

Jenni dio media vuelta y entró en el salón, cerrando de un portazo.

Karim no la siguió. ¿Para qué? Al fin y al cabo, tenía razón. Hacía tiempo que estaba con los nervios a flor de piel, más irascible de lo habitual. Y el asunto de aquella mañana con el Francés suponía otra más de sus preocupaciones. Y todo por la puñetera pasta.

Consultó el reloj y advirtió que le quedaba poco tiempo para prepararse. Mientras se dirigía hacia el lavadero en busca de la maldita sudadera, lo hizo pensando en aquel tipo, el comprador del hachís.

Se referían a él como el Francés, pero su nombre era algo así como Jean-Philippe o Jean-Pierre. Se presentó una tarde ante el Profesor, que acostumbraba a parar en un bar del Gornal, y entabló conversación con él. Era un mulato enorme, que dijo ser de Lyon y, tras marear un poco la perdiz y dar varios rodeos, confesó que estaba muy interesado en subir a Francia cien kilos de hachís. Para apoyar sus palabras mostró un buen fajo de billetes. El Profesor se hizo el loco, no se comprometió a nada y le transmitió el mensaje a Karim. Este, desesperado como estaba por convertir la mercancía en pasta, no pudo negarse, aunque decidió tomar ciertas precauciones. La primera de ellas fue reducir la cantidad; en lugar de cien kilos, le entregó un fardo, es decir, treinta kilos. Y la segunda fue mantenerse al margen, de modo que el asunto quedó en manos del Profesor.

La cosa fue bien y el Francés regresó al cabo de un par de días con una nueva propuesta: quería comprar media tonelada por la módica cantidad de medio millón de euros. Aquella tarifa estaba por debajo del precio de mercado, pero resultaba una oferta cojonuda, especialmente si se tenía en cuenta que su coste había sido cero.

Aquel dinero le venía que ni pintado a Karim, ya que los últimos meses habían sido una auténtica sangría de dinero. Todos los negocios en los que había invertido, todos, habían resultado ser un puñetero desastre. El último y más doloroso era un local de la Barceloneta, un shisha lounge con pista de baile, para cuya remodelación había desembolsado más de cien mil euros y al que ahora, de repente, el ayuntamiento denegaba la licencia. Por si eso fuera poco, Karim sentía que estaba rodeado de parásitos que no hacían más que chuparle la sangre, en Marruecos y en España. En Nador, su ciudad natal, estaba costeando la construcción de dos viviendas familiares que parecía que no se iban a acabar nunca, y además había invertido en el negocio pesquero de uno de sus tíos, cuyas pérdidas eran continuas. En L'Hospitalet, su esposa Zhora, su novia Jenni y el resto de familiares que vivían a su alrededor no dejaban de sablearlo, por no hablar de que también debía ocuparse de sus hombres, especialmente cuando los detenían y había que pagar la minuta del abogado..., aunque aquel, de todos sus problemas, quizá iba a ser el que tuviera mejor solución en el caso de su hermano Jamal.

Las cosas entre Karim y Jamal nunca habían sido fáciles. Cuando Jamal estaba sobrio y centrado, resultaba imparable. Por ese motivo, Karim lo incluyó durante un tiempo en su banda, y juntos habían dado buenos palos. Pero, tarde o temprano, siempre volvía aquel carácter taciturno y vicioso, la sombra alargada del cabrón de su padre, y se convertía de nuevo en el hermano envidioso y resentido. Hacía meses que Karim lo mantenía alejado, y cuando la policía lo detuvo por apuñalar a un traficante, Karim llamó a Carrillo más para ahorrarse la bronca de su madre que por el bien de su hermano, de quien ya no podía estar más harto. No le importaba decirse, en su fuero interno, que le dolían más los ochenta mil euros que la sentencia de diez años a su hermano.

La cuestión es que, a aquellas alturas, Karim ya estaba harto de todo. Los problemas de dinero no hacían más que multiplicarse y sentía la tensión por todo su cuerpo. En el gimnasio se machacaba más que nunca, y solía acostarse con un intenso dolor de espalda; era consciente de la necesidad de tomarse un respiro con las pesas, pero le resultaba imposible. Y, por si fuera poco, de un tiempo a esta parte sentía unas punzadas intermitentes en el estómago que solo podía mitigar a base de antiácidos.

Pero no había alternativa. Debía seguir adelante.

Abrió el tambor de la secadora y desparramó su contenido en el suelo.

Y allí estaba la sudadera negra. No es que le gustara especialmente; era de buena calidad y ligera, pero no destacaba por nada. Era más bien del montón. Pero tenía una buena capucha y era lo suficientemente ancha como para cubrir cualquier cosa que llevara guardada en la cintura, sin miedo a agacharse y que quedara a la vista de todos.

Acabó de prepararse, cogiendo todo lo que necesitaba, y, antes de salir del apartamento, abrió la puerta del salón. Allí estaba Jenni, tumbada sobre el sofá, viendo el televisor y, a la vez, trasteando el móvil. Antes de despedirse, ella dijo:

–Has vuelto a dejar la jeringuilla en la papelera del lavabo. Te dije que no lo hicieras. No quiero que el niño se pinche.

–No me he dado cuenta –se excusó Karim–. Me voy, ¿vale?

–Vale –respondió ella sin mirarlo. Muy seca. Sin embargo, al momento añadió–: Ten cuidado, ¿vale?

–Vale.

Tendría cuidado.

Siempre lo tenía.

6

–*Acaba de llegar Ahmed* –anunció desde comisaría Roberto Balaguer, el compañero a cargo de la intervención telefónica.

–*Recibido* –respondió el cabo Nacho Aguilar. Él y otro agente, Hugo Rondón, se encontraban en aquellos momentos a doscientos metros de la posición de Silvia, en la misma calle Amadeu Torner, dentro de un vehículo de paisano y preparados por si tenían que iniciar un seguimiento. La premura les había impedido organizar un dispositivo de vigilancia en condiciones. Tenían que apañarse con lo que había.

–Recibido –comunicó Silvia desde la emisora que sostenía en la mano.

–¿Soy yo el único que tiene la sensación de que ese tío se inventa la mitad de las cosas? –comentó Joel, meneando la cabeza–. Me recuerda a Mourinho, te lo juro. Cuando traducía a Bobby Robson.

Silvia pasaba del fútbol, pero entendía bien a lo que se refería Joel. Porque ella también lo pensaba. De hecho, todos lo pensaban: Ahmed era un vendemotos.

Al inicio de la intervención telefónica, en cuanto entraron las primeras llamadas, solicitaron la asistencia de un intérprete de árabe. El primero que enviaron se puso los auriculares, escuchó media docena de conversaciones y les anunció que aquellos tipos hablaban árabe marroquí, sí, pero sobre todo rifeño, una lengua bereber utilizada por los habitantes de la región del Rif, situada al norte de Marruecos. El traductor fue honesto y admitió que no dominaba el rifeño, de modo que requirieron a la compañía de traductores que enviaran a otro que hablara dicha lengua. Y entonces llegó

Ahmed, que juraba conocer el rifeño a la perfección, aunque con el paso de las semanas descubrieron que la información que obtenían de sus traducciones era habitualmente inexacta y, a menudo, incoherente. Ahmed se justificaba afirmando que Karim y su gente hablaban poco y en clave, y que además eran unos impresentables que no cumplían con nada de lo que decían. Pero lo cierto es que más de uno y más de dos policías habían visto a Ahmed consultando el contenido de las llamadas en Google.

–*Atención* –advirtió Balaguer–. *Ahmed acaba de escuchar una llamada entre Karim y Momo. Según dice...* –Hizo una pequeña pausa que a nadie pasó desapercibido–, *según dice, Karim ha enviado a Momo a algún sitio... A un garaje de coches, podría ser... O a un concesionario...*

–Fijo que se refiere a una empresa de alquiler –le comentó Joel a Silvia, con gesto de desesperación.

–*Podría tratarse de una empresa de alquiler...* –informó al momento Balaguer con la voz cansada–. *De coches grandes, comenta Ahmed...* –Y dirigiéndose al mismo Ahmed entre susurros indignados, le preguntó–: *¿No querrás decir furgonetas?... ¿Cómo que podría ser?* A*nda, vuelve a escucharla...*

Silvia cogió la emisora y preguntó:

–¿Cuál es la posición actual de Momo?

–*Ahora no lo sé* –respondió Balaguer–, *pero hace un cuarto de hora marcaba la calle Segarra del polígono Mas Blau del Prat.*

–Recibido –comunicó Silvia.

Una breve pausa y:

–*A ver, atención* –de nuevo Balaguer al habla–: *Me comenta Ahmed que sí, que Karim puede haber enviado a Momo a alquilar una furgoneta para esta misma mañana.*

–*Y ¿qué hay de los demás?* –preguntó el cabo Aguilar.

–*Ahmed acaba de ponerse ahora con las llamadas entre Karim y Larbi* –informó Balaguer–. *Hay bastantes, pero son muy cortas.*

–*Recibido* –comunicó el cabo.

Silvia se puso en pie para poder observar con más atención los accesos al edificio vigilado. El número de vecinos que entraban y salían había aumentado.

Un bocinazo en mitad de la calle llamó la atención de Silvia; se trataba de un repartidor de Amazon; le exigía al conductor de un turismo que abandonara la zona de carga y descarga. Cuando volvió a dirigir la mirada hacia la puerta principal del edificio, en su campo visual apareció el mismísimo Karim Hassani.

–¡Eh! ¡Eh! ¡Eh! ¡Míralo, ahí está! –anunció Silvia a Joel. Este saltó del sofá y se colocó a su lado.

–Atención –advirtió Silvia por la emisora–. El objetivo acaba de salir. Repito: el objetivo acaba de salir. Va solo. Vestido con chaleco de plumas color gris sobre una sudadera negra y pantalón cargo gris oscuro. Lleva zapatillas negras altas, y la riñonera de siempre cruzada delante del pecho. Ha echado a andar en dirección mar. Ahora está a la altura del número 33.

–*Recibido* –comunicó Aguilar. El cabo y Rondón estaban situados justo en la rotonda contraria, y controlaban desde lejos el BMW de Karim. Que el marroquí no se dirigiera a su coche, como solía hacer cada vez que abandonaba el apartamento, les produjo cierta incertidumbre–. *Nos acercamos a su posición.*

–Acaba de llegar al paso de peatones –informó Silvia.

Karim no dejaba de mirar a su alrededor. El tío se caracterizaba por ser bastante neurótico, siempre controlando el entorno, aunque lo cierto es que, gracias a su paranoia, el tipo ya había quemado a unos cuantos agentes de la Unidad. Sin embargo, en aquellos momentos, daba la sensación de que buscaba algo o a alguien.

–Se para y... parece que está esperando... –Dicho y hecho, porque una furgoneta de gran tamaño se detuvo junto a él. Silvia prosiguió–: Atención: una furgo de color blanco se ha parado a su altura. El objetivo está hablando con el conductor a través de la ventanilla del copiloto. Parece que se conocen... Desde aquí no veo la matrícula; es de las grandes, de carga, de diez o doce metros cúbicos. Sin distintivos a los lados... –Karim pareció indicarle algo al conductor con ambas manos y se volvió hacia la derecha–. A ver... El objetivo se mueve. Repito: se mueve en dirección mar... Rodea la furgo por delante... ya no lo veo. Repito: no lo veo. La furgo me lo tapa... Y no ha cruzado a la otra acera. Tiene que estar pegado a la furgoneta por el lado del conductor...

—*¿No ves la matrícula desde tu posición?* —preguntó la sargento Lucía López desde el despacho.

—Negativo —respondió Silvia, molesta. Aquella era una de las especialidades de la sargento, meter baza desde el despacho, opinando y dando órdenes en el seguimiento sin estar a pie de calle, sin confiar en los que sí lo estaban—. Ni siquiera con el zoom de la cámara... Desde aquí arriba es imposible, el ángulo de visión es demasiado cerrado y las copas de los árboles tampoco ayudan. —No le apetecía perder ni un segundo más con la sargento, de modo que se dirigió al binomio de reacción, el cabo Aguilar y Rondón, a los que tampoco lograba ubicar en la escena—. Aguilar, ¿podéis hacer una pasada para ver la matrícula?

—*¡Negativo!* —Se apresuró a comunicar el cabo—. *¡Estamos parados en la rotonda del Centro Médico! ¡Los dos carriles están bloqueados!*

Justo en aquel momento, la furgoneta inició la marcha.

—Se mueve —informó Silvia al instante, mientras apretaba con fuerza el botón de la emisora—. La furgo se mueve en dirección mar...

El vehículo avanzó calle abajo y dejó al descubierto, parado en mitad de la calzada de Amadeu Torner, a un marroquí flacucho, con gorra de béisbol granate y ropa deportiva ajustada. Se trataba de Momo.

Cuando Silvia se disponía a comunicar que habían hecho el cambio de conductor y que Karim se había largado con la furgoneta, alguien se le adelantó por la emisora:

—*Que alguien apunte...*

Era una voz entrecortada y casi sin resuello que dictó una placa de matrícula. Silvia se volvió por instinto, aunque sabía muy bien que era Joel quien comunicaba... desde la calle. Ignoraba en qué momento había abandonado el apartamento y echado a correr escaleras abajo. La mossa barrió la calle con la mirada tratando de ubicarlo y por fin lo localizó detrás de un camión del Mercadona aparcado en la acera contraria, justo en el cruce de Amadeu Torner con calle Natzaret. Daba bastante el cante, parapetado tras la caja del camión, asomando la cabeza sin disimulo y comunicando con la emisora mal escondida bajo su parka marrón.

—*El objetivo se ha largado al volante de la furgo que ha traído el*

Flaco... Cuando ha entrado en plaza Europa, la he perdido... Si echo a correr, creo que pillo al Flaco, pero estoy fundido...

Silvia había visto a Momo subir a la acera y echar a andar hacia el Gornal.

–*¿Para dónde ha ido?* –preguntó la sargento.

–*Hacia el Gornal por la calle Jerusalem* –respondió Joel.

–*Aguilar* –reclamó la sargento a través de la emisora; su tono era de mosqueo–, *¿estáis ya disponibles o no?*

–*Sí, sí* –de fondo se oía a Rondón gritándole a alguien.

–*Pues haced una pasada por el Gornal, a ver si localizáis al Flaco...* Y *sed más discretos, por favor.*

–*Recibido...*

Cuando Joel regresó al apartamento, estaba eufórico. Y Silvia cabreada, como suponía que debían estar Aguilar y Rondón.

–¿Qué te ha parecido? –preguntó Joel, al tiempo que se dejaba caer en el sofá. A pesar del frío de la calle, estaba sudando.

–¿Que qué me ha parecido? Pues que has estado a punto de mandarlo todo a la mierda.

Joel se incorporó; parecía no entender nada, y eso aún molestó más a Silvia, que continuó:

–La próxima vez que vayas a salir por patas, haz el favor de avisarme. ¿Te enteras? Esto no es un juego, hay que hacer las cosas con cabeza. No te lo digo solo porque pones en riesgo la investigación, es que también te estás poniendo en riesgo a ti, a mí y al resto. Esta peña es peligrosa, por si no te habías dado cuenta, así que deja de jugar. Y si lo que quieres es tener contentos a los jefes y ponerte una medallita, vas a tener problemas.

Joel se puso en pie. Su rostro estaba serio y apagado.

–Que quede claro: yo no juego a nada. Y me equivoco tanto como todo el mundo. Pero no hace falta que me trates como si fuera un crío... Y a mí las medallitas me la pelan.

Estaba dolido, sin duda. A Silvia no le parecía mal tipo, pero más valía que espabilara.

–Tenía que decírtelo –soltó ella, a modo de disculpa.

Se inició un incómodo silencio que solo rompió Balaguer, al comunicar a través de la emisora:

–*A ver... Según Ahmed, Karim ha invitado a Larbi a algo... Una fiesta o así.* Y *que coja algo que Ahmed no sabe traducir... Como si fueran en ferrocarril o similar...* Y *le ha dicho lo mismo al Profesor...* –De repente, Balaguer soltó un sonoro bufido–. *Mierda, ahora vuelve a buscar en Google...* –una larga pausa y, dirigiéndose a Ahmed, añadió–: *¿Qué? ¿Qué cojan el hierro? ¿Eso dicen? No me...* –Volvió a dirigirse a sus compañeros por la emisora–. *¿Habéis oído? Les ha dicho que se armen. Repito, que se armen.*

–*¿Dónde está Karim? ¿Qué repetidor marca su teléfono?* –preguntó el cabo.

–*A ver...* –dijo Balaguer–. *Joder... En el piso de Amadeu Torner... Ha dejado el móvil en casa de la novia.*

Aguilar y Rondón comunicaron al poco rato que habían buscado a Momo por las calles del Gornal, pero que no habían dado con él. Tampoco había rastro de Larbi. Todos parecían haber dejado el teléfono en casa o, simplemente, haberlo apagado. Y el coche balizado de Karim seguía aparcado ahí, en la calle Aprestadora con Amadeu Torner.

No tenían a nadie controlado.

7

Al volante de la Ford Transit blanca que Momo había alquilado a primera hora, Karim se había dedicado durante un buen rato a dar un rodeo. Circulaba al azar por el polígono de Zona Franca y se detenía de improviso cada cierto tiempo para asegurarse de que nadie lo seguía.

Cuando al fin se sintió todo lo tranquilo que alguien en su posición podía llegar a sentirse, avanzó hasta la nave situada en el número 44 de la calle D del polígono, un almacén en desuso, alquilado a nombre de un muerto de hambre que ni siquiera era consciente de ello.

La puerta exterior estaba abierta, de modo que accedió al recinto y detuvo la furgoneta frente a la fachada de la nave. Al instante, el gran portón se abrió y de su interior emergió Omar Larbi, quien le hizo señas para que entrara el vehículo. No estaba solo; junto a Larbi se encontraban Momo y el Profesor, tal y como habían acordado. Aparte de ellos cuatro, contaban dos hombres más, que darían vueltas en coche por el polígono, atentos a cualquier movimiento que apestara a policía secreta o a marrón del tipo que fuera, listos para intervenir si hiciera falta.

Karim detuvo la furgoneta en el interior de la nave, junto a un todoterreno, un Volvo XC90 de color negro. Sacó las llaves de contacto y salió. Lo primero que hizo, antes siquiera de saludarlos, fue abordar al Profesor:

–Rachid, ¿has hablado ya con el Francés?

–Hace un rato –respondió. Se le veía tenso; eso era bueno, siempre y cuando uno mantuviera la calma y no se dejara dominar por los nervios. Karim detestaba a los tíos confiados, eran un puñetero peligro–. Está pendiente de que les digamos el punto de encuentro. –Hizo una breve pausa y añadió–: Has tardado.

–Qué quieres que te diga. Es lo que tiene cargar fardos uno solo, y tengo la espalda hecha una mierda –respondió Karim.

–Te jodes, por puto desconfiado –dijo Larbi, mientras levantaba un puño y hacía amago de soltarle un gancho en plena cara.

Karim se limitó a levantar la guardia y hacer una finta, para esquivar el falso golpe. No pensaba discutir el tema. Solo él sabía dónde estaba escondida la mercancía, y así seguiría. Uno de los pocos consejos que le dio el mamón de su padre se le había grabado a fuego en la mollera: «Calla, y no le deberás nada a nadie; habla, y serás la putita de todos».

–¿Le digo ya dónde vamos a quedar? –insistió el Profesor, mostrando el teléfono de prepago que utilizaba para comunicarse con los compradores–. No conviene quedar mal con este tío si queremos endosarle todo el alijo.

–Todavía no –respondió Karim–. Cuando estemos allí, le envías la ubicación.

–Pues entonces, ¿qué? ¿Nos vamos o no? –preguntó Larbi.

–Claro, hermano. Cuanto antes acabemos, mejor para todos –respondió Karim.

Miró a Momo, que hasta aquel momento había permanecido callado, cosa habitual en él, y le lanzó las llaves de la furgoneta. Lo pilló desprevenido y a punto estuvo de que se le cayeran.

–Atento, ¿vale? –le advirtió Karim.

–Siempre, tío, siempre.

Larbi extrajo dos walkie-talkies con la carcasa amarilla y gris de una bolsa y le pasó uno a Karim. Esperó a que lo encendiera y eligiera una de las múltiples frecuencias. Después sincronizó el otro aparato y, tras asegurarse de que funcionaba, se lo tendió a Momo.

–Espera a recibir nuestra señal –le advirtió–. Sabes llegar al descampado, ¿no?

Momo asintió, pero, de todos modos, Larbi le describió la ruta:

–Izquierda hasta el final de la calle, izquierda hasta la rotonda, derecha y a los pocos metros ya verás la entrada, ¿te queda claro?

Momo puso cara de ofendido. Karim era consciente de que detestaba que lo trataran como a un niñato, pero es que a veces parecía estar en las nubes, con tanta rima y tanta cancioncita de los cojones. Sin embargo, a la hora de la verdad no solía cagarla, y resultaba más fiable que la mayoría.

–Larguémonos ya –ordenó Karim.

Se subió al Volvo con Larbi y el Profesor. Aunque el todoterreno pertenecía a este último, él iba de copiloto, con Larbi al volante y Karim en el asiento trasero. El Profesor no iba armado, pocas veces lo hacía, pero los otros dos sí, preparados para todo. Sin duda el Francés y quienquiera que acudiese con él a la cita también irían encacharrados. Había mucho en juego ahí.

A su vez, Momo, con el walkie en la mano, abrió la puerta de la furgoneta y ocupó el asiento del conductor, dispuesto a esperar.

Larbi siguió el mismo itinerario que acababa de indicarle a Momo hasta llegar a un descampado situado justo entre el polígono de Zona Franca y el polígono Pratenc, cuya entrada quedaba flanqueada por dos barreras de hormigón. A poca distancia de allí, en lo alto, se divisaba la estación de metro elevada donde finalizaba la línea 10. Verla por encima de sus cabezas era algo extraño, como de película futurista.

Durante todo el trayecto, Karim había permanecido sentado de lado, observando a través de la luna trasera, tratando de detectar algún vehículo que le hiciera sospechar.

Pero todo parecía correcto.

Larbi maniobró para estacionar el vehículo de cara a la entrada, donde los arbustos y las montañas de escombros les concedían cierta intimidad. Puso el freno de mano pero dejó el motor encendido.

–Ahora –dijo Karim–, envíales la ubicación.

Mientras el Profesor tecleaba en el móvil de prepago, Karim se dirigió a Larbi:

–Habla con los Alí. Que se acerquen, pero no demasiado, ya sabes.

Los hermanos Alí eran los hombres que tenían dispersos por la zona. Los apodaban el Viejo y el Joven para diferenciarlos, aunque ambos eran veinteañeros y apenas se llevaban un año.

Karim hizo una mueca de dolor. El ardor de estómago había vuelto, y con fuerza. Sacó del bolsillo un blíster de Almax Forte a medio consumir y se tragó un par de pastillas. Después se lo pensó mejor y engulló un par más.

Permanecieron en silencio uno, dos, tres minutos. Durante el cuarto, el Profesor soltó un bufido y comentó que no debían de andar lejos.

Al finalizar el quinto minuto, un Renault Laguna familiar de color beige y cristales traseros tintados hizo acto de presencia. Se detuvo frente a la entrada del descampado y, tras unos segundos, maniobró para acceder al lugar. Tenía matrícula francesa y avanzaba a paso lento para no levantar polvo. En su interior, Karim distinguió la silueta de tres cabezas.

Conforme el largo vehículo se acercaba, Karim obtenía más información acerca de sus ocupantes. El conductor era un tipo de piel clara y cejas pobladas y vestía con una sudadera de color rojo y gorra negra de visera plana. El copiloto, en cambio, era un tipo muy corpulento, de piel oscura, labios generosos y nariz chata. Vestía también con sudadera, aunque en su caso era negra y con el inconfundible logotipo de Jordan estampado sobre el pecho. Al de atrás apenas lo veía, pero tenía piel blanca como el papel y una gorra gris calada hasta las cejas.

El conductor detuvo el coche a la izquierda del Volvo, a unos cinco metros, y el mulato hizo un gesto a los otros dos para que todos bajaran del coche. Eran mucho más bajitos que él, estaba claro quién era el Francés con mayúscula. A pesar de las ropas anchas, sin embargo, se intuía que estaban fuertes. Eran jóvenes, de unos veintipocos años.

Antes de que el Profesor abriera su puerta para bajar del todoterreno, Karim le aferró con fuerza el hombro izquierdo y lo detuvo. Acto seguido, inclinó la cabeza hacia los asientos delanteros y, con un susurro, soltó la bomba:

–Vamos a darles el palo.

8

–¿Te he hablado alguna vez de cuando estuve de vacaciones en Isla Guadalupe? –preguntó Valentín Carrillo desde el asiento trasero de su Mercedes-Benz.

La pregunta iba dirigida a Héctor, su chófer; este, durante un par de segundos, desvió la vista de la carretera y observó al abogado a través del retrovisor. A Carrillo siempre le había parecido que tenía ojos de besugo, pero ahora los tenía de besugo desganado. Quizá se debía a que ya le había narrado esa historia antes, pero Carrillo iba a volver a contársela sí o sí, porque tenía mucho que ver con lo que le rondaba por la cabeza en aquellos momentos.

Continuó:

–Fui allí hace más de diez años con mi segunda esposa para celebrar nuestro aniversario, ¿te lo puedes creer? Como si hubiera algún motivo de celebración... El caso es que allí me harté de hacer inmersiones, y todo con tal de no escucharla, te lo juro. Prefería bucear antes que pasar un minuto más con ella. ¡La Virgen! Menudo taladro de mujer, incluso yo acababa dándole la razón con tal de que cerrara la boca, y ni por esas... A lo que voy: resulta que una de las excursiones que contraté consistía en bucear dentro de una jaula rodeada de tiburones blancos. Lo que oyes. ¡Menudos bicharracos! Tendrías que verlos. Con una boca así de grande. –El abogado separó sus manos un metro de distancia y no las volvió a juntar hasta que el chófer echó un vistazo a través del retrovisor–. No exagero, y cargadita de dientes en forma de sierra. Los muy mamones golpeaban con fuerza mi jaula y la zarandeaban, mientras el guía les lanzaba pedazos de carne desde la superficie del barco.

Eso los ponía frenéticos. Y la jaula venga a balancearse, con tanto coletazo. Menudos cabrones asesinos.

–Supongo que usted estaría tranquilo –dijo Héctor, con voz pausada–. Ya sabe lo que dicen de los tiburones. Que no muerden a los abogados...

–Sí, ya –lo cortó Carrillo–. Por cortesía profesional. Ese chiste ya me lo has contado antes. ¿Se te ha acabado el repertorio de tonterías o qué?

Carrillo advirtió a través del retrovisor que el chófer sonreía con sorna. Hablaba poco, pero disfrutaba contando chistecitos de abogados, con el único objetivo de tocarle las pelotas.

–¿Sabes qué te digo? Que sí, que estaba tranquilo –reconoció el abogado–. Y ¿sabes por qué? Pues porque me he pasado toda la puñetera vida rodeado de depredadores. De otra calaña, claro, pero igual de hijos de puta... El caso es que siempre he tenido la sensación de que había algo así, como esa jaula, protegiéndome. Pero ahora...

–¿Ahora qué?

Valentín Carrillo no respondió.

Estaba pensando en Karim Hassani y en la visita que le había hecho el día anterior. Aquella noche le había costado conciliar el sueño, incluso había llegado a valorar seriamente la posibilidad de apoquinar los ochenta mil euros que le reclamaba el marroquí, pero intuía que, de hacerlo, le resultaría imposible quitárselo de encima por siempre jamás. Porque aquel tipo, al igual que los tiburones, cuando olía sangre no paraba hasta acabar con su presa. Y, para colmo, sabía que tenía mucho dinero en negro.

A lo largo de su carrera como abogado, Valentín Carrillo siempre había admitido pagos en dinero B; por necesidad de los propios clientes, que tenían serios problemas para hacer frente a sus minutas por medio de trámites legales, pero también porque le interesaba. Y aunque buena parte de aquel capital se encontraba ya en paraísos fiscales, cada vez le costaba más sacarlo de España sin arriesgarse a levantar sospechas, de modo que la cantidad de efectivo que de un tiempo a esta parte tenía escondida en Barcelona era realmente considerable.

No obstante, aquel dinero era para su propio disfrute, no para el de Karim. Se lo había ganado trabajando duro en los juzgados, defendiendo entre otros muchos al inútil de su hermano Jamal... Y, además, acababa de surgirle una oportunidad perfecta para blanquear de una tacada buena parte de aquel efectivo.

Belén, su tercera esposa, se había encaprichado de una casa de montaña situada en la Cerdanya, a pie de pistas, en una urbanización muy exclusiva. Y, cuando algo se le metía entre ceja y ceja, no había forma de bajarla del burro. A él también le gustaba la casa, sinceramente, y además hacía tiempo que buscaban algo así, pero lo que no le gustaba tanto era el precio de venta: 1.400.000 euros.

Carrillo había echado mano de todo su repertorio de argumentaciones para quitarle a su esposa aquella idea de la cabeza; sin embargo ella, tras visitar la finca en persona, afirmó con ojos soñadores que se había enamorado. Entonces fue cuando la situación se volvió realmente crítica. En casa y en el bufete, claro, porque Belén era también su secretaria.

Las secretarias siempre habían sido la debilidad de Carrillo. De hecho, sus tres esposas (y un buen puñado de amantes) lo fueron antes de casarse con él. Lo que Belén supo prever mucho mejor que sus predecesoras fue que, una vez que se convertían en su esposa y dejaban de trabajar para él, tarde o temprano, Carrillo acababa persiguiendo a su sustituta con los pantalones bajados. Resultaba algo patológico. De ahí que Belén se empeñara en seguir ejerciendo sus funciones en el bufete después del matrimonio. Lo mantenía a raya y, por extraño que pareciera, a él le ponía más que nunca. De sus tres esposas, ella era de lejos con la que mejor se llevaba; y aunque tenía casi veinte años menos que él, no era ninguna cría. Sabía muy bien lo que quería y, para desgracia del abogado, en aquellos momentos lo que más deseaba era aquel chalet con gimnasio, sauna y jacuzzi incorporados.

La situación había dado un vuelco cuando Carrillo conoció a los intermediarios de la venta. Eran dos tipos serios, acostumbrados a llevar a cabo transacciones de altos vuelos, y, tras varias reuniones en las que Carrillo les expresó sus reservas y ellos se mostraron abiertos a distintas formas de pago, llegó el momento de poner sobre la mesa la posibilidad de un pago en B. Lo consultaron con la propietaria de la finca, esta se mostró conforme, y pronto comenzaron a hablar de cifras hasta llegar a un acuerdo. Carrillo batalló y apretó todo cuanto pudo, y estaba satisfecho con lo obtenido.

Esa misma tarde se disponía a firmar el contrato de arras. Con la mano derecha comenzó a tamborilear sobre el maletín de piel marrón que reposaba a su lado, fantaseando con lo salvaje que se pondría Belén, como ocurría siempre que le daba una buena noticia. Pero, de sopetón, la imagen de Karim Hassani se volvió a colar en su mente, a pura traición, y le obligó a soltar un «mierda» de disgusto.

¿Qué iba a hacer con aquel tipo?

Echó un vistazo a Héctor. Había hecho algunos trabajitos especiales para él, al margen de llevarlo de aquí para allá y esperarlo mientras él permanecía en los juzgados. Le servía de chófer particular, pero no era ningún santo. Es más, había sido cliente de Carrillo. Sin embargo, frenar a Karim y su panda de tarugos eran palabras mayores... No, Héctor no valdría para eso.

Por suerte, había otros pesos pesados entre sus clientes. Algunos muy agradecidos... como los montenegrinos. Quizá Aleksandar Tomić y su gente estarían dispuestos a echarle una mano. El propio Tomić había reconocido sentirse en deuda con él después de su última sentencia exculpatoria, tras presenciar como Carrillo hacía añicos la carga legal de las intervenciones telefónicas y, por consiguiente, de todas las pruebas de peso obtenidas a través de los pinchazos. Podía pedirle que le dieran un susto a Karim; que le advirtiese de que meterse con el abogado era como meterse con ellos, que más le valía dejarlo tranquilo. Algo así. Sí, sin duda, Tomić estaría dispuesto a ayudarlo. Tenía que pensar en ello y mover ficha rápido, porque el tiempo corría.

Ahora, sin embargo, debía centrarse en los preparativos de la reunión de aquella tarde con los vendedores de la casa. Como era habitual, habían quedado en un restaurante de primera categoría de Barcelona, cosa que a Carrillo le parecía estupendo, porque siempre pagaban ellos.

Héctor detuvo el Mercedes-Benz frente al edificio de apartamentos de Sant Just Desvern donde vivía la hermana de Carrillo y se volvió hacia el abogado. Dijo:

–Pregunta: ¿Cómo se sabe cuándo un abogado está mintiendo?

–¿Otro de tus chistecitos?

–Por supuesto. Venga, responda: ¿Cómo se sabe cuándo un abogado está mintiendo, eh?

–Me rindo.

–Cuando mueve los labios.

Héctor emitió una risita aguda y Carrillo no pudo más que indignarse.

–Vete un ratito a la mierda, ¿quieres?

–No se ponga así. Es un chiste inocente…

–Un chiste inocente… Ya. Te lo advierto: otro más y te pongo de patitas en la calle. ¿Está claro?

–Clarísimo.

El abogado aferró el maletín y se dispuso a bajar.

–¿Lo acompaño? –se ofreció Héctor.

Siempre hacía igual, y Carrillo siempre le respondía lo mismo:

–No. Estaciona por ahí y espérame. No tardaré.

Carrillo descendió del vehículo y llamó al interfono.

Al cabo de unos segundos respondió Rosalba, la cuidadora de su hermana, y poco después era de nuevo Rosalba la que le abría la puerta del apartamento. Esta le informó de que su hermana Jacinta se encontraba en el salón y el abogado entró en la estancia para saludarla.

La encontró sentada en su silla de ruedas, frente al ventanal, contemplando el paisaje; su estado había empeorado mucho en los últimos meses. Años antes había sufrido una embolia cerebral y, como consecuencia, era incapaz de moverse o hablar. Era doce años mayor que Carrillo y, en cierto modo, fue quien ejerció realmente de madre cuando él era un crío. No tenía pareja ni descendencia. Carrillo corría con sus gastos médicos, pagaba el alquiler del apartamento y el sueldo de Rosalba.

Aquella mañana, el abogado tenía prisa, de modo que no pudo dedicarle mucho tiempo a Jacinta. Le dio un beso en la frente y, tras pedirle a Rosalba que le limpiara un hilo de saliva que le caía por la barbilla, se metió en el dormitorio de su hermana, maletín en mano.

9

El Profesor reaccionó con evidente estupor a las palabras de Karim, quien hubiera preferido que se mostrara más frío, como Larbi, que se había limitado a asentir con la cabeza. Incluso hizo amago de volverse hacia él para pedirle explicaciones. Pero, con la mano todavía posada sobre su hombro, Karim apretó con fuerza hasta clavarle las uñas y dijo:

–No me mires, joder. Y disimula. No quiero que se mosqueen.

–Pero cómo quieres que... Suéltame ya, coño, me haces daño...

–Lo haré si te calmas, Rachid.

–Está bien... Me calmo, me calmo...

Karim aguardó un par de segundos y por fin aflojó.

–Mierda, tío –se quejó el otro, masajeándose el hombro–. Piénsalo bien, ¿vale? ¿Cuánto nos ha costado encontrar a alguien así, eh? En menos de un mes ya nos habremos quitado de encima todo el lote, ¿y quieres joderlos?

–Me la suda. Vamos a darles el palo, y punto. Ya aparecerá otro comprador.

–Por mí, adelante –susurró Larbi sin apartar la vista de los recién llegados.

Karim ya contaba con ello; Omar estaba siempre ahí, para lo bueno y para lo malo.

Los tres franceses habían ocupado el espacio que quedaba entre los dos vehículos y los observaban con cautela.

–¿En qué idioma hablas con el mulato? –preguntó Karim.

–En español.

El tono del Profesor era ahora seco. Estaba muy mosqueado, y en parte era lógico porque él había dado la cara con aquella gente... Pero se equivocaba al creerse con derecho sobre la mercancía. Ni siquiera había participado en su robo, de modo que ahí no era más que un mero intermediario. Así era siempre con Karim, o con él o contra él.

–Preséntamelo y échate a un lado –ordenó Karim.

Abrió su puerta y los otros dos lo imitaron. Bajaron y se reunieron con los compradores, que aguardaban apoyados en el Laguna. El Profesor, forzando una sonrisa, alzó la mano derecha hacia al Francés y este le devolvió el saludo, chocando ambos puños. Acto seguido, le presentó a Karim y a Larbi y hubo nuevos choques de puños.

–Estos son Claude y Gabriel –dijo el francés con un acento muy marcado–, pero no os ofendáis porque estén callados. No es que sean tímidos, es que no hablan nada de español.

–Karim quería conocerte –dijo el Profesor, mientras lo señalaba y daba un ligero paso atrás.

El Francés asintió y dirigió toda su atención a Karim.

Un tráiler de grandes dimensiones, cargado de turismos, pasó a toda velocidad junto al descampado y el estrépito fue tal que no tuvieron más remedio que guardar silencio hasta que se alejara. Durante aquella pausa momentánea, Karim aprovechó para observar detenidamente al Francés y tomarle el pulso ante lo que estaba a punto de suceder. De hecho, ambos se estudiaron el uno al otro. «Bien –pensó Karim–. Que mire y se piense dos veces lo que puede pasar si se pone tonto». Karim era muy consciente de la impresión que causaba su físico. Ciento veinte quilos de puro músculo, mirada de hijoputa y una cicatriz de doce centímetros en el lado izquierdo de la cara que dejaba bien claro que le iba la jarana. La mirada del Francés era viva, de tío listo, pero su boca delataba cierto nerviosismo, con un tic que convertía su sonrisa en una mueca.

Se jugaban mucho ahí, eso estaba claro.

Más valía acabar cuanto antes.

–Vamos al grano –dijo Karim cuando por fin desapareció el tráiler–. ¿Dónde está el dinero?

–¿Dónde está la mercancía? –replicó el Francés.

Karim negó con un movimiento de cabeza, a la vez que chasqueaba la lengua con fingido disgusto:

–Así no funciona esto. Al menos, no conmigo. Me pagas, me largo, y después esperas aquí a que te entregue lo tuyo. Sin trampas, te lo garantizo.

La mirada del Francés se endureció. Ahora ya no parecía tan cordial.

–¿Crees que te voy a dar el dinero sin más? ¿Estás loco? –Se volvió hacia el Profesor, buscando una explicación, pero este apartó la mirada; el Francés escupió al suelo y le soltó–: Rachid, eres un cerdo. ¿A qué viene esto? Cumple con tu palabra.

Este alzó ambas manos y dijo:

–No te pongas nervioso, ¿vale? Karim solo quiere tomar precauciones, nada más...

–Si te quedas más tranquilo –ofreció Karim–, os dejaré a alguien aquí como garantía hasta que lleguen los paquetes.

El Francés negó con la cabeza enérgicamente.

–No pienso soltar el dinero sin ver la mercancía. ¿Acaso no lo hicimos así la otra vez? –La pregunta iba dirigida al Profesor. Como este agachó una vez más la cabeza, el mulato volvió a centrarse en Karim–. ¿No te fías de mí?

–¿Y tú? –contraatacó–. ¿No te fías tú de mí?

El Francés escupió al suelo una segunda vez y soltó un improperio en su lengua. Se volvió hacia los otros dos y les dijo algo. Karim, que hablaba un poco el francés, captó las palabras «perros» y «traidores».

–Está bien –dijo Karim. Tocaba acelerar, porque la cosa se estaba alargando más de la cuenta–. ¿Quieres la mercancía? Pues haré que la traigan, pero antes muéstrame el dinero. –Sacó el walkie-talkie del bolsillo, lo levantó y añadió–: Enséñame la pasta y doy el aviso. Eso es lo más que vas a sacar de esta puta discusión, ¿te queda claro? No tengo nada personal contra ti. Tú eres hijo de tu padre y yo soy hijo de mi padre... Y el mío no me perdonaría jamás..., te repito: jamás..., que me arriesgara sin antes asegurarme de que tienes para mí lo dices que tienes para mí. Así de sencillo. Si no me lo enseñas, la cosa acaba aquí y ahora. Sabes que tengo lo que tú quieres, ya te llevaste una parte y, además, sabes que el Profesor cumple. Confías en él, ¿no? Pues sigue confiando en él –remató Karim, y señaló con la barbilla a su socio.

–¡Enséñale la pasta de una puta vez! –intervino este–. ¡Y acabemos ya! Estamos perdiendo demasiado tiempo...

El Francés soltó un bufido y se tomó un tiempo para sopesar la situación; era evidente que no le gustaba un pelo. No obstante, acabó accediendo. Hizo un gesto a sus dos hombres, y estos se encaminaron junto a él hacia la parte posterior del Renault Laguna. Hacia allí fueron también Karim y el Profesor. Larbi se quedó más rezagado, a la derecha del vehículo, muy próximo a los dos machacas franceses. Los tenía a un brazo de distancia. Listo para actuar.

El mulato miró con gesto de enojo a los dos vendedores que estaban situados a su izquierda, muy pegados a él. Sacó del bolsillo el llavero del Renault Laguna. Tenía un botón para abrir el maletero. Inspiró hondo y apretó el botón.

El cierre del maletero se desactivó y el portón se elevó un centímetro, quedando libre del anclaje.

Karim cogió aire. Había llegado la hora del abordaje y las instrucciones eran simples: pilla la pasta y corre.

El Francés bajó la mano hasta la parte inferior del portón y comenzó a elevarlo.

Karim se llevó la mano a la cintura. Estaba claro que allí todos iban armados, así que tan solo era cuestión de ver quién dominaba a quién para evitar el tiroteo o quién hería a quién si resultaba inevitable.

Cuando el portón estaba ya a la altura del pecho, Karim vio emerger desde el interior algo que le hizo contener la respiración: era el cañón de un arma larga. Y apuntaba oblicuamente, en dirección al Profesor, que parecía no haberse percatado de nada. Justo en el momento en que el arma escupía una ráfaga de tres disparos, ¡BAM, BAM, BAM!, Karim lo apartó de la línea de fuego al abalanzarse sobre él.

El aterrizaje fue doloroso. Durante la caída, Karim vislumbró en el interior del maletero a un tipo sudoroso que sostenía un subfusil.

Sin tiempo a reaccionar, ¡BAM, BAM, BAM!, una segunda ráfaga impactó contra el suelo y elevó una nube de polvo a unos pocos centímetros de la cabeza de Karim. A su izquierda, el Profesor se retorcía, envuelto en tierra y sangre.

No había rastro del Francés. Había desaparecido. A su espalda, Karim oía gritos y disparos cercanos, pero ni unos ni otros iban dirigidos a él, de modo que se desentendió. En lo único que podía pensar ahora era en evitar que el cabronazo del maletero saliera de allí.

Y el portón ya estaba completamente abierto.

Mientras extraía la Glock 9mm de la cintura del pantalón, Karim se arrastró con rapidez, de espaldas al suelo, bajo el Laguna. Cuando ya tenía medio cuerpo cubierto por el coche, situó la boca del cañón justo debajo del maletero y apretó el gatillo. Lo hizo tres veces. Y una cuarta, por si acaso.

Oyó un grito prolongado, seguido de un gemido agudo. Después, alguien o algo se desplomó en el interior del vehículo.

Sin perder un solo segundo, Karim salió de debajo del Laguna. En cuclillas, parapetado tras el coche, observó cuanto sucedía a su alrededor, tratando de ubicarlos a todos.

La ira recorría su cuerpo de arriba abajo.

¿Cómo podía haberse confiado de aquel modo?

Y ¿dónde demonios estaban los Alí? ¿Acaso no habían oído los disparos? ¡Pero si medio polígono tenía que haberlos oído!

El Profesor seguía tendido en el suelo, herido pero vivo, gimiendo como un desesperado.

A lo lejos sonaron nuevas detonaciones. Los matones del Francés corrían tras Larbi, que en aquellos momentos saltaba la valla exterior del descampado en dirección al polígono de Zona Franca. Su pantalón de chándal estaba manchado de sangre y parecía cojear, pero les llevaba ventaja.

No veía al mulato por ningún lado. ¿Dónde cojones estaba?

Obtuvo la respuesta al instante, cuando el motor del Laguna rugió y el vehículo se puso en movimiento.

Karim rodó por el suelo y se protegió tras el Volvo.

Los otros dos franceses habían renunciado a perseguir a Larbi más allá del descampado y ahora corrían hacia el Laguna, que se acercaba a ellos con el maletero abierto.

–¡Hostia puta! –exclamó en castellano y sin ningún acento el tipo de la gorra gris, plantado frente al maletero; se había quedado petrificado al ver ahí dentro a su colega, más tieso que la mojama–. ¡Se han cargado al Benji!

Al escuchar aquellas palabras, Karim se recriminó a sí mismo que había actuado como un maldito principiante. Dominado por la rabia, disparó por encima del capó del Volvo, sin éxito.

–¡Vamos, coño, que ya se lo habrán llevado! –exclamó el otro machaca, mientras le devolvía los disparos a Karim.

Aquel tenía de francés lo mismo que su colega. ¡Pero qué hijos de puta! Y ¿qué quería decir con aquello de «ya se lo habrán llevado»?

Mientras contemplaba impotente como el Laguna abandonaba el descampado a toda leche, dos cosas cruzaron la mente de Karim.

La primera era la imagen de Momo, sentado en la furgoneta.

La segunda era la idea de que alguien lo había traicionado.

10

A Momo se le daban bien las rimas. O eso le decían. Sus canciones tenían gancho, entraban bien. Y le salían de un modo bastante natural. Por ejemplo, si buscaba una palabra que encajara con «bala», al momento se le ocurrían un puñado: pala, cala, sala, tala, mala, Wala, regala, apuñala, chavala... Y si necesitaba algo que pegara con «muerte», pues lo mismo: fuerte, suerte, encuentre... Bueno, en ese caso quizá no tantas, pero también podían valer: quererte, perderte, dolerte o cosas así.

Su nombre de rapero había ido evolucionando con el tiempo: primero fue Kidd Momo, después Badd Momo y, durante un corto periodo de tiempo, se convirtió en Sweet Momo. Pero como sonaba muy ñoño lo cambió a un sonoro Momo Yuzzz, su nombre actual. Y no es que el apodo de Momo le gustara especialmente, pero es que todo el mundo en la calle lo llamaba así, e incluso sus hermanas. La culpa lo tenía aquel muñeco inquietante que comenzó a circular por internet años atrás, con los ojos saltones y una sonrisa macabra. Decían que se parecía a él, sólo por joderle; y como se rebotaba, no paraban de repetirlo. Con el paso del tiempo, dejó de molestarle y se convirtió en una costumbre.

Había compuesto ya una docena de temas, y en ellos denunciaba la situación del barrio y de su gente, se metía con la poli, rajaba del sistema y, en un par de ocasiones, se había desquitado con alguna pava. Las que más le gustaban eran: «Cucarachas y lagañas», «Vivo en la comisaría», «Me llaman Marrón Veinte», «Te di hasta mi sangre, zorra» y su preferida: «Búscate tu suerte a balazos». De esa última incluso había hecho un videoclip; lo había grabado con un par de colegas, improvisando los ángulos de cámara y eso, pero salía él en plan serio en distintos lugares de L'Hospitalet, y daba bastante el pego. Lo había colgado en YouTube y ya llevaba más de quinientas visualizaciones. Estaba muy orgulloso de aquel video. Cuando se lo mostró a Karim, este opinó que no estaba mal. El tío era exigente, la verdad, pero Momo no se lo tenía en cuenta. Porque le había prometido que, si algún día componía un tema bueno de verdad, él mismo pagaría de su bolsillo un equipo de producción en condiciones para grabar el videoclip.

Ahora Momo estaba liado con un nuevo tema que le traía de cabeza. Le estaba costando escribir la letra mucho más que en otras ocasiones, y el motivo era que trataba sobre Karim. Ni más ni menos. Era algo así como un homenaje. Y era una sorpresa, por supuesto. La canción iba sobre su vida y el título provisional que le había puesto era «El corsario de los siete males», así, con juego de palabras incluido, en plan profundo. Su objetivo era rendirle tributo, porque el tío era el puto amo, coño. El rey de la calle.

Lo de corsario venía por Barbarroja. De pequeño, el abuelo de Momo le contaba aventuras de aquel corsario bereber que, siglos atrás, llegó a causar estragos a lo largo y ancho del Mediterráneo. Y, a su manera, Karim siempre le había recordado a aquel personaje, aunque lo suyo eran los abordajes a vehículos de transporte de droga y los saqueos a guarderías de hachís. Un corsario bereber moderno y en tierra firme. De Barbarroja se decía que era invulnerable, todopoderoso y cruel. Y lo mismo se había llegado a decir de Karim.

Momo, en su modestia, quería narrar la vida de su jefe, contando lo chunga que había sido su infancia en Nador, la forma como había conseguido montárselo años después en L'Hospitalet, los líos en los que se había metido, su paso por Brians y Quatre Camins... Quería contarlo todo. Bueno... Todo, todo no, claro. Solo cosas que no lo comprometieran o, al menos, contarlas de un modo que no le trajeran problemas. El caso es que deseaba que todos admiraran a aquel tipo tanto como lo admiraba él. Y también, aunque no lo admitiera en voz alta, porque ansiaba su aprobación. De ahí que le costara tanto encontrar las palabras adecuadas.

En aquellos momentos, sentado tras el volante de la Ford Transit, Momo aguardaba a que llegara el aviso de entregar la mercancía. Mientras tanto, para ocupar el tiempo, estaba inmerso en una estrofa que hablaba de lo mucho que el padre de Karim lo había puteado a él y al resto de su familia hasta que lo encontraron tieso dentro de un contenedor, con un tajo en la garganta. Para componer la letra, Momo utilizaba siempre su teléfono móvil, grabando su voz sobre una base rítmica que se repetía en bucle. En esta ocasión, y a pesar de que Karim les obligaba a apagar los móviles antes de cualquier asunto, se había limitado a ponerlo en modo avión, cosa que venía a ser lo mismo, y así al menos podía usarlo.

Estaba estrujándose el cerebro pensando en algo que quedara bien con «mala vida todo el día» cuando oyó unos golpecitos en el cristal de la ventana del acompañante. Aquello lo sobresaltó.

Desvió la mirada hacia su derecha y lo que vio le provocó un hormigueo de acojone que recorrió todo su espinazo desde el culo hasta la nuca.

Al otro lado del cristal había un tipo con la cara tapada como un ninja. Llevaba una braga militar que le llegaba hasta la parte inferior de los ojos y una gorra negra de los Yankees calada hasta las cejas. Y resulta que lo que había utilizado para golpear la ventanilla era el cañón de una pistola.

–¡Eh, capullo! –dijo el tipo apuntándole a través del cristal–. Levanta las manos y gira la cabeza.

Momo buscó el walkie con la mirada. Estaba en el salpicadero y tenía que estirarse para cogerlo. Demasiado arriesgado. No le habían dejado ningún arma, porque se suponía que aquello iba a ser un puñetero trámite, y no tenía nada con qué defenderse.

–¡Capullo! –gritó el tipo mientras golpeaba de nuevo el cristal de la furgoneta con el cañón, esta vez con fuerza. Debía haberse puesto de puntillas, porque ahora dejaba entrever una chaqueta deportiva con la cremallera a medio subir. Había un gallo con guantes de boxeo estampado en su camiseta.

–¿Qué? –preguntó Momo. Establa bloqueado.

–¿Me estás vacilando? ¡Levanta las manos y gira la cabeza hacia allí!

Esta vez, Momo obedeció. Alzó las manos sobre su cabeza, con el móvil todavía sujeto, y volvió la cabeza hacia su izquierda.

No dio un bote de milagro.

A su lado, apuntándolo con un revólver plateado, había otro tipo, también con una braga militar. A este, sin embargo, sí se le veía la parte superior de la cabeza porque no llevaba nada para cubrirla. De hecho, iba rapado al cero.

Momo no daba crédito. ¿Cómo demonios no se había percatado de que aquel cabrón estaba allí? ¡Pero si hasta tenía la ventanilla bajada!

Sin previo aviso, el calvo le golpeó la sien con la culata del revólver y Momo tuvo la impresión de que acababa de explotarle la cabeza.

Los siguientes segundos fueron un suplicio: lo sacaron a rastras de la furgoneta y le patearon las costillas, la cara y las piernas. Sin compasión.

Cuando estuvieron seguros de que no les pondría problemas, subieron a la furgoneta y salieron zumbando del almacén, Momo se sentía incapaz de moverse. Y cuando por fin lo hizo, fue para comprobar el estado de su móvil, que había protegido durante la paliza encogiéndose sobre él, haciéndose un ovillo. A pesar de que veía algo borroso, tuvo la sensación de que el teléfono estaba intacto.

Lo que más le preocupaba en aquellos momentos era que Karim creyera que se había dejado robar la mercancía sin oponer resistencia.

Todavía tendido en el suelo, llamó al número de Karim, pero no había señal.

Lo intentó un par de veces más, sin suerte.

Cuando cayó en la cuenta de que el teléfono seguía en modo avión, percibió la presencia de alguien a su lado, de pie.

Alzó la vista y tan solo pensó en que sería incapaz de aguantar un solo golpe más.

11

Cuando llegaron a comisaría, por poco no se comen a Ahmed.

Estaba claro que el tipo no tenía ni pajolera idea de rifeño y, aun así, arrinconado en el locutorio, seguía afirmando que era capaz de traducirlo, quizá no todo, pero sí en su mayoría.

–¿Cómo se dice mentiroso en rifeño, Ahmed? –preguntó el cabo Nacho Aguilar, con ambas manos apoyadas sobre al escritorio.

Ahmed titubeó, ajustándose las gafas. Estaba sudando.

–¿Y cómo se dice inútil? –preguntó a su vez el agente Hugo Rondón, rodeando el escritorio, directo hacia él.

Ahmed hizo rodar su silla para poner distancia de por medio, y rogó con la mirada a Roberto Balaguer, el agente veterano encargado de las escuchas telefónicas, con el fin de que lo protegiera.

–Conmigo no cuentes –dijo Balaguer, negando enérgicamente con la cabeza–. Me tienes hasta la coronilla, Ahmed. A mí y a todos. Así que apechuga.

El intérprete se puso en pie, y recogió su bolígrafo y su libreta de anotaciones.

–Será mejor que me marche –dijo.

Ni Rondón ni Aguilar se movieron, cortándole el paso.

Esa fue la escena con la que se toparon Silvia y Joel al entrar al locutorio. A su espalda, la voz firme de la sargento Lucía López les ordenó que la dejaran pasar. Así lo hicieron.

Cuando la sargento ocupó el escaso espacio libre que quedaba en el reducido despacho, le habló directamente al intérprete:

–Ahmed, acabo de llamar a la empresa de traductores. He presentado una queja explicando que llevas meses engañándonos y fingiendo entender el rifeño.

–Pero es que yo...

–Pero es que nada –lo cortó en seco–. También hablaré con la jueza y le contaré que nos has hecho perder el tiempo inútilmente y que has perjudicado seriamente la investigación, aparte de poner a los agentes de seguimientos en riesgo. No creo que haga nada, pero si decide denunciarte, no seré yo quien mueva un dedo por impedirlo. Y ten por seguro que es la última vez que trabajas para Mossos. Ahora, largo.

Ahmed comenzó a balbucear. Por un momento pareció que trataba vanamente de defenderse una vez más, pero al final optó por agachar la cabeza y salir del despacho en silencio, bajo la mirada acusadora de los agentes.

–Joel –dijo la sargento–, acompáñalo abajo.

Cuando traductor y agente desaparecieron, el cabo Aguilar preguntó:

–Y ¿ahora qué?

–Mi queja ha hecho efecto. Me han asegurado que mañana vendrá una intérprete con conocimientos de rifeño y árabe.

–Eso está por ver –replicó Silvia, pesimista.

–Eso mismo les he dicho yo. Pero, por lo visto, es nativa del Rif.

–Ahora solo falta que se exprese bien en castellano –comentó Balaguer–. Aunque con la suerte que tenemos... Esto de depender de los traductores es un asco.

–Esperemos a mañana –sentenció la sargento, abandonando el locutorio.

En la amplia oficina donde se encontraban los escritorios de trabajo de todos los Grupos de Investigación de la UTI Metrosur, alguien requería su atención. Era el jefe de Robos con Fuerza.

–Lucía, escucha esto que te interesa.

Frente a él, vestido de uniforme, había un subinspector. Era el jefe de turno de la Sala Operativa Metropolitana Sur, y todos lo conocían como el Malas Noticias, porque cada vez que aparecía por las dependencias de la UTI era para darles trabajo del que requería ponerse las pilas en el acto: homicidios, heridos de bala, asaltos violentos a domicilios o grandes confiscaciones de droga.

El subinspector miró a la sargento y dijo:

–Acaban de informar desde Sala Barcelona que ha habido un tiroteo en Zona Franca, junto al ZAL...

Todos se pusieron alerta.

El ZAL era la Zona de Actividades Logísticas del Puerto de Barcelona. Limitaba geográficamente con El Prat y L'Hospitalet, y estaba ubicada relativamente cerca del punto donde habían perdido a Karim a bordo de la furgoneta.

Sin embargo, se hallaba dentro de la demarcación de la UTI Barcelona. Y la investigación de aquel tiroteo no recaería sobre ellos..., a menos que algún indicio lo relacionase con Karim y su gente.

–¿Hay algún detenido? –preguntó la sargento.

–De momento, ninguno. El lugar estaba desierto cuando han llegado las primeras patrullas.

–Pero hay testigos, ¿no?

–Sí, claro. Pero no te creas que aportan mucho. Dicen que parecían árabes, o negros. Los vieron de lejos, huyendo en un par de vehículos.

–¿Alguno era una furgoneta? –preguntó Silvia.

–Creo que... –El subinspector consultó un papel con notas manuscritas que sostenía en la mano y negó enérgicamente–. No... No, no, qué va. No me han dicho nada de una furgoneta. Eran un todoterreno oscuro y un coche familiar con matrícula extranjera. Pero nada de furgoneta... –Siguió leyendo y dijo–: El lugar del tiroteo ha sido un descampado. Las patrullas han encontrado allí muchos casquillos en el suelo, la mayoría del 9. También hay restos de sangre y muchas marcas de roderas. Pero nada de furgonetas. O, al menos, ningún testigo que lo afirme –sonrió, entrecerrando los ojos, y añadió–: No os quejaréis. Esta vez no vengo a daros faena, ¿eh? Que sé lo que decís de mí, que traigo mal fario y eso... Solo vengo a informaros. Si hay alguna novedad, vuelvo –remató el subinspector, antes de regresar a su puesto en la Sala Operativa, situada en el otro extremo del edificio.

–Habrá que ir allí a peinar la zona en busca de cámaras, ¿no? –propuso Joel, que había regresado poco antes de que el subinspector comenzara a dar detalles del tiroteo.

La sargento recapacitó unos instantes y, finalmente, negó con un movimiento de cabeza.

–Prefiero que no os acerquéis. De momento, que Barcelona se haga cargo del caso, que es a quien le toca. Si aparece una mínima sombra que lo relacione con Karim y su gente, lo asumiremos, pero de momento todos quietos.

Todos mostraron su enojo y su frustración. Habían perdido a Karim al inicio del seguimiento. Y sentían que, de algún modo, estaba implicado en aquel tiroteo que tenía todos los números para ser un vuelco entre narcotraficantes. Deseaban hacer algo para demostrarlo. Pero la sargento insistía en que no.

–Os entiendo, pero no podemos perder de vista cuál es nuestra prioridad. Se nos acaba el tiempo. Y damos por hecho muchas cosas. Y seguimos sin saber dónde está Karim ni qué ha hecho con la furgoneta. ¿Para transportar el alijo? ¿Para venderlo? No sabemos nada de nada. Tenemos que centrarnos en eso. Y no pienso perder el poco tiempo que nos queda asumiendo la investigación de un tiroteo desde el inicio, a menos que sepa de antemano que Karim o alguno de los suyos estaba ahí.

No dio derecho a réplica.

Silvia comprendía que la posición de un sargento era muy distinta de la de un agente, ya que era quien respondía directamente de los resultados del grupo y debía tomar decisiones a menudo impopulares dentro de su equipo, cumpliendo con las directrices de los superiores. Pero la consideraba demasiado cuadriculada. Demasiado legalista. Demasiado preocupada por cerrar sus casos sin complicarse la vida y, sobre todo, sin complicársela a los jefes.

Mandó a Balaguer de vuelta a la intervención telefónica, por si habían entrado nuevas llamadas, y a Joel y a Silvia a redactar la breve e infructuosa acta de vigilancia y seguimiento.

Por su parte, Rondón y Aguilar se encargaron de las gestiones con la furgoneta alquilada. El conductor que constaba en el contrato de alquiler era un tipo de Vic sin antecedentes y, muy probablemente, sin la menor idea de que alguien se estaba haciendo pasar por él. Un par de meses atrás había denunciado el hurto de su documentación, de modo que ya podían hacerse una ligera idea de cómo habían llegado su DNI y su permiso de conducir a manos de Momo. Se suponía que debían devolverla al día siguiente, pero era muy probable que no lo hicieran. Por ese motivo habían dado de alta un control policial a la furgoneta para que los llamaran urgentemente en caso de localizarla, extremando a su vez las precauciones.

A mediodía, cuando llegó el turno de tarde, comenzaron el briefing entorno a la zona de mesas de Violentos. Apenas habían comenzado a relatar lo sucedido en Zona Franca cuando sonó el teléfono de guardia de la UTI.

Fue Silvia quien se apartó para coger el móvil y responder.

–Hola –dijo un hombre con voz cantarina. Llamaba desde la calle, puesto que se oía el tráfico de fondo–. ¿Puedo hablar con alguien del Grupo de Violentos?

–Sí, yo misma. Dime.

–Soy el jefe de turno de L'Hospitalet. Llamo por un control que habéis puesto a una furgoneta…

Silvia se puso en alerta. Le sorprendió recibir noticias tan pronto. Apartó la mirada hacia sus compañeros, que seguían enfrascados en el asunto del tiroteo, ajenos a aquella novedad. Silvia esperó a obtener más información para ponerlos sobre aviso.

El patrullero le comunicó la placa de matrícula de la furgoneta que tenía ante él y sí, sin duda, era la alquilada por Momo.

–La acabamos de encontrar en el Polígono Pedrosa, en la calle Pablo Iglesias con Dolors Aleu. Está abandonada.

Eso estaba a apenas cinco minutos en coche del lugar donde se había producido el tiroteo.

–¿Dices que está abandonada?

–Sí, sí. Abandonada. Tiene las llaves puestas y los portones abiertos de par en par. El lateral y los traseros. Nos ha llamado un trabajador de la nave que hay aquí delante. Dice que no sabe cuándo la han dejado aquí, que ha salido a fumar y ya se la ha encontrado así.

–Y no hay nada dentro, ¿no?

–Disculpa, es que hay mucho tráfico de camiones por aquí… ¿Cómo dices?

–Que si hay algo dentro.

–Qué va. Está completamente vacía…

–Ni notas ningún olor raro, como si hubieran transportado marihuana o hachís…

–Lo dices por lo que ha pasado aquí al lado esta mañana, ¿no? Qué va, qué va. Huele a limpia y todo… –Silvia se disponía a hacerle una seña a Lucía para llamar su atención cuando las palabras del patrullero la detuvieron–: Pero yo no lo descartaría, porque hay restos de sangre.

–¿Sangre?

–Sí, en una de las puertas, junto a la manilla. Como si el que la hubiera abierto tuviera los dedos manchados de sangre. Aunque parece que llevaba guantes, por las marcas que ha dejado.

–¿Estás seguro?

–Sí, bastante seguro –respondió el patrullero–. Antes de ascender a sargento, estaba en la Científica de Barcelona y sé un poco de esto. Si no me equivoco, también hay sangre en el volante y en el salpicadero. Pero bueno, eso habrá que mirarlo mejor.

–¿Todo bien, Silvia? –preguntó Lucía.

Todos miraban a la agente.

Silvia se apartó el teléfono de la cara y dijo:

–Pues me da que sí que vamos a asumir el tiroteo.

12

Joel Caballero salió del supermercado mayorista Makro de Zona Franca con las manos vacías. Ninguna de las cámaras exteriores enfocaba directamente a la calle, solo al aparcamiento del establecimiento. Y lo que interesaba era ver algo relacionado con el tiroteo que había tenido lugar a escasa distancia de allí hacía tan solo unas horas.

Hasta el momento, no había tenido mucho éxito buscando testigos. La gente no se moja: habla con gusto de disparos y coches a la fuga, pero cuando se les pide más concreción, nadie sabe (o no quiere) dar una descripción detallada, ni de la marca de los vehículos ni de la apariencia de sus ocupantes. No obstante, Joel aún confiaba en obtener imágenes relevantes de un par de gasolineras próximas al lugar de los hechos, así como de las cámaras exteriores de la estación de metro y de las instalaciones de Transportes Metropolitanos de Barcelona.

Joel echó a andar en dirección al descampado, donde en aquellos momentos trabajaban tres agentes de la Científica. Al llegar a la rotonda, observó a lo lejos a Silvia Mercado, que se aproximaba a su posición. Hablaba por teléfono, y, a juzgar por su rostro, no parecía disfrutar mucho de la conversación.

Se detuvo a esperarla y, mientras, echó un vistazo al WhatsApp, por si había alguna novedad en el chat del Grupo de Robos Violentos. Sin noticias. Sin embargo, advirtió que su madre acababa de enviarle una fotografía. Tal como esperaba, era de Eric, su hijo de seis años, que hacía el payaso. Iba vestido con el uniforme del colegio y dirigía a la cámara una sonrisa torcida, con la lengua fuera, haciendo el signo de la victoria con la mano derecha. De nuevo,

Joel sintió aquella mezcla de felicidad, remordimientos y culpa. Felicidad por lo mucho que quería a su hijo y lo orgulloso que se sentía de él. Remordimientos por seguir en el trabajo, en lugar de disfrutar de su compañía durante su semana de custodia. Y culpa por haberle jodido la infancia, obligándolo a vivir con una maleta a cuestas, cambiando de domicilio cada siete días, con unos padres incapaces de mantener una simple conversación sin elevar el tono de voz.

Cuando Silvia llegó a la altura de Joel, seguía al teléfono, discutiendo con alguien. Daba la sensación de que reñía con su pareja.

–¿A dónde tienes que ir? –preguntó Silvia–. Hoy no tienes rehabilitación, ¿verdad? Pues por eso me he quedado. –Silencio–. Pues no sé... Lo que tarde...

Al advertir que Joel la estaba observando, Silvia bajó el tono de voz y dio media vuelta. Ahora estaba seguro. Sí, discutía con su novio. O marido. Joel no lo tenía claro. Se llamaba Saúl Sanz y, por lo poco que sabía de él, era compañero, también destinado en la UTI Metrosur, y estaba de baja por accidente. Y, por la cara que ponía Silvia, no era la primera vez que discutían. Ni la última, eso fijo. A Joel lo había marcado mucho la separación, y aquel tipo de llamadas, cargadas de silencios y reproches, las asociaba con el principio del fin.

–¿Cómo te ha ido? –le preguntó a Joel cuando colgó.

–En el Makro, mal. ¿Y a ti?

–En el Catalunya Wagen hay una que nos puede servir, con muy buena calidad. Aun así... El concesionario está muy lejos del descampado. A menos que sepamos con exactitud los coches que han utilizado, no creo que sirva para nada.

–¿La has pedido, igualmente?

–Sí, por si acaso.

Joel asintió.

–¿Miramos por aquí? –propuso Silvia, señalando la calle 6.

Era la última calle del polígono de Zona Franca, el límite entre ambos municipios; en la acera de Barcelona había un amplio recinto vallado con numerosas naves en su interior, mientras que el lado del Prat constituía una extensa zona no urbanizada, por donde transcurría la vía del tren, con una acera sin pavimentar, saturada de árboles y arbustos.

Joel estaba un poco harto de buscar cámaras, pero no había más remedio que seguir peinando la zona, por lo que asintió.

Comenzaron a andar en dirección norte, en paralelo a la valla que rodeaba el gran recinto de empresas, sin quitarle ojo a la parte elevada de las naves. Tomaron nota de un par de ellas con cámaras que pintaban bastante bien y continuaron adelante con la intención de acceder al lugar. No obstante, el cercado parecía no tener fin.

–¿Cómo entramos ahí? –preguntó Silvia. Soltó un bufido y añadió–: Debimos haber cogido el coche.

–Espera un momento –dijo Joel.

Cruzó la calle para tener un mejor ángulo de visión y, cuando llegó a la acera contraria, echó un vistazo a la valla. Sí, sin duda debían continuar hasta el siguiente cruce. Desde luego, tendrían que haber cogido el coche; las nubes llevaban rato tapando el sol, y el frío estaba calándoles los huesos...

–Aaaah...

Joel dio un brinco. ¿Qué había sido eso? ¿Un gemido?

Sí, sin duda. A su espalda. Entre los arbustos.

Dio un par de pasos hacia el interior de la zona de matorrales, y se agachó. Y entonces distinguió una mano sosteniendo una pistola semiautomática de color negro. Sus pulsaciones subieron de golpe, porque el arma parecía auténtica. No apuntaba hacia Joel, sino que estaba tendida sobre el suelo, ladeada. Y quien la empuñaba, fuera quien fuera, se ocultaba detrás de la maleza, posiblemente estirado bocarriba.

Lentamente, Joel extrajo su pistola reglamentaria al tiempo que le hacía señales a Silvia para que se acercara con cautela.

–Aaaah...

Otro gemido. La mano que empuñaba la pistola tembló ligeramente, pero apenas se movió un par de centímetros.

Silvia llegó hasta su posición y captó al instante lo que sucedía allí. Sacó el arma y apuntó hacia los matorrales.

Joel dio unos pasos al frente en completo silencio, hasta pisar el cañón de la pistola con su pie derecho. Clavó la punta de la zapatilla con fuerza y consiguió retirar el arma de aquella mano con bastante facilidad, sin dejar de apuntar hacia el lugar donde aquel tipo estaba medio escondido.

Silvia estaba a su lado, observando ahora el entorno, evitando caer en el efecto túnel. Le hizo un gesto a Joel y este advirtió un reguero de sangre que acababa en un pequeño charco formado sobre la tierra apelmazada.

Con cuidado, Joel alargó un brazo y apartó un par de matas.

Ante ellos apareció Omar Larbi, semiinconsciente, con el cabello, la cara y la ropa sucios de polvo y sangre. Respiraba, pero con dificultad. Parecía más muerto que vivo.

Joel se guardó el arma reglamentaria y cacheó al hombre. Este se dejó hacer, con la vista perdida, sin oponer resistencia. Apenas llevaba nada en los bolsillos. Ni cartera, ni móvil. Pero era Omar Larbi, sin duda. La mano derecha de Karim Hassani. Podía darse por arrestado; si no por el tiroteo, sí al menos por posesión ilícita de arma de fuego. Siempre que no la palmara, claro.

–Voy a pedir una ambulancia –anunció Silvia.

Se alejó unos metros y Joel valoró la posibilidad de esposar a Larbi. Volvió a echar un vistazo a su rostro y advirtió, para su sorpresa, que este lo observaba con los ojos entreabiertos.

Parecía susurrar algo.

Joel se acercó a su cara y oyó como le decía:

– Enróllate y deja que me largue, ¿vale?... Te lo compensaré, tío... Te lo juro... Sé de qué palo vas...

Tras pronunciar aquellas palabras, Larbi dejó caer la cabeza atrás, inconsciente. Joel se puso en pie. Dio media vuelta, en dirección a su compañera y casi choca con ella, porque estaba más cerca de lo que imaginaba.

–Ya viene la ambulancia –informó Silvia, que lo observaba con el ceño fruncido.

13

–A ver, repítemelo otra vez –exigió Karim Hassani–. Y esta vez intenta que se te entienda.

Su interlocutor era Momo, o algo bastante parecido a Momo, porque tenía el rostro hinchado y amoratado, con un par de brechas que no dejaban de sangrar. Desde luego, lo habían molido bien a palos, pero estaba mejor de lo que aparentaba. Peor era el estado del Profesor, que había recibido un balazo en el hombro; si Karim no lo hubiese apartado en el último momento, el tío del maletero lo habría destrozado.

Se encontraban en casa de un primo de Karim que tiempo atrás había trabajado como auxiliar de enfermería en el ejército marroquí. Aunque el tipo era un chapucero, ya los había remendado de heridas similares más veces de las que recordaba.

Como era lógico, había comenzado atendiendo al Profesor, que no llegó a perder el conocimiento en ningún momento; por suerte, la bala le había atravesado el hombro limpiamente, y, más allá del dolor, no hizo falta trastearlo más de lo necesario. En aquellos momentos dormía en la habitación de al lado, grogui por los calmantes. El tío se sentía responsable de aquella encerrona y no había dejado de lamentarlo; al fin y al cabo, él había traído al comprador y había confiado en su palabra. Cuando Karim le reveló que en la furgoneta no había ni un gramo de hachís, casi le da un morreo.

Enterarse de aquel engañó había supuesto un gran alivio para él, aunque lo cierto es que el principal motivo por el que Karim había ocultado a todos, incluido a Larbi, cuál era el verdadero contenido de la furgoneta y cuáles eran sus verdaderas intenciones con los franceses, fue precisamente para evitar que el Profesor se echara atrás. Era un acojonado al que le gustaba traficar con droga, pero sin verdaderas pelotas para empuñar un arma y hacerse con un alijo. Y Karim lo necesitaba a su lado para acercarse a los franceses, tranquilo, confiado. De modo que prefirió que el resto siguieran creyendo que se iba a llevar a cabo la venta para que el Profesor no sospechara nada. Sabía que Larbi no se tomaría a mal el engaño; respetaba a Karim y siempre iba a muerte con él, hiciera lo que hiciera.

Y, a pesar de que el hachís seguía en su poder, Karim se sentía poseído por la ira. Era puro fuego. Por dentro y por fuera.

Aquellos tipos parecían los primos ideales. Venían a sus brazos cargados de dinero, y ellos, sin mucho esfuerzo, los enviaban de vuelta a Francia con los bolsillos vacíos y el rabo entre las piernas. ¿Por qué malgastar el hachís vendiéndoselo a esos pringados? Era el palo perfecto... Hasta que se torció, y de qué manera.

Su único consuelo era pensar en la cara que se les habría quedado a aquellos cabrones cuando abrieron la furgoneta... Aunque era poco consuelo; le habían dado un golpe de los buenos.

Y ahora, pasadas unas horas desde el incidente, estaba más convencido que nunca de una cosa: que había sido traicionado por uno o varios de sus hombres.

Pero ¿quién?

La cabeza le iba a mil por hora.

–No sé cómo han entrado en la nave, te lo juro... –Momo trataba una vez más de justificarse, mientras limpia la sangre del rostro con un trapo–. Eran dos. Me han plantado una pipa en la cara y me han sacado a rastras de la furgo. Yo no podía hacer nada, han empezado a golpearme en la cara y a patearme como a un perro. ¡No podía hacer nada!

El chaval estaba acojonado. Muy acojonado. Porque temía que Karim la tomara con él, que creyera que había puesto las cosas fáciles para que se llevaran la furgoneta. A Karim le costaba dudar del chaval, sabía que sentía devoción por él; aun así, no dudaría en apretarlo si hiciera falta.

–Descríbelos.

–Eran dos. De unos treinta años. Fuertes. No he podido verles la cara, la llevaban tapada. Pero solo uno llevaba gorra; el otro tenía la cabeza rapada. Y eran blancos. Españoles.

Españoles. Igual que los otros dos que acompañaban al Francés.

Españoles.

Desde luego, se la habían metido bien doblada.

Una vez más se preguntó quién lo había traicionado. Porque si no, ¿cómo demonios sabían dónde estaba escondida la furgoneta? Los primeros que habían venido a su mente mientras huía del puñetero descampado fueron, cómo no, los hermanos Alí. ¿Por qué no se habían presentado nada más producirse los primeros disparos? Había conducido frenético por las calles del polígono de Zona Franca sin pensar en otra cosa más que en reventarlos.

Llegar allí y comprobar que la furgoneta había volado, fue realmente jodido. sus sospechas se habían materializado. Apenas hacía unos segundos que había localizado a Momo, hecho un guiñapo en un rincón de la nave, cuando los Alí hicieron acto de presencia. Parecían no entender nada. O, al menos, eso aparentaban. Karim se encaró con ellos. Les golpeó con fuerza, en el pecho y en la cara, exigiendo saber por qué no habían hecho nada. Y ellos se limitaron a encajar sus golpes, entre excusas y justificaciones, insistiendo en que no habían recibido aviso por walkie cuando los franceses aparecieron, y que no se habían dado cuenta de nada hasta que lo vieron pasar a toda hostia conduciendo el Volvo del Profesor.

Aquello era para cagarse. ¿De verdad que no habían oído los malditos disparos? Tanto Alí el Viejo como Alí el Joven juraban y perjuraban que no, disculpándose entre guantazo y guantazo, aceptándolos estoicamente, como si con eso bastara. Mierda de tíos... Karim siempre había evitado poner en primera línea a aquel par de inútiles porque sabía que no daban para mucho. Y, aun así... Aun así, un par de inútiles como ellos, o al menos uno de ellos, podían creerse más listo que nadie, jugar a dos bandas.

Pero había que largarse de allí, cuanto antes, a pesar de las dudas y los recelos. Permanecer en la nave era demasiado arriesgado.

Ignoraba dónde estaba Larbi, y eso le preocupaba. La última vez que había visto a su colega, este saltaba la valla del descampado, con los pantalones teñidos de sangre.

De Larbi no tenía la menor sospecha.

Karim era capaz de poner la mano en el fuego por él y estaba convencido de que no se quemaría. Era como un hermano. Más aún: era como una extensión de su propio cuerpo.

Pero no había tiempo para salir a buscarlo. No podía ni planteárselo. En cuestión de minutos, el polígono estaría atestado de policías. Por no hablar del Profesor, que se desangraba en el asiento trasero del Volvo. Debía confiar en el instinto de supervivencia de Larbi. Sabía que lo tenía. Ya había visto cómo se las arreglaba en situaciones verdaderamente jodidas. Allí, en Barcelona, y abajo, en el Estrecho.

Hizo que los Alí cargaran a Momo en su coche y quedaron frente al bar de Hicham, en el Gornal. Una vez reunidos allí, subieron a los heridos a casa de su primo.

–Qué más –exigió Karim a Momo.

–No sé…

–¿Me vas a decir que no recuerdas nada más?

–Casi no me dio tiempo a mirarlos. Fue todo muy rápido…

–¡No me jodas! ¡Algo más recordarás! ¿Qué te dijeron?

Karim alzó un puño amenazador.

El chaval estaba temblando. De pronto levantó ambas manos. Parecía protegerse del inminente golpe. Sin embargo, dijo:

–Recuerdo la camiseta que llevaba uno de ellos. Tenía el dibujo de un gallo, con guantes de boxeo. No recuerdo nada más, te lo juro. Nada más…

Karim se contuvo. ¿Había visto aquel mismo dibujo en algún sitio o eran imaginaciones suyas?

Sentía que la cabeza le iba a estallar.

Ansiaba con todas sus ganas descubrir quién estaba detrás de aquello y cobrarse venganza por la osadía que habían demostrado. Un vuelco de hachís. A él…. ¡A él!

Sin embargo, en aquellos momentos, su prioridad era, por encima de todo, averiguar qué había pasado con Larbi. Saber dónde estaba y si se encontraba bien.

La respuesta a tal inquietud llegó sobre las nueve de la noche, al recibir la llamada de Salima, la novia de Larbi. Le contó que los Mossos d'Esquadra acababan de ponerse en contacto con ella para comunicarle que Omar Larbi estaba ingresado en la Unidad de Cuidados Intensivos del Hospital de Bellvitge. Y no solo eso. También le dijeron que, a pesar del ingreso, estaba detenido. Según Salima, se habían negado a darle más información por teléfono, tan solo que había sido él mismo quien había pedido que le notificaran a ella su arresto cuando le leyeron los derechos.

–También me han preguntado por el abogado –añadió Salima, con voz nerviosa–. Omar les ha dicho que quería un abogado particular, pero que me pidieran a mí los datos.

Al oír aquello, Karim tuvo claras dos cosas. La primera, que la vida de Larbi no corría peligro; de lo contrario, los malditos policías no habrían dispuesto de tiempo para hablar con él y atosigarlo con estupideces como la lectura de derechos. Y, la segunda, que su socio estaba utilizando a Salima como intermediaria para preguntarle a qué puñetero abogado debía recurrir ahora, después de lo sucedido con Carrillo.

–Y ¿qué les has dicho del abogado? –preguntó Karim, de pie, frente al bar de Hicham. Hacía un frío que pelaba en la calle, pero prefería mantener aquella conversación ahí fuera.

–¡Pues qué les voy a decir! –soltó Salima–. Les he dado el nombre de Valentín Carrillo. No me explico por qué Omar no lo ha hecho...

–Mierda.

–¿Cómo que «mierda»? ¿Qué está pasando?

Si ya de por sí Salima era una borde, a mil revoluciones resultaba insoportable. A punto estuvo Karim de mandarla a paseo y colgar, pero ignoró su pregunta y cambió de tema:

–Salima, escúchame. Tienes que ir al hospital y decir que eres la mujer de Omar. Que te expliquen qué le pasa exactamente, qué heridas tiene. Y habla con las enfermeras, por si te dejaran verlo...

–Pero ¿qué dices? ¿Crees que me van a dejar verlo? ¡Pero si está detenido!

–Salima...

–¿Qué pasa con Carrillo? ¡Responde!

Karim gruñó, exasperado.

–Ahora paso a verte por casa. –A pesar de todas las precauciones que tomaba, Karim seguía recelando de los teléfonos–. Y haz el favor de calmarte.

–¿Que me calme? –Salima estaba furiosa. Para remarcarlo, insistió–: ¿Que-me-cal-me? ¡No me trates como si fuera una niñata estúpida y responde de una vez! ¿Qué pasa con Carrillo?

Karim explotó.

–Pues que las cosas están jodidas con Carrillo, ¿te queda claro? Vamos a cambiar de abogado.

–¿Cambiar de abogado? ¿Cómo que «cambiar de abogado»? Esto es cosa tuya, ¿no? ¿A qué estás jugando, Karim? ¡Pero si Carrillo es el mejor! Omar lo ha dicho un millón de veces. ¡Tú lo has dicho un millón de veces! Es por lo de tu hermano, ¿verdad?

–Salima, eres una puta bocazas –dijo Karim. Y colgó.

Tenía que buscarle otro abogado a su amigo. Conocía a unos cuantos, no tan buenos como Carrillo, pero casi. Necesitaba saber qué delitos se le imputaban a Larbi, porque cabía la posibilidad de que le hubieran endilgado el fiambre del maletero, si es que este había aparecido. Y eso era mucha tela que cortar... Necesitaba un buen abogado cuanto antes.

Así que, en lugar de entrar al bar de Hicham para someter a los Alí a una nueva ronda de preguntas, echó a andar en dirección a su BMW, que seguía estacionado junto al apartamento de Jenni. El Volvo de Rachid hacía ya rato que lo había hecho desaparecer, por si acaso.

Abrió la guantera al llegar al coche. Sacó un blíster de una caja de Almax Forte y se metió un puñado de pastillas en la boca. Para empujarlas garganta abajo, utilizó un jarabe antiácido.

Echó un vistazo a su alrededor y, en la acera contraria, advirtió la presencia de un Seat León gris. Lo observó con atención y las alarmas en su cabeza se activaron. ¡Era un maldito coche camuflado de los Mossos! Había un tipo al volante que no dejaba de mirarlo. Por un momento, Karim tuvo la tentación de bajar de su vehículo y enfrentarse a él; mandarlo a la mierda, demostrarle que no les tenía ningún miedo... Hasta que vio a una mujer con dos críos acercarse al León y subir. Falsa alarma.

Más calmado, comenzó a consultar su agenda telefónica. Sopesaba a qué abogado llamar, sin dejar de pensar en la pasta que tendría que soltar de primeras, y no poca precisamente. Entonces recordó los ochenta mil euros que Carrillo le debía y, por un momento, valoró la posibilidad de limar asperezas con él y llegar a un acuerdo: usar aquel dinero a cuenta para cubrir los gastos de la defensa de Larbi. Sin embargo, ¿quién podía fiarse de Carrillo después de lo sucedido?

Mientras le daba vueltas al asunto, su teléfono comenzó a sonar. Temió que se tratara de Salima, que volvía a la carga, pero no. El nombre que aparecía en el identificador de llamadas era el último que habría esperado ver.

14

–Aquí nadie agradece nada –se quejó Luis Iborra, uno de los dos agentes de la UTI Metrosur designados aquella semana para cubrir la guardia del turno de noches.

Había entrado a trabajar hacía más de una hora, exactamente a las diez y seis minutos, efectuando así un relevo pésimo, de los que encabronan a los compañeros. Y durante todo aquel rato no había hecho más que tomar un café tras otro y calentarle la cabeza a la compañera de guardia de Policía Científica.

En mitad del despacho de la UTI, sentado sobre una de las mesas de trabajo y chafando las carpetas de los casos del Grupo de Estafas, Luis continuó soltando su rollo:

–Entré en este cuerpo hace quince años, llevo en investigación doce, y en esta Unidad diez. Me he deslomado currando, te lo aseguro. He echado más horas que nadie, y he redactado unos oficios de puta madre, más largos que un día sin pan, tan buenos que han hecho llorar de emoción a los jefes y a los fiscales... Incluso a los jueces, qué coño, que no tenían huevos a denegar nada de lo que les pedía. El caso Mandarín lo bordé... Has oído hablar del caso Mandarín, ¿no? Es célebre dentro del Cuerpo.

La agente de la Científica negó con la cabeza. A Luis le parecía que estaba bastante buena. Confiaba con impresionarla, causarle buena sensación. Debía llevar poco tiempo en Sant Feliu, porque no la tenía fichada. Y si él no la había visto, ella tampoco debía de saber nada acerca de él, así que había posibilidades.

–Pues el caso Mandarín fue un caso cojonudo. La noticia salió hasta en la CNN. La americana, digo. Metimos a una banda de atracadores de hoteles en prisión y yo solito me encargué de instruir las diligencias. Me iban a proponer para medalla, pero alguien con más de dos rayas se opuso a que me la dieran y echaron el freno. El mando en cuestión no podía admitir que un simple agente tuviera más méritos que él. No voy a dar nombres, no insistas, pero sí te diré que lleva bigote y le van los Teslas. A buen entendedor...

Luis tuvo la sensación de que la compañera hacía amago de dar media vuelta para salir del despacho, de modo que se interpuso sutilmente en su camino. ¿Qué prisa había? De acuerdo, era nueva y debía de estar ansiosa por quedar bien y hacer lo que coño hicieran los de la Científica cuando se encerraban en su despacho, pero tenía toda la noche por delante, ¿no? Y Luis apenas había empezado con su cuento de superagente vapuleado por el destino y los jefes, por lo que no pensaba dejarla escapar así como así, y menos si cabía la posibilidad de pillar cacho.

Arrugó el entrecejo, con cara de intensito, y añadió:

–Aquí he currado como el que más, y resulta que me lesiono el hombro haciendo escalada, me paso un par de meses de baja, y ya me ponen la etiqueta de perro. ¿Acaso te parece justo?

–Oye, Luis, dale un respiro, ¿vale? –dijo una voz desde las mesas del Grupo de Personas. Se trataba del agente Jordi Quiroga, su compañero del turno de noches, que sin apartar la vista de su pantalla añadió–: Y deja ya de hablar del caso Mandarín. No ha llovido nada desde entonces, la Virgen.

–Pero ¿qué dices? –se quejó Luis–. El caso Mandarín fue la hostia.

Y Luis regresó a su propósito inicial pero, cuando se volvió hacia la compañera, descubrió para su desgracia que acababa de desaparecer. Mandó a la mierda a Quiroga por ponerlo en evidencia, y este le dijo que muy bien, pero que se callara de una santa vez y le dejara trabajar.

Y estaban solo a martes. La semana de noches se le iba a hacer muy larga.

Resignado, se sentó en una de las mesas del Grupo de Robos Violentos y encendió el ordenador. Por teléfono, la sargento le había puesto al día acerca del tiroteo de aquella misma mañana. Se conectó al programa informático de intervenciones telefónicas y descubrió que había más de treinta llamadas pendientes de escuchar y resumir. Aunque no eran muy extensas, emitió un bufido. Menudo palo. Entonces recordó que los investigados eran marroquíes y sintió una oleada de alivio. Comenzó a escuchar las conversaciones y, en cuanto les oía pronunciar alguna palabra en árabe o rifeño (todo le sonaba igual), se limitaba a escribir en el apartado de comentarios «TRADUCIR» y listos. Según tenía entendido, por la mañana vendría una intérprete nueva. Pues iba a estar muy entretenida.

Cuando llegó a la última llamada, descubrió con mal humor que era en castellano. Se había iniciado a las 21.28 horas y era de entrada al teléfono de Karim. Por suerte, era breve. Luis la escuchó y anotó el número de teléfono del hombre que había llamado a Karim. A continuación, lo buscó en la agenda de interlocutores que Balaguer había ido confeccionando desde que comenzaron a pinchar los teléfonos de aquella gente, casi dos meses atrás. Leyó su nombre completo, pero no le dijo nada, de modo que también la desechó rápidamente, catalogándola como llamada «SIN INTERÉS». Acto seguido, se levantó para prepararse otro café.

Estaba satisfecho. Le habían dejado faena para toda la semana y preveía que, si se ponía el penúltimo día, para cuando acabara la guardia tendría hecha casi la mitad. Lucía ya podía darse por contenta.

Sacó su teléfono móvil, se puso unos auriculares y siguió viendo una serie policiaca de HBO que lo tenía enganchado, haciendo caso omiso por completo a Quiroga.

No pudo ver más de tres episodios porque, a eso de las tres y media de la madrugada, el jefe de turno de la Sala Operativa irrumpió en el despacho de la UTI y fue directo hacia Quiroga. No se trataba del Malas Noticias, pero como si lo fuera.

Luis emitió un «mieeerda» en voz baja que le salió del alma. Se quitó uno de los auriculares y, aunque no apartaba la mirada del móvil, escuchó lo que había venido a anunciar el subinspector.

—Tenéis trabajo. Ha aparecido muerto el Coletas.

—¿El Coletas? —preguntó Quiroga. Por su tono de sorpresa, parecía saber a quién se refería. Luis, en cambio, no tenía ni idea.

–El Coletas –repitió el subinspector–. Investigación Básica va de camino, pero yo de vosotros me iría preparando, porque la primera patrulla que ha llegado dice que le han reventado la cabeza.

–Joder –dijo Quiroga–. ¿Dónde lo han encontrado?

–En su oficina, en Esplugues. Tirado en el suelo de su despacho.

–Pues como la cosa apunte a que ha sido alguno de sus clientes, nos vamos a aburrir. La lista es larga.

–Ya te digo –asintió el subinspector.

–¡Luis! –lo llamó Quiroga–. ¿Has oído?

A regañadientes, Luis apagó el móvil y se volvió hacia ellos.

–¿Quién es el Coletas?

Los otros dos lo miraron como si fuera un extraterrestre.

–Valentín Carrillo –respondió el subinspector–. El abogado de los narcos. Un capullo medio calvo con coleta. Desagradable que te cagas. Si te hubiera interrogado en un juicio, seguro que lo recordarías.

–Pues no sé quién es.

El nombre le sonaba vagamente, pero no recordaba de dónde.

–Pues vas a tener el placer de conocerlo en persona... –dijo Quiroga, mientras preparaba la mochila de trabajo–. Y te vas a hartar.

15

Por la mañana no se hablaba de otra cosa en el despacho de la UTI Metrosur que no fuera Valentín Carrillo. Y si en vida ya les había provocado más de un quebradero de cabeza, la investigación de su homicidio tenía pinta de ser de las que se torcían; no por falta de sospechosos, sino más bien por exceso de ellos.

En determinados momentos, Silvia sentía una punzada de envidia al no poder participar en determinadas investigaciones. Como aquella, que apuntaba a ser todo menos rutinaria.

Aquel sentimiento comenzó a aflorar en ella cuando llegó a las siete y cuarto de la mañana y se cruzó con Jordi Quiroga, uno de los agentes de la guardia de noches, destinado al Grupo de Personas. Este le explicó lo sucedido y también le describió la escena del crimen.

Por lo visto, habían sido la esposa y el chófer de Carrillo quienes habían encontrado su cadáver, poco después de las tres y media de la madrugada, tendido en el suelo de su despacho, sobre un charco de sangre. Había indicios de pelea en la habitación, y parecía que la causa de la muerte había sido un aparatoso golpe en la cabeza, puesto que presentaba una profunda brecha en la parte posterior del cráneo. Sin embargo, cuando llegó el forense, este comenzó a examinarle el rostro con detenimiento y advirtió marcadas lesiones sobre la nariz y la boca, provocadas por una fuerte presión, así como abundantes petequias faciales y una coloración azulada en la piel de la cara compatibles con una asfixia por sofocación.

–En cuanto vi entrar al forense –le reveló Quiroga, en confianza–, pensé: «Vamos a tener un problema». Porque el tío se presentó muy maqueado, como si viniera directo de alguna fiesta, o de una discoteca, y hablaba con la boca pastosa, sin mirar fijamente a los ojos... y atufando a ginebra. Como lo oyes. Pero cuando se puso a examinar el cadáver y advirtió que posiblemente la causa de la muerte no había sido el golpe en la cabeza, nos quedamos bastante parados.

A espera de una autopsia definitiva y minuciosa, el cuerpo se encontraba ya en el Instituto de Medicina Legal y Ciencias Forenses.

Según les relató Belén, la esposa y secretaria de Carrillo, este había regresado a media tarde al bufete y se había encerrado en su despacho para trabajar en uno de sus casos. Como solía ocurrir, se había quedado solo en el edificio después de que el último trabajador se marchara a eso de las diez de la noche. Más tarde, sobre las once y media, Carrillo le envió una nota de voz a su esposa informándole de que aún tardaría un rato en ir casa. No obstante, cuando la mujer despertó horas más tarde y reparó en que su marido no había regresado aún, lo llamó y no obtuvo respuesta. Preocupada, despertó al chófer y este le informó de que el abogado lo había enviado a casa junto al resto de empleados, afirmando que tomaría un taxi cuando terminara con el papeleo. Ante tanta incertidumbre, ambos se desplazaron hasta la oficina, en Esplugues, y allí encontraron lo que se encontraron.

El móvil no parecía económico; no habían removido ni cajones ni armarios, y ni siquiera se habían llevado la cartera de Carrillo. Cuando Silvia le preguntó a Quiroga por posibles testigos, este resopló y afirmó que la cosa estaba complicada. El edificio de oficinas estaba ubicado en la avenida de Cornellà, muy próximo al cruce con la avenida de Sant Ildefons, y estaba rodeado por naves industriales y edificios similares, de escasa actividad nocturna. Las viviendas más cercanas se hallaban al otro lado de la ancha avenida, por donde también circulaba el tranvía, cuya parada Montesa estaba situada prácticamente delante del acceso al inmueble.

Quiroga y el otro agente de guardia de noches, Luis Iborra, ayudados por el servicio de guardia de las Unidades de Investigación y algunas patrullas, habían peinado la zona en busca de posibles testigos, pero, hasta el momento, nadie había oído ni visto nada extraño. De hecho, ni siquiera tenían una hora aproximada de la muerte, más allá de las once y media, que fue cuando Carrillo envió la nota de voz a su esposa.

El edificio tenía cámaras de grabación en el acceso peatonal y en el parking, y habían solicitado a la empresa de seguridad que les enviara el registro de todas las imágenes desde la tarde anterior. Todavía estaban pendiente de recibirlas, al igual que las imágenes del Trambaix y de un par de edificios cercanos.

Los de Científica seguían liados con la inspección ocular. Nadie había forzado los accesos principales al edificio ni a la planta donde se encontraba el bufete de Carrillo, de modo que, o bien el autor o autores del homicidio disponían de llaves o bien simplemente se trataba de alguien conocido por el abogado. Y, de ser así, debía de tratarse de una visita sorpresa, porque la mujer de Carrillo no sabía nada al respecto ni constaba anotada ninguna cita en la agenda del abogado.

Quiroga se había llevado a comisaría los teléfonos móviles de Carrillo, tanto el de uso personal como el laboral, y también el ordenador de su despacho. Confiaban encontrar algo en sus conversaciones o en el registro de sus últimas llamadas que abriera una vía de investigación. No podían dejar nada al azar.

Todo seguía en el aire. Y Quiroga, que aún no se había ido a dormir, tenía un aspecto lamentable mientras le contaba todo aquello a Silvia, sentado en el patio trasero de la comisaría, fumando el enésimo cigarrillo de la noche y sorbiendo un café de máquina. Alzó la vista y dijo:

—¿Sabes qué ha sido lo peor de todo?

Silvia negó con la cabeza.

—Ir allí con aquel tipo… Me cago en todo, pero qué pedazo de inútil.

—¿Tan mal ha ido?

Quiroga, con los ojos enrojecidos por el sueño y la repentina furia que le inspiraba Iborra, se inclinó hacia delante, indignado.

—¿Que si ha ido mal? Me cago en la hostia. Primero ha tardado un siglo en prepararse para salir, y cuando hemos llegado allí, ha desaparecido. Primero con la excusa de que no podía ver el cadáver y después con el rollo de que no se le daba bien empatizar con los familiares. Lo envío a buscar testigos y después me entero por los patrulleros de que se ha metido en el coche y se ha puesto a trastear con el móvil. Como lo oyes. Hasta que no ha aparecido el sargento, no se ha puesto las pilas, o mejor dicho, no ha fingido que se las ponía, el muy mamón... Vaya lastre de pavo, te lo juro.

–Qué me vas a contar...

Se despidieron y Silvia regresó al despacho.

Joel estaba enfrascado en las diligencias del tiroteo en Zona Franca. Omar Larbi, el único detenido hasta el momento, seguía ingresado en la UCI, fuera de peligro. Se iba a comer sí o sí la imputación de la tenencia ilícita de arma, aunque, por mucha salsa que le pusieran al asalto, allí no había más que casquillos y restos de sangre. Ni cuerpos, ni heridos, ni droga, ni dinero. Nada. A ver qué tal se le daba la literatura a Joel, porque Karim y su furgoneta vacía iban a irse de rositas de toda aquella historia.

Mientras encendía el ordenador, Silvia observó por el rabillo del ojo a su compañero Roberto Balaguer, que acababa de entrar en el despacho de la UTI seguido por una mujer menuda: la nueva traductora. A pesar de que caminaba con la cabeza gacha, evitando mirar a su alrededor, por educación o por prudencia, sus rasgos eran muy marcados: ojos grandes y verdes, nariz ancha y labios finos. Llevaba la cabeza descubierta, ni hijab ni shayla ni ningún otro tipo de velo, y su cabello era oscuro, ligeramente ondulado y le llegaba hasta los hombros. La mujer siguió a Balaguer hasta el locutorio del fondo, que utilizaban exclusivamente para la intervención telefónica, y Silvia tuvo el presentimiento de que por fin resolverían el problema con las traducciones de rifeño. Era imposible hacerlo peor que Ahmed.

Silvia optó por analizar el registro de posiciones almacenados en la baliza de seguimiento que habían instalado en el BMW X6 de Karim. La ruta, como solían decir ellos. El dispositivo de geolocalización enviaba continuamente una señal de posición geográfica, y desde una aplicación podía consultarse por horas y fechas. Las consultas solo podían hacerse desde unas tablets que les entregaban los de Medios Técnicos cada vez que instalaban una de aquellas balizas.

Buscó la tablet y la puso en funcionamiento. El vehículo seguía aparcado en el mismo lugar que la mañana anterior, cerca de Amadeu Torner, donde vivía la novia de Karim. Silvia dio un bufido y dejó la tablet. No obstante, pasados unos segundos, volvió a cogerla. Hacía tiempo que había aprendido a ponerlo todo en duda, incluso sus propias deducciones.

Seleccionó una franja de tiempo que iba desde la mañana anterior hasta aquel mismo momento, y esperó a ver qué salía.

Y lo que salió fue un desplazamiento por la noche. Concretamente, entre las 22.28 y las 01.04 horas. Con una parada entre medio de más de una hora.

Amplió la imagen para observar dónde se había detenido y, al instante, soltó una exclamación:

–¡No me jodas!

16

Farida Mansour escuchaba con atención las explicaciones que el mosso d'esquadra le daba acerca del programa informático utilizado para las escuchas telefónicas, y ella lo anotaba prácticamente todo en su pequeña libreta, porque aquello era algo que desconocía completamente.

Cuando un rato antes aquel policía veterano llamado Roberto le preguntó si ya había participado en alguna intervención, ella respondió negativamente y una mueca de disgusto se dibujó en el semblante del agente. «Pero aprendo rápido», se apresuró a añadir Farida. Hasta aquel momento, sus trabajos como intérprete se habían limitado a la asistencia de víctimas y detenidos, tanto en comisarías como en sedes judiciales. No le daba para mucho, ya que cobraba en función de las horas trabajadas, y no era muchas, la verdad.

Sin embargo, sabía que una intervención telefónica suponía una fuente de ingresos más o menos estable durante unos meses. Y eso que la empresa de traducción para la que trabajaba se quedaba con una parte más que considerable de la cantidad facturada a la administración. Aun así, aceptaba todo lo que surgía. Porque no eran tiempos fáciles, con su marido Ibrahim en casa, medio cojo, cuidando de los niños. Había sufrido un accidente laboral en la obra donde trabajaba, y se había lesionado una rodilla. De eso hacía ya más de medio año, y seguían pendientes de que los llamaran de la Seguridad Social para operarlo. Y la cosa tenía pinta de ir para largo, de modo que la principal fuente de ingresos de la familia, que eran las pequeñas reformas que Ibrahim hacía por su cuenta y fuera de su horario laboral, se había esfumado.

Necesitaba que le asignaran aquel trabajo para tener un respiro.

El mosso le puso una llamada en rifeño y Farida la tradujo sin problemas, porque se había criado hablando aquella lengua. Se trataba de una conversación entre dos hombres, y, a pesar de que hablaban rápido y parecían masticar las palabras más que pronunciarlas, no tuvo ningún problema. Hablaban de una furgoneta que alguien les había quitado. En cuanto Farida expuso lo que acababa de oír, el rostro del agente cambió por completo. Entonces supo que el trabajo era suyo.

«Alabado sea Alá».

El agente abandonó por un momento la salita donde se encontraban. A su regreso, le explicó cuántos teléfonos tenían pinchados y el nombre de sus usuarios. Le puso algunas llamadas a modo de ejemplo para que pudiera identificar el timbre de voz de cada uno de ellos y así reconocerlos fácilmente en cuanto los oyera por los auriculares. También le contó a qué se dedicaban aquellos tipos. Por lo visto eran ladrones de droga y también la vendían.

–Suelen hablar en clave –dijo Roberto–. Tú no tienes que descifrar nada, ¿queda claro? Traduce literalmente lo que digan. Si hablan de pantalones, tú pon que hablan de pantalones. Si hablan de cafés, tú pon cafés. Es muy importante. No queremos que hagas deducciones por tu cuenta y escribas lo que crees que están diciendo en realidad. Ese es nuestro trabajo. Ya nos encargamos nosotros de tratar de adivinar a qué se refieren.

Farida asintió. El mosso comenzó a enseñarle a trastear el programa y resultó ser más intuitivo de lo que parecía a priori. Había algunas llamadas en árabe, pero la mayoría eran en rifeño.

La puerta del locutorio se abrió y apareció una mujer alta y delgada, con la piel lechosa y salpicada de pecas. Se disculpó por la intromisión y el agente anunció:

–Farida, te presento a la sargento Lucía López, la jefa del Grupo de Robos Violentos.

La sargento se acercó a la intérprete, y le tendió la mano. A bote pronto, a Farida le había parecido más o menos de su edad, pero, ahora que la tenía más cerca, daba la impresión de ir camino de los cincuenta.

–Hola, Farida. Hace un rato, Roberto ha salido para decirme que habíamos hecho un buen fichaje.

Farida se ruborizó, sin saber qué decir.

–Les aseguro que haré todo lo que esté en mi mano…

La sargento le dio las gracias y después le pidió su número de contacto asegurándole que solo la molestarían en caso de que fuera de absoluta urgencia.

–De vez en cuando te llamaremos y te pondremos alguna llamada por teléfono, para que nos la traduzcas. Así no tendrás que desplazarte hasta aquí. Después te lo compensaremos en la siguiente hoja de horas.

Farida asintió, agradecida, mientras la sargento apuntaba sus datos en una abultada agenda, repleta de notas de colores y folios doblados e intercalados entre sus páginas.

Justo cuando parecía que iba a dejarla de nuevo a solas con Roberto para terminar la formación, otra agente apareció bajo el umbral de la puerta e hizo un gesto a la sargento para llamar su atención.

–¿Puedes salir un momento, por favor?

Ambas mujeres se reunieron fuera; la superior había entornado la puerta tras ella, pero se las oía susurrar. La recién llegada parecía bastante agitada, y aquel nerviosismo debía ser contagioso, porque la sargento reaccionó a sus palabras con perplejidad.

–¿Cómo?… ¿Me lo dices en serio?… ¿Estás segura?

Después debieron alejarse de la puerta, porque ya no se las oía. Al cabo de unos pocos minutos, las dos policías irrumpieron de nuevo en la habitación, abriendo la puerta de par en par.

–¿Hay llamadas de ayer entorno a la medianoche? –preguntó la sargento a Roberto.

–Puede. ¿Queréis saberlo de alguien en concreto o de todos? –El tono de Roberto era quisquilloso. Daba la impresión de que todas aquellas intromisiones lo importunaban.

–De Karim –respondieron ambas al unísono.

El mosso las observó con atención durante unos segundos, sorprendido. Después se puso manos a la obra con el ordenador. La sargento y la agente, que acababa de presentarse a Farida con el nombre de Silvia, rodearon la mesa y se situaron tras ellos dos.

–Hay llamadas hasta las diez y diez. Después, ya nada. Algunas perdidas y poco más. El repetidor es siempre el de Amadeu Torner.

Roberto se volvió para observar a sus compañeras. Estas se miraron entre ellas con una mirada enigmática.

Ahí estaba pasando algo raro. Lo notaba hasta Farida, y eso que no las conocía.

–Iborra se ha puesto con la intervención esta noche, ¿no? –preguntó Silvia, y señaló el listado de llamadas con aquel comentario de «TRADUCIR».

El agente afirmó con la cabeza y dijo:

–Por una vez que hace algo… Aunque tampoco se ha escoñado mucho. Eran todas para traducir.

–¿Y esa de ahí? –preguntó Silvia.

Su dedo fue a parar a una llamada con un comentario distinto. Ponía «SIN INTERES». Había comenzado a las 21.28 horas.

Roberto hizo doble clic sobre aquella llamada y se desplegó ante ellos una segunda ventana. En la parte superior aparecía la onda de voz. A la derecha, los datos asociados a la llamada. Y en la parte inferior, el resumen de su contenido.

Era el siguiente:

«KARIM recibe llamada de CARRILLO. Este le dice que vaya más tarde a buscar lo que le ha pedido».

–¡Me cago en el puto Iborra! –exclamó Roberto–. ¿Sin interés? ¡¿Sin interés?!

–¿Ese Carrillo es…? –comenzó a preguntar la sargento, abriendo los ojos como platos.

Roberto no le dejó acabar la frase.

–¡Sí! ¡Valentín Carrillo! ¡Su abogado!

Silvia pidió que guardaran silencio, porque la llamada se había activado automáticamente y había comenzado a sonar por los altavoces.

Roberto subió el volumen.

–Escucha, Carrillo. La novia de Omar no sabía…

–Calla y escúchame tú. ¿Quieres lo tuyo? Pues ven a mi oficina y tendrás eso y mucho más, ¿me has oído?

–No suena mal… ¿Hablaremos también de Omar?

–¿De Omar? Sí, coño, hablaremos de Omar. Pero ven a mi despacho. Aunque ahora no. Más tarde, sobre las once. ¿Está claro?

–Clarísimo… Está bien que pongas las cosas fáciles. Así es mejor para todos, ¿no te parece?

Tras una larga pausa, la llamada se cortaba.

La sargento salió del despacho a toda prisa.

Roberto parecía no creer lo que acababa de escuchar. Volvió a poner la llamada nuevamente y, esta vez sí, comenzó a asentir con la cabeza y se volvió hacia su compañera.

Parecía que se habían olvidado de la presencia de Farida.

–Karim estuvo anoche en el despacho de Carrillo –informó Silvia a su compañero–. Lo acabo de ver en el registro de la baliza.

–Así que quedó con él allí y se lo peló. ¿Así de sencillo? ¿Homicidio resuelto?

Silvia enarcó las cejas y a continuación desvió la mirada hacia Farida.

La intérprete estaba temblando.

No podía dejar de pensar en que acababa de escuchar a un hombre hablando con su futuro asesino.

17

Sentado a solas en un rincón de la terraza del McDonald's de Bellvitge, Momo bostezó sin cortarse un pelo, con la boca bien abierta y emitiendo una sonora exhalación. Para acompañar el gesto, alargó ambos brazos, desperezándose.

Acababa de zamparse como almuerzo un par de hamburguesas dobles de ternera, sus correspondientes patatas fritas y un McFlurry de Oreo, y comenzaba a sentir un repentino bajón de agotamiento.

Había sido una noche larga y apenas había dormido, yendo de un lado para otro, siguiendo órdenes de Karim.

Para colmo, las molestias físicas no habían cesado, especialmente en el abdomen, las piernas y los antebrazos, con los que había tratado de protegerse inútilmente de los golpes que le habían arreado para arrebatarle la furgoneta. En contraste, la cara apenas le dolía, y eso que se la habían dejado hecha un cromo, hinchada en los labios y los pómulos, y amoratada en torno a los ojos. Cada vez que se miraba en un espejo, le venía a la mente la imagen de un mapache.

Un mapache apaleado. Y algo desconcertado, para qué negarlo. Por todo lo sucedido a lo largo de las últimas veinticuatro horas.

Cuando le describió a Karim la camiseta del pollo boxeador, tuvo la sensación de que su jefe sabía de qué le estaba hablando, aunque no soltó prenda. Ni tampoco se tomó la molestia de darle ninguna explicación cuando lo despertó a medianoche para que fuera de prisa y corriendo a Esplugues y después hiciera todo lo que le dijo que hiciera.

Momo apuró el Sprite sorbiendo profundamente con la pajita, y lo depositó en la bandeja de plástico, junto a las sobras del papeo.

Le apetecía ir a casa y echarse un rato en la cama, aunque sabía que a aquellas horas su madre jamás se lo permitiría, puesto que detestaba verlo vaguear. Más valía esperar al mediodía, cuando la mujer saliera del apartamento para visitar a su hermana, y entonces podría entrar sin problema.

De modo que, para hacer tiempo, se puso manos a la obra con el tema de Karim. Estaba a tope con el asunto, aunque le preocupaba no dar con un buen estribillo, que flipara al personal, y, para qué negarlo, que molara a su jefe.

Empujó la bandeja hacia el extremo opuesto de la mesa y, a pesar de que no había nadie a su alrededor a quién molestar, se puso los cascos de diadema que llevaba colgados entorno al cuello. Seleccionó en el móvil la misma base cañera que llevaba utilizando los últimos días y, moviendo las manos frente a él, entre susurros casi inaudibles, se arrancó a improvisar frases y mensajes.

En su cabeza surgían escenas del pasado, reciente y no tan reciente, que le inspiraban y, ante todo, le recordaban a Karim. Mientras tamborileaba sobre la mesa, pum-pam-pam-pum, pum-pam-pam-pum, y tras varios intentos infructuosos, acabó recitando por fin:

Karim es el rey
con su propia ley,
va loco si sabe que tú tienes money.
Bang-bang es su lema,
si tú tienes tema,
te va a joder vivo con violencia extrema.

La última frase quedaba un poco forzada. Ya vería si la cambiaba o la pronunciaba a un ritmo distinto, pero sonaba bastante bien en general. Más que bien: cojonudo.

Se disponía a cantarla de nuevo cuando, de pronto, sintió un golpe en la espalda que casi lo tumba sobre la mesa.

Momo, entre sorprendido e indignado, se giró violentamente, apartándose con rabia los auriculares de la cabeza.

–¡Qué cojones…!

Al ver a Marta, con su uniforme del IKEA y una ensalada para llevar en las manos, se quedó de piedra.

Marta.

La chica tenía una sonrisa de circunstancias dibujada en la cara, a medio camino entre la incomodidad y la estupefacción. Quizá se debía a la extrema reacción de Momo a lo que parecía un saludo en forma de broma pesada o, simplemente, a las llamativas lesiones que presentaba el chico.

–Perdona –se disculpó Marta, y extendió una mano abierta hacia él–. Era solo una coña, tío... No pensaba que acabaría dándote tan fuerte. Solo quería saludarte.

–No pasa nada... Es que me has asustado...

–Lo siento.

Hacía semanas que no veía a Marta. De hecho, ya casi no pensaba en ella. Casi. Pero ahí estaba, frente a él (o detrás de él, mejor dicho), incapaz de apartar su mirada. Estaba increíble. Era algo más corpulenta que el resto de chicas de su edad, tan alta como Momo, con mucho más hombro, pero eso a él le ponía mucho. Eso y el resto de su cuerpo, sus curvas, su melena larga y oscura y aquellos labios tan carnosos.

Marta y Momo se conocían desde hacía tiempo. Habían llegado a salir media docena de veces y la cosa no había ido muy allá, la verdad. Y no por culpa de Momo, las cosas como son. Él no tenía prisa, consideraba que valía la pena ser paciente, porque le molaba de veras... hasta que ella comenzó a distanciarse, a dejar de responder sus mensajes, y a pasar de él.

Momo no necesitaba un mapa para saber cuándo le daban calabazas. Y, aunque le había dolido lo suficiente como para dedicarle una canción de despecho, lo había ido posponiendo en el tiempo.

–¿Qué te ha pasado en la cara?

–¿Esto? –Momo chasqueó la lengua para quitarle importancia–. Me caí de un patinete en marcha. Estaba trucado.

–¿Y cómo quedó la acera?

Momo rio, pero ella no. Por lo visto, no pretendía hacer ningún chiste.

–Hace tiempo que no sé nada de ti –le recriminó Momo, como contrataque.

Y dio en el blanco. Ella se apartó el cabello de la cara y respondió:

–He estado liada. Lo siento.

–Y ¿hay alguna posibilidad de que encuentres un hueco para volver a salir conmigo?

Ella sonrió, aunque era un gesto ambiguo. Y aquel tipo de gestos rara vez auguraban nada bueno. Tras mirar a ambos lados, con cautela, la chica preguntó:

–Aún vas con esa gente?

Momo se tomó su tiempo antes de responder. Al final asintió con una inclinación de cabeza.

Ella hizo un mohín de desagrado.

–No sé. Casi mejor nos vemos por ahí, ¿vale? Y ten cuidado.

–¿Cuidado con qué?

–Con los patinetes y eso. Correr tanto no vale la pena.

18

–Mi apellido Rondón no es muy habitual en España, pero en Sudamérica y Centroamérica, sí. Allí es algo así como los García o los González aquí, ¿lo sabías?

Joel negó con la cabeza a modo de respuesta. No tenía ni idea y, francamente, tampoco le importaba. Había preguntado acerca del origen de aquel apellido por romper un poco el hielo, y también porque Silvia había dejado caer que a Rondón le gustaba hablar de ello, pero comenzaba a arrepentirse.

Ambos se encontraban en el interior de un vehículo de paisano, circulando por las calles de Sant Joan Despí. Al volante iba Hugo Rondón, quien sonrió satisfecho ante la posibilidad de hablar de su linaje y añadió:

–Pues sí, tío. ¡Ya te digo! Mis antepasados se pasaron por la piedra a medio continente, especialmente a las brasileñas. Allí hay incluso una provincia con tantos descendientes que acabaron llamándola Rondonia.

–¿Rondonia? Venga ya.

–Sí, tío, como lo oyes: Rondonia. ¿Y sabes cómo se llama su capital? Rondonópolis.

–¿Rondonópolis? Te quedas conmigo.

–Qué va, colega, qué va. Te lo juro, no es coña. Búscalo en Google y lo verás. Esa provincia es un homenaje a sus colonizadores: la casta de los Rondón.

Ahora comprendía Joel la media sonrisa en el rostro de Silvia cuando soltó aquello de «pregúntale por sus antepasados, ya verás que interesante». Menuda trampa; había caído de cuatro patas. En silencio, comenzó a maldecirla.

–Muy interesante –comentó Joel, no sin cierta ironía–. Normal que estés tan orgulloso.

–¡Tú dirás! Aunque tu apellido, Caballero, tampoco está mal.

–No me quejo. Podría ser peor.

Ya casi habían llegado. Se dirigían a las oficinas del TRAM, a recoger las imágenes captadas la noche anterior por las cámaras de seguridad de la parada de tranvía Montesa, situada delante del bufete de Valentín Carrillo.

Rondón se detuvo frente a la barrera de seguridad. Un vigilante entrado en años se aproximó al vehículo y el policía le mostró su credencial. El vigilante sonrió, amistoso.

–Nos han avisado de que ya podíamos pasar a recoger las imágenes.

–Ah, pues muy bien. Planta 2.

Rondón estacionó en una de las plazas libres del aparcamiento ubicado frente al edificio de oficinas, y ambos bajaron del vehículo. Resultaba imposible no fijarse en el extenso recinto adjunto, de techado gris. Eran las cocheras donde dormían los tranvías de Barcelona.

Joel siguió a Rondón y ambos accedieron al edificio. Al abrirse las puertas del ascensor, apareció un tipo sonriente que les tendió la mano y se presentó:

–Soy, Andrés, el jefe de sala. Habéis venido por las cámaras de Montesa, ¿no?

Vestía una camisa blanca con el logotipo del TRAM en la pechera. Parecía un tipo campechano, de unos cincuenta años, con una buena mata de pelo teñida de un negro demasiado intenso, y con unas gafas que parecían a punto de resbalarle por la nariz. Lo siguieron hasta lo que parecía la sala de control de una nave espacial. Estaba repleta de pantallas, todas grandes y a todo color, en las paredes y sobre las mesas. Media docena de trabajadores miraban atentamente las ventanitas que subdividían los monitores que había ante ellos, aunque dispusieron de tiempo para echar un vistazo a los agentes y saludarlos.

Hacía calor ahí dentro, de modo que se desabrocharon las chaquetas.

Andrés se volvió hacia los trabajadores y gritó:

–Raúl, ¿tienes tú el DVD?

–Sí –respondió una voz.

Los agentes miraron hacia allí, pero solo vieron monitores.

–Acercaos, que os dará el DVD.

–¿A dónde, exactamente? –preguntó Rondón.

Un brazo se alzó con el índice apuntando al techo.

Los agentes se aproximaron al lugar y se toparon con el tal Raúl. Un chaval de unos veinticinco años, con el pelo largo y varios piercings en la cara. También se intuían algunos tatuajes bajo el correcto uniforme del TRAM.

–Buenas –saludó Joel.

–Aquí tenéis –dijo el chico, tendiéndoles un DVD con un folio para que Joel lo firmara conforme les hacía entrega de las imágenes.

Estampó su garabato habitual con el número de agente bien visible y le dio las gracias. Cogió el DVD de encima de la mesa y, justo cuando iba a despedirse, el tal Raúl dijo:

–No creo que os sirvan de mucho.

El comentario sorprendió a Joel.

–¿Por qué? ¿Acaso sabes lo que buscamos?

El chaval se sonrojó.

–Eh… No, qué va…

–Pero algo te imaginas, ¿no?

–Bueno. Mi madre vive cerca y me ha contado que esta noche se han pelado… digo, que han matado a alguien en el bloque de oficinas que hay delante de esa parada.

Joel sonrió.

–Y no sabrá tu madre, por casualidad, quién ha sido…

–¿Eh? No, no qué va… No sabe nada.

Desde luego, no había pillado la ironía. Joel volvió a ponerse serio y preguntó:

–¿Por qué dices que estas imágenes no van a servirnos de mucho?

–Porque las cámaras de esa parada solo enfocan el andén y apenas se ve la calle. Y, a menos que el asesino viajara en tranvía, no creo que lo hayan grabado. Además, el tranvía cierra a las doce.

La opción de que el homicida u homicidas llegaran al lugar de los hechos a bordo del tranvía no podía descartarse, pero no era su principal hipótesis, más teniendo en cuenta que Karim había acudido al lugar de los hechos con su propio vehículo. Y él sí que era un sospechoso potencial. Aun así, no podían pasar nada por alto.

–Da igual –dijo Joel–, me las llevaré de todos modos.

–¿Puedo haceros una sugerencia? –dijo el chico–. No quiero jugar a los polis, ni nada por el estilo, pero creo que hay algo que os puede interesar.

–Sorpréndenos –Joel le siguió la corriente.

–La cámara de la rotonda que hay más abajo –dijo. Y, tras clicar con el ratón un par de veces, señaló una de las pantallas que tenía delante–. Esta.

Ante ellos apareció la imagen en directo de una cámara situada a bastante altura, en la rotonda donde confluían la avenida Cornellà y la avenida Sant Ildefons. Enfocaba directamente hacia la primera de las dos avenidas, y, más concretamente, hacia la parada de tranvía… y, por supuesto, hacia la entrada del edificio de oficinas donde se encontraba el bufete de Carrillo. No permitiría distinguir caras, pero sí obtener una buena perspectiva de quién entraba y salía del inmueble.

–Eres bueno –dijo Joel, dándole una palmada en el hombro al chico–. Eres muy bueno.

Y entonces se le ocurrió hacer una comprobación allí mismo.

–Pon las imágenes de anoche. –Hizo memoria de la hora que marcaba la baliza del vehículo y dijo–: Hacia las diez y media. ¿Las horas son correctas o hay algún desfase?

–Ningún desfase –respondió Raúl mientras tecleaba.

Al instante, la imagen pasó del claro día a la oscuridad de la noche. Se perdía mucha nitidez a consecuencia de la falta de luz natural, pero por suerte la avenida estaba bien iluminada.

–Ahora avanza hasta que yo te diga –indicó Joel.

El chaval obedeció y aceleró el vídeo.

Los minutos fueron subiendo hasta que, a eso de las 22.56, la imagen de un tipo corpulento y piel oscura apareció por la derecha de la pantalla, avanzando hacia la acera del edificio de oficinas, cruzando la avenida desde la acera contraria.

–¡Para la imagen! –ordenó Joel. El pulso se le había acelerado.

Sin lugar a dudas, aquel tipo era Karim. Resultaba inconfundible, incluso a aquella distancia y con aquella iluminación.

El chico detuvo el vídeo.

–Es él, ¿no? –preguntó Rondón, mientras se acercaba al monitor.

–Ya te digo. –Respondió Joel. Y, dirigiéndose a Raúl, añadió–: Dale.

–Ahí lo veremos mejor –dijo el chico, y les indicó que miraran la pantalla de sesenta pulgadas que tenían delante, colgada en la pared, donde acababa de duplicar lo que se veía en su propia pantalla. La calidad no mejoraba, pero sí permitía ver más detalles de la imagen.

El video se puso en movimiento, a velocidad normal, y los tres siguieron con la mirada a aquel tipo robusto, de andares algo pesados. Cruzó el paso de peatones, continuó la marcha hasta el edificio y entró.

Rondón soltó un bufido. Joel asintió. Se volvió hacia el chico y dijo:

–Ahora avanza más rápido. A ver cuándo sale.

La velocidad aumentó y los vehículos pasaban como rayos por la avenida.

A las 23.15 horas, la figura de Karim emergió del edificio y, con la misma tranquilidad de antes, regresó por dónde había venido.

Los dos agentes se miraron. Algo no cuadraba. Se suponía que a las once y media Carrillo había enviado una nota de voz a su mujer. Entonces, ¿seguía vivo después de que Karim abandonara el edificio? No podía ser.

–Sigue avanzando –ordenó Joel–. A ver si vuelve a entrar.

De nuevo, los vehículos y algunos tranvías cruzaron la pantalla a toda velocidad. Pero nadie entraba ni salía del inmueble. Sin embargo, Joel sabía que, según la baliza, Karim se encontraba en esos momentos parado en el descampado situado en la acera contraria a las oficinas… O al menos su vehículo. ¿Qué estaba pasando ahí?

–¡Alto! –gritó Joel.

Dos tipos acababan de entrar en el edificio. Raúl retrocedió unos segundos y todos pudieron observar a dos hombres trajeados, uno de ellos con el pelo blanco y portando un maletín, provenientes de algún punto situado en la misma acera del edificio, cerca de la rotonda.

–Vienen de la zona del Viena, el restaurante de bocadillos –apuntó Raúl.

Y sí, habían entrado al edificio. Sin ninguna duda. A las 23.52.

–Avanza –dijo Joel–, pero no tan aprisa como antes.

Los segundos y los minutos fueron transcurriendo. Todos miraban expectantes; incluso un par de trabajadores se habían añadido a ellos, atentos a lo que acontecía en la gran pantalla. A las 00.12, por fin, las figuras de los dos hombres emergieron precipitadamente del inmueble y echaron a correr avenida abajo, retornando al lugar por donde habían aparecido un rato antes. El tipo canoso iba algo más retrasado que el otro, y aún llevaba consigo el maletín.

En cuestión de segundos, la principal línea de investigación acababa de saltar completamente por los aires.

19

Karim Hassani encontró un hueco en la misma avenida Reina María Cristina y estacionó el BMW. Su destino era la Fira de Barcelona y, más en concreto, el acceso a la plaza Univers.

Allí había quedado con Charly, un vigilante que trabajaba para la empresa de seguridad a cargo del recinto ferial. Todo por la camiseta del gallo boxeador que según Momo vestía uno de sus atacantes: Karim estaba seguro de haberla visto antes en un lugar, y la primera persona en quien pensó al recordarla fue Charly. No porque la vistiera él, sino alguien que tiempo atrás había ido con él al gimnasio donde ambos practicaban muay thai. El marroquí no volvió a ver más a aquel tipo, pero la camiseta se le quedó grabada.

Dio un sorbo al bote de antiácido, se caló un gorro de lana en la cabeza y bajó del BMW. Echó a andar en dirección al acceso de la plaza Universo, y allí se topó con dos vigilantes de seguridad uniformados; sin embargo, ninguno era Charly. Preguntó por él y uno de ellos lo llamó por la emisora. Tres minutos más tarde, Charly apareció con aquella sonrisa de encantador de serpientes tan propia de él, su moreno de uva y el pelo perfecto; el tío estaba en forma y el uniforme le quedaba como un guante. Todo en él era jodidamente perfecto. Demasiado. Karim no tenía nada contra él, de hecho hasta le caía bien, pero a aquellas alturas, el marroquí no se fiaba de nadie.

Se dieron un fuerte apretón de manos y Charly lo invitó a entrar y tomar un café.

Con su voz grave, Karim rechazó la oferta.

–Gracias, tío. Pero no voy sobrado de tiempo.

Discretamente, ambos se apartaron de los otros vigilantes de seguridad.

–Pues tú dirás –dijo Charly.

Pese a que aún sonreía, no parecía disfrutar mucho de aquella visita inesperada. Tenía sus propios trapicheos en el trabajo, y que lo vieran reunido con un peso pesado como el marroquí sin duda lo incomodaba. Karim lo notó y, como quería respuestas cuanto antes mejor, decidió que se lo pondría fácil. Sin embargo, arrancó con una milonga:

–El tío que me suministra los bolis está fuera de combate. Y necesito a alguien que me los consiga.

–¿Quieres que te pase mi contacto?

–Sí, claro. Pero había pensado en un tío que vino contigo al gym hace unos meses. Me dijo que conocía a alguien que vendía por lotes. Quería pillar para mí y para tres colegas más.

Aquello era una verdad a medias. El tipo de la camiseta había comentado que también tomaba anabolizantes, e incluso había detallado cuánto se pinchaba y la rutina que seguía. Pero el resto era cosecha propia de Karim.

–No sé de quién me hablas –dijo Charly, sorprendido–. ¿Cómo se llamaba?

–No recuerdo su nombre. Llevaba una camiseta negra, con un gallo dibujado con guantes de boxeo.

–Ah, Benji… Pero hace un huevo que no lo veo. Y no es que acabáramos muy bien. Fui a jugar varios partidos con él y su peña, y salí por patas de allí. Esos pavos no juegan al fútbol, tío. Solo van a liarla. Te paso su número, si quieres, pero tengo entendido que lo cambia a menudo.

Nada más oír el nombre de Benji, Karim supo que había dado en el clavo. No había podido ver bien la cara del tío del maletero, básicamente porque toda su atención estaba centrada en el escopetón que empuñaba aquel cabrón. Pero Benji era el nombre que había escuchado en el descampado.

–Es igual, pásame su número –dijo Karim. Más por seguir con la historia que otra cosa. Desde luego, no debía de haber mucha cobertura allí donde se encontraba ahora el tal Benji.

Charly sacó su teléfono móvil y le envió el contacto vía WhatsApp. Lo tenía guardado en la agenda como «Benji Pirata».

Mierda… ¿Cómo no había caído?

Detrás de aquello estaba el Front Pirata. Los malditos ultras.

–¿Pertenece al Front Pirata?

De nuevo, Charly se agitó, incómodo.

–Eso me dijo él al principio, aunque se mueve más con una facción que tiene un local en Poblenou, por pasaje Taulat. Un gimnasio de mierda con el logo ese, el del pollo.

–No sé si me interesa mucho tener tratos con esa gente.

–Sois como el aceite y el agua, tío. A esos no les gusta mezclarse con tipos de piel oscura, sin ánimo de ofender.

–No, tranquilo –respondió Karim. Sin embargo, no dejaba de pensar en el mulato que aquellos mamones utilizaron como gancho. Por lo visto, eran racistas para todo menos para los negocios–. Mejor pensado, me pasas tu contacto para los bolis.

–Claro.

Cuando Karim subió de nuevo a su coche, era plenamente consciente de que aquella historia acabaría en una batalla campal.

20

Sentado en uno de los bancos de la plaza Milagros Consarnau de L'Hospitalet, frente a la zona de juegos infantiles, Joel observaba a su hijo Eric brincar como un mono.

El crío de seis años se movía con bastante agilidad y mucha más temeridad por la zona de barras y cuerdas, sin miedo a romperse los dientes. Estaba jugando con un par de críos más de su clase, a ver quién era más animal que el resto.

Joel tomó la determinación de dejarlo hacer. Con un poco de suerte, ese día no se caería y ambos regresarían a casa ilesos, contentos y satisfechos. Sobre todo él, que había conseguido salir del trabajo prácticamente a su hora habitual. Y eso que la cosa pintaba complicada, como el día anterior.

Mientras él se encontraba en las oficinas del TRAM, y ante la presunta implicación de Karim en la muerte de Carrillo, los jefes habían decidido montar un equipo conjunto entre Violentos y Homicidios, aprovechando que el grupo de la sargento Lucía llevaba tiempo investigando al marroquí.

Sin embargo, cuando Joel y Rondón regresaron con sus novedades, las cuales implicaban a dos sujetos desconocidos con los que no contaban, el equipo conjunto comenzó a tambalearse. No se vino abajo del todo, debido a que la figura de Karim seguía revoloteando en torno al abogado; su visita la misma noche de los hechos era muy sospechosa, así como la presencia de su vehículo en la zona cuando esos dos desconocidos hicieron acto de presencia. Además, acababan de descubrir, gracias a una llamada entre Karim y la novia de Larbi, que no había muy buen rollo entre él y el abogado.

Por otro lado, aún no habían visto las imágenes captadas por las cámaras de seguridad del mismo edificio de oficinas, algo realmente importante y urgente. Pero los responsables de la empresa que las gestionaba no paraban de dar largas. Tras muchos tira y afloja, cargados de amenazas y desplantes, la previsión era que aquella misma tarde dispondrían de ellas.

Eric se aproximó a Joel para echar mano al paquete de galletas que sostenía en su regazo. Mientras el pequeño disfrutaba a lo grande, él no hacía más que reprimir el impulso de largarse allí. No le iba mucho confraternizar con los padres de los otros críos; le incomodaba y hasta le irritaba, y no hacía esfuerzos por disimularlo, de ahí que todos se mantuvieran alejados de él. Por el contrario, no había papá o mamá que no se llevara bien con Ana, su ex.

Un amigo de Eric pasó junto a ellos, acompañado de su madre. Eric señaló a Joel y dijo:

–Marc, este es mi papa.

El tal Marc puso los ojos como platos.

–¿Qué papa? ¿El policía? –Sonó algo así como si Eric tuviera media docena de padres, cada uno con un oficio distinto.

–¡Sí! –respondió su hijo, eufórico.

El otro niño le dirigió una mirada de admiración y acto seguido se volvió hacia su madre.

–Mama, el papa de Eric es policía. –Y recalcó, al advertir la falta de entusiasmo en su madre–: ¿No me has oído? ¡Policía!

–¡Sí, policía! –añadió Eric.

Joel no sabía dónde meterse.

La mujer torció el gesto en algo parecido a una sonrisa incómoda, soltó un «Vaya, qué bien» carente de toda emoción, y se llevó a su hijo a rastras.

–Eric, ven. –Joel le hizo un gesto a su hijo para que se sentara a su lado en el banco–. Escúchame, ¿vale? Es mejor que no vayas por ahí diciéndole a la gente que soy policía.

El crío frunció el ceño, desconcertado.

–Pero ¿por qué? Si mola mucho…

–A ti te mola mucho, y a mí también…, pero, aunque te resulte extraño, no a todo el mundo le caen bien los policías.

Aquello aún lo desconcertó más.

–Pero si los polis son los buenos, ¿no? Tú eres de los buenos, ¿no?

–Sí, claro que somos los buenos; aun así hay personas a las que no les gusta la policía.

–¿Te refieres a los villanos?

Los villanos. Joel no recordaba cuándo había comenzado Eric a referirse a los delincuentes con esa palabra, pero hacía tiempo ya. Suponía que a consecuencia de la afición a los cómics. Cuando la profesora les informó de que Eric iba algo retrasado con la lectura, Joel le compró un cómic: tal vez así mostrase algo de interés por leer. Y la cosa funcionó hasta tal punto que lo estaba arruinando... El caso es que ahora incluso Joel utilizaba la expresión «villanos» cuando le explicaba alguna de sus investigaciones. No entraba en detalles y, sobre todo, le ahorraba las partes escabrosas, pero desde que su hijo tenía uso de razón Joel le hablaba con naturalidad de su trabajo. Aquello era algo que su ex detestaba; ella no quería oír nada de lo que él hacía en su día a día. Decía que era deprimente.

–No –respondió Joel–. No me refiero a los villanos. Me refiero a la gente normal. A algunos no les caen bien los policías porque pueden haber tenido una mala experiencia con ellos o no los han ayudado cuando lo necesitaban. A veces pasa. A mí no me avergüenza ser policía, pero prefiero que no lo vayas contando por ahí. Mejor lo dejamos entre nosotros.

Eric asintió. Tenía la mirada clavada en el parque infantil. Cuando Joel creía que iba a pedirle permiso para volver allí, soltó:

–Pues yo de grande quiero ser como tú, policía. Y acompañarte a detener villanos.

Joel suspiró. Ahora solo faltaba que su ex lo acusara de adoctrinar a su hijo. Dijo:

–Tú de mayor serás lo que quieras ser. Pero no hace falta decidirlo ahora, ya tendrás tiempo para eso.

–Vale... Pero voy a ser policía.

Y echó a correr en dirección al castillo de cuerdas.

21

El gesto fruncido del traumatólogo mientras leía los resultados del TAC no indicaba nada bueno. Silvia desvió la mirada hacia Saúl para observar su reacción. Tenía los ojos cerrados, consciente de las malas noticias.

Ya ni siquiera recordaban las veces que habían acudido a aquella consulta de la Clínica Corachán, pero sin duda eran demasiadas.

Saúl se había recuperado prácticamente de todas las lesiones sufridas a consecuencia del atropello, pero también le habían quedado algunas secuelas; entre ellas, la más evidente era una ligera cojera. El traumatólogo le había diagnosticado pocos meses después del accidente, cuando comenzaba a recuperarse, fractura del acetábulo con protrusión, lo que venía a significar una rotura de la pelvis provocada por el propio hueso femoral al impactar y hundirse parcialmente en la cavidad donde se articula la cadera. Cuando hacía reposo y no se movía mucho, y esto incluía no conducir, apenas se le notaba. Sin embargo, cuando caminaba durante un largo rato, y no digamos si corría o pasaba más de una hora al volante, pisando el pedal del embrague cada dos por tres, sentía un profundo dolor en la cadera izquierda que, de no parar, le provocaba calambres por toda la pierna y la espalda.

Y, por supuesto, eso le ponía de muy mala leche. Porque quería estar bien, pero sobre todo porque quería reincorporarse al trabajo de una vez por todas, y recuperar la normalidad en su vida. Como solución, el traumatólogo propuso practicarle una osteotomía, consistente en una intervención quirúrgica en la que se secciona y recompone tanto el hueso de la cadera como la cabeza del fémur para devolver la articulación a su estado original.

Pero a la vista estaba que no había funcionado.

–Ya avisé de que la operación podía no ser definitiva –comentó el doctor con tono de justificación–. Aún hay alteraciones estructurales y, por lo tanto, biomecánicas. Es normal que todavía sientas dolor.

Saúl bajó la mirada. Tenía el rostro enrojecido. Silvia temió que fuera a saltar en cualquier momento. Él había insistido en que no le acompañara, que mejor se quedara en casa con la niña, pero Silvia quería estar presente, a su lado, para oír lo que el doctor tuviera que decirle, para apoyarlo..., a pesar de lo insoportable que se había vuelto durante los últimos meses.

Candela, sentada en el cochecito al lado de Silvia, pidió que su madre la cogiera. Silvia le dijo que esperara un poco, pero la niña comenzó a gimotear, de modo que la sacó del carro para no montar un numerito. Sin embargo, en cuanto la tuvo en el regazo, la niña alargó los brazos hacia su padre, lo que evidentemente pretendía desde el primer momento. Pasaban tanto tiempo juntos que estaba empadrada... Y eso ponía celosa a Silvia, la verdad. La volteó sobre las piernas y le dijo:

–Papá ahora no puede cogerte, cariño. Espera a que salgamos.

Aquella pequeña distracción había ayudado a aliviar la tensión durante un momento. Pero el momento fue corto.

–¿Y ahora qué hacemos? –preguntó Saúl con brusquedad.

El traumatólogo se ajustó las gafas e hizo una mueca como si le estuvieran obligando a explicar algo que era más que obvio.

–Pues esperar.

Saúl no parecía dispuesto a ponérselo fácil.

–¿Esperar a qué?

–De momento, a que desaparezca el edema. Todavía es demasiado grande y no deja ver con claridad la articulación. Podemos vernos de nuevo en seis meses.

–¡¿Seis meses más?! –exclamó Saúl, desesperado.

–Pues sí, seis meses más. –El tono del doctor era muy seco. Sin duda debía haber vivido aquella escena demasiadas veces, y no parecía dispuesto a compartir el sentimiento de decepción–. Y, que le quede claro, hasta que no haya transcurrido un año desde la intervención, no podremos evaluar el resultado. Porque la medicina no es una ciencia exacta, tiene que entenderlo, esto no son matemáticas ... El dolor irá remitiendo, de eso sí puede estar seguro, pero comience a hacerse a la idea de que no volverá a su estado anterior. Porque es imposible. Imposible. Con todo, ¿sabe cuántos firmarían por estar en su lugar? ¿Por haberse recuperado como se recuperó usted del accidente? ¿O acaso no recuerda cómo quedó?

–Lo que yo recuerdo es que antes trabajaba, joder...

–Y podrá volver a trabajar.

–¿Es que no recuerda de qué trabajo? En Mossos, con una lesión como la mía, me dan una invalidez y me mandan a paseo.

Saúl tenía los ojos enrojecidos. Llevaba tiempo asaltado por la rabia y la impotencia. Silvia lo sentía profundamente por él. Sabía lo mucho que le preocupaba todo aquello.

El traumatólogo puso cara de sorpresa.

–Pero los policías también trabajan en despachos, ¿no? En oficinas, cogiendo denuncias...

Saúl emitió una sonrisa sarcástica y desvió la mirada hacia la pared de su derecha.

Silvia intervino:

–Cuando un mosso pasa por el tribunal médico, ahí deciden si es apto o no apto para el servicio. Y, en caso negativo, lo expulsan del Cuerpo. Nada de poner un asterisco en tu ficha laboral indicando lo que puedes o no puedes hacer. Te echan y punto, con una pensión ridícula para tu edad y para el trabajo que has desempeñado hasta el momento.

Aquello sorprendió al doctor.

–Hay quien consigue que le den un puesto de técnico –aclaró Silvia–, aunque sus funciones son más propias de un administrativo que de un policía.

–Y ¿qué problema hay con eso último?

–Que yo no soy un puto oficinista –sentenció Saúl.

En aquel momento, Candela volvió a la carga y alargó de nuevo los brazos hacia su padre, a la vez que pronunciaba con una marcada pausa intermedia la palabra «Pa-pa». Saúl la cogió en su regazo y le dio un beso en la cabeza. Por muy enfadado que estuviera con todo y con todos, con ella mantenía la calma.

–Sé que está pasando por un proceso duro –dijo el traumatólogo y, señalando hacia la niña, añadió–: Pero debe sentirse afortunado. El ser humano se caracteriza por la adaptación. Al entorno y a las circunstancias. Eso mismo es lo que tiene que hacer usted. Adaptarse. Y, cuando empiece a hacerlo, se dará cuenta de que es usted un privilegiado.

Hasta aquel momento, Silvia se había dedicado a animar a Saúl diciéndole que todo saldría bien. Sin embargo, el doctor acababa de hacer justo lo contrario. Llegó a temer de verdad que Saúl lo mandara a la mierda. Pero no. Se puso en pie, con la niña en brazos y se despidió del doctor.

Silvia estaba desconcertada.

Fuera de la consulta, de camino al ascensor, ella dijo:

–Llevaremos los resultados a otro traumatólogo. Me ha dado la sensación de que este se ha rendido. Y que quiere que te rindas. Necesitamos otra opinión. Al menos yo no...

Saúl negó con la cabeza, sin mirarla a la cara.

–Prefiero no hablar del tema –dijo, mientras sentaba a Candela en el carrito–. Estoy cansado, joder ... Siento que me va a explotar la cabeza.

Silvia dejó de insistir. En su lugar, propuso ir a tomar un café y que Candela merendara algo. Saúl se encogió de hombros. Parecía tener la mente a mil kilómetros de allí.

Cuando llegaron a la cafetería, pidieron un par de cortados y unos cuantos cruasanes pequeños. En la mesa, Saúl comenzó a juguetear con Candela, que estrujaba uno de los cruasanes con su manita, y Silvia se sintió un poco aislada de su familia. ¿Cómo habían llegado a aquella situación? Y no solo eso. ¿Podía empeorar? Porque, desde hacía algún tiempo, se estaba planteando presentarse a las oposiciones a cabo. Sentía que podía hacerlo y siempre había querido intentarlo. Tan solo esperaba que aquello no metiera más presión a la relación.

Sacó el teléfono móvil para echarle un vistazo y advirtió que había un buen número de mensajes de WhatsApp pendientes de leer.

La mayoría pertenecían al nuevo chat, creado con motivo del equipo conjunto entre agentes de Homicidios y Violentos. Entró a leerlos. Por lo visto, ya habían llegado las imágenes de las cámaras interiores del edificio donde Carrillo tenía el bufete. Aleluya. Y uno de los agentes había efectuado el visionado y acababa de enviar un par de capturas.

Sentía curiosidad por verlas. El edificio carecía de vigilantes y a aquellas horas todos los trabajadores de los otros dos negocios presentes en el inmueble se habían marchado ya a casa, de modo que no había testigos. Aquellas imágenes captadas por las pocas cámaras de que disponía el edificio (en el acceso de vehículos, el acceso peatonal y el hall de entrada) eran de una gran trascendencia.

Descargó las imágenes y ante ella aparecieron un par de tipos trajeados. Silvia tocó la pantalla para ampliar la primera de las imágenes, correspondiente a la entrada de los individuos en el edificio, y observó al que parecía más joven. Debía de rondar la treintena y se mostraba tranquilo; bien peinado, vestido con traje y corbata. No le sonaba de nada. El otro hombre, cuyo rostro quedaba oculto por el cuerpo de su acompañante, parecía bastante mayor a tenor de su cabello canoso, casi blanco en su totalidad. Y estaba fondón; en aquella instantánea se le veía de perfil, portando un maletín de piel marrón, y destacaba un pronunciado barrigón.

Cambió de imagen y volvió a ampliar. Era el momento de la huida. Esta vez, al joven costaba apreciarle el rostro con detalle. Se lo veía tenso, precipitándose hacia la salida. Pasó al viejo y, esta vez sí, su rostro había sido captado de frente, con buena nitidez, y era completamente identi... No podía ser.

Silvia no daba crédito.

22

Origen de la llamada: Karim Hassani (KARIM)
Destino de la llamada: Juan Alberto Mayo (ABOGADO DE LARBI)
Hora de inicio: 21.47 horas
Duración: 01.52 minutos
Palabra clave: CARRILLO
Categoría: RELEVANTE

ABOGADO: Hola. Es un poco tarde, ¿no te parece?

KARIM: Llevo horas intentando contactar contigo. ¿Por qué no me lo cogías?

ABOGADO: He estado muy liado.

KARIM: Ya... ¿Qué es eso que decías en el mensaje de que la cosa está complicada?

ABOGADO: Pues eso... Complicada... Vamos, que no hay nada que hacer. Detuvieron a tu amigo con un arma de fuego, ¿recuerdas? Y está con la condicional...

KARIM: ¿Pero se lo llevan ya para dentro?

ABOGADO: De momento tienen previsto trasladarlo al hospital penitenciario de Terrassa. Pero, en cuanto pueda sostenerse en pie, se va de cabeza a Brians.

KARIM: No me jodas...

ABOGADO: He hecho todo lo que estaba en mi mano, pero la cabrona de la fiscal se ha emperrado en que es un peligro público y la jueza le ha dado la razón.

KARIM: No servís para una mierda. Solo para trincar...

ABOGADO: Voy a hacer como que no he oído nada... Por cierto, Larbi quería que te transmitiera un mensaje.

KARIM: ¿Qué mensaje?

ABOGADO: Te lo cuento cuando vengas a pagar la minuta de tu amigo.

KARIM: ¿En serio? Eres una rata.

ABOGADO: No te equivoques, ¿eh? No te estoy chantajeando; lo hago por pura precaución.

KARIM: ¿Precaución de qué?

ABOGADO: ¿Y tú me lo preguntas? Mira a Carrillo.

(Pausa).

KARIM: ¿Qué pasa con Carrillo?

ABOGADO: ¿No lo sabes?

KARIM: Saber ¿el qué?

(Pausa).

ABOGADO: Que está muerto.

KARIM: ¿Cómo que muerto?

(Pausa).

ABOGADO: Pues muerto... Vamos que muerto, muerto. Se lo encontraron la otra noche en su despacho con la cabeza abierta...

(Pausa).

ABOGADO: Más vale que nada de todo eso me salpique...

KARIM: ¿Por qué te va a salpicar? ¿Qué insinúas?

ABOGADO: Yo no insinúo nada. Pero justo ayer noche recibo un mensaje de Carrillo, diciéndome que ha hablado contigo y pidiéndome que asista a Larbi, y hoy me entero de que está muerto.

KARIM: ¿Y a mí qué cojones me cuentas? Si se lo han pelado, se lo han pelado. Punto. También me puede salpicar a mí, ¡no te jode!

ABOGADO: Dalo por hecho como se enteren de que estuviste con él anoche...

KARIM: ¡Pero, ¿qué dices?! Yo no estuve con él anoche. Ni de coña. Hablé con él por teléfono, sí, pero no lo vi ...

ABOGADO: A mí me da igual lo que hiciste o no. Yo solo espero que no me salpique...

KARIM: Qué coño te va a salpicar... Tú de lo que tienes que preocuparte es de sacar a mi colega del trullo cuanto antes. Mañana me paso por tu despacho...

ABOGADO: No, mejor no te pases por mi despacho. Te envío un mensaje a primera hora y te digo cuándo y dónde podemos vernos.

Fin de la llamada.

Luis Iborra se tomó su tiempo en transcribir la llamada, pero le puso ganas con tal de cerrar algunas bocas. ¡Menudo chorreo se había llevado por la mañana! Bueno, en realidad le habían echado el rapapolvo a las cuatro de la tarde, pero para Iborra podía considerarse por la mañana ya que acababa de despertarse.

Poco después de aquella llamada, Karim se había puesto en contacto telefónico con Momo. Era en rifeño, por supuesto. Iborra estuvo tentado de dejar que la tradujeran al día siguiente, pero fue prudente por una vez. Consultó su reloj y vio que aún faltaban veinte minutos para las doce. Le envió un mensaje a la traductora desde el teléfono del Grupo preguntándole si todavía estaba despierta, y esta no tardó en responder. Decía que sin problema, que podía telefonearla.

Iborra subió el volumen de los altavoces, acercó a estos el móvil del Grupo y, con la intérprete al otro lado de la línea, puso en marcha el archivo de audio. Al cabo de unos segundos ya se escuchaba el tono de llamada y, a continuación, las voces de aquel par de chorizos. Era una conversación muy breve, de poco más de veinte segundos, y Karim era prácticamente el único que hablaba.

Cuando finalizó la llamada, Iborra preguntó a la traductora si hacía falta que se la volviera a poner, pero esta respondió que no.

–Karim ha llamado a Momo para decirle que van a esperar dos días o así «hasta que la cosa se enfríe».

–¿Lo ha dicho tal cual –quiso saber Iborra–, usando esa expresión?

–Sí. Ha dicho que tienen que esperar hasta que la cosa se enfríe, y que no vuelva allí hasta que él se lo diga.

–¿Que no vuelva quién?

–Momo. Que no vuelva allí hasta que Karim se lo diga.

–¿Y dónde es «allí»?

–No lo sé, no lo ha dicho.

–Vaaale –dijo Iborra, tomando nota–. «Allí». No sabemos dónde, pero ha dicho «allí» … ¿Algo más?

–No.

–Pues muy bien. Gracias.

Y colgó.

23

Cuando finalizó la conversación y Farida Mansour dejó el teléfono sobre la mesa, su marido Ibrahim se dirigió a ella con un tono muy agresivo.

–Espero que esto te lo paguen bien. Mira qué hora es....

Instantes antes de la llamada, ambos se encontraban en el salón del apartamento; ella terminando de recoger la ropa del tendedero plegable y él tumbado frente al televisor, durmiendo. El timbrazo lo despertó de golpe y, sobre todo, de mala leche.

–Ya te he dicho que me lo compensarán.

–Pues a ver si es verdad... –murmuró Ibrahim, acomodando de nuevo la oreja sobre los cojines.

Farida había llegado a casa un poco tarde. La combinación entre Sant Feliu de Llobregat y Martorell, donde vivían, no era muy buena, y para colmo su apartamento se encontraba en la zona del río, lejos de la estación. Nada más entrar, se había encontrado a los niños desmadrados y sin cenar, el piso en un estado lamentable y a su marido sin hacer nada, con la excusa de la rodilla.

Estaba agotada, tanto física como mentalmente.

Y seguía con aquella desagradable sensación metida en el cuerpo, mezcla de miedo y rechazo. No estaba acostumbrada a hablar de muertos y, mucho menos, de asesinos, y de pronto se había visto rodeada de policías ansiosos por saber si alguien nombraba a ese abogado asesinado, o si se escuchaba cómo planeaban su muerte o cómo trataban de esconder su participación.

Cuando terminó de recoger la casa, se sentó en el salón y por fin se permitió cerrar los ojos un momento. En su mente oía la voz de aquel tipo, Karim, tan fría y gutural, tan dura. Le helaba la sangre, especialmente tras escuchar a los policías, sin que ellos se dieran cuenta, hablando acerca del estado en el que habían encontrado el cadáver del abogado. ¡Lo habían golpeado y asfixiado! A sangre fría.

Se llevó las manos al rostro y se frotó los ojos. Los tenía secos y le escocían después de pasar tanto rato delante de la pantalla de ordenador.

Cuando por fin los abrió, su marido estaba en una posición ridícula: con la boca abierta, apuntando al techo, completamente dormido. Respiraba alto, con sonoridad, hasta que de pronto emitió un ronquido seco que sonó como un rugido felino, tan inesperado que lo despertó a él mismo, sorprendido y desubicado.

Farida no pudo evitar soltar una carcajada.

Ibrahim miraba a su alrededor, con cara de malas pulgas, tratando de discernir qué demonios le había provocado el sobresalto.

–¿De qué coño te ríes? –preguntó indignado–. Muy alegre estás tú…

Se pasó una mano por el rostro, molesto y enfurruñado.

–No te creas… –respondió Farida, y se puso en pie, dispuesta a ir al dormitorio. Con un poco de suerte, los niños tardarían horas en despertar.

–Que no me crea ¿qué? –la interceptó Ibrahim. No parecía molesto por su respuesta; más bien sorprendido.

–No importa… Además, me han pedido que no comente nada de la investigación.

–Pero a mí puedes contármelo, ¿no?

Farida se tomó unos segundos, considerándolo. Quizá le viniera bien desahogarse. Desde luego, con alguien tenía que hablarlo, porque le quemaba por dentro…, aunque no tenía claro que Ibrahim fuera la persona idónea para ello. Dijo:

–No insistas, por favor.

Y se dirigió al dormitorio.

Ibrahim la siguió. Y mientras lo hacía, no dejaba de repetir:

–Cuánto misterio, mujer. Cuánto misterio…

24

A Joel, conforme avanzaba la semana y especialmente si trabajaba en el turno de mañanas, aguantar el tipo a primera hora se le hacía muy duro, por mucho café que tomara.

Y aquel jueves era de los que costaba arrancar. Cuando su madre apareció por casa para hacerse cargo de Eric, Joel todavía estaba medio dormido. De hecho, no abrió del todo los ojos hasta la segunda taza de café.

Y ahora, en comisaría, hacía más de media hora que redactaba una diligencia de informe, aburrida hasta más no poder, y ya llevaba dadas tres cabezadas, incontrolables e imprevisibles, que lo obligaban a repasar lo escrito, ya que no tenía mucho sentido.

Desvió la mirada hacia el despacho del jefe de la UTI, que estaba cerrado, y a través de las lamas grises de la persiana veneciana observó con disimulo al subinspector Lacalle reunido con su sargento, Lucía López, y el sargento de Homicidios, Aitor Bartomeu. Seguramente, estaban decidiendo cómo enfocar el homicidio de Valentín Carrillo y, en especial, valorando el grado de participación de Karim Hassani en aquel asunto.

Volvió a centrarse en su pantalla y corrigió un par de frases inconexas. Sin embargo, minutos más tarde, dio una nueva cabezada. Aquello no podía seguir así. Necesitaba más café. Pero no de máquina, sino de bar; de una cafetera como Dios manda. Se volvió hacia Silvia, que estaba en el ordenador de al lado, por si le apetecía salir fuera a desayunar, pero la vio tan absorta en su pantalla que le entró la curiosidad de ver qué hacía. Y lo que hacía era mirar las imágenes de las cámaras de seguridad del edificio donde Carrillo tenía su oficina. Concretamente, las que había captado la cámara del hall, enfocando a aquellos dos tipos a los que nadie había conseguido poner nombre.

Joel también había examinado aquellas imágenes nada más llegar, para observarlos en movimiento; siempre se obtenía mucha más información que en una foto fija. Y aquella no era una excepción.

Para empezar, daba la sensación de que el joven era más joven y el viejo no tan viejo. Y no solo eso. Aunque en las imágenes del TRAM se les veía a ambos abandonar el edificio a la vez, gracias a las otras cámaras descubrieron que no bajaban juntos al hall tras huir de la oficina del abogado, situada en la segunda planta, sino que el viejo llegaba mucho antes que el joven; ambos descendían por las escaleras, sí, pero con un desfase considerable. Durante algo más de treinta segundos, el viejo había permanecido en la entrada del edificio, nervioso, crispado, aferrando con fuerza el maletín de piel marrón, esperando a que el otro apareciera, y, cuando por fin lo hacía, de manera precipitada, sin ni siquiera detenerse, llevaba en la mano algo así como un fajo de documentos enrollados.

Joel se inclinó hacia delante; se acercó a la mesa de Silvia y, mientras señalaba la pantalla con un gesto del mentón, dijo:

–O están muy confiados con que aquí nadie los identificará, o son muy malos. Si no, ya me dirás como entran a cara descubierta y sin guantes.

Silvia tardó unos segundos en contestar.

–Eso o simplemente no contaban con que las cosas se complicaran y acabaran matándolo.

–Mucha pinta de sicarios no tienen, en eso te doy la razón.

Silvia se encogió de hombros y se limitó a cambiar de archivo de video. Un nuevo ángulo para observar a aquellos dos tipos. La mossa detuvo la imagen justo cuando el tipo de pelo blanco se volvía hacia la cámara. Joel estudió aquel rostro. No lo había visto en su vida. Silvia, sin embargo, no dejaba de observarlo...

–¿Te suena? –preguntó Joel.

–No –respondió Silvia. Fue tajante. Más de lo esperado.

La puerta del despacho del subinspector Lacalle se abrió y de su interior salieron los dos sargentos. Por la expresión de sus caras, Joel dedujo dos cosas: la primera, que aquella reunión había sido más un tira y afloja que un intercambio de impresiones, y la segunda, que solo uno había acabado satisfecho con el resultado. Y esa persona no era la sargento Lucía, porque traía cara de funeral. De funeral y mala leche, para ser más exactos; como si el difunto hubiera muerto dejándole a deber una buena cantidad de dinero.

Fue directa hacia los dos agentes y dejó caer la carpeta sobre una de las mesas. Lo hizo con fuerza y el impacto contra la madera sonó más de lo que hubiera deseado. No era propio en ella, pero estaba claro que, a todos los niveles, tocaba tragar mierda. Lacalle asomó la cabeza un momento y volvió a esconderse sin hacer ningún comentario. Bartomeu pasó ante ellos y tampoco dijo nada; se limitó a observarla de reojo. Cuando desapareció, Lucía se arrancó a hablar:

–Cambio de planes. De momento, y hasta nueva orden, desvinculamos a Karim del homicidio. Cuando se resuelva, veremos si está relacionado con los otros dos tipos, pero, de momento, su visita a las oficinas se considera una simple casualidad.

–Pero es un poco pronto para descartarlo, ¿no? –intervino Silvia.

–Es un poco pronto para todo... –apuntilló Joel.

La sargento chasqueó la lengua con gesto cansado.

–Qué queréis que os diga... Estas son las nuevas directrices. Seguiremos investigando a Karim por el vuelco. Y os recuerdo que apenas nos quedan unos días para obtener algo de interés.

Ambos agentes asintieron. No estaban de acuerdo con la decisión, pero su opinión importaba bien poco ahí.

–Entonces volvemos a lo nuestro –dijo Joel–. El coche de Karim está otra vez en Amadeu Torner. ¿Quieres que nos pongamos tras él? El cabo y Rondón han salido a los juzgados de Esplugues a entregar un oficio. Podrían sumarse al seguimiento.

La sargento negó con la cabeza. Dudó un instante y, apretando los dientes, dijo:

–Tenéis que ir a hacer una gestión. La noche del homicidio, sobre las 21 horas, Carrillo recibió una llamada de otro abogado...

–Disculpa que te corte. –Joel se había levantado de un brinco–. ¿Pero no has dicho que seguimos con el tema del vuelco?

–Sí... Pero también vamos a echarles una mano a los de Homicidios.

Silvia soltó un bufido.

–Pero ¿en qué quedamos? ¿Formamos o no formamos parte de esa investigación?

La sargento, que ya de por sí estaba bastante calentita con el tema, parecía a punto de llegar a su límite.

–No. La investigación es solo suya.

–Pero sí que les echamos una mano cuando lo necesitan, ¿no? –soltó Joel–. Y ¿quién se ocupa de nuestro caso? ¿Robos con Fuerza?

La sargento explotó.

–¡Silencio! –Y, al percatarse de que algunas cabezas se habían alzado hacia ellos, bajó el volumen de voz para añadir–: Solo falta que vosotros me deis la vara con el dichoso tema. Esto es lo que hay y punto. Seguimos con lo nuestro y, si nos piden que hagamos alguna gestión para ellos, pues la hacemos y listos. Además, nuestro caso no está parado. Roberto y la traductora están sacando mucha información de las llamadas antiguas que había escuchado Ahmed.

–Y ¿cómo vamos a trabajar esa información si estamos haciendo de vespas para Homicidios? –preguntó Silvia. Parecía muy molesta, mucho más que Joel.

–Pues ya veremos. Si hace falta, saldré yo misma a la calle... Pero vamos a dejar el tema aquí, porque estoy más que harta, ¿de acuerdo? A lo que vamos –extrajo un folio doblado de su abultada agenda y se lo tendió a Silvia–: aquí tenéis el número de un abogado que telefoneó a Carrillo sobre las 21 horas de la noche en que murió –consultó la información escrita en el papel–... las 21.11, para ser exactos. Puede que solo fuera una llamada trivial, por motivos de trabajo, pero no se puede descartar nada. Quizá le comentó algo acerca de la visita de unos clientes... No sé. A ver qué os cuenta.

–Las 21.11... –comentó Joel–. Eso fue poco antes de ponerse en contacto con Karim, ¿no? De pedirle que fuera a verlo.

–Así es –respondió la sargento–. Si Karim está relacionado con el asunto, saldrá tarde o temprano. Pero no os obsesionéis con el tema, y mucho menos os obcequéis con darle en los morros a Bartomeu, porque perderéis la objetividad y a mí me tocaréis la pera.

25

–Me lo encontré el mismo martes al mediodía, en el Boca Grande –dijo Ignacio Abad, el abogado amigo de Valentín Carrillo.

Hizo una pausa para dar un sorbo a su cortado y una calada bien larga al tercer pitillo que se fumaba desde que se habían sentado. Y apenas hacía cinco minutos. La pareja de agentes y el abogado se encontraban en la terraza del restaurante La Claraboia, junto a la Ciutat de la Justícia, un local bastante más humilde que aquel en el que se habían topado los dos abogados, situado en las proximidades del paseo de Gràcia.

–Me topé con él cuando subía las escaleras del baño. Nos saludamos y eso, intercambiamos un par de palabras y yo volví a mi mesa y él se fue a orinar, o lo que fuera que hiciera ahí abajo...

–¿Notó algo extraño en él? –preguntó Silvia.

El abogado se encogió de hombros. Era más joven que Carrillo, al menos diez años, pero, igual que su compañero, era de los duros en la sala de vistas. También se dedicaba a la rama penal, aunque su especialidad eran los delitos fiscales. En las distancias cortas, sin clientes alrededor, a Abad no le importaba e incluso le gustaba confraternizar con los policías, sin embargo, ante sus defendidos, actuaba como si no conociera a nadie. Esta vez, estando a solas como estaban, tocaba la versión del abogado confidente.

–Valentín era todo un personaje, qué os voy a contar, pero también un buen tipo y un muy buen profesional. Con sus rarezas, como la condenada coleta esa que llevaba, pero ¿quién no las tiene?

–Entonces, ¿me está diciendo que no notó nada extraño en él? –insistió Silvia, al ver que el abogado se iba por las ramas.

El abogado apuró el pitillo y lanzó la colilla al suelo sin el menor reparo.

–No, la verdad es que a él no lo noté extraño...

–En ese caso –intervino Joel–, ¿a qué se debió la llamada que le hizo el mismo martes, a eso de las nueve de la noche?

Antes de que el abogado respondiera, un tipo corpulento, con un gran cartel colgado del pecho, comenzó a vociferar delante de la entrada de los juzgados situada en la avenida Carrilet:

–¡Tengo un mensaje para la hija de puta de la jueza doña Estefanía de los Olmos Úbeda y para el hijo de la gran puta del fiscal Isaac Valverde Oca! ¡Sois unos comemierdas sin corazón! ¡Unas sanguijuelas sociales! ¡Unas larvas del sistema! ¡Estáis al servicio de los poderosos! ¡Sois las putitas de los bancos! ¡Las rameras de Botín!

Gritó todo aquello sin megáfono, ni falta que le hacía, con el vozarrón que tenía. Su mensaje estaba siendo escuchado y visto por mucha gente, pero parecía calar bien poco.

A aquellas horas de la mañana, como es lógico, la Ciutat de la Justícia estaba abarrotada de gente, dentro y fuera de los edificios oficiales. El trasiego era continuo, entre acusados, abogados, procuradores, testigos, víctimas, jueces, policías, personal administrativo, personal de seguridad y mucho más. Entre semana, aquella zona era como un hormiguero, y las quejas de aquel tipo, que acudía allí a menudo, se habían convertido en parte del mismo ambiente, tan molesto y poco apreciado como las salas de espera de los juzgados o el humo del tráfico que circulaba por la Gran Via.

–Creía que tenía una orden de alejamiento del edificio –dijo el abogado, sin ni siquiera volverse para mirar al tipo.

–Así es –respondió Silvia, consciente de que en breve aparecería una patrulla uniformada de Mossos.

–¿De qué va esto? –preguntó Joel.

–Por lo visto, le quitaron el piso a sus padres y los dejaron a todos en la calle –informó Silvia.

–Eso y que se le ha ido la chaveta –opinó Abad–. A ver si vienen ya vuestros compañeros y se lo llevan de aquí pronto, porque debe estar a punto de arrancarse con una nueva ronda de piropos.

–Le preguntaba por el motivo de su llamada a Carrillo el mismo martes por la noche, a eso de las nueve –recondujo Joel.

–Ah, sí. La llamada... Era para ponerlo sobre aviso.

Ambos agentes se miraron. Aquello tenía buena pinta. Silvia no pudo resistirse a preguntar:

–¿Por qué?

Abad encendió otro cigarrillo. Dio unas cuantas caladas con aquellos labios demasiados carnosos para su edad y después dejó escapar una bocanada con un gesto dramático, de puro postureo. Desde luego, aquel tipo era todo un narcisista. Silvia había observado en su rostro signos de un trasplante capilar, fundas dentales, cirugía correctora de patas de gallo, bolsas oculares y papada, así como inyecciones de bótox en frente y pómulos. Y, bajo aquel caro traje, como poco había una liposucción de barriga... Normal que detestase la coleta de Carrillo; para aquel tipo, la imagen lo era todo.

Su respuesta llegó al fin:

–¿Por qué lo hice? Pues por lo que vi en el restaurante. Me dejó... digamos que intranquilo. Yo me marché al poco rato de cruzarnos. Él estaba sentado en una de las mesas del fondo, con dos hombres, y no me vio salir porque estaba de espaldas a la puerta. Los dos tipos, en cambio, estaban sentados de cara y pude verlos bien. Y di por hecho que eran dos clientes, porque a uno de ellos lo conocía.

Joel y Silvia volvieron a intercambiar miradas, esforzándose esta vez por contener sus emociones. Las de Joel tenían pinta de ser de pura euforia, mientras que Silvia, en cambio, se temía lo peor.

–El caso es que había algo que no me cuadraba, y llevaba todo el día con el runrún en la cabeza... Hasta que me decidí a llamarlo. Básicamente porque Carrillo siempre ha detestado la parte financiera de los casos que defiende, ya sabéis a qué me refiero, y el tipo al que reconocí se dedicaba básicamente a eso. Así que lo primero que le digo en cuánto descuelga es: «¿Qué pasa, que te vas a cambiar de sector y me vas a hacer la competencia o qué?». Al principio, él no entendía nada. Entonces le pregunté directamente: «Estás defendiendo al Zorro Plateado, ¿no?». Y él, de nuevo, que no entiende nada. Y entonces le hablo de los tipos con los que estaba en el restaurante, y más concretamente del mayor. No recuerdo su nombre, porque lo conozco de vista y poco más, con su mata de pelo blanco y su cara de perro pachón, pero sí que sé cómo lo apodan: el Zorro Plateado. Y se lo explico a Carrillo, más o menos como os lo estoy contando a vosotros, y añado: «Pues ten cuidado con ese tipo, porque es uno de los estafadores más grandes de España. Menudo pieza. Si de verdad no es un cliente, no te arrimes a él ni con un palo». No os podéis ni imaginar cómo se puso. Le pregunté qué demonios pasaba y me prometió que ya me lo contaría, pero que tenía que colgar.

Silvia enfocaba al abogado con su mirada, pero su cabeza ya no estaba allí; estaba muy lejos, proyectando el peor de sus presagios.

–¿Tiene los datos de ese hombre? –preguntó Joel.

–No, pero puedo conseguirlos. Suele moverse por otras regiones de España; de hecho, lleva años sin, digamos, tener problemas con la Justicia de aquí, de Catalunya. Por eso me sorprendió verlo. Pero tengo un par de colegas que lo han defendido. Puedo pedirles que me den su filiación.

–Sería de mucha ayuda.

El abogado tecleó unos mensajes por WhatsApp y anunció que pronto sabría algo. A continuación, consultó su reloj y se puso en pie casi de un salto.

–Lo siento, tengo que salir pitando para una vista.

Justo en aquel momento, el tipo del vozarrón se arrancó de nuevo:

–«¡Tengo un mensaje para la comecoños de la....!»

Un par de agentes uniformados fueron hacia él y le ordenaron que callara. El tipo se comportó; sabía que hasta ahí había llegado la partida de aquel día. Se lo llevaron y, un segundo después, ya nadie parecía recordar sus quejas.

–Tendremos que tomarle declaración. Si no esta tarde, mañana –informó Joel–. Su declaración es importante.

El abogado recogió su maletín de trabajo y les tendió la mano.

–Llamadme y quedamos, ¿de acuerdo? En cuanto tenga los datos del Zorro, os los mando por WhatsApp.

–Gracias.

Tan pronto como el abogado se marchó, Joel se volvió hacia Silvia entusiasmado.

–Qué bueno, ¿no? Joder, así que de eso va la cosa, de una estafa.

–Eso parece –respondió Silvia sin mucho énfasis.

–Llamo a Lucía y se lo cuento, ¿te parece?

–Perfecto –respondió ella mientras se ponía en pie con el teléfono en la mano. Se alejó de la mesa, en dirección al edificio del Instituto de Medicina Legal y Ciencias Forenses, donde, precisamente en aquellos momentos, yacía el cuerpo de Carrillo, dentro de una cámara de refrigeración.

Seleccionó el contacto de su madre y esperó a que descolgara.

26

El local donde se reunían los ultras, su club social por llamarlo de alguna manera, estaba situado en el paseo Taulat, a escasos cincuenta metros de la esquina con la calle Bilbao, en una zona bastante abierta del barrio de Poblenou. Desde un punto de vista ofensivo, hablando en términos bélicos, su ubicación era favorable al enemigo. Porque permitía vigilar su entrada sin llamar demasiado la atención, algo que Karim Hassani valoraba por encima de todo a causa de su prominente constitución física, que solía destacar allí donde iba.

Había querido llevar a cabo él mismo aquella vigilancia porque podía reconocer a alguno de aquellos mamones con los que se había enfrentado, ya fuera el mulato o los otros blanquitos que lo acompañaban, pero también porque cada vez le quedaba menos gente de la que fiarse.

A su lado, sentado en aquel Seat Ibiza gris, se encontraba el Profesor; tanto él como Karim estaban encajonados en sus asientos, tratando de pasar tan desapercibidos como el entorno les permitía. El Profesor había aceptado de buen grado acompañar a Karim a echar un vistazo al local de aquella chusma porque, aunque tenía el brazo izquierdo en cabestrillo y apenas podía levantarlo, quería desquitarse con aquellos cabrones que le habían hecho pasar por un auténtico primo.

La puerta del local no tenía ningún cartel ni signo que delatase lo que allí dentro ocurría, pero, tras diez minutos de plantón, ya vieron aparecer a los primeros tipos de aspecto e indumentaria ultra. Debía tratarse de algo parecido a un gimnasio, porque los que entraban y salían lo hacían con bolsas de deporte. Tras una hora allí, del interior del local vieron surgir a un tipo muy gordo que lucía en el pecho de su inmensa sudadera el conocido dibujo del pollo boxeador... Nada más verlo, Karim telefoneó a Momo, que estaba apostado en uno de los bancos de la plaza aledaña, comiendo pipas, atento por si tenía que seguir a alguien, y le comentó que echara un vistazo al gordo. Al cabo de un par de segundos, Momo comenzó a resoplar, rememorando la paliza que había recibido dos días antes, y exclamó que sí, joder, que aquel era el dibujo que vio en la camiseta.

Nada que Karim no supiera ya. De manera inconsciente, se llevó el jarabe de antiácido a los labios y dio otro sorbo. El bote estaba prácticamente vacío.

–¿Cuánto hace que tomas esa mierda? –preguntó el Profesor.

–No mucho –mintió.

–Pues para no ser mucho, le has pegado un buen buche. Y no me digas que te gusta cómo sabe, porque está asqueroso –lo dijo mirando por la ventana, como si hablara por hablar.

–Llevo unos días con acidez. Eso es todo.

–Ya... Pues hay remedios caseros que te irían mucho mejor, créeme. Prueba a comer plátanos maduros. O mastica chicle. Con el chicle producirás más saliva y te ayudará a tener mejores digestiones. O también podrías relajarte un poco. Últimamente te veo muy tenso.

–No te he pedido que vinieras para tocarme los cojones, así que mejor te callas.

El otro levantó la mano derecha en son de paz, la única que podía alzar. No dijo nada. Mucho mejor. Fue Karim quien rompió el silencio poco después:

–Lo que no acabo de entender, te lo juro, es qué coño hace ese mulato de mierda mezclado con esa panda de racistas.

Y es que los del Front Pirata, al igual que tantos otros grupos ultras, solían estar cortados por el mismo patrón: el de los fascistas de extrema derecha, que antes preferirían ser zampados por un tiburón que salvados por alguien de piel oscura.

–Vete a saber –dijo el Profesor–. No hablamos de los tíos más listos de la clase, ¿no? Y aunque suelen ir a toque de pito, también llevan negocios entre manos. Y cuando hay un buen alijo o una buena cantidad de pasta en juego, se alían con quien haga falta. ¿O es que no lo has hecho tú en alguna ocasión?

Karim, por mucho que lo detestara, no lo negó. La pasta era pasta, y del único color que de verdad importaba: verde.

–Además, ¿no has oído hablar de los morenazis?

–¿Morenazis? ¿Eso existe?

–Claro, tío...

–Venga ya.

Karim no daba crédito a lo que escuchaba, pero el muy pedante del Profesor solía saber muy bien de qué hablaba. Y hablaba de muchas cosas, tantas que hasta aburría.

–Qué va, qué va. Son peña de piel oscura que, a pesar de que saben que esos cabrones los detestan con toda su alma, los imitan prácticamente en todo. Hay que ser muy perdedor para eso. No se llaman a sí mismos morenazis, claro; eso lo usan los blancos, para meterse con ellos. Pero es la mejor manera de definirlos. Odian a los judíos, a los maricones y a los comunistas, ¿qué te parece? Lo de la raza se la pela, supongo porque es lo que los diferencia de verdad, pero hacen como si fuera un pequeño detalle sin importancia. Y asumen que socialmente están un peldaño por debajo de los blancos, pero no se sienten mal porque, aun así, creen estar mucho más alto que toda esa escoria que detestan... Son pura chusma. Todos ellos, joder. Mira los negritos de VOX.

A Karim tanto le daba lo que pensaran aquellos retrasados sin dignidad. Lo que quería era que, de un momento a otro, apareciera por allí alguno de los tipos que vieron en el descampado, y así confirmar que Front Pirata, o al menos aquella facción de Poblenou, estaba detrás del ataque. Y ahora que había tomado la determinación de parar momentáneamente todo lo que tuviera que ver con Carrillo, disponía de tiempo.

–¿Todavía sospechas de los hermanos Alí? –preguntó el Profesor.

Hasta aquel momento, Karim no había compartido con nadie sus sospechas de traición, pero era evidente que algo pasaba. A modo de respuesta, se limitó a emitir un gruñido ambiguo.

–Tú eres quien manda –comentó el Profesor–, pero si alguien nos la ha jugado, no creo que hayan sido esos dos tarugos. No dan para mucho.

–Los tengo en cuarentena –dijo Karim–. A ver cómo va la cosa.

Karim consultó su reloj. Comenzaba a estar cansado de permanecer allí. Y los tipos que entraban y salían del local cada vez resultaban más parecidos entre ellos, imposibles de distinguir… Bajó la ventanilla y llamó a Momo, que se puso en pie de un salto y corrió hacia el Seat Ibiza. Se apoyó en el marco de la puerta y dijo:

–¿Tenéis agua? Con tanta pipa y tanta sal, la boca me escuece un huevo…

–Sube –ordenó Karim, haciendo caso omiso de su pregunta–. Nos largamos a papear algo.

–¡Quietos, quietos, quietos! –exclamó el Profesor, agarrando el brazo de Karim y señalando hacia la puerta del local.

Los tres miraron hacia allí.

Acababa de llegar un tipo montado en un patinete eléctrico.

Vestía un chándal oversize muy llamativo, de color amarillo y rojo, con pantalón y sudadera a conjunto. En la cabeza llevaba encasquetada una gorra blanca y roja, con el logotipo de los White Sox, y, sobre el pecho, cruzada, destacaba una riñonera verde militar.

Y su piel era oscura.

Al entrar en el local, lo hizo de lado y, oh, sí, aquel perfil.

Era el condenado mulato.

–¿Qué hago? –inquirió Momo–. ¿Voy para allá?

–Métete en el coche –respondió Karim. El mulato llevaba patinete; de nada servía que alguien fuera a pata.

Apenas habían transcurrido seis minutos desde que Momo se instaló en el asiento trasero, que la puerta del local volvió a abrirse y de su interior emergió el mulato, empujando el condenado patinete, manos en el manillar. Dio un par de saltitos y puso el cacharro en movimiento, rodando de nuevo hacia la calle Bilbao. Parecía ir directo hacia ellos; sin embargo, en cuanto se incorporó a la calle, torció en dirección a la playa. Circulaba por la calzada, pero bastante enchufado.

Karim ya tenía el motor en marcha, y se puso tras él.

–Como se suba a la acera y empiece a hacer pirulas, ya lo puedes dar por perdido –dijo el Profesor.

Karim se mordió la lengua. No necesitaba que un listillo le recordara lo que ya sabía. No obstante, las pirulas comenzaron pronto. Porque nada más llegar al cruce con el paseo Calvell, el semáforo se puso en rojo y los primeros vehículos se detuvieron con diligencia. Cosa que no hizo el mulato. Se saltó el semáforo y se incorporó al paseo, en dirección oeste.

Al advertir la maniobra, Karim dio un acelerón y ocupó buena parte del carril izquierdo, en contradirección. Desdeñó la luz roja del semáforo y, justo cuando se metía en el paseo, un camión de reparto que circulaba por él a gran velocidad soltó un bocinazo que sobresaltó incluso a Karim. Este, de nuevo focalizado en su objetivo, buscó con la mirada al mulato y se percató de que marchaba con la cabeza hacia atrás, observándolos...

Mierda.

Los había visto. Y reconocido. No cabía duda porque, tras volver la mirada al frente, el patinete aumentó exponencialmente su velocidad y el mulato agachó la cabeza y encorvó su espalda, reduciendo la resistencia, y comenzó a zigzaguear como un condenado entre los coches, desesperado por perderlos de vista, hacia la Barceloneta, con la Torre Mapfre de fondo.

27

Karim conducía a toda mecha, dejando atrás a los demás vehículos. Iba cambiando de carril, adelantando como un loco, sin perder de vista al mulato. Y mantuvo el tipo hasta que se acercaron a la rotonda del cementerio de Poblenou, donde había una retención que ocupaba los dos carriles. El mulato se coló como un rayo entre las dos hileras de vehículos y se incorporó en la rotonda.

Antes de ver qué salida tomaba, Karim dio un volantazo a la izquierda y subió el Ibiza a la mediana.

El coche botó. Y Momo, que no llevaba el cinturón puesto, se golpeó la cabeza contra el techo. Otra muesca más sobre su cráneo dolorido.

Karim a punto estuvo de impactar contra uno de los árboles de la mediana, pero lo esquivó a tiempo y el vehículo aterrizó en los dos carriles del sentido contrario. Para alivio de todos, estaban despejados.

Alzaron la vista y observaron que el mulato cruzaba ante ellos, en dirección a la playa. Karim pisó gas a fondo.

El mulato miraba hacia atrás acojonado, consciente de que, como lo pillaran, lo iban a poner fino. Y, desde luego, se lo estaba ganando con creces. Antes de llegar al desvío de la incorporación a la Ronda, el mulato hizo lo más lógico: meterse en la zona ajardinada. Allí era imposible que el Ibiza lo siguiera. Había barreras, pilonas y barrotes en el extremo de la acera para impedir que los coches subieran a ella.

Ese fue el momento en que Karim frenó el coche en seco, se volvió hacia el asiento trasero y le gritó a Momo:

—¡Corre tras él!

—¿Qué?

—¡Que lo pilles! ¡Vamos, hijoputa! ¡Mueve el culo!

Momo salió del Ibiza y echó a correr tras aquel tipo. Empresa imposible, por otra parte; pero si Karim te decía que bailaras, tú bailabas, y si te decía que corrieras, tú corrías.

El mulato debió de pensar que Momo iba armado, porque giró a la izquierda, abandonando la zona asfaltada, y se refugió entre los árboles. El carril de incorporación a la Ronda se hallaba en aquella dirección. Momo se metió entre los árboles, jadeando, y descubrió a lo lejos al mulato, casi parado, como si le costara circular sobre aquella superficie terrosa.

—¡Eh, cabrón! ¡Quieto ahí! —exclamó Momo.

El mulato se puso las pilas y consiguió salir por fin de la zona arbolada, yendo a parar justamente al carril de incorporación a la Ronda.

Momo lo dio por perdido. Ya no había nada que hacer..., hasta que escuchó un golpe seco seguido de un frenazo.

Corrió y lo primero que vio fue el maldito patinete doblado, hecho un guiñapo, bajo el parachoques del Ibiza; Karim había rodeado la zona ajardinada, confiando en que el mulato asomaría la cabeza tarde o temprano, y había acertado.

A unos diez metros del Ibiza, cojeando, el mulato huía en dirección al murete lateral que separaba aquella vía de la Ronda. Momo fue tras él. El mulato se encaramó al murete y saltó.

Lo siguiente que se oyó fue un alarido de dolor.

Momo se asomó al murete y miró abajo. Había una altura de unos cuatro metros. El mulato ya se había puesto en pie y se alejaba por el arcén de la Ronda, renqueando.

—¡Salta! —ordenó Karim.

Y cuando Karim decía que saltases..., tú saltabas.

Intentó caer con las piernas flexionadas, y aun así sintió como los tobillos le crujían. El mulato, al verlo ahí abajo, aceleró el paso. Momo se aproximó a él. Ambos cojeaban. Parecía la paraolimpiada de las persecuciones. Por suerte, el atleta menos perjudicado era Momo.

Esta vez sí. Lo cogió y tiró de él, derribándolo al suelo. Forcejearon en el arcén mientras los vehículos pasaban a su lado, a escasos centímetros, rápidos y ruidosos. Momo sentía los golpes de aire levantados por los coches a su paso, los cláxones indicándoles que estaban como una regadera, pero ni él ni su contrincante cejaban en su empeño de salir victoriosos.

Agarró al mulato de la riñonera y presionó su cuello tirando de la correa; mientras lo asfixiaba, le golpeaba de vez en cuando su cabeza, a ver si así lo noqueaba. Pero el tipo no caía; le devolvía los golpes en el pecho y la entrepierna, rabioso, entre gemidos y babas.

¿A qué cojones esperaba Karim? ¿Por qué no acudían de una santa vez a ayudarlo?

El jodido mulato le devolvió a la realidad, aferrándole con ambas manos la polla y las pelotas y retorciéndoselas con toda su mala hostia.

El alarido de Momo debió de escucharse en toda Barcelona. La vista se le nubló y a punto estuvo de desmayarse.

Libre, el mulato arrancó a correr, si es que podía llamarse a eso correr, y cruzó la Ronda hasta llegar a la acera contraria. Cuatro carriles del tirón. Sin mirar. Desesperado.

Y tuvo suerte, porque llegó sano y salvo. Un centímetro más aquí o un segundo menos allá, y habría acaba hecho puré contra un parabrisas.

–¡Ve a por él! –oyó Momo, desde las alturas. Alzó la vista y observó tras el murete las cabezas de Karim y el Profesor.

Ve a por él. Como si fuera tan fácil…

Le dolía todo el cuerpo, sobre todo, la entrepierna. Y tenía miedo. Demasiado. No se veía capaz de cometer una locura así y acabar sano y salvo.

Buscó al otro lado de la Ronda, pero ya no quedaba rastro del mulato. Había huido como una rata.

Momo se dejó caer al suelo, completamente fundido.

De sus manos colgaba la riñonera de aquel loco, con la correa rajada a la altura del cierre.

28

Apenas hablaron de regreso a comisaría.

La radio rellenaba el silencio entre Joel y Silvia. Él conducía. Ella permanecía pensativa, con la mirada fija en el exterior del vehículo; de vez en cuando consultaba su teléfono móvil pero, al momento, volvía a perderse en el paisaje.

Un rato antes, tras finalizar la conversación con el colega abogado de Carrillo, Silvia se había alejado para hacer una llamada. A Joel le dio la sensación de que se dirigía a su interlocutor como «mama», aunque no podía asegurarlo. En cuanto se aproximó a Silvia, esta enmudeció y volvió a apartarse de él con disimulo, evitando así que oyera la conversación.

Estacionaron en el parking interior de comisaría y se dirigieron, todavía en silencio, al ascensor. Para variar, tardó una eternidad, y, cuando sus puertas se abrieron, tres agentes uniformados de Tráfico, con aquellas llamativas chaquetas color fosforito y sus carpetas repletas de multas aún por poner, salieron de su interior entre risas.

Les cedieron el paso y después entraron ellos. Joel marcó el botón con el número 2 y, justo cuando se cerraron las puertas, ya no pudo aguantar más:

–¿Todo bien?

Silvia asintió, con la mirada clavada en el techo.

–Pues estás un poco rara, ¿no?

La mossa lo fulminó con la mirada. El ascensor seguía ascendiendo.

–¿A qué viene eso?

–Nada, solo que parece que te pasa algo.

–Pues no me pasa nada.

–Menos mal...

–¡Cómo que menos mal?

Joel dudó si seguir adelante o no, porque aquello pintaba realmente mal.

El ascensor se detuvo en la planta baja. Ambos permanecieron callados. Las puertas se abrieron... y nadie subió. Sin duda, quien fuera que hubiese pulsado el botón, se había cansado de esperar y había recurrido a las escaleras.

Las puertas volvieron a cerrarse.

Y fue entonces cuando Joel se atrevió a soltar lo que pensaba desde hacía horas:

–Conoces al viejo del pelo blanco, ¿no?

–Pero ¿qué dices?

El tono de Silvia fue de indignación, pero sonó demasiado impostado.

–Mira, al menos no me mientas –dijo Joel–. Si quieres, me cuentas qué cojones pasa, o si no, no. Pero no me mientas.

Silvia contraatacó:

–¿Me vas a contar tú por qué te trasladaron de Sant Boi a la UTI? ¿Eh? Porque aquí todos tenemos cosas que preferimos que no se sepan.

–Eso es diferente. Además, yo no tengo nada que esconder, solo que no voy ventilándolo por ahí.

–Pues yo tampoco. Y métete en tus asuntos. ¿Está claro?

–Cristalino. Y aun así te daré un consejo, a riesgo de que me mandes a la mierda: si sabes algo importante de la investigación, no te lo calles. Díselo a quién haga falta, pero no te lo calles. Porque después te arrepentirás.

Las puertas se abrieron.

Ante ellos apareció Juan Antonio Lacalle, el mismísimo jefe de la UTI, que aguardaba para tomar el ascensor. Era ya la una del mediodía, y sin duda se marchaba a comer.

El subinspector se hizo a un lado para dejarlos pasar, al tiempo que saludaba con un «hola» mecánico. Los dos agentes le devolvieron el saludo, aunque de forma busca y desganada, pues no estaban para formalismos.

29

A primera hora de la tarde, Karim Hassani se reunió con Juan Alberto Mayo, el abogado de Omar Larbi, en un Bracafé situado en el límite en el que Rambla Badal se convierte en Rambla Brasil.

El despacho del abogado se encontraba a un paso de allí; sin embargo, este había preferido la cafetería como punto de encuentro. ¿Estaba siendo precavido? ¿Temía por su integridad física? Karim podía apostar su culo a que sí.

Mayo ya había defendido a un par de sus hombres en una ocasión anterior, y si bien no lo hizo del todo mal, no acabaron de gustarle sus formas. Era un puto abogado particular, con tarifa de abogado particular, cómo no, pero con trato de abogado de oficio: distante y desapasionado.

El caso es que, cuando Karim entró a la cafetería, Mayo ya lo esperaba, con su típica mirada de asco y haciendo malabarismos para tener siempre ambas manos ocupadas y así evitar saludar a su cliente por medio del contacto físico. Sin mediar palabra, Karim aflojó la pasta por los honorarios. Siete mil quinientos euros, en concepto de asistencia al detenido en comisaría y primera provisión de fondos.

El abogado le extendió un recibo, insistió una vez más en que librar a su amigo de la prisión preventiva no resultaría fácil (lo que Karim interpretó como: «te costará una buena tajada») y, acto seguido, pasó a transmitirle el mensaje de Larbi. Al oírlo, Karim se llevó una decepción. Tampoco es que se hubiera formado una idea preconcebida de lo que su amigo deseaba hacerle llegar con tanto interés, pero ¿qué se suponía de debía hacer con aquella información? ¿De qué le servía?

Abandonó la cafetería, más contrariado que cuando había entrado y siete mil quinientos euros más pobre, y se dirigió a su vehículo, aparcado en una calle perpendicular, en una zona de carga y descarga.

Se entretuvo pensado en cómo vengarse de los que habían intentado darle el palo. De momento, ya sabía el nombre de uno de ellos, el mulato, gracias a que Momo le había arrebatado la riñonera.

En ella encontraron, junto a tres pastillas de hachís intactas de cien gramos cada una, el permiso de residencia de aquel mamón, una fotocopia del pasaporte de su país (República de Guinea Ecuatorial) y la tarjeta sanitaria. También había trescientos euros en billetes de cincuenta, tabaco de liar, papel y filtros, y algo de calderilla.

Se llamaba Abel Ayomo Nguema Diallo y tenía veinticuatro años. Según el permiso de residencia, tenía domicilio en la calle Piquer de Barcelona. Aquello estaba en el barrio del Poble Sec. Nadie mejor que Karim sabía lo poco fiables que eran aquellas direcciones, pero estaba convencido de que, tarde o temprano, le daría caza. Y después caerían los demás, uno tras otro, hasta llegar también a quien lo hubiera traicionado.

Antes de arrancar, recibió un mensaje de WhatsApp. Era Hicham, el dueño del bar del Gornal donde Karim solía parar y despachar con los suyos. Le pedía que se pusiera en contacto con él.

Lo llamó y Hicham respondió antes del segundo timbrazo.

–¿Qué pasa, hermano? –preguntó Karim.

–Perdona que te moleste –el tono de Hicham era de profundo respeto, cosa que agradaba a Karim–. Ha venido un tipo. Será mejor que te pases por aquí. Te interesa.

Karim no preguntó el motivo de la repentina visita ni el nombre del tipo. Si Hicham lo había obviado, debía tratarse de algo que convenía hablar en persona, no por teléfono. Tan solo esperaba que no se convirtiera en un problema más, porque ya tenía demasiados frentes abiertos.

–Está bien –respondió Karim–. Voy para allá.

30

Una vez Silvia tomó la decisión de revelar lo que sabía, ya no hubo marcha atrás.

Cuando entró en la cocina, Saúl levantó la mirada y puso cara de sorpresa al verla ya con la chaqueta puesta y el bolso colgado del hombro.

–¿Ya es la hora? –preguntó él, consultando el reloj en la pantalla del móvil. Estaba preparando la merienda de Candela, para cuando fueran a recogerla a la salida de la guardería–. Todavía es pronto. ¿A qué viene tanta prisa?

–Ve tú solo, ¿vale? Yo me acerco un momento a comisaría. Volveré lo antes posible.

La mirada de Saúl se ensombreció.

–¿Te han pedido que vayas a currar?

Silvia tardó en responder.

En otra época, él habría sido sin dudarlo su primer confidente. Cuando algo la preocupaba, cuando había pasado un mal día, cuando se sentía frustrada y tenía la necesidad de desahogarse, Saúl siempre estaba ahí para escucharla. Sin embargo, ahora... llevaban demasiadas semanas sin mantener una conversación seria, adulta, de confianza. No conectaban. Comprendía que él debía lidiar con un futuro que no deseaba, pero tampoco se dejaba ayudar ni ponía las cosas fáciles en casa.

Al final, dijo:

–Solo quiero hablar una cosa con Lucía. Luego te cuento.

–¿Cómo que luego me cuentas?

–Luego te cuento, ¿vale? Ahora tengo que irme.

Dio media vuelta. Saúl no la retuvo. Se limitó a decir:

–Haz lo que te dé la gana.

El viaje fue breve, pero cargado de remordimientos.

Cuando llegó al edificio policial apenas pasaban un par de minutos de las cinco de la tarde. La sargento solía hacer turno partido, de modo que, a menos que surgiera un imprevisto familiar, nunca se marchaba antes de las cinco y media. Esperaba encontrarla allí, porque se presentaba sin avisar.

Entró al despacho de la UTI y saludó con un escueto «hola». Varios agentes de Homicidios y Salud Pública respondieron sin apartar la mirada de sus pantallas. El resto de la sala estaba prácticamente vacía.

Conforme Silvia avanzaba entre las mesas, le llegó la voz de Lucía, procedente del locutorio que utilizaban para las intervenciones telefónicas. También oyó la voz de Balaguer y de la intérprete. Hablaban sobre una llamada que esta acababa de traducir.

La puerta estaba abierta y Silvia se plantó ante ellos, todavía con el abrigo puesto y el bolso al hombro. La intérprete tenía los cascos puestos y los dos policías estaban a su lado, de pie. No repararon en su presencia. Dio unos golpecitos en la puerta, y, entonces sí, se volvieron hacia ella.

–¿Qué haces aquí? –preguntó la sargento, sorprendida.

Silvia respondió con otra pregunta:

–¿Podemos hablar un momento?

–Sí, claro... –La sargento se giró hacia Balaguer y añadió–: Sigue tú, por favor.

Salieron a la sala común de la UTI y la sargento se detuvo, dispuesta a tratar allí lo que fuera que quisiera tratar. Una agente sentada cerca las miraba de reojo.

–Quizá sería mejor la sala de reuniones –propuso Silvia.

–Como quieras –respondió la sargento, enarcando las cejas. Acababa de pasar de la sorpresa a la incomodidad. La empatía no era su fuerte, y no gestionaba del todo bien los problemas personales de sus agentes, especialmente cuando afectaban al trabajo.

Entraron en la sala de reuniones y la sargento cerró la puerta. A continuación, ambas tomaron asiento, frente a frente.

–Tú dirás –la invitó Lucía, que se temía lo peor.

–Se trata del homicidio...

La sargento chasqueó la lengua y la interrumpió.

–¿Para eso has venido? ¿Para quejarte? Porque no hay nada que hacer ahí, ya os lo he dicho esta mañana a Joel y a ti...

Armada de paciencia, Silvia respondió:

–No es eso.

La sargento pareció no haberla oído, o creído, porque continuó como si hubiera cogido carrerilla.

–...Y si nos dejan fuera, nos dejan fuera. Es lo que hay. Tenemos que acatar una orden...

–Que no es eso.

–...Y si a pesar de dejarnos fuera, nos mandan hacer gestiones para ellos como si fuéramos sus asistentes, por mucho que nos moleste, pues las hacemos...

–¡Que no es eso! –exclamó Silvia, harta.

La sargento enmudeció de golpe.

–Que lo que vengo a decirte es que conozco al viejo que sale en las imágenes.

Por fin había captado toda su atención.

–¿El del pelo blanco?

–Sí. El del pelo blanco.

–Y, ¿quién es?

Silvia dudó en qué palabras utilizar para responder a aquella pregunta. Finalmente, dijo:

–El marido de mi tía, la hermana de mi madre. Bueno, el ex marido.

La sargento se inclinó hacia delante, sobre tu mesa.

–¿Me estás diciendo que ese hombre es tu tío? ¿Estás segura?

–Yo no lo definiría como «mi tío», pero sí. Técnicamente, sí. Es, o mejor dicho fue, mi tío durante unos cuantos años, cuando yo era pequeña. Y estoy segura de que es él. Del todo. Se llama Álvaro Estrada. –Silvia hizo una pausa, pero había más. Mucho más. La sargento lo intuyó y le dejó continuar–. Tiene antecedentes por estafa. Y no pocos. Empezó de joven, aquí en Barcelona. Al principio se trataba de estafas de poca monta, engaños muy burdos, suplantaciones de identidad en cajas y bancos, sorteos sin premio, cosas así. Con el tiempo comenzó a realizar timos más elaborados: estafas piramidales, tocomocho, nazareno… Engaños que ya implicaban algo más de infraestructura, con sociedades ficticias, testaferros… Y fue subiendo de nivel hasta llegar a estafar millones.

–¿Millones?

–Millones. Por lo visto, ha estado implicado en fraudes urbanísticos, especulando y engañando con la venta de inmuebles que, o bien no existen o bien no le pertenecen.

–Lo habrán detenido unas cuantas veces, ¿no?

–Más de diez. Le constan antecedentes por Policía Nacional y Guardia Civil, pero no por Mossos; cuando nos desplegamos en Catalunya, hacía ya tiempo que mi tío se había largado de aquí y operaba en otras partes de España, sobre todo en Andalucía. Ha cumplido varias condenas, la última especialmente larga para tratarse de un estafador: cuatro años y medio… Por alguna razón, ha decidido regresar después de tanto tiempo.

–¿Estás segura de eso?

Silvia asintió.

–Tuvo una hija con mi tía, mi prima Alicia, y sé que se ha visto varias veces con ella. Me lo ha confirmado mi madre. Según va contando por ahí, ha vuelto para retomar el contacto; dice que se ha reformado, que ha cambiado…

La sargento alzó una ceja y dijo:

–Un buen cambio: pasar de estafador a homicida.

Una mueca de disgusto se dibujó en el rostro de Silvia.

–Desde luego, yo no pondría la mano en el fuego por él. Es un delincuente y está claro que sigue con sus tinglados. Lo que nos ha contado esta mañana el amigo de Carrillo, eso de que los vio en un restaurante de lujo, forma parte del cortejo del timador; enjabonan y agasajan a su víctima hasta que esta se cree todo lo que le cuentan. Y es muy probable que, la noche del homicidio, se presentaran en la oficina del abogado para cerrar algún trato con el que pretendían sacarle dinero. Quizá la cosa se complicó y… Vete tú a saber. –Hizo una pausa y, mirando a Lucía a los ojos, añadió–: Si no he dicho nada de esto antes es porque no estaba del todo segura. Ahora sí.

La sargento hizo un gesto de asentimiento con la cabeza.

–Bueno, el caso es que ya lo has dicho… Y ¿qué hay del otro tipo que va con él? ¿El joven?

–A ese no lo he visto en mi vida.

–Está bien. Voy a informar ahora mismo a Bartomeu y a Lacalle. Hay que ir a por ese hombre …

–Estrada. Álvaro Estrada.

La sargento tomó nota del nombre en su abultada agenda, de la que no se separaba nunca, y preguntó:

–Supongo que no sabrás dónde vive, ¿no?

Sin dudarlo, Silvia respondió:

–Es posible.

31

Era la segunda noche consecutiva que Farida llegaba a su casa agotada. Le escocían los ojos por la luz de la pantalla, tenía las orejas fastidiadas por la presión de los auriculares y le palpitaban las sienes por el dolor de cabeza.

Había pasado casi doce horas en comisaría, traduciendo y transcribiendo llamadas de Karim, Momo, Larbi y el Profesor, entre muchos otros. Tenía sus nombres grabados en la cabeza, al igual que el timbre de su voz, su entonación, el vocabulario fanfarrón y burdo con el que se dirigían unos a otros y que ya comenzaba a resultarle familiar, así como los temas de los que solían hablar. Aquel día en concreto no habían entrado muchas llamadas nuevas, de modo que Balaguer le había pedido que volviera a escuchar llamadas antiguas y repasara las traducciones del anterior intérprete. Farida no tardó en echarse las manos a la cabeza al comprobar que su compañero no tenía ni la más remota idea de rifeño. Debía de conocer algunas palabras sueltas, sí, pero poco más.

A pesar de la familiaridad que Farida había adquirido con aquellos hombres, después de escuchar sus conversaciones durante todo el día, lo primero que se le pasaba por la cabeza cuando pensaba en aquella gente era el miedo: porque algunos de ellos hablaban sin tapujos de violencia y drogas, creyendo que el rifeño los protegería de la policía, y lo hacían de un modo desenfadado y simple, mofándose incluso, hasta el punto de llegar a helarle la sangre. Karim era el más reservado y precavido de todos. Él no hablaba por teléfono de la comisión directa de delitos. Pero el mero hecho de saber que era el jefe de todos los demás, que estos no hacían nada sin su visto bueno, lo convertía en un ser más terrorífico aún que el resto.

Antes de salir del despacho de la UTI, Farida había escuchado a los investigadores comentar que Karim ya no era el principal sospechoso de la muerte de aquel tipo, el abogado. Se había enterado de pura casualidad, mientras hacía un descanso, frotándose las orejas después de pasar más de tres horas con los auriculares puestos. Llevaba tanto rato ahí dentro, en el locutorio, que los policías se habían olvidado de su presencia y habían comenzado a charlar con total naturalidad, tratando aspectos que podían considerarse confidenciales e importantes para las investigaciones o, simplemente, de su vida privada.

Metió la llave en la cerradura y, antes de girarla, la puerta se abrió. Su marido estaba al otro lado, con mirada nerviosa y la mano en el picaporte. La razón tenía que ser seria de verdad, puesto que no se levantaba del sofá ni por una apuesta.

–¿Están los niños bien? –preguntó Farida, con el corazón en un puño.

Él pareció contrariado en un primer momento, pero después asintió.

–Sí, sí, claro. Están bien, están bien...

–Y ¿dónde están? ¿Por qué no los oigo?

–Están durmiendo. He hecho venir a mi hermana. Les ha dado de cenar y los ha acostado.

A Farida no le hizo la menor gracia enterarse de sopetón de que su cuñada había estado en casa, toqueteándolo todo, y diciéndole a quien quisiera escucharla que se hacía cargo de sus sobrinos porque la madre se pasaba todo el día fuera.

Se obligó a comerse el orgullo y preguntó:

–¿Qué han cenado?

Ibrahim guardó silencio durante unos segundos hasta que, tras encogerse de hombros, dijo:

–Pues no sé... Comida...

Farida rodeó a su marido, cruzó el recibidor y fue directa a la cocina. Sin embargo, él la agarró de un brazo y la retuvo. Con la mirada firme, dijo:

–Acompáñame al salón.

–¿Para qué?

–Tú ven conmigo –insistió Ibrahim, al tiempo que tiraba de ella hacia el otro extremo del pasillo.

–¡Para! Me haces daño –se quejó Farida–. Pero ¿qué quieres?

–Ahora lo comprenderás.

–¿Qué tengo que comprender?

Cuando entró al salón, se llevó la mayor sorpresa de su vida.

Porque allí, de pie, plantado en una de las esquinas, junto al ventanal que daba al balcón, se encontraba Karim Hassani.

Igual de intimidante y amenazador que en las fotografías, por teléfono o en su imaginación.

Su marido era un completo insensato. Y ella, una necia. La noche anterior, tras mucho insistir, Ibrahim había conseguido que hablara más de la cuenta. Y ahora debía pagar las consecuencias.

Comenzó a temblar, sin saber qué hacer ni qué decir, mientras Ibrahim la empujaba contra su voluntad hasta el centro de la estancia. Cuando estuvo a poco más de un metro de Karim, su marido le susurró al oído:

–Quiere hablar contigo… y hacerte una propuesta. Escúchalo. Es de los nuestros. Puede ayudarnos.

Farida no podía apartar los ojos de aquel tipo, ni mover un solo músculo de su cuerpo. Estaba bloqueada.

Karim se acercó a la mujer lentamente. Posó sus manazas sobre los hombros de Farida y presionó ligeramente, sin demasiada fuerza, la suficiente como para que sus piernas se encogieran y acabara sentada sobre la silla que había a su lado. Mirándola de arriba abajo, con sus ojos oscuros, muy abiertos, inquisitivos, dijo:

–Tu marido ha venido a verme. Y me ha contado en qué andas desde hace un par de días… Tranquila, no te lo tendré en cuenta. Cada cual hace lo que puede para ganarse el pan, sobre todo cuando hay críos de por medio. Pero ahora que sé a qué te dedicas, y dónde, y con quién y, más importante, sobre quién, ya nada volverá a ser lo mismo. Supongo que eso ya te lo imaginas. Así que… –Hizo una pausa y llevó dos dedos al mentón de Farida, obligándola a alzar aún más la vista hacia él–. Así que voy a hacerte una proposición. Y en función de lo que decidas, podrás ganar mucho o perder mucho… Dime, Farida, ¿a ti que te gusta más: ganar o perder?

Tras una pausa, incapaz de contener una lágrima que resbaló por su mejilla, Farida respondió lo que sabía que debía responder:

–Prefiero ganar.

32

Álvaro Estrada despertó tan pronto como los golpazos contra la puerta principal comenzaron a retumbar por toda la casa. Apenas pasaban cuatro minutos de las seis de la mañana. A su lado, Marisa también despertó súbitamente. Desorientada y alterada, comenzó a gritar.

Álvaro la agarró con firmeza de ambos brazos y dijo:

–Tranquila. No te pongas nerviosa. Son ellos.

–¿Ellos? ¿Quiénes son ellos?

–La policía. Tú no digas nada, escuches lo que escuches.

Los zambombazos contra la puerta seguían sonando. Y ya llevaban más de diez. Se trataba de una buena puerta; blindada, con cuatro anclajes y cerradura de seguridad. Los agentes que en aquellos momentos manejaban el ariete iban a acabar muy cansados.

Aquella no era la forma habitual con que solían ir a por él. Unas veces llamaban al timbre a primera hora de la mañana, otras esperaban a que saliera de casa para detenerlo, y entonces procedían al registro de la vivienda. Le habían reventado la puerta en un par de ocasiones, tiempo atrás, pero después todo había continuado igual: registro, negar la mayor, calabozo, negar la mayor, juzgado, negar la mayor, y a la calle. Todo eso, siempre y cuando no dejaran su detención sin efecto después de declarar en comisaría.

La puerta principal cedió por fin y oyeron los pasos de lo que parecía una multitud irrumpiendo en la vivienda al grito de «¡POLICÍA, POLICÍA!». Ellos aguardaban sentados en la cama, cogidos de la mano. A sus sesenta y seis años, Álvaro Estrada no estaba para hacerse el valiente. Tampoco lo había hecho nunca; no lo había necesitado. Marisa, quince años más joven que él, pero ya acostumbrada a las detenciones y a las breves estancias en prisión, se mostraba resignada. Ya eran casi dos décadas juntos.

Los policías se encontraban ya en la planta superior. Para acceder al dormitorio principal había que cruzar seis estancias. La casa era grande, demasiado grande para ellos dos, pero se habían acostumbrado a aquel tipo de viviendas, opulentas y vistosas, con piscina y electrodomésticos de alta gama. Igual que los coches. Había que ser tonto para no darse cuenta de que la ética no era más que una barrera sin sentido práctico que separaba la vida de la gran vida...

La puerta se abrió de golpe.

Cuatro agentes de policía hicieron acto de presencia, vestidos de uniforme, con petos, chalecos antibalas, cascos y botas. Los apuntaban con rifles de asalto y haces de linternas. Gritaban órdenes sin ton ni son.

Tanto Estrada como su pareja mantenían los brazos en alto. Ella temblaba. Él, por mucho que le costaba reconocerlo, también. Y no era por el frío; la calefacción estaba al máximo (otro lujo más pagado por terceros, claro). Era porque aquel registro sería distinto, porque aquella detención sería diferente, porque no le resultaría tan fácil entrar y salir.

Los policías, al evidenciar que los dos únicos habitantes de la casa no ofrecían la menor resistencia, los trasladaron hasta el salón mediante órdenes secas y cortantes. Ambos iban en pijama y zapatillas; a Marisa le permitieron cubrirse con una bata. Allí abajo se encontraron con los agentes de paisano, los que verdaderamente iban tras ellos... O tras él, en vista de que era el único esposado.

Había media docena de investigadores, liderados por un tipo alto y encorvado, de voz afectada y ceño fruncido, con entradas y coronilla despoblada. Dijo ser el jefe del Grupo de Homicidios de nosequé región policial. Se hizo a un lado y presentó a una chiquilla con gafas, llamativamente joven para ser policía e increíblemente joven para ser Letrada de la Administración de Justicia, lo que resultó ser al fin. A su lado, Estrada era un dinosaurio; definitivamente, se estaba haciendo demasiado viejo para todo aquello.

Calló lo que pensaba y se limitó a asentir cuando la chiquilla le informó del motivo de su presencia allí y de la orden judicial que autorizaba aquel registro domiciliario, así como del objetivo de este: hallar elementos probatorios de su participación en el homicidio de Valentín Carrillo.

En cuanto Marisa oyó aquello último, volvió su mirada hacia Estrada, anonadada. Ya la había avisado: «Tú no digas nada, escuches lo que escuches». El sargento de Homicidios hizo una señal a uno de sus agentes y este le leyó sus derechos como detenido. Era la primera vez que lo arrestaban por homicidio y, para ser sincero, en la vida se lo hubiera imaginado. La parte positiva era que Marisa quedaba fuera de toda sospecha.

Cuando le preguntaron si quería designar un abogado particular o solicitar uno de oficio, nombró a su abogado de referencia, cuya especialidad eran los delitos financieros. Menuda sorpresa se iba a llevar. Dictó de memoria sus números de móvil y despacho, y confió en que le buscara a alguien solvente.

Y, a partir de aquel momento, tomó la determinación de permanecer en absoluto silencio. Marisa hizo otro tanto. Tampoco reaccionaron a ninguna de las imágenes tomadas por la cámara de vigilancia del interior de las oficinas donde se encontraba el despacho de Valentín Carrillo. Intentaron pinchar a Estrada, soltando aquello de que acabarían condenándolos por asesinato, tras demostrar que lo habían golpeado y asfixiado hasta la muerte. Pero ni por esas habló.

Apenas llevaban un par de meses instalados en aquella casa, y no les había dado tiempo a llenarla. El registro fue rápido. Se llevaron teléfonos móviles, seis en total, y un par de ordenadores portátiles. También documentación que guardaba en la sala utilizada como despacho y algo de dinero, cuatro mil setecientos euros que había en un cajón del recibidor para gastos del día a día. En realidad, ni los móviles ni los portátiles les servirían de nada, por mucho que lograran desbloquearlos, cosa que, a decir verdad, Estrada dudaba. Y la documentación era antigua, demasiado incluso para poder imputarle cualquiera de los hechos que allí se reflejaban. La información buena e importante, así como todo aquello que podía complicarle la existencia de verdad, seguía escondida, y algo le decía que jamás la encontrarían.

Otra cosa fue la ropa. Cuando vio a una agente descender con el traje, la camisa y los zapatos que vestía la noche en que visitó a Valentín Carrillo, se le erizaron los vellos de la nuca.

A instancias del sargento, la letrada dejó constancia en el acta de que trasladaban el Maserati a un depósito policial para buscar huellas y restos biológicos en su interior, y dieron por finalizado el registro.

Acto seguido, lo acompañaron al piso de arriba, a vestirse, y después le permitieron que se despidiera de Marisa. Ella no lloró; lo había hecho las tres primeras veces que presenció como se lo llevaban detenido y después pareció haberse curtido. Sin embargo, esta vez su mirada transmitía una honda preocupación. «No te preocupes, saldré de esta». Eso fue lo que Estrada le dijo, pero no sonó muy convincente.

Uno de los patrulleros lo esposó por la espalda, volvió a cachearlo y lo condujo hasta el coche patrulla con un abrigo echado sobre los hombros, pues era una mañana muy fría. El policía abrió la puerta trasera para que Estrada entrara allí, y le ajustó el cinturón de seguridad. Iba a resultar un viaje muy incómodo; el asiento era de plástico rígido y frío, y había tan poco espacio que debía mantener las piernas de lado, encogidas y apretadas contra la mampara opaca que aislaba aquella parte del vehículo de la parte delantera. El traslado desde Valldoreix a la comisaría de Mossos d'Esquadra de Rubí duró unos veinte minutos.

Allí volvieron a cachearlo, primero semidesnudo de cintura para abajo y después semidesnudo de cintura para arriba, le hicieron quitar los cordones de los zapatos y el cinturón, palparon su ropa, se quedaron con sus gafas y anotaron la medicación que tomaba para la tensión y que habían traído de casa junto con el informe médico. Le hicieron poner el dedo índice de ambas manos en un aparato para comprobar su identidad y también le hicieron estampar sus huellas en papel con tinta negra. Después se dirigieron a una estancia repleta de finas colchonetas de color azul apiladas en dos columnas, y le hicieron coger una, junto a una manta que acababan de sacar de una bolsa de plástico. Tomó ambas y siguió al agente de custodia; junto a ellos iba un agente de paisano, que observaba la escena mudo.

Entraron en la zona de las celdas, de olor intenso y rancio, y el agente de custodia los guio por el pasillo hasta detenerse frente a una de ellas. Se echó a un lado e hizo pasar a Estrada, y cuando este estuvo dentro cerró la puerta, de barrotes cuadrados y azules.

Cuando el agente de paisano dio media vuelta para largarse de allí, Estrada le formuló una pregunta.

–¿Cuándo podré hacer la llamada?

El mosso se encogió de hombros.

–Supongo que cuando quieras, aunque deja que lo consulte con mi jefe... –Se detuvo un momento, pensativo, y se volvió hacia él–: ¿A quién habías dicho que querías llamar?

–A mi hija. Alicia Estrada.

33

Joel Caballero caminaba por el paseo de Zona Franca en dirección mar. Tenía el móvil en la mano y observaba un plano de la zona, con un punto azul detenido a poca distancia de allí, en el interior de una nave industrial de la calle Motors: se suponía que Karim se encontraba en aquel lugar o, si no él, al menos sí su vehículo.

No había habido grandes novedades en la investigación. El día anterior observaron que Karim se había desplazado a la zona de Poblenou, pero como debían ayudar a Homicidios no pudieron seguir al marroquí, y mucho menos averiguar qué era lo que tramaba. Aquella mañana habían decidido retomar el seguimiento y, casualmente al salir de Sant Feliu, Silvia y él habían observado como el dispositivo electrónico de geolocalización oculto en el BMW se desplazaba hacia la Ronda Litoral, aunque se detuvo antes de tomarla. Cuando llegaron a la zona, hicieron una pasada en coche, pero resultaba imposible averiguar en cuál de las naves se hallaba el vehículo sin detenerse y mirar bien. Como eso era algo que podía dar mucho la nota, tomaron la decisión de aparcar y que Joel hiciera una pasada a pie. Tenían la esperanza de localizar el escondite del cargamento de hachís, ya que aquel conjunto de naves resultaba de lo más oportuno.

Paseo abajo, Joel llegó al concesionario de vehículos de lujo y aprovechó para echarle un vistazo a aquellas preciosidades. Bentley, Aston Martin, Lamborghini... A continuación, llegó a la altura del concesionario KIA, más acorde con su bolsillo, y sintió que su ánimo decaía un poco. Estaba resultando un viernes de lo más extraño, pero, si lo era para él, no quería ni pensar en cómo estaba siendo para Silvia, a pesar de que había hecho lo correcto. Silvia y él habían hablado finalmente del tema esa mañana. Ella aún se mostraba reservada, pero, a su manera, le había dado las gracias por hablarle con franqueza. De algún modo, habían limado asperezas, y eso ya era más que suficiente para él.

Cuando llegó al cruce del Rodi, frente a la ITV, Joel torció a la izquierda. Siguió avanzando por aquella acera, con el cementerio y el bosque de cipreses al fondo, y zigzagueó hasta alcanzar la calle Gabriel Miró. Se trataba más bien de un callejón, de calzada y aceras estrechas, con hileras infinita de pilonas que impedían el estacionamiento de cualquier coche o furgoneta sobre ellas. Y, lo peor de todo, no tenía salida. Según el geolocalizador, el BMW debía estar en una de las naves situadas a mitad de la calle.

Joel enfiló el callejón con aire indiferente, cabeza gacha y manos en los bolsillos de la chaqueta. Detectó una puerta basculante abierta justo donde indicaba el punto en el mapa. No había ningún cartel a la vista. Continuó avanzando. Unas voces llegaron hasta él. Reconoció una de ellas.

Era de Karim.

La otra era bastante aguda, también de hombre, y era el que más hablaba.

Cuando Joel llegó a la altura de la puerta basculante, inclinó ligeramente la cabeza y descubrió ante él un taller clandestino de vehículos. Había media docena de coches en aquel garaje, dos de ellos con el capó subido y solo uno en el centro, alzado un par de metros mediante un elevador hidráulico.

Era el BMW de Karim.

Y, bajo él, un tipo con un mono azul y el propio Karim observaban los bajos. El primero iluminaba con una linterna de mano y señalaba algo. Estaban tan enfrascados en los bajos que no repararon en él. Joel pasó de largo, esperó unos segundos y, por la acera contraria, haciendo el menor ruido posible, volvió por donde había venido. Comprobó de reojo que seguían ahí, trasteando las entrañas del todoterreno.

Al llegar a la boca del callejón, levantó la mirada y localizó el coche de paisano conducido por Silvia. Después de subir, dijo:

–Estamos bien jodidos.

–¿Y eso?

Joel ya estaba llamando a Lucía, con el teléfono a la oreja. Mientras aguardaba la respuesta de la sargento, añadió:

–Ha traído el coche a un mecánico. Están buscando la baliza.

–¿Estás seguro?

Joel hizo una seña a Silvia para que esperara. Al otro lado de la línea, Lucía había descolgado. Puso el manos libres.

–Lucía, soy yo –dijo–. Karim ha llevado el coche a un taller y cuando he pasado por delante estaban mirando los bajos con una linterna. Él y el mecánico.

–¿Crees que buscaba la baliza?

–A mí me da que sí.

–Pero ¿sigue dando señal?

Joel consultó a Silvia, que tenía la Tablet en las manos. Esta miró la pantalla, actualizó e hizo un gesto afirmativo.

–Sí –respondió Joel al teléfono.

Tras una pausa, la sargento habló al fin.

–Vamos a esperar, ¿vale? Ni siquiera nosotros sabemos dónde han escondido los técnicos el dispositivo; puede estar en cualquier sitio del vehículo, tanto dentro como fuera, y seguro que es difícil de localizar.

–Pero puede que lo encuentren… –protestó Joel.

–Y puede que no. O que ni siquiera lo estén buscando. Vamos a esperar, ¿de acuerdo? Si deja de dar señal, ya nos preocuparemos.

–Pero es que ya es preocupante que sospeche de que su coche esté enchicharrado…

–Joel, estás haciendo demasiadas suposiciones. Esperaremos, ¿queda claro? No se hable más.

Y colgó.

Joel se sentía frustrado.

–Tú piensas como yo, ¿no? –preguntó a Silvia.

La mossa alzó los hombros e hizo una mueca ambigua.

–Puede que esté mosca o puede que, simplemente, se asegure de que el coche está limpio. Los tipos como este son bastante desconfiados y suelen pasarle un detector cada cierto tiempo. La clave está en que no encuentren nuestra baliza.

Media hora más tarde, el BMW salió del taller y se dirigió de nuevo a Amadeu Torner. Karim iba al volante… y el geolocalizador seguía indicando su posición allí a donde iba.

La sargento envió un mensaje al chat del Grupo informando que acababa de ponerse en contacto con los compañeros de la Unidad Técnica y estos le habían confirmado que el dispositivo seguía instalado correctamente y sin cambios. Hubo algunos comentarios al respecto por parte de ciertos compañeros, insinuando que Joel había visto más de lo que en realidad había sucedido, y que había provocado un pequeño caos sin motivo.

A Joel, por supuesto, no le gustó ni un pelo.

34

El teléfono comenzó a vibrar sobre la mesa. Silvia Mercado depositó la taza del café con leche en el plato y echó un vistazo a la pantalla para ver de quién se trataba. En cuanto leyó el nombre, torció la boca con disgusto.

Era su prima Alicia. Sabía que tarde o temprano recibiría esa llamada, pero no esperaba que fuera tan pronto.

Mientras se debatía entre responder o no, levantó la mirada hacia su compañero. Se habían parado a desayunar en un bar situado justo en la esquina de paseo de Zona Franca con calle Foc, y, desde que se habían sentado en la mesa de aquella terraza, apenas habían cruzado cuatro palabras. Joel parecía distraído; daba mordiscos a su bocadillo de tortilla francesa con la mirada perdida, desganado.

El móvil seguía vibrando sobre la mesa, así que Silvia se puso en pie y llamó la atención de Joel, indicándole que se alejaba un poco para responder. Tomó aire y deslizó el dedo por la pantalla.

–Hola, Ali.

–Hola, Silvia. Perdona que te llame… Sé que hace mucho que no hablamos, pero… –Sonaba ansiosa y precipitada. Sus palabras se atropellaban unas a otras–. ¿Te pillo liada?

–No, tranquila. Dime.

Alicia se tomó su tiempo. Tras un par de intentos, en los que emitió solo una o dos sílabas, por fin logró arrancar.

–Te llamo por mi padre. No quiero comprometerte ni nada, pero estoy muy preocupada… Me acaba de llamar y… No sé cómo explicarte lo que le ha pasado. Estoy muy nerviosa.

Silvia decidió ponérselo fácil. Era evidente que la situación angustiaba a su prima, y, aunque no podía hacer nada para que se sintiera mejor, al menos sí podía evitarle el bochorno.

–Supongo que me llamas para decirme que lo han detenido. ¿No es eso?

–Sí, sí… –Pareció aliviada; sin embargo, un segundo después, su tono sonó perplejo cuando le preguntó–: ¿Has sido tú?

–No, qué va. Han sido otros de mi Unidad.

–Entonces sabrás lo que dicen que ha hecho, ¿no?

Silvia respiró hondo antes de responder:

–Mira, Ali. Siento mucho por lo que estás pasando, ¿vale? Pero no puedo hablar contigo de este asunto. Yo no llevo la investigación, y, aunque la llevara, se trata de información confidencial, y tú eres la hija de uno de los sospechosos…

Al otro lado de la línea, su prima estalló en un llanto desesperado.

–¡Pero es que dicen que ha matado a alguien! ¿Me has oído? ¡Dicen que es un asesino!

–Ali, por favor. No insistas…

Silvia no acababa de comprender que su prima estuviese tan afectada por todo aquello. Por lo que ella sabía, se había largado de casa cuando Alicia tenía ocho años, y desde entonces apenas había dado señales de vida. Y de eso hacía lo menos treinta años. Las había dejado, a ella y a su madre, con una mano delante y otra atrás, con el único apoyo de la familia materna. Y aquel abandono había marcado a su prima de una manera muy profunda, hasta el punto de que, siempre que le preguntaban por su padre, respondía que había muerto en un accidente.

–Me ha llamado hace un rato, ¿vale? –Había bajado el volumen de su voz y se esforzaba por contener el llanto–. Por lo visto, puede hacerlo, es uno de sus derechos, ¿no?

–Sí.

–Me ha explicado que lo acusáis de matar a un cliente suyo…, ¡y eso es imposible!

–Ali…

–Me ha contado lo que pasó… Él solo lo empujó… No puede haber muerto por eso…

–Un momento… ¿Te ha confesado que lo empujó?

Su prima calló de pronto, temerosa de meter en problemas a su padre.

Silvia decidió dejarlo estar. ¿Qué otra cosa podía hacer su tío más que echar balones fuera y fingir ser inocente?

–Alicia, escúchame, ¿vale? No puedo entrar en detalles, pero sí te diré que hay pruebas más que suficientes de que los culpables son tu padre y otro hombre. Es lógico que mienta. Quiere defenderse. Pero tu padre no es ningún santo…

–Ya sé que no es ningún santo. –La voz de Alicia había cambiado. Ya no lloraba. Ya no sonaba débil. Ahora parecía realmente enojada–. No necesito que me digas cómo es mi padre. Desde que tengo uso de razón, mi padre ha sido un estafador. Lo he sabido siempre. De pequeña incluso me llevaba con él, me usaba de señuelo. Tuvimos que salir corriendo unas cuantas veces para que no lo molieran a palos. Y, aun así, es mi padre. Todo este tiempo que ha estado fuera, ha mantenido el contacto. No se lo decíamos a nadie, porque nos daba vergüenza. Pero me ha llamado y me ha escrito, y nos ha enviado dinero. Ya sé que es un dinero sucio, que no es suyo. Pero esa era su forma de preocuparse por mí. Y ahora ha decidido vivir aquí, cerca de mí. ¿Sabes por qué? Porque yo se lo pedí. Estoy enferma. Me han diagnosticado esclerosis múltiple. Y voy a necesitar ayuda, en la casa, con los niños. Y ya sé que el hecho de que mi padre venga a vivir aquí no le va a impedir hacer lo que siempre ha hecho. Porque cada uno es como es, y yo ya hace tiempo que aprendí a aceptar como era él. Pero lo que no me cabe en la cabeza es que haga el esfuerzo de venir a mi lado y cometer un error tan grande…

–Ya, bueno. Las cosas a veces se complican sin pretenderlo… –Silvia había quedado muy impactada al descubrir que su prima estaba enferma. Quiso expresarle cuánto lo sentía, pero Alicia la cortó.

–Mi padre me ha contado por teléfono lo que sucedió esa noche. Reconoce que discutieron, que forcejearon, y que el cliente cayó de espaldas y se golpeó la cabeza. Perdió el conocimiento, sí, pero estaba vivo cuando él y su socio salieron de allí. Respiraba… Sin embargo, uno de los policías que han registrado su casa hoy le ha dicho que murió asfixiado, y eso es mentira. Y si no es mentira, entonces es que alguien más entró después que ellos y lo hizo. No hay otra explicación.

Aquello sonaba a que su tío buscaba una salida desesperada.

–Esperaremos a ver qué dicen las pruebas, ¿vale? Dejemos trabajar a mis compañeros.

–Silvia, tengo mucho miedo.

–Ya me imagino… Pero tú no tienes la culpa de lo que tu padre ha hecho.

–¡Pero es que yo sé que es inocente! ¡Él no lo ha matado!

–Lo siento, Ali…

–No, no cuelgues, por favor. Escucha esto, ¿vale? Un día antes, el cliente le explicó que tenía problemas con alguien. Que lo habían amenazado de muerte.

Aquello era una prolongación de la salida desesperada. Si esa era toda su defensa, lo iba a tener bien crudo en el juicio. Silvia se abstuvo de hacer ningún comentario al respecto. En su lugar, dijo:

–Oye, Ali, siento mucho lo de tu enfermedad. Mi madre no me ha dicho nada…

–Es que no lo sabe apenas nadie. Queríamos esperar.

–Si hay algo que pueda hacer…

–Sí, por eso te llamaba.

–No me refería a tu padre.

–Pues yo sí. Quiero pedirte un favor.

Ahí estaba lo que más temía.

–Mejor que no.

Y, sin embargo:

–Piensa en todo lo que te he dicho, ¿vale? Piénsalo bien. Sé que eres justa. Siempre lo has sido. De pequeña no lo soportaba, pero ahora sé que es algo bueno. Por eso te voy a pedir que pienses en todo lo que te he contado, que me creas igual que yo creo a mi padre, y que hagas algo por ayudarlo.

–Ali, no hay nada que pueda hacer.

–Tú solo prométeme que pensarás en lo que te he contado. Sé que harás lo correcto. Prométemelo, por favor. Prométemelo…

35

El estómago le ardía como nunca.

Al volante de su BMW, consciente de que aquel condenado aparatito anclado a su parachoques trasero seguía mandando señales de su posición a la puta pasma, Karim se devanaba los sesos pensando en cómo debía actuar a continuación.

No había pegado ojo desde que la traductora le había revelado cuánto tiempo hacía que aquellos perros iban tras él y su gente, qué teléfonos tenían pinchados y qué coches balizados. Por lo visto, había pruebas contra ellos en relación al vuelco de la AP-7 y estaban locos por averiguar dónde escondían el alijo de hachís.

Sin embargo, de entre toda aquella montaña de mierda, había algo cojonudo: la puñetera poli no lo consideraba sospechoso de la muerte de Carrillo, a pesar de que tenían conocimiento de que había estado en su despacho la noche de su muerte.

Nada más oír aquello, Karim había comenzado a soltar aire como un globo, y se había sentido aliviado por un momento..., hasta que recordó que, de todos modos, tenía a aquellos cabrones pisándole los talones. Por eso hoy su nivel de paranoia estaba por las nubes.

¿Qué se suponía que tenía que hacer ahora?

Acercarse al hachís, no, por supuesto. Si lo hacía, ya podía darse por jodido. Y debía cortarse un poco con sus indagaciones para averiguar quién había intentado darle el palo. Por suerte, los chicos del Profesor recorrían el barrio del Poble Sec en busca del condenado mulato, y hacían el trabajo sucio por él.

Doblado sobre el volante, con una mano presionando con fuerza la parte izquierda del abdomen para mitigar el dolor, condujo hasta su apartamento de Bellvitge. El oficial. Aquel en el que vivían su mujer y sus cuatro hijos. Llevaba varios días en el piso de Jenni, y necesitaba coger ropa limpia.

Aparcó el todoterreno en un carga y descarga próximo al domicilio y accedió al edificio con la cabeza gacha y resoplando. El dolor iba de mal en peor y las punzadas no remitían e incluso iban a más. Los antiácidos ya no servían para nada. Detestaba ir al médico, pero a ese paso no tendría más remedio.

Entró en el apartamento y lo primero que llegó a sus oídos fueron las voces y la música procedentes de algún aparato electrónico. Se asomó al salón y allí se topó con Jamal, su hijo mayor, de once años. Repanchigado sobre una montaña de cojines, miraba vídeos de Instagram o de alguna otra aplicación por el estilo.

–¿Qué cojones haces aquí? ¿Por qué no estás en el colegio?

El chaval, sin mirarlo siquiera, respondió:

–Me dolía la barriga y mamá me ha dejado quedarme en casa.

–¿Que te dolía la barriga? ¿Y qué es toda esa mierda que hay ahí tirada en el suelo?

A su lado, sobre la alfombra, había una pila de envoltorios de chocolatinas y bolsas vacías de patatas fritas.

–No es mío –respondió Jamal, sin apartar la mirada de la pantalla. Había sonado con naturalidad, ni muy ansioso ni demasiado reflexivo. Comenzaba a dársele bien eso de mentir.

A Karim le entraron ganas de abofetearlo. Alzó una mano, pero se contuvo. Como casi siempre. El recuerdo de su propio padre lo frenaba.

–¿Dónde está tu madre? –preguntó.

–Ha salido a comprar –dijo Jamal, mientras se ponía en pie. Pasó a su lado y, de camino a la habitación que compartía con sus dos hermanos varones, añadió–: Y tú sabrás lo que haces, pero hace días que se queja de que no le das pasta…

El asomo de sonrisa en la cara de su hijo sacó de quicio a Karim. Era consciente de que sus tres hermanos pequeños no hacían más que imitar a Jamal, lo tomaban como ejemplo. Como se descuidara, más pronto que tarde recibiría una llamada del Profesor advirtiéndole de que alguno de sus hijos se había presentado en su puerta, dispuesto a vender mandanga en cualquier esquina.

–Recoge la mierda del suelo –ordenó Karim.

–Ya te he dicho que no es mía.

Esta vez sí, alzó la mano y la dejó caer sobre su cogote. Con rabia. Jamal acabó pagando un poco por todo. El chaval cayó al suelo de bruces y acto seguido perdió el culo por recoger aquella basura. Había derramado algunas lágrimas, pero no se había quejado en ningún momento. Eso estuvo bien.

El timbre del portero automático sonó y Karim mandó a Jamal a que respondiera. Si era alguien que atufaba a poli, aunque fuera remotamente, el chaval sabía lo que tenía que decir para quitárselos de encima.

–Es la abuela –informó Jamal, nada más colgar el telefonillo.

Con aquello no contaba Karim. ¿Su madre? ¿De visita en casa? Casi habría preferido que se tratara de la pasma.

Salió al rellano a aguardar la llegada de su madre. Esta emergió del interior del ascensor y, nada más verlo, le acercó la cara para que le besara la mejilla. Él lo hizo, sintiendo una vez más el tacto de aquel rostro arrugado y suave a la vez. Era una mujer menuda, ataviada siempre con un hiyab negro, y se movía con cierta dificultad, aunque Karim estaba convencido de que era mucho más ágil de lo que aparentaba.

La condujo a la cocina y le ofreció un té. Ella aceptó. Ambos lo tomaron, sentados frente a frente. Jamal se había encerrado en su cuarto tras saludar a la abuela.

Karim hacía esfuerzos por ocultar el intenso dolor que le atormentaba el costado izquierdo del vientre, y creía estar haciéndolo bien, hasta que su madre dijo:

–Haz el favor de cuidarte. Estás hecho un desastre. Caminas encorvado como si acabaran de clavarte un puñal en las entrañas.

Los ojos claros de la mujer parecían traspasarlo. Aquella mirada siempre había intimidado a Karim.

–Solo me duele un poco. Ya se me pasará. Y, si no se me pasa, pues iré al médico.

–Eso es la mala vida que llevas –le reprochó la madre–. Sienta la cabeza de una vez y céntrate en tu casa y en la madre de tus hijos.

Karim gruñó, tratando de marcar terreno, y dijo:

–No te metas en mis asuntos.

–Tus asuntos son mis asuntos. Ya lo sabes. Y últimamente te has vuelto descuidado. Cuánto hacía que no pasabas por casa, ¿eh? Por tu propia casa...

–Tampoco hace tanto.

La mujer dio un manotazo al aire, descontenta con aquella respuesta.

–Tus hijos necesitan estar contigo. Tenerte cerca.

–Mi padre estaba a menudo en casa y no por eso dejó de ser un padre de mierda.

–No creas que hay tanta diferencia entre tu padre y tú.

Aquello dolió.

–Mi padre era un hijo de puta. Un borracho al que se le iba la mano con los de casa, pero que se comportaba como un auténtico cobarde fuera de ella. Y un vago capaz de robarle a su propia familia el poco dinero que tenían para gastarlo en bares y rameras.

–¿Y lo dices tú, que dejas tu casa para meterte entre las piernas de esa puta cristiana?

Karim no insistió. A lo largo de los años había aprendido que lo mejor, cuando su madre hablaba con aquella dureza, era no interrumpirla ni tratar de rebatirla. A menudo resultaba difícil comprender que aquella mujer hubiese necesitado ayuda para acabar con su marido.

–Quizá a tu mujer le da igual, pero a mí no. Tienes hijos, Karim. Hijos que oyen cosas, en la calle y en el colegio. Y últimamente te veo muy perdido. Y tienes obligaciones. Obligaciones económicas que estás dejando de atender. Y es a mí a quien llaman exigiendo dinero.

A pesar del dolor abdominal, Karim se enderezó.

–¿Quién te ha llamado?

–Tu primo Abdelkarim –respondió la mujer–. Dime, ¿por qué no le haces llegar más dinero? La obra de Nador se retrasa, y si no pagas por los materiales, se los llevarán a otro lado.

Karim dio un golpe sobre la mesa. Puto Abdelkarim. ¿Quejándose a su madre?

Karim estaba costeando la construcción de dos casas al sur de su ciudad natal, Nador, en el barrio de Al Matar. Aquel era uno de los barrios más modernos de la ciudad marroquí, edificado sobre los antiguos terrenos del aeródromo español. Una de las casas era para su familia, y la otra para su madre y sus dos hermanas pequeñas. Se trataba de dos viviendas de gran tamaño, rodeadas por un generoso jardín; no se habían privado de nada en su diseño, y ya se estaba arrepintiendo. Porque rara era la semana que su puñetero primo, al que pagaba por llevar los tratos con el constructor, no llamara con nuevos imprevistos que suponían más y más gastos.

–Y tu tío Khalid insiste en que hay que ponerle solución a lo de la venta en Melilla –añadió su madre.

El tío Khalid. Otra alimaña más. Compartía con él un negocio de pesca cuyas tres embarcaciones había costeado el propio Karim. Y últimamente no dejaba de calentarle la cabeza por la obligación de obtener un certificado veterinario si quería cruzar la frontera de Beni Enzar y vender el pescado en Melilla, la principal fuente de ingresos. Que si vaya ruina, que si pagar por un condenado certificado costaba prácticamente lo mismo que untar a los aduaneros, que si patatín, que si patatán... Lo que su tío ignoraba era que Karim había descubierto hacía poco que eran los trabajadores, no su tío, quienes sacaban el negocio adelante mientras él se pasaba el día entero rodeado de putas, alcohol y kif.

Que recurrieran a su madre le tocaba mucho las pelotas. Karim no veía el momento de hacer una visita a aquel par de sanguijuelas.

–¿Qué problema tienes, Karim? –inquirió la mujer, mientras le clavaba la mirada–. ¿No hay dinero?

–Es una época complicada. Moverse es arriesgado.

–Y ¿cuándo no lo ha sido?

Karim negó enérgicamente con la cabeza.

–No me estás escuchando. Tengo a la poli pegada al culo. No es que lo presienta, es que lo sé con certeza. Y no es fácil buscarse la vida así. Además, han surgido algunos contratiempos...

–Eres tú el que no me escucha. Deja de quejarte tanto y coge el toro por los cuernos de una vez. Céntrate y piensa. Tu familia te necesita. Toda tu familia depende de ti. No solo eres el más fuerte de mis hijos, también eres el más listo. Siempre lo he sabido. Desde que te saqué de mis entrañas. Tenía claro que con tu hermano Jamal no podía contar. –La mujer hizo el gesto de llevarse una mano a la cabeza y después separarla y agitarla ligeramente, como si echara a volar–. Ni tampoco con el resto. Pero tú... Tú eras mi esperanza. Hasta ahora te has comportado, pero empiezas a descarriarte. –Hizo otra pausa y añadió–: ¿Vas a convertirte en una decepción?

Karim sintió fuego en su interior.

–No.

–¿Conseguirás el dinero?

–Sí.

La mujer se puso en pie.

–Que sea la última vez que tengo que venir aquí. Estoy mayor para ir haciendo visitas a domicilio y más teniendo en cuenta lo que cuesta encontrarte en tu propia casa.

Cuando su madre salió por la puerta, Karim se sentía humillado. Pequeño. Su madre siempre había sabido cómo llevarlo hasta aquel lugar. Y, a la vez, también había sabido cómo ponerle las pilas. Retarlo. Motivarlo.

Ahora en la cabeza de Karim solo había un objetivo: obtener dinero. Y sabía dónde podía encontrarlo. Es más, sabía cómo podía conseguirlo fácilmente, porque jugaba con ventaja sobre la policía. ¿Cómo no se había dado cuenta antes?

Las cartas estaban marcadas, sí. Pero ahora era él quien podía amañar el juego.

36

Cuando Silvia echaba la vista atrás y recordaba su infancia, pocas veces venía a su mente la imagen del tío Álvaro. Sin embargo, sí tenía recuerdos de él: amable y divertido, repartiendo regalos entre los sobrinos, generoso y bromista. Y ese fue el concepto que tuvo de él, incluso después de que desapareciera, hasta que un buen día sus padres le explicaron a qué se dedicaba y con el dinero de quién les compraba todos aquellos juguetes e invitaba a rondas en los bares.

De camino a comisaría, ni Joel ni ella abrieron la boca, cada uno sumido en sus cavilaciones. Y cuanto más pensaba en lo que le había contado su prima, más convencida estaba de que su tío ya había comenzado a crear un relato exculpatorio que lo sacara de aquel atolladero. Su especialidad era inventar historias, contarlas con sinceridad y aplomo, convencer al prójimo de que eran tan reales como la vida misma, hasta cambiar la propia realidad. Era un vendehúmos, un encantador de serpientes, cuya experiencia aumentaba día tras día, año tras año, incapaz de dedicarse a otra cosa que no fuera el engaño… Y, aun así, a pesar de su gran capacidad de persuasión, lo iba a tener francamente mal para salir de esa.

Homicidio. O asesinato, según avanzara la investigación y recibieran el resultado de la autopsia. Ya podía poner todo su encanto y su ingenio en funcionamiento para engañar a un jurado popular. Porque lo tenía muy, muy complicado.

Subieron al despacho y se dirigieron a la zona de Robos Violentos. Los jefes habían bajado a comer, así que la cosa estaba tranquila. Joel ocupó un ordenador libre en la sala general de la UTI y Silvia entró al locutorio del Grupo de Estafas que, de manera excepcional, estaba vacío. De vez en cuando hablaba con ellos sobre la personalidad de sus investigados, incluso les había preguntado acerca de su tío, sin confesarles el parentesco. Siempre le había llamado la atención la ausencia de empatía de los estafadores. Ellos decían que sí, que eran unos jetas sin corazón, pero que sabían muy bien dónde buscar a sus víctimas: entre la gente desesperada. Era como si se juntaran el hambre con las ganas de comer.

Se sentó frente al ordenador, introdujo su perfil y contraseña para desbloquearlo, y, casi de manera automática, buscó la carpeta informática donde estaban guardadas las imágenes del edificio donde trabajaba Valentín Carrillo.

Por enésima vez, pasaron ante sus ojos las figuras de Estrada y aquel otro tipo, avanzando hacia el ascensor, de camino al despacho del abogado. Parecían tensos: Estrada, sostenía con firmeza el asa del maletín; el otro tipo, con gesto serio, escuchaba las instrucciones del veterano estafador. Los vio desaparecer, tras cerrarse las puertas del ascensor, e hizo avanzar el vídeo a velocidad rápida.

Al cabo de varios minutos, ahí los tenía otra vez. Primero Estrada, que apareció por las escaleras, todavía con el maletín en la mano; parecía sofocado, con uno de los faldones de la camisa por fuera, despeinado y la corbata torcida. Se le veía apoyarse en el quicio de la puerta, para recuperar el resuello, sin dejar de mirar atrás. A los pocos segundos, el joven hacía acto de presencia, también por las escaleras, y ambos salían a toda prisa del edificio.

Volvió a avanzar el vídeo hasta ver quién acudía primero al edificio. Y esos fueron la mujer de Carrillo y el chófer, cuando accedieron al edificio horas más tarde, en busca del abogado.

Cerró el visor de imágenes y salió de la carpeta.

Ante ella apareció otra carpeta informática, la de las imágenes del TRAM.

–Eo, estás aquí. –Una voz inesperada la obligó a levantar la mirada hacia la puerta del locutorio. Era Rafa, un compañero del Grupo de Robos con Fuerza. Llevaba un papel en la mano, el viejo truco de pasearse de un lado a otro sin hacer nada. Era cinturón negro en perder el tiempo–. ¿Qué haces aquí? ¿A ver si se te pega algo de los vividores de Estafas? Ojo, que esas plazas están muy buscadas. Ponte a la cola, ¿eh?

–Qué va. No me apetece nada pasarme el día estudiando movimientos bancarios. Me marea.

Rafa sonrió. Después dijo:

–Han salido ya las bases para el concurso de cabo.

Con el ajetreo de los últimos días, Silvia ni siquiera había tenido tiempo de pensar en las pruebas de ascenso.

–¿Te vas a presentar? –preguntó el compañero.

Silvia dejó ir un suspiro de hastío.

–No sé. Tengo que pensármelo bien. ¿Tú sí?

Rafa asintió.

–Como cada año. Y supongo que estudiaré lo mismo, que es nada.

Ambos rieron y Rafa se despidió, hoja en mano, camino de otro compañero con el que departir.

Silvia apartó de la mente el concurso de cabo y volvió a las imágenes del TRAM.

Esas no las había visto. Joel le había hablado de ellas y le habían enseñado algunas capturas, las mismas que habían echado por tierra la teoría de que Karim Hassani era el asesino de Carrillo.

Les echó un vistazo. Se trataba de una cámara elevada, alejada del edificio de oficinas. El primero que apareció fue Karim, procedente de un descampado situado al otro lado de la avenida, en la parte opuesta al inmueble del abogado. Lo siguió mientras cruzaba la calle y lo vio entrar al edificio. Minutos más tarde, volvía a salir y regresaba al descampado. Sabían por el geolocalizador instalado en su BMW que permanecía allí hasta un rato después de que Estrada y su acompañante accedieran al edificio.

Y ahí estaban esos dos. Girando la esquina, tras rebasar el Viena, y subiendo por la misma acera del edificio en cuestión. Entraron sin pensárselo.

En la esquina inferior derecha se veía parte del acceso al descampado. Un rato antes había observado parte del BMW adentrándose allí, en busca de estacionamiento. Ahora esperaba verlo salir, tal y como indicaba la ruta del dispositivo de seguimiento. Tenía la vista fija en aquel punto de la pantalla, convencida de que vería parte del BMW… Y sí, lo vio marcharse.

Sin embargo, algo la descolocó. Y es que, diez segundos después, procedente del descampado, aparecía una figura muy conocida por los investigadores: Momo, cruzando la avenida por el paso de peatones, con aquellos andares desgarbados, tan característicos en él.

Lo siguió mientras se desplazaba por la pantalla. Llevaba una mochila y no dejaba de mirar a ambos lados. Lo vio acercarse al Viena y desaparecer tras el restaurante.

¿Qué estaba pasando ahí?

37

Joel se sentía ninguneado.

Peor aún, tenía la sensación de que lo trataban con condescendencia, como si el hecho de llevar poco tiempo en investigación avanzada lo convirtiera en un investigador de segunda, sin experiencia en investigaciones potentes. A pesar de lo mucho que había insistido en describir aquello que había visto en el taller, no le habían hecho caso. De la sargento al último de los agentes, todos lo acusaban de paranoico. Sus compañeros se habían limitado a argumentar que, si el dispositivo seguía instalado y enviando señal, es que no lo habían encontrado o, más probablemente, ni siquiera lo habían buscado. Tampoco había recibido el apoyo de Silvia, que se había desentendido del tema encerrándose en el locutorio del Estafas.

Se levantó de su ordenador y se aproximó a la mesa de Roberto Balaguer, el agente veterano encargado de la intervención telefónica. En el interior del locutorio, la intérprete marroquí seguía escuchando llamadas mientras Balaguer, desde uno de los ordenadores de la sala general, repasaba los resúmenes e identificaba aquellas comunicaciones relevantes que permitiesen relacionar a los investigados con el vuelco de la AP-7, el paradero del alijo o cualquier otro delito.

Se sentó sobre una cajonera baja, cercana al agente, y le golpeó ligeramente en el hombro para que lo atendiera. Llevaba puestos unos voluminosos auriculares de diadema de color lila claro, adornada con flores; no le pegaban mucho, e incluso resultaban ridículos sobre su cabeza calva. A Joel no le caía muy bien aquel tipo, seco y huraño, siempre quejándose por todo, siempre recordando que en siete años se jubilaba y entonces ya les podían dar mucho por culo a todos, a los malos y a los buenos. Por su parte, estaba claro que a Balaguer tampoco le caía bien Joel; cada vez que este proponía algo, el veterano le soltaba una fresca, en especial cuando la propuesta implicaba trabajo extra para él.

Joel esperó pacientemente, aunque no cabía ninguna duda de que estaba pasando de él; el volumen estaba tan alto que incluso él podía oír que hablaban en árabe. Al fin, Balaguer emitió un suspiro. Detuvo la reproducción del audio y se quitó los cascos con parsimonia.

–Dime.

–¿Cómo van las llamadas?

–Pues van. Como siempre. Nada de especial.

–Pero ¿siguen hablando?

–¿Qué quieres decir? –Otro que lo trataba con condescendencia, como si hablara con un crío. Joel se contuvo de mandarlo a la mierda.

–Me refiero a si han entrado muchas llamadas hoy.

–No, la verdad es que no. Desde esta mañana, apenas nada.

–Y ¿es eso normal?

–Depende.

–¿De qué depende?

–Esa me la sé. Es de Jarabe de Palo.

Y soltó una carcajada. Joel contó hasta diez y retomó la pregunta, dejando claro que no estaba para hostias.

–Que si pasa a menudo que apenas hablen durante horas.

–Relájate, hombre. Solo era una broma. Eres un poco intensito tú, ¿no? Pues sí, hay días en que no hablan mucho, como hoy. No es habitual, pero pasa de vez en cuando. Karim sí lo ha usado, para decirle a uno de sus hombres que se quedará en casa toda la tarde, pero poco más. Y si él sigue utilizando su número, los demás también lo harán. Podemos estar tranquilos.

–Ya, pero ¿no ves raro que pase eso justamente hoy, el mismo día que lleva el coche al taller y...?

–¿Vas a empezar otra vez con eso, eh? ¿A dar la murga con que saben algo?

–Es que me parece bastante obvio que pasa algo, ¿no? Bueno, al menos estaría bien planteárselo.

–¿Y a qué nos lleva eso, eh? ¿A pensar que alguno de nosotros se ha ido de la lengua? ¿Es eso? ¿Alguno de tus compañeros?

–No estoy acusando a nadie…

Balaguer le señaló con un dedo amenazador, directo al rostro. Lo que dijo lo dijo en voz baja para no llamar la atención del resto de agentes presentes en la sala, pero fue directo y cruel:

–Mira, capullo. Sé porque estás aquí: porque eres un puto chivato de compañeros. Sí, chaval, no pongas esa cara. Sé que eres un puto chivato y lo peor de todo no es eso; lo peor de todo es que tú también tendrías que haber caído con esos dos, porque eres tan culpable como ellos. ¿Crees que no lo sé? Claro que lo sé. Y también sé que cantaste porque te acorralaron. Pero tuviste premio, ¿no? A ellos el juez se los enraba, y a ti te envían aquí, sin castigo ni consecuencias... Te lo advierto: mantente alejado de mí si no quieres que todos aquí sepan con quién trabajan, porque lo contaré con mucho gusto.

Joel se puso en pie. No era la primera vez que oía aquello, dicho con más o menos tacto, con más o menos mala baba. Por eso no se alteró en exceso. Era cuestión de tiempo que sucediera también en la UTI.

–No tienes ni puta idea de nada –dijo, poniéndose en pie. Y añadió–: Antes solo parecías un gilipollas con esos cascos ridículos puestos. Ahora ya tengo claro que eres un gilipollas, con o sin ellos.

Se alejó de allí y regresó a su ordenador. Las manos le temblaban. No mucho, pero le temblaban. Menuda mierda. Jamás podría quitarse aquella historia de encima. Le acompañaría para siempre, allá donde fuera.

La intérprete se asomó a la puerta del locutorio y pidió a Balaguer que se acercase para comentarle algo. El veterano se dirigió hacia allí con parsimonia y, tras una breve conversación, le pidió a la mujer que se quedase un rato más. Esta asintió y regresó al interior del locutorio. El agente, en lugar de volver a su puesto de trabajo, informó al cabo que bajaba a fumar y desapareció.

A pesar del encontronazo con Balaguer, Joel no dejaba de darle vueltas a la posibilidad de que Karim y su gente supieran que los estaban investigando. De ser así…, ¿qué había cambiado en los últimos días? La respuesta era obvia: la traductora.

Solo había una forma de comprobarlo: plantar una semilla y a ver qué salía.

Se puso en pie y se dirigió al locutorio, golpeó el marco de la puerta para llamar la atención de la mujer y esta se quitó los auriculares.

–Hola… Farida, ¿verdad?

–Sí –respondió la traductora tímidamente.

–Te han comentado lo de la palabra clave «coletas», ¿no?

–¿Qué? ¿«Coletas»? No, no me han dicho nada… –Su rostro mostró una franca extrañeza.

Joel se acercó a ella, apoyó los codos sobre la mesa y se agacho para hablarle en tono confidencial.

–Es el apodo que tiene un abogado que… bueno, es la víctima de un homicidio. Creo que ya sabes algo, ¿verdad? –La mujer asintió y Joel continuó–: Por lo visto, han detenido a alguien; pensaban que esa era la línea buena, pero ahora sospechan que no, que podría ser cosa de Karim Hassani y su banda. Han aparecido nuevas pruebas. Así que es muy importante que, si oyes algo al respecto, nos avises rápido para informar al otro grupo de Homicidios.

–Sí, claro. Estaré atenta.

–Muchas gracias. No lo vayas contando por ahí, ¿vale? –Y le guiñó un ojo, con aire cómplice.

–No, por supuesto –respondió Farida, con gesto afectado.

Parecía una buena mujer. De pronto, Joel pensó que estaba equivocado, y que aquella pantomima no serviría para nada.

38

Marisa Sánchez llevaba horas recogiendo y ordenando el contenido de los cajones y armarios que la policía había vaciado durante el registro de la casa. Menudo estropicio. Habían dejado la ropa hecha una pila sobre la cama, enmarañada, sin cuidado alguno. Y sí, por supuesto, habían abierto el cajón donde guardaba su lencería más sexy y los juguetes que Álvaro y ella utilizaban en la cama.

En aquellos momentos, se sentía muy, muy vulnerable. Y confusa. Cuando finalizó el registro y se marchó todo el mundo, llevándose a Álvaro y dejándola completamente sola, con la única compañía del desorden y el desastre, lloró. Lloró porque aquella era la primera vez que miraba a los ojos a Álvaro buscando una salida a aquel embrollo y, para su sorpresa, no la encontró.

Y se lo había olido bien.

La noche del martes, tres días antes, cuando Álvaro y Manuel llegaron a casa, nerviosos y alterados, tuvo claro que las cosas se habían complicado. Manuel desapareció con su coche y Álvaro le pidió que se deshiciera de la corbata. Estaba manchada de sangre. Álvaro no dio explicaciones, ni Marisa las pidió. Metió la prenda en un cubo metálico, la roció con el líquido inflamable que usaban para encender la barbacoa y la quemó. Después metió los restos en una bolsa de basura, junto a los demás desperdicios, y la tiró aquella misma noche en un contenedor situado cinco calles más allá.

Se había fijado en que los agentes habían cogido el traje que Álvaro vestía aquella noche, pero la corbata que se habían llevado, por supuesto, era otra. Por suerte, la policía tampoco había encontrado el maletín.

A Álvaro se le daba bien crear escondrijos allí donde iba. Ya fuera en una casa de alquiler como aquella o en la habitación más cutre de un hotel de montaña.

Menudo era Álvaro. Y pensar que estuvo a punto de convertirse en una más de sus víctimas el día en que se conocieron…

Por aquella época, Marisa estaba recién divorciada, y acababa de vender junto a su ya exmarido el apartamento que tenían en común. Los niños ya eran mayores y hacían su vida, y Marisa se vio de pronto con doscientos mil euros en el bolsillo, y con la duda de si comprar un piso nuevo o marcharse de alquiler y disfrutar, poco a poco, de aquel dinero.

Una noche, en un bar de copas al que Marisa había acudido con unas amigas, conoció a un tipo maduro y atractivo, algo mayor del límite que se había marcado como tope de edad, pero agradable y simpático, bromista incluso, halagador y caballeroso. Y con dinero. Lo pagaba todo. Vamos, un auténtico chollo, de esos que parecen demasiado bonitos para ser verdad. Su nombre, por supuesto, era Álvaro Estrada. Un mes después de la primera cita, Álvaro le confesó que necesitaba urgentemente cierta cantidad de dinero, no muy elevada, para completar el pago de un ventajoso negocio al que había tenido acceso por sorpresa y en el que ella también podía invertir.

Ahí fue cuando las alarmas se encendieron en el cerebro de Marisa. Porque para soltar un euro tenían que arrancarle la mano. Comenzó a hacer preguntas y Álvaro siempre se salía por la tangente, le mostraba documentación de dudosa procedencia y le presentaba a gente en lugares públicos, nunca en edificios oficiales. Cuando quedó claro que Marisa, por muy encoñada que estuviera con aquel hombre, no pensaba aflojar la pasta, Álvaro se desvaneció, con la misma rapidez con la que había aparecido, y la dejó compuesta y sin novio.

Tras el disgusto, Marisa continuó con su vida. Hasta que un año después se topó de nuevo con Álvaro, esta vez en una marisquería, engatusando a otra mujer. Marisa, ni corta ni perezosa, se acercó a la mesa y dijo:

–Este es mi marido. ¿Qué cojones haces con él?

La cara de la mujer era un poema. Y la de Álvaro también. La desconocida se alejó a pasos agigantados de la mesa y desapareció para siempre. Marisa ocupó su lugar.

–Acabas de fastidiarme un negocio redondo –se quejó Álvaro. A pesar de todo, sonreía.

Marisa pidió un Aperol Spritz y le lanzó un reproche:

–Desapareciste muy pronto. ¿Acaso no valgo lo suficiente como para seguir insistiendo?

–No, eres de las listas. Sin duda me habrías acabado denunciando. Y, además, me gustas demasiado...

–¿Pretendes volver a engatusarme? Porque si es así, te diré que ya no tengo aquel dinero.

No era del todo cierto, aunque sí había menguado de un modo exponencial. Marisa era caprichosa y de gustos caros.

Álvaro sonrió y, a partir de aquel momento, compartieron vida, confidencias, «primos» (como solía llamar él a sus víctimas) e «incautos» (como prefería ella). A Marisa se le daba bien administrar información, gestionar los beneficios, falsificar documentos. Siempre en segundo plano, pero apoyando, dando cobertura. Tampoco le costaba conciliar el sueño. Las personas pasaron a ser simples nombres y después simples números.

Pero aquello del homicidio...

Eran casi las tres de la tarde y no había comido desde que los levantaran de la cama a golpe de ariete. Recoger la casa durante varias horas la había ayudado a mantener la mente ocupada. De repente, el timbre de la casa sonó. Marisa, que se encontraba en el salón ordenando papeles, gritó que ya iba.

Nada más marcharse los policías, había hecho acudir a un cerrajero de urgencias para que le cambiara la cerradura, que había quedado completamente deformada a consecuencia de los golpes que los policías le habían arreado a la puerta para echarla abajo. Desde el mismo recibidor, preguntó quién era y un hombre le respondió con un grito:

–¡Policía!

Marisa emitió un bufido de hastío. ¿Qué querían ahora? De pronto, sintió un escalofrío. ¿Y si venían a por ella? Nunca la habían detenido. Sí imputado en alguna investigación, pero jamás se la habían llevado al calabozo.

–¡Policía! –insistieron–. Señora, abra la puerta de una vez.

¿Qué podía hacer? ¿Salir corriendo por detrás de la casa y saltar el muro? Ya no tenía edad para hacer esas cosas. Y, como se lo pensara mucho, volverían a tirar la puerta abajo.

Tomó aire y abrió.

Frente a ella apareció un hombre moreno no mucho más alto que ella pero sí fuerte como como una roca, de brazos anchos y grueso cuello. Llevaba puesto un chaleco amarillo reflectante con la palabra «POLICÍA» escrita en pequeño a la izquierda del pecho. Tras el primer impacto visual, tuvo la sensación de que no era español. Parecía magrebí, aunque hablaba el castellano con fluidez. Llevaba una gorra azul y gafas de sol, y hubiera jurado que no era ninguno de los agentes que habían llevado a cabo el registro por la mañana. Tras él asomó otro policía con un peto idéntico, aunque ese era más delgado y alto, y en el rostro, bajo las gafas de sol, se distinguían algunos moratones. Este tampoco había estado allí por la mañana.

El instinto de Marisa la impelió a cerrar la puerta, pero el fortachón interpuso un pie entre el marco y la puerta. Después dijo:

–¿Qué hace, señora? ¿Cerrarle la puerta a la policía?

–¿Sois policías?

–Claro. Déjenos pasar.

A pesar de que sonaba a petición, el tipo no aguardó a su respuesta. Empujó la madera con su gran manaza y abrió de par en par. Aferró a Marisa por la blusa y le clavó en la mejilla una pistola negra, fría como el hielo.

–Como grites –le susurró al oído, inundándola con su aliento– te vuelo la cabeza, perra. ¿He sido claro?

Marisa estaba temblando. Las piernas le flojearon, hasta el punto de que el tipo tuvo que sostenerla a pulso. Aunque le sobraban algunos kilos, no tuvo ningún problema para hacerlo. Después sintió como la arrastraba hasta el salón, sin poder evitarlo. El otro falso policía se había colado también en la casa y había cerrado la puerta sin hacer ruido.

En cuanto llegaron al sofá, el fortachón la lanzó sobre él y, sin apartarle la pistola de la cara, le preguntó en voz baja:

–¿Estás sola?

Marisa era incapaz de hablar. Se limitó a asentir con la cabeza.

–No me jodas. ¿Seguro que estás sola?

–Sí… Te lo juro…

–Bien –respondió el tipo y, con la mano izquierda completamente abierta, le arreó un guantazo.

–Eso, para que veas que vamos en serio.

Marisa comenzó a llorar. Le ardía la mejilla abofeteada. Y tenía miedo. Mucho miedo.

El fortachón echó un vistazo a su alrededor. Observó la estancia desordenada, con papeles, cables y trastos esparcidos por todos lados, de mala manera, y dijo:

–O eres un desastre como ama de casa o la poli os ha hecho un registro esta mañana, ¿me equivoco?

–No…

–¿Lo han trincado? A tu marido, digo.

Marisa estaba semirrecostada en el sofá, incómoda por la posición y por la presión que el tipo ejercía sobre su pómulo con el cañón del arma. Y, aun así, hacía esfuerzos por responder, porque lo último que deseaba era enojarlo y recibir una paliza. O algo peor.

–Sí. Han entrado esta mañana. Lo han registrado todo y después se lo han llevado detenido…

–¿Por qué?

Las lágrimas aún le caían por la mejilla. Se sentía más sola y expuesta que nunca.

–Por la muerte de un hombre.

–¿El abogado?

Marisa asintió.

–Pero el dinero de ese cabrón lo tienes todavía, ¿no?

No tenía ni idea de quiénes eran aquellos tipos. Policías, no, eso seguro. Pero ¿qué sabían ellos de aquel dinero? Dudó. Lo fácil habría sido indicarles dónde estaba escondido. Lo volvió a pensar y su silenció encendió al tipo.

–¿Me vas a decir que no sabes de qué dinero te hablo?

Aquel dinero era todo lo que tenía en aquellos momentos. Y con Álvaro detenido…

–Se han llevado muchas cosas –dijo.

Esperó otro guantazo. Pero en lugar de arrearle con ganas, el fortachón emitió un profundo suspiro, retiró el arma y se levantó del sofá. Le hizo un gesto al delgado, y este le mostró lo que sostenía en su mano derecha: un aparato rectangular negro, con dos puntas plateadas en un extremo. Pulsó un botón rojo y el aparato emitió un chisporroteo ensordecedor. Era una defensa eléctrica.

Para eso no estaba preparada.

–Espera, espera...

Aquello no había sido solo un aviso. El delgado se abalanzó sobre ella extendiendo el brazo, le plantó el aparato en la barriga y volvió a pulsar el botón. Y esta vez lo mantuvo en esa posición varios segundos. La corriente eléctrica recorrió el cuerpo de Marisa de los pies a la cabeza, aturdiéndola, quemándola por dentro. Era insoportable. Desesperada, alargó amabas manos para aferrar el brazo del delgaducho y lo asió con ganas, tratando de apartar el condenado aparato de su piel. Y como el tipo seguía con el botón pulsado, castigándola sin misericordia, sintió como la corriente invadía también su cuerpo.

Durante unos segundos, ambos temblaron por los efectos de la descarga. Y por fin cesó el dolor.

–¡Me cago en tu puta madre! –exclamó el fortachón. Y no se refería precisamente a la madre de Marisa, sino a la del delgaducho, que acababa de desplomarse sobre la alfombra como un árbol recién talado. Y allí se quedó.

Aquello terminó de cabrear al tipo. Se inclinó sobre Marisa, tendida en el sofá, y se lio a golpes con ella. Y esta vez no lo hizo con una mano abierta, sino con los dos puños, bien cerrados, del tamaño de ruedas de camión. La atizó en el rostro, en el pecho, en el estómago, en los brazos y en las piernas.

Justo cuando la mujer estaba a punto de perder el conocimiento, se detuvo. Volvió a acercar la boca al oído de Marisa, y, en un susurro que le heló la sangre, dijo:

–A mí no me engañas. Sé que tienes ese dinero. Que los polis no se lo han llevado. Y también sé que me lo vas a dar. No podrás resistirte.

39

Al mediodía, el briefing entre los dos turnos de trabajo del Grupo de Robos Violentos fue breve. Todos los miembros de la banda de Karim Hassani parecían encontrarse en sus domicilios o en sitios habituales y sin interés para la investigación, ya fuera el gimnasio o el apartamento de alguna amiga. Incluso Karim había decidido sentar cabeza por unas horas y quedarse en el apartamento familiar.

Silvia Mercado subió a su vehículo particular, un Seat Ibiza rojo, y, en vez de dirigirse a Gavà Mar para regresar a casa, cambió de rumbo y enfiló la B-23 en dirección a Barcelona. Pasados los estudios de TV3, tomó la primera salida y continuó por la avenida Baix Llobregat hasta llegar a la rotonda coronada por la cámara del TRAM, cuyas imágenes había estudiado de manera obsesiva rato antes.

Dio una vuelta completa a la rotonda, dejando atrás el descampado donde Karim había estacionado su BMW, y accedió al parking del Viena, que tenía la barrera levantada. Estacionó el Ibiza en una plaza libre y se apeó para echar un vistazo a su alrededor.

En las imágenes, tanto Estrada como el hombre que lo acompañaba parecían provenir de aquella zona, como si acabaran de aparcar su vehículo ahí mismo. De hecho, tras salir a toda prisa del edificio de oficinas, aquel era el lugar donde se perdían de vista. Y también era allí donde se adentraba Momo.

El recinto ocupaba toda la esquina, en la confluencia de las avenidas Baix Llobregat y Cornellà, y el edificio del restaurante se encontraba justo en el extremo. Se podía acceder al estacionamiento desde las dos avenidas, y las barreras permanecían elevadas durante las horas de atención al público.

Lo primero en lo que Silvia pensó fue en las cámaras de seguridad. Sin embargo, se llevó una gran decepción al percatarse de que no había ninguna en el exterior del restaurante. Todas eran interiores. Tampoco localizó cámara alguna en las naves colindantes, que venían a ser una empresa dedicada a la fabricación de envoltorios de cartón, a la izquierda, y una tienda de venta de vinos online situada a la derecha, pegada al edificio de oficinas donde había tenido lugar el homicidio. Ninguna de las dos naves era excesivamente alta, pero costaba pensar que alguien pudiera trepar desde allí y llegar al edificio de oficinas... Hasta que se fijó en la torre eléctrica.

La torre se hallaba en uno de los extremos del aparcamiento del Viena, muy próxima a la empresa cartonera. Y, a pesar de lo peligroso de la alta tensión, con aquellas señales caracterizadas por un rayo amenazante sobre fondo amarillo, lo cierto es que la torreta suponía una magnífica escalera. Desde allí, se podía acceder con facilidad al techo de la nave, y desde esta al techo de la vinoteca, y desde esta... al edificio de oficinas. Nada más alzar la vista, Silvia advirtió la presencia de una escalera de emergencia en la parte posterior, recorriendo el inmueble de arriba abajo.

Se dirigió al edificio de oficinas y comprobó el estado de la salida de emergencias de cada planta, para ver si era posible colarse desde fuera. Todas las puertas cerraban correctamente, pero no podía decirse lo mismo de las ventanas que había junto a dichas puertas. Se trataba de ventanas correderas de un metro de ancho, y un par de ellas tenían el cierre estropeado, de modo que siempre quedaban abiertas. Y, precisamente, una de ellas se encontraba en la misma planta del bufete del abogado.

Por aquella ventana, Momo podía haber pasado sin dificultad. Era ágil y delgado. De hecho, en cuestión de segundos, podía haber llegado allí desde el parking del Viena.

No era descabellado. Ni mucho menos. En plena noche y completo silencio. Y aun así...

Consultó su WhatsApp y vio que Quiroga le había enviado un mensaje.

«Científica acaba de encontrar restos de sangre en una de las solapas del traje de Estrada. Lo siento».

Tras leer aquello, Silvia se sintió como una estúpida. ¿Qué demonios hacía allí?

Subió de nuevo al Ibiza y, esta vez sí, regresó a casa. En el sofá del comedor se encontró a Saúl tumbado junto a Candela, ambos completamente dormidos. Él en el extremo, a punto de caerse, y ella con los brazos y las piernas extendidas, más ancha que larga.

Le apetecía tumbarse con ellos allí, pero también estaba hambrienta.

Sin hacer el menor ruido, entró en la cocina. Echó un vistazo en el microondas y, ¡bingo!, encontró un plato de pasta preparado para ella. En aquel momento, sintió un profundo amor por Saúl. Y un gran arrepentimiento por no haberle confiado desde el primer momento que había reconocido a uno de los autores del homicidio, y que este era, ni más ni menos, el exmarido de su tía. Cuando por fin se lo reveló, después de haber hablado con Lucía y levantar así la liebre en toda la Unidad, él no se lo recriminó. Y eso la sorprendió, porque durante las últimas semanas parecía buscar cualquier excusa para comenzar una discusión.

Lo cierto es que, desde la visita al traumatólogo, su actitud había cambiado. Parecía más ausente. Y eso también había comenzado a preocuparla.

Justo después de comer, cuando metía el plato y los cubiertos en el lavavajillas, Saúl entró en la cocina. Tenía los ojos hinchados y en la piel de la mejilla se le había quedado grabado el dibujo del cojín en el que tenía apoyada la cabeza.

–No te he oído llegar –dijo. Lo hizo en voz baja, por lo que Silvia dedujo que Candela seguía durmiendo.

–Estabais fritos. No he querido despertaros. ¿Quieres café?

–Venga.

Parecía de buen humor.

–¿Cómo ha ido en el curro? –preguntó Saúl cuando ambos tenían las tazas frente a ellos.

–Esta mañana me ha llamado mi prima…

Y le contó con toda sinceridad la conversación que habían mantenido por teléfono. Saúl escuchó pacientemente. Después dijo, con escepticismo:

–Imagina por un momento que dice la verdad, ¿eh? Que no es culpable, que no ha sido él... ¿Quién se iba a fiar de su palabra? Es como el cuento de Pedro y el Lobo, ¿no? ¿Quién va a creer nada de lo que diga un mentiroso profesional?

Silvia asintió y permaneció pensativa.

–¿Qué crees? –preguntó Saúl.

–Pues que van a encerrarlo y a tirar la llave. Porque de esta no se libra. Con todas las pruebas que hay contra él, los de Homicidios están convencidos de que es culpable.

Saúl puso ambas manos sobre la mesa y la observó con gravedad. Hacía tiempo que no veía aquella mirada tan intensa.

–No te he preguntado si Homicidios está o no convencido de que fue él quien mató a Carrillo. Lo que te he preguntado es qué piensas tú. ¿Acaso tienes alguna duda de que no sea él?

–Sé que no debería dudarlo. Pero...

Saúl se echó para atrás, consciente de que algo le rondaba a Silvia por la cabeza. Y si alguien era experto en no dejar cabos sueltos, ese era él. La miró fijamente y dijo:

–¿Por qué no vas a verlo a custodia? Habla con él cara a cara. ¿Qué pierdes con ello?

40

Momo no tenía ninguna duda de que había llegado a estar muerto durante unos cuantos segundos, de que su corazón había dejado de latir al recibir la descarga eléctrica. ¿En qué lo convertía eso? ¿En un muerto viviente? ¿En un zombi?

Aquello ocupaba su pensamiento de camino a L'Hospitalet, al volante de un viejo Renault Scenic color granate comprado de quinta mano con la documentación de un yonqui del barrio. Karim iba sentado a su lado, y Momo no osaba comentarle nada al respecto; ya había tenido bastante con la bronca que le había metido por electrocutarse con su propia defensa eléctrica. Para colmo, la corriente le había provocado tal contractura que el cuello le dolía una barbaridad y apenas podía girar la cabeza.

Karim, sin embargo, estaba intacto y, sobre todo, muy contento, porque había salido de aquella casa con más de doscientos mil euros encima. Desde luego, si no llega a ser porque la vieja había acabado cantando dónde estaba escondido el dinero, no habrían tenido más remedio que largarse de allí con las manos vacías. Porque en la vida lo hubieran encontrado.

Tras las amenazas de Karim, la mujer se puso en pie a trompicones y los condujo al jardín. Avanzó hacia la piscina y, una vez allí, comenzó a caminar sobre la tarima de lamas sintéticas que la bordeaba hasta detenerse en el extremo más alejado. Tras analizar la superficie de la tarima detenidamente, señaló un conjunto de cuatro lamas. Ya recuperado, Momo ayudó a Karim a levantar las lamas y escarbar en la tierra con unas herramientas de jardín que tomaron de un cobertizo, hasta que, a una profundidad de quince centímetros, se toparon con un montón de billetes apilados en fajos y envasados al vacío. Cogieron el dinero, lo metieron en una bolsa de basura negra y se las piraron de allí; dejaron a la mujer acojonada, amenazándola con rematar la faena si se iba de la boca.

Pasado el campo del Espanyol, Momo preguntó, con timidez:

–¿Dónde quieres que te deje?

–En el piso de Jenni –gruñó Karim.

Momo asintió. Por el rabillo del ojo podía ver en el suelo, a los pies de Karim, la bolsa de basura con el botín dentro. Todavía no habían hablado de dinero, ni mucho menos de reparto, pero albergaba la esperanza de cobrar algo por el trabajo de aquella tarde. A fin de cuentas, él estaba allí, ¿no? Había cavado con él... ¡Qué coño!, incluso había cavado mucho más que él... De hecho, se había encargado de prácticamente toda la faena mientras que el otro se limitaba a mirar. Confiaba con llevarse, como mínimo, dos mil pavos, que comparados con los doscientos y pico mil que se había embolsado Karim eran migajas. Lo que no tenía ni idea era de cómo sacar el tema...

Lo curioso del asunto era que Karim esperaba encontrar más pasta, unos trescientos mil, pero al abrir la maleta y ver que faltaba una tercera parte le preguntó a la mujer dónde coño estaba el resto, y ella comenzó a gimotear y a jurar que se lo había llevado un tal Manu, que era su parte. Karim, aunque jodido, pareció creerla.

Llegaron a Amadeu Torner y detuvo el vehículo frente al edificio de apartamentos donde vivía la parienta española de Karim. Este se apeó, sin olvidarse de la pasta, y le ordenó a Momo que no se alejara mucho.

Aguardó a su jefe allí mismo. Había dejado su teléfono móvil en casa antes del golpe, tal y como Karim le había indicado, y lo cierto es que en aquellos momentos lo echaba mucho en falta. Le habría gustado tenerlo a mano, para oír alguno de sus últimos temas y ver en qué podía mejorarlos, ya que nunca estaba satisfecho. A la canción de Karim le faltaba el final. Y no sabía cómo abordarlo. Le daba vueltas a un par de ideas, pero dudaba. Necesitaba más tiempo.

Media hora más tarde, Karim hizo acto de presencia. Se había duchado y cambiado de ropa, y parecía más relajado. Llevaba algo en la mano y Momo deseó con todas sus ganas que fueran sus dos mil pavos. Pero no lo eran. Se trataba de la caja de un teléfono móvil, y de los baratos.

Karim no subió al vehículo. Golpeó la ventanilla del copiloto, la que daba a la acera, exigiéndole a Momo que la bajara.

–Toma –dijo Karim, tirando la caja del móvil de prepago sobre el asiento del acompañante. También había una tarjeta SIM–. Usa esto y deshazte de tu móvil. Y cuando digo que te deshagas, quiero decir que lo revientes. No puedes volver a usarlo.

–¿No hay bastante con cambiar de tarjeta?

Karim apretó la mandíbula con fuerza. Ya volvía a mirarlo con aquella cara de odio.

–Si digo que te lo cargues, te lo cargas. ¿Entendido?

Momo asintió. Todo su trabajo musical estaba en aquel condenado aparato. Todas las melodías, las bases que se le iban ocurriendo, las letras que componía. Todo. Le habrían venido de perlas esos dos mil euros para pillarse un buen ordenador y comenzar a trabajar en serio, con un programa en condiciones que le permitiera editar los temas de un modo más profesional, y con un equipo de sonido que le aportara mayor calidad, pero estaba claro que aún tendría que esperar, y para eso seguía necesitando el puñetero teléfono móvil. Cambiaría de número, incluso usaría el que le estaba dando Karim en aquellos momentos, pero no pensaba deshacerse del aparato.

No obstante, dijo:

–Claro, hermano. Dalo por hecho.

Y, tras oír aquello, Karim se llevó la mano al bolsillo del chaleco de plumas Hugo Boss, que vestía sobre un chándal Jordan gris, y sacó un fajo de billetes. Le tendió diez de cincuenta euros a Momo y este le dio las gracias. Con aquello no alcanzaba para el ordenador al que le tenía echado el ojo, pero servía para otras muchas cosas. Y, aunque le jodía que Karim fuera un puto rácano, aún le estaba muy agradecido.

–De puta madre, tío. Muchas gracias –fue la respuesta de Momo.

–La próxima vez no la cagues, cabrón.

Karim consultó su reloj de pulsera, un peluco dorado enorme, a juego con su voluminoso cuerpo, y dijo:

–Acércame al bar de Hicham.

Eso estaba a tiro de piedra de allí, en el Gornal, a menos de cinco minutos a pie, pero Karim no era mucho de caminar. Y como su BMW seguía aparcado en Bellvitge y, por lo que Karim había comentado, allí se quedaría, Momo no tuvo más remedio que llevarlo. Al llegar, el jefe bajó del Scenic, no sin antes recordarle que se deshiciera del smartphone.

Momo volvió a asentir y, justo cuando se disponía a largarse de allí, advirtió que una mujer musulmana llamaba la atención de Karim desde el parque situado en la acera contraria. Estaba de pie, medio oculta por los arbustos y parecía nerviosa. No llevaba velo y su vestimenta era demasiado formal para su edad. Momo no la había visto en su vida. Desde luego, no era del tipo de mujeres que atraían a Karim.

La conversación fue breve. Ella dijo algo, él se acercó más a ella, como si no hubiera entendido bien, y ella se echó para atrás. Respondió a lo que le preguntaba Karim, volvió a retroceder y fue entonces cuando su jefe se volvió con el rostro desencajado. O, más bien, con cara de estar hasta los cojones de todo. Se llevó una mano al vientre, como si sintiera un flato repentino, y alzó la mirada hasta cruzarla con la de Momo.

Tras consultar su reloj, Karim caminó de regreso al Renault Scenic. Para entonces, la mujer ya había desaparecido. Entró en el vehículo y dijo:

–Llévame al parque que hay al lado de los juzgados.

Momo dudó.

–¿Qué parque? ¿El de los pollos a l'ast de puta madre?

–El de los pollos a l'ast de puta madre.

Karim había repetido la frase con un tono seco y cortante. No estaba para hostias. Aun así, Momo soltó:

–Jefe, perdona… ¿De qué va esto?

–Esto va de que te callas la puta boca y conduces. ¿Desde cuándo tengo yo que darte explicaciones a ti de lo que hago o dejo de hacer?

Momo tragó saliva. No. El jefe no estaba para hostias.

41

Silvia tardó poco más de media hora en llegar a la comisaría de Rubí. Nada más acceder al edificio, le mostró su credencial al mosso del servicio de puerta, se identificó como agente de la UTI Metrosur y dijo:

–Vengo por el detenido que tenemos en vuestro calabozo.

El mosso asintió como si le pareciera la cosa más normal del mundo y pulsó un botón. Se oyó un zumbido y la puerta que daba acceso a las entrañas de la comisaría cedió.

Su objetivo aquella tarde era pasar lo más desapercibida posible. Actuando como lo haría en circunstancias normales, se dirigió al despacho del jefe de la Oficina de Atención al Ciudadano, responsable de la coordinación de atestados policiales, pero no encontró a nadie.

Se topó con uno de los agentes que estaban tomando denuncias, de vuelta de la impresora con una declaración que acababa de redactar, y le preguntó por el jefe de la OAC.

El agente consultó su reloj y dijo:

–Ese se larga a las cinco y media como un clavo, y ya pasa un cuarto de hora. Hasta mañana no lo encontrarás.

–Vengo de la UTI Metrosur. Solo quería hacerle un par de preguntas a un detenido que tenemos aquí.

El agente se encogió de hombros y dijo:

–Pues baja y házselas. Nadie te lo va a impedir.

Y, tras sacar un bolígrafo del bolsillo delantero de la camisa y reordenar el fajo de folios que sostenía, desapareció.

Silvia se sintió aliviada. Tenía vía libre.

Bajó por las escaleras interiores y llegó hasta una sala cerrada de pequeñas dimensiones. Silvia depositó la pistola en la segunda de las cajas fuertes que había junto a la puerta –estaba completamente prohibido acceder allí armado– y pulsó el botón de la pared para solicitar al agente de puerta que le diera acceso al área de custodia. De nuevo un zumbido y la puerta se abrió. La recibió aquel olor tan característico, revoltijo de sudor, pies descalzos, sobaco rancio, orina y desinfectante.

Silvia cerró la puerta tras de sí y saludó a la mossa que aquella tarde ejercía las funciones de agente de custodia, que correspondió a su saludo levantándose de golpe y poniéndose muy tiesa.

Era una chica joven y menuda, con el pelo rubio recogido en una coleta. Silvia echó un vistazo a su número de identificación y observó que era muy elevado. Debía estar en prácticas. Eso era bueno. Algunos solían hacer muchas preguntas, pero, por lo general, no acostumbraban a meterse en asuntos ajenos, especialmente si el visitante pertenecía a algún grupo de investigación, por miedo a quedar en evidencia. A Silvia también le había sucedido diecisiete años atrás; no dejaba de preguntarse si estaría a la altura de las circunstancias, si daría la talla. La Silvia de ahora podría darle un par de consejos a la Silvia de antaño que sin duda le serían de gran utilidad.

–Vengo de la UTI Metrosur –informó. Llevaba a la vista su credencial; nada más identificarse al agente de puerta, se la había colgado del cuello usando una cadena plateada–. Vengo a hablar un momento con Álvaro Estrada, el detenido de esta mañana en Valldoreix.

–Ah, sí. Por supuesto –respondió muy dispuesta la mossa de custodia, mientras rebuscaba la llave en una caja de cartón–. Está en la tres… –Miró a Silvia un segundo, como si quisiera formular alguna pregunta, titubeó y finalmente permaneció callada. Unos segundos más tarde, sin embargo, se envalentonó–: Oye, una cosa. En el aplicativo pone que está detenido por homicidio… ¿Iba borracho y ha atropellado a alguien? ¿O qué es lo que ha hecho? Lo pregunto porque parece que no haya roto nunca un plato. Un abuelo bien vestido. De lo más educado que me he encontrado en este calabozo… Si no me puedes contar nada, no hay problema. Entiendo que hay cosas de las que no puedes hablar…

–No, tranquila Pero no te confíes. Las apariencias engañan. A este se le acusa de haber asfixiado a un tío hasta matarlo. –La mossa de custodia abrió los ojos como platos–. Bueno, tampoco es tan malo. Al fin y al cabo, la víctima era un abogado. Quizá hasta lo consideren atenuante.

En un primer momento, la agente en prácticas no supo cómo tomarse las palabras de Silvia. Solo al verla sonreír fue consciente de la broma y soltó una carcajada. A continuación, la agente añadió:

–O hasta eximente…

–Sí. No descarto que lo propongan para una felicitación en la próxima fiesta de las Esquadres.

El ambiente se distendió de golpe. La agente le contó que había cuatro detenidos en total, tres hombres y una mujer, y que la cosa estaba tranquila. Por último, preguntó:

–¿Quieres que lo saque y te lo lleve a un locutorio?

Silvia no tenía intención de hacer durar mucho aquel encuentro. Estaba allí tan solo para calmar su conciencia con y para su prima. Estaba convencida de que, en cuanto Estrada abriera la boca para decir lo que fuera, sabría sin ningún género de duda que era culpable.

–No hace falta –respondió Silvia–. Hablaremos a través de los barrotes. La cosa va a ser corta.

–Como quieras… Está en la tres; entrando a la derecha. Está separado de los otros. Podréis hablar tranquilos. Cualquier cosa, me pegas un grito o haces un gesto a la cámara.

–Gracias.

Nada más cruzar la puerta de la zona de calabozos, el olor se intensificó.

Avanzó por la hilera de celdas hasta llegar a la numero tres.

42

En la plaza Milagros Consarnau, Joel Caballero ocupaba el banco más alejado de la zona destinada a los partidillos de fútbol entre chavales; estos, básicamente, corrían en manada detrás de la pelota y la chutaban sin ton ni son, poniendo en riesgo la integridad física de los que estaban a su alrededor. Y Joel ya estaba más que escarmentado. Además, desde aquella posición, aunque estaba algo alejado, podía observar sin problema a su hijo Eric, que jugaba en uno de los dos parques infantiles con varios amigos de clase.

Consultó su reloj. Pasaban pocos minutos de las seis de la tarde, y pronto oscurecería. Le daría a su hijo quince minutos más y entonces se marcharían a casa, a pesar de los quejidos y las súplicas.

Apartó la mirada del parque infantil para echar un vistazo a su alrededor y, a lo lejos, en uno de los extremos de la plaza que daba a la avenida Carrilet, advirtió la presencia de un tipo con una constitución muy similar a la de Karim Hassani. No cabía ninguna duda de que estaba obsesionándose con el caso. Aquel hombre, tan voluminoso como Karim y con la cabeza igual de afeitada, morena y redondeada, se acercaba a paso tranquilo, con los brazos extendidos a ambos lados del cuerpo y las piernas muy separadas. Vestía un chaleco tipo plumas de color azul marino, sudadera gris y pantalón de chándal a juego, calcetines blancos inmaculados y chanclas de piscina negras. Sobre el pecho, cruzada, una riñonera rectangular.

Chanclas y calcetines. Joel no pudo evitar sonreír y mover la cabeza con resignación. Chanclas y calcetines. Tiempo atrás, aquel look había supuesto el estandarte de los catetos; sin embargo, ahora no. Ahora era la bomba, y lo vestían deportistas y cantantes de éxito.

Afinó la vista para fijarse en el rostro de aquel mazas tan a la moda, y entonces advirtió que el tipo no es que se pareciese a Karim: ¡es que era él! Se encontraba a unos escasos veinte metros de distancia, con la mirada clavada en Joel, y sí, se dirigía a su banco. Todo el cuerpo de Joel se envaró, sin tiempo de reacción.

Karim se sentó a su lado, todo lo grande que era. Las lamas de madera crujieron bajo su peso y, por un momento, Joel temió que el banco se inclinara hacia el lado del marroquí. No obstante, el asiento permaneció inmóvil. Ambos se quedaron en silencio, con la mirada al frente. Entre ellos, a modo de barrera absurda, la mochila de Harry Potter de Eric.

El marroquí fue el primero en hablar. Movió la cabeza sutilmente hacia el policía y dijo:

–Estoy aquí para hablar contigo.

Joel continuó en silencio, como si no hubiera oído nada. Tenía la mirada fija en su hijo, que ahora los observaba, a Karim y a él, sorprendido de que su padre se juntara con alguien en el parque. Más allá, a lo lejos, en la terraza de un restaurante gallego regentado por paquistaníes, todos aquellos padres con los que Joel prefería no mezclarse ni intercambiar conversaciones superficiales también los observaban con curiosidad. Cerró los ojos un instante, tomó aire y se volvió hacia Karim.

–Tú y yo no tenemos nada de qué hablar, así que lárgate.

–Mal empezamos. Y eso que todavía no has escuchado nada. Pero tranquilo, que seré breve. A mí tampoco me conviene que me vean con un poli. Da mala fama.

Su tono era pausado, incluso paciente. Joel había escuchado a aquel tipo hablar muchas veces por teléfono, y sabía cuántos registros podía utilizar. Ahora estaba usando uno bastante cordial, rematadamente diferente del que empleaba con sus machacas cuando alguno de ellos metía la gamba.

Utilizar a la traductora para remover el avispero había dado resultado, de eso no había duda. Pero con lo que Joel no había contado era que la avispa madre y fundadora del nido decidiera ir a por él. Desvió la mirada hacia Eric y sintió un fuerte alivio al descubrir que el chico había vuelto a jugar con sus amigos, riendo y corriendo entre los columpios, sin interés por la conversación que su padre mantenía con un tipo clavadito a Hulk. Había que poner fin a aquel encuentro cuanto antes. No quería ni imaginarse la cara de la sargento cuando le confesara que acababa de mantener una conversación con el principal investigado del caso.

Joel hizo el amago de ponerse en pie cuando Karim dijo:

–Estoy aquí porque Omar Larbi te reconoció el otro día.

–¿Que me reconoció? ¿Cuándo? ¿En Zona Franca?

Karim asintió.

–Qué me va a reconocer, si estaba más muerto que vivo....

–Pues te reconoció.

–Si con eso te refieres a que ya lo había detenido antes, te diré que se confunde. No lo había investigado en mi vida.

–No me estás entendiendo... Digo que te reconoció, pero no por eso. Él sabe quién eres... Me refiero a quién eres en realidad. A lo que haces. Te ha visto con sus propios ojos.

Joel sintió un escalofrío al oír aquello.

–No lo sé por boca de Larbi –añadió Karim–, sino más bien por boca de su abogado, que hace de intermediario entre ambos. Pero vamos, puedo dar por hecho que la información es buena, y tú también puedes, desde luego.

Karim aprovechó el silencio atónito de su interlocutor para alargar una de sus manazas y posarla sobre su antebrazo. Y le dijo:

–Solo una cosa: ¿conoces a un tío de Camps Blancs al que apodan el Caballo?

Joel se detuvo. ¿Quién no conocía al Caballo? Los delincuentes, por supuesto, y los policías también, especialmente los del Grupo de Salud Pública de Sant Boi, el anterior destino de Joel. Ahora comenzaba a entender de dónde venía su información.

Karim continuó:

–Por lo visto, cierto día el Caballo tenía que reunirse con un poli de la secreta de Sant Boi con el que había apañado la compra de un alijo de marihuana requisado, y le pidió a Larbi que lo acompañara.

–Pues yo no soy ese mosso que le vendió la hierba.

–Eso ya lo sé. Se trata de un cabo calvo, con orejas de soplillo. Bastante feo el cabrón. Sabrás de quién te hablo, ¿no?

Joel permaneció callado.

–Está bien, como quieras... El caso es que, aquella tarde, tú también estabas allí. Dentro del coche. Mi amigo te reconoció. Te tenía visto de aquí, del barrio. –Alzó ambas manos para señalar a su alrededor–. Él vive a un par de calles de aquí, con su parienta. Pero bueno, eso ya lo sabías tú, ¿no? Y no tenía ni idea de que eras poli, hasta que te vio en aquel coche de paisano. Y no solo se enteró de que eras poli, sino de qué pie cojeas.

Definitivamente, Joel jamás lograría quitarse aquella historia de encima.

–Está claro lo que pretendes –dijo Joel–, pero no te va a servir para nada. Así que deja de hacer el ridículo, cierra la puta boca y lárgate por donde has venido si no quieres acabar detenido. Aquí y ahora. Y te juro por Dios que lo haré.

El marroquí hizo oídos sordos al aviso y continuó:

–Según dijo Larbi, a menudo te veía sentado aquí, en el parque, como si tuvieras un crío o una cría... –Karim echó un vistazo a los niños que jugaban en el castillo de cuerdas y señaló a Eric–. Es el rubito ese, ¿no? Sí, apuesto a que sí. Sois clavaditos. ¿Cómo se llama?

Aquello encendió a Joel. A punto estuvo de abalanzarse encima de él, pero logró contenerse; el grupito de padres continuaba con la mirada clavada en ellos dos.

–A mi hijo ni lo nombres –le advirtió, apuntándolo con un dedo.

Karim, sin embargo, ignoró la amenaza.

–Seguro que piensa que su papá es un tío guay por ser poli, ¿eh? Un héroe. ¿Qué le parecería saber que su padre es un corrupto? Menudo ejemplo, ¿no?

–Vete a la mierda, cabrón. No me hables de dar ejemplo, porque si hay un padre de mierda por aquí, ese eres tú... Dime: ¿qué le cuentas a tus hijos cuando preguntan cómo te ganas la vida, eh? ¿Les dices la verdad?

–Mis hijos solo necesitan saber que lo que hago, lo hago por ellos.

–Y cuando tienen que ir de vista a la cárcel para verte, ¿también les dices que lo haces por ellos? Venga, cuéntame otro cuento... De ti esperaba que fueras más sincero, que tuvieses cojones de reconocer que haces lo que haces por simple comodidad, porque te sale a cuenta, porque te va la vida fácil, pero ya veo que no...

El rostro de Karim se ensombreció. Y, ciertamente, intimidaba. Esta vez fue él quien apuntó con un dedo a Joel.

–No tienes ni puta idea de lo que ha sido mi vida.

Y eso era cierto. Sin duda, Joel había tenido una infancia y una juventud mucho más plácidas que las de Karim, marcadas por un aspecto determinante: la violencia. Muchos compañeros de Joel creían que a los que eran como Karim les gustaba la violencia y, sobre todo, les gustaba ejercerla contra los demás y lo hacían siempre que podían. Lo que no entendían era que los que eran como Karim se habían criado en un mundo en el que la violencia suponía el pan de cada día, de tal modo que para ellos era tan habitual como el mismo aire que respiraban. No es que recurrieran a la violencia porque disfrutaran con ella, ni siquiera se lo planteaban; recurrían a ella porque estaban habituados a utilizarla en sus relaciones con las demás personas, y resultaba tan útil o más que las palabras.

Karim prosiguió:

–Necesito estar en la calle para cuidar de mi gente. Solo de pensar en estar encerrado, te juro que soy capaz de todo... Así que te lo advierto: Móntatelo como sea, pero quiero que dejéis de investigarme. El hachís ni lo vais a oler, y con respecto a lo otro, yo no pinto nada.

–Entiendo que «lo otro» es el asesinato de Carrillo, ¿no?

Karim asintió.

–Yo no he tenido nada que ver con eso, que se te meta bien en la puta cabeza. A ti y al resto de perros que trabajan contigo. ¡Nada! No pienso pagar por un fiambre que no es mío, joder...

De manera inconsciente, Karim se llevó una mano a la boca del estómago. Aquel gesto no pasó inadvertido a Joel, que dijo:

–Por mí os podéis ir a la mierda, tú y tus advertencias. Puede que nunca te pillemos, o que lo hagamos y salgas en libertad mucho antes de lo previsto. Eso forma parte del juego, por mucho que me joda. Pero ¿sabes cuál es mi consuelo? Que tarde o temprano esa mierda que te carcome por dentro acabará llevándote a la tumba.

Lo había observado en algunos seguimientos dándole profundos tragos a un bote de jarabe antiácido, igual que había visto a su padre en el pasado, consumido por el estrés y los nervios del trabajo.

Karim se puso en pie:

–Si me encerráis, jodéis a mi gente. Y si jodéis a mi gente, iré a por los vuestros. Tú el primero. Si te la pela perder tu trabajo, hay otras formas de joderte vivo.

Joel se levantó del banco y se plantó ante el marroquí. Era más alto que Karim, pero este le doblaba en anchura y musculatura.

–Supongo que te sientes confiado. Así, grande y fuerte. Con esos brazos. Y esos puños como mazas. Pero ¿sabes lo que me gusta de los tipos grandes como tú? Que tenéis más sitio donde golpear. Y no solo eso. Que cuando caéis al suelo, y te aseguro que sé cómo haceros caer al suelo, sois como putos troncos. Incapaces de levantaros. Así que más vale que no me amenaces, porque igual que yo no tengo ni puta idea de lo que ha sido tu vida, tú tampoco tienes ni puta idea de la mía.

–Entonces, ya se verá –dijo Karim.

Y se alejó por donde había venido.

Joel no se sentó en el banco. Permaneció de pie, hasta que el marroquí desapareció por avenida Carrilet, y se obligó a respirar hondo para calmarse.

Decidió llamar a Eric y marcharse a casa. Ya había dado bastante el espectáculo por aquella tarde. El crío llegó a toda prisa, algo insólito en él. Y preguntó:

–Papá, ¿quién era el hombre ese? ¿Un villano?

–Digamos que sí –respondió Joel, mientras abandonaban el parque–. Uno de los peores.

–Pues estaba fuerte.

–Sí, bastante.

–Más que tú.

–Ya...

–Menos mal que los policías lleváis pistola.

43

Estrada estaba sentado en el borde del banco de hormigón, con la mirada clavada en el suelo y las manos entorno a su cabeza. La poca luz que entraba en la celda provenía del pasillo, de modo que permanecía entre penumbras.

Silvia se acercó a los barrotes de la puerta y el hombre alzó la vista al percibir su presencia.

–¿Sabes quién soy? –preguntó Silvia.

Estrada retiró una mano de su rostro y después la otra. Por un momento pareció que sonreía, pero tan solo era una mueca de sorpresa. En comparación con las imágenes de la cámara de seguridad, se le veía muy desmejorado, como si hubiera envejecido veinte años de golpe. Su característico cabello blanco estaba despeinado, y su ropa cara lucía desaliñada, con arrugas y manchas de rozadura. Tan solo sus mocasines presentaban un brillo que destacaba por encima de todo lo que le rodeaba.

El silenció la impacientó.

–No te lo volveré a preguntar –advirtió Silvia–: ¿Sabes quién soy?

Esta vez, el hombre asintió.

–Sí. Gracias por venir.

Aquello enfureció a Silvia, más si cabe.

–Esperabas mi visita, ¿no?

Estrada asintió.

–¿Le pediste a Alicia que me llamara?

–No.

–Pero sabías que lo haría.

–Sí.

–Eres un puto manipulador…

–Por favor, necesito tu ayuda.

–No. Lo que necesitas es un milagro. Y no creo que haya milagros para los asesinos.

–Estás siendo injusta conmigo.

–¿Injusta? ¿Quieres que hablemos con tus víctimas? Has estafado millones. Has arruinado a mucha gente.

–Pero no he matado a nadie.

–Eso dices tú.

Por primera vez, Estrada se mostró tosco e impaciente.

–Sí, eso digo yo.

–Y ¿qué hay del tipo aquel de Alicante? Al que engañaste para que invirtiera en un complejo de apartamentos que jamás se construyó y en el que perdió todo su dinero y el de sus familiares... ¿Sabes de quién te hablo? El que apareció colgado de un puente...

El rostro de Estrada se había ido ensombreciendo poco a poco.

–No soy ningún santo. Lo reconozco. Pero no tengo nada que ver con la muerte de Carrillo. Te lo juro. Y necesito que me ayudes. Quiero contarte lo que pasó...

Silvia negó enérgicamente con la cabeza.

–Lo que necesitas es un buen abogado. Y callar. No digas nada. Es lo mejor que puedes hacer. Cerrar el pico y dejar que tu abogado se encargue de todo..., aunque lo tendrá difícil. Adiós.

Dio media vuelta y, justo cuando se disponía a alejarse, Estrada gritó a su espalda:

–¡Pero es que nosotros no lo asfixiamos! ¡Eso es una locura! Cayó de espaldas y se golpeó en la cabeza, eso te lo reconozco, pero de lo demás no sé nada. Por Dios Santo...

Silvia se volvió, decidida a seguirle la corriente y ver hasta dónde estaba dispuesto a llegar.

–¿Quieres que escuche tu versión? Está bien, la escucharé. Pero que quede claro que no lo hago por ti, sino por Alicia. Y a la primera mentira me largo de aquí.

–Me parece justo.

–Una sola mentira y ya puedes olvidarme.

–Sin mentiras.

Silvia inspiró hondo para cargarse de paciencia. Finalmente, formuló su primera pregunta:

–¿Qué hacías allí la noche del martes?

–Tenía una operación en marcha con Carrillo.

–Vamos, que lo estabais estafando.

–Llámalo así, si prefieres.

–No, llamo a las cosas por su nombre. ¿En qué consistía la estafa?

–La mujer de Carrillo se había encaprichado con un chalet en la Cerdanya, a pie de pistas, propiedad de una conocida mía. Yo, junto a mi socio, actuaba de intermediario en la compra de la casa, valorada en un millón cuatrocientos mil euros. Pero rebajamos el precio porque, en el momento de la firma del contrato de arras, el abogado iba a pagar trescientos mil euros en B. –Hizo una pausa y, a modo de aclaración, añadió–: Para tu información, el abogado está... estaba hasta las cejas de dinero negro.

–Ya. Sigue.

–El martes quedamos para comer y, más tarde, firmamos el contrato de arras. Nos dio el dinero en un maletín y se fue tan contento... hasta que, horas más tarde, llamó diciendo que sabía quién era yo y a lo que me dedicaba, y que iba a denunciarnos a menos que le devolviéramos el dinero. Para que viera que actuábamos de buena fe y que se trataba de un negocio legítimo, nos presentamos en su despacho con el maletín para tranquilizarlo, pero no atendía a razones. En un momento dado, se abalanzó sobre mí para arrebatarme el maletín, forcejeamos una primera vez y conseguí que no me lo quitara gracias a que mi socio me ayudó, agarrando a Carrillo por la cintura. Entonces Carrillo cogió un abrecartas de encima del escritorio y amenazó a mi socio con clavárselo. Y te juro que pensaba que iba a hacerlo... Estiré una mano para impedirlo, aferrando la hoja del abrecartas, y conseguí hacerme con él. –Alzó la mano derecha para mostrarle a Silvia unas heridas superficiales de cortes en la palma. Tras unos segundos, continuó–: Me deshice del abrecartas y volví a sujetar el maletín con todas mis fuerzas, porque Carrillo trataba de arrebatármelo de nuevo... Y ahí fue cuando lo empujé para quitármelo de encima. Él tropezó de espaldas contra una de las butacas y cayó en una mala postura, golpeándose la cabeza contra una mesita de cristal. –Guardó silencio. Había estado representando la pelea con gran intensidad en el interior de la celda–. Me agaché sobre él; había perdido el conocimiento, sangraba un poco por la herida que se había hecho en la cabeza, pero respiraba y tenía pulso. Salimos de allí a toda prisa, sin mirar atrás... Y eso fue todo.

Menuda película. Silvia enarcó las cejas y preguntó:

–¿Quién es tu socio?

Tras una pausa, Estrada dio su nombre.

–Se llama Manuel Solís. Lleva conmigo unos tres años.

–¿Está fichado?

–Sí.

–¿También por estafas?

–No. Antes se dedicaba a asuntos menos elaborados.

–Vamos, que le estás enseñando el oficio, ¿no?

Estrada asintió.

–Qué tierno... –Silvia sabía que todo buen estafador necesitaba una mano derecha que, cuando no hubiera más remedio, se expusiera por él–. He visto las imágenes de la cámara de seguridad del edificio. Y cuando bajáis al hall después de abandonar la oficina de Carrillo, no llegáis los dos a la vez. Primero lo haces tú y, pasado un rato, Manuel. ¿A qué se debe?

–Mientras corríamos escaleras abajo, Manuel se acordó de que la copia del contrato de arras se había quedado sobre la mesa de su despacho. Siempre vigilamos de no tocar nada, pero nuestras huellas estaban en esos papeles. Subió a toda prisa para recuperarlos. Fue cuestión de segundos.

–Ya..., pero pongamos que dices la verdad, que tú no estabas presente cuando asfixiaron a Carrillo... ¿Podría ser él quien lo hubiera hecho? Tiempo tuvo.

Estrada negó con la cabeza de un modo rotundo.

–Imposible. Me lo habría dicho. Además, apenas tardó unos segundos más que yo en bajar. Debió ser cuestión de entrar y salir del despacho.

–Muy seguro te veo.

–Estoy convencido.

–Pues tu amigo sigue desaparecido, y, de momento, tú eres el único que se va a comer el marrón.

–Pero los dos somos inocentes. Tienes que creerme.

–Dejemos a un lado lo que tengo o no tengo que creer. Te conviene, hazme caso.

–Durante las negociaciones, intimamos bastante con Carrillo. –Estrada no pudo evitar una mueca burlona y añadió–: Me lo trabajé bien. Era un hueso duro de roer, muy seguro de sí mismo, y listo. Muy listo. Otro zorro, como yo... –Silvia era consciente de que los estafadores como aquel, más allá de la obtención de su botín, disfrutaban con la elaboración del engaño, doblegando a sus víctimas. Disfrutaban marcándose retos y superándolos–. El mismo día que firmamos las arras, nos confesó que había recibido en su casa la visita de unos clientes. Unos atracadores de traficantes marroquíes que no habían quedado satisfechos con la defensa de uno de los de su banda, y que lo habían amenazado de muerte si no les devolvía cierta cantidad de dinero.

Al oír aquello, Silvia se contuvo. No quería darle alas a Estrada. A ojos de todos, tanto él como su socio, Manuel Solís, todavía eran los principales sospechosos.

–El caso es que, después de la última señal que se tiene de Carrillo con vida, vosotros sois los últimos que se ve por imágenes que entráis en aquel edificio.

–Y, aun así, no me lo explico –dijo Álvaro. Y se dejó caer de nuevo sobre el catre de hormigón.

–Dices que Carrillo sangraba un poco por la herida... Pero eso no concuerda con toda la sangre que se encontró en el lugar.

Estrada se mostró contrariado.

–Se hizo una brecha en la cabeza, sí, y quizá «un poco» no sea la palabra adecuada para definir cuánto sangraba... Pero era imposible que muriera de eso. Completamente imposible... –Y añadió–: ¿Han encontrado restos de sangre en el traje?

Silvia no respondió. Pensaba presionarlo con eso, ver si su versión contradecía las pruebas encontradas hasta el momento. Estrada, sin embargo, tomó su silencio como una respuesta afirmativa.

–Ya me lo temía –dijo el hombre–. Cuando cayó al suelo y vi que perdía el conocimiento, me eché sobre él para asegurarme de que respiraba. La corbata colgaba al lado de su cabeza y se manchó con la sangre que había manado de la herida. Solo la corbata... Pero supongo que, durante la huida, salpicó el traje. Lo cierto es que aquella noche no vi ninguna mancha. Tendría que haber lavado el traje, de todos modos... O quemarlo. En la corbata que se llevaron de mi casa, seguro que no encuentran nada.

–¿Por qué?

–Pues porque cogieron la que no era. No los culpo, porque ya no existe. En cuanto llegamos del despacho, le pedí a Marisa que la quemara. Y así lo hizo.

–¿Qué sabe Marisa de todo esto?

–Nada. Absolutamente nada. Aquella noche hizo preguntas, y respondimos con evasivas. Tampoco pensábamos que fuera para tanto. Contábamos con que Carrillo nos denunciaría por estafa, por robo con violencia, por lo que fuera, pero no contábamos con su muerte. Porque no somos unos asesinos.

–¿Dónde puedo encontrar a Manuel Solís? –preguntó Silvia.

De nuevo reticencias. Aunque la respuesta llegó.

–Desde que nos instalamos aquí, Manuel ha estado viviendo en un piso de alquiler en Les Corts. En la calle Galileo. Aunque tengo mis dudas de que siga allí. Puedes hablar con Marisa; dile quién eres, y que yo te he dicho que vayas a verla. Quizá Manuel se haya puesto en contacto con ella.

–¿Qué coche conduce?

–Últimamente, un Lexus blanco de alquiler. Cada mes cambiamos, esa es nuestra rutina. Los alquilamos en el aeropuerto, alternando entre las diferentes compañías.

–Por simple curiosidad, ¿en qué consistía la estafa? ¿Existe realmente ese chalet de la Cerdanya?

Estrada se encogió de hombros, como si aquello fuera algo simple y, hasta cierto punto, carente de importancia.

–El chalet existe, por supuesto. El mismo Carrillo y su mujer lo visitaron.

–Pero en realidad no puedes venderlo, ¿no?

–Técnicamente, sí. Verás: en un local de copas de Barcelona, buscando clientes para mis... operaciones, conocí a una mujer que vivía en la zona alta, hasta arriba de deudas. Me ofrecí a ayudarla, al saber que tenía ciertas propiedades de las que no quería desprenderse, y llegamos al acuerdo de que yo le prestaba cien mil euros, a devolver en un año, a cambio de que ella concediera a un conocido mío poderes notariales de compraventa de un par de esas propiedades, entre las que se encontraba el chalet de la Cerdanya.

–Y ese «conocido tuyo» es un testaferro, ¿no?

–Puedes llamarlo así, si quieres...

–Y la mujer fue al notario y firmó esos papeles, sin más.

–Sí, claro. Estaba tan desesperada que habría firmado lo que fuera. Y huelga decir que yo le aseguré que aquello no era más que una manera de asegurarme la devolución del préstamo, que jamás utilizaríamos dichos poderes notariales para vender la finca, aunque claro...

–¿Además de estafador, usurero?

–Por favor, yo solo quería los poderes para llegar a clientes como Carrillo, nada más. Y Carrillo resultó un cliente ideal, con todo su dinero sin declarar.

–¿Había realmente trescientos mil euros en ese maletín cuando fuiste a verlo a su despacho la otra noche?

–Lo importante no es si el dinero estaba en el maletín, sino el hecho de que él creyera que sí lo estaba. Confiaba con poder calmarlo. Convencerlo de que no había nada que ocultar, de que el negocio seguía adelante.

–Y también confiabas en sacarle mucho más de ese dinero negro que tenía, no.

–No te diré que no.

–Pues ya ves adónde te ha llevado eso.

Hubo un silencio prolongado. La conversación había llegado a su fin.

–Sigo creyendo que eres culpable –dijo Silvia.

–Lo sé –respondió Estrada–. Pero también sé que no vas a dejar las cosas así. De lo poco que recuerdo de ti, de cuando eras pequeña, es de lo muy testaruda que podías llegar a ser... No te lo tomes a mal; lo digo para bien... Y sé que ahora hay algo que no te cuadra; lo puedo ver en tu mirada. Solo espero que intentes averiguar qué es y me ayudes así a salir de esta.

Silvia salió de allí sin despedirse. En apariencia, Estrada había respondido a todas sus preguntas sin esconderse. Y, sin embargo, se marchaba con la sensación de no haber oído más que mentiras... aunque no podía demostrar ni una sola, porque todo concordaba con lo que sabía hasta el momento.

44

Omar Larbi despertó con un intenso dolor en el pecho. Los calmantes habían dejado de hacer efecto. Se volvió hacia la ventana fija de cristal reforzado y descubrió que ya era de noche.

Llevaba días así, desorientado, despertando y cayendo dormido de manera intermitente, aunque tenía muy claro dónde se encontraba. Lo habían ingresado en el Pabellón Penitenciario del Hospital de Terrassa, en una de las habitaciones de la zona destinada a reclusos masculinos; cuando mejorara, lo trasladarían a Brians de manera preventiva, hasta que el nuevo abogado diera con la tecla para sacarlo de allí. Mientras tanto, esperaba que la información que le había hecho llegar a Karim acerca de aquel mosso corrupto sirviese para algo.

Él, por su parte, había decidido tomárselo con calma. Pintaba que iba a chupar talego durante una buena temporada, de modo que no había prisa por abandonar aquel pabellón.

Para lo que sí corría prisa era para una nueva dosis de calmantes. Alargó la mano en busca del pulsador, con el fin de avisar a la enfermera de guardia, pero le resultó imposible alcanzarlo; se encontraba jodidamente lejos, en el extremo más alejado de la mesita lateral. ¿Cómo demonios había ido a parar ahí? Trató de desplazarse sobre las sábanas para llegar al condenado aparato, pero estaba tan destrozado por dentro que el menor movimiento le provocaba un sufrimiento horrible. Lo intentó una vez más y, resoplando por la nariz como un toro a punto de envestir, con los goterones de sudor resbalando por su frente, se vio obligado a desistir.

Desde luego, no iba a necesitar fingir mucho para que lo mantuviesen allí el mayor tiempo posible. Detestaba estar encerrado en prisión, ¿y quién no?, aunque debía reconocer que aquella era la única manera de ir al gimnasio con regularidad... En la calle le costaba horrores, cualquier excusa era buena para saltárselo. Carecía de la fuerza de voluntad y la constancia de Karim, que siempre encontraba un hueco para acudir al gimnasio, fuera la hora que fuera. Él, en cambio, iba de vez en cuando y confiaba con que los esteroides hicieran el resto, a pesar de que su amigo, que esteroides tomaba como el que más, decía que así no se hacían las cosas, y le recriminaba su vagancia, recordándole que tenía un cuerpo amorfo, con piernas de canario y pecho de gallo. Pero es que Larbi detestaba hacer ejercicios de piernas, incluso en prisión. Lo suyo era más el press de banca... Aunque, dadas sus lesiones, aún tardaría una buena temporadita en volver a levantar una barra bien cargada. Aquellos cuatro impactos de bala habían estado a punto de darle pasaporte.

De repente, una nueva punzada de dolor provocó que todo su cuerpo se estremeciera... Y no había manera de llegar al maldito pulsador, de modo que decidió ponerse a gritar.

–¡Eh! ¡Eeeeh! ¡¿Me oye alguien?! ¡¡¡Eo!!!

La puerta se abrió y un enfermero entró en la habitación, encendiendo la luz auxiliar desde el interruptor de la entrada.

–¿A qué viene tanto escándalo, colega? –dijo, cerrando la puerta a sus espaldas–. Vas a despertar a todo el mundo...

Larbi reconoció al enfermero; un español al que había visto antes, entre sus intermitentes despertares. Parecía un tío enrollado, de unos treinta y cinco o cuarenta años, y llevaba los brazos tatuados y un pendiente en la oreja derecha. Era de los pocos que actuaban con normalidad, como si aquello no fuera un maldito pabellón penitenciario.

–Necesito un calmante, tío. El dolor me está matando.

–Claro, amigo –respondió el enfermero. Consultó su reloj durante unos segundos y, sonriendo, agregó–: Precisamente tengo lo que necesitas.

Y a Larbi le pareció cojonudo. Porque otros enfermeros y enfermeras se ceñían a la pauta marcada por el doctor y, si aún no tocaba calmante, pues aparecían con un puñetero paracetamol que no servía para una mierda.

El enfermero se acercó a la cama por el lado derecho y el paciente se llevó una pequeña decepción; el gotero se encontraba al otro lado, por lo que dedujo que no le subministraría nada por vía intravenosa, sino que le daría una pastilla. Prefería lo primero ya que el efecto era mucho más rápido; sin embargo, no estaba en condiciones de ponerse quisquilloso cuando iba a hacerle un favor de aquel tipo.

El enfermero quitó el freno que inmovilizaba las ruedas de la cama y la desplazó ligeramente para separarla de la pared. Mientras hacía esto, se situó en el espacio intermedio y Larbi ladeó la cabeza, forzando la vista hacia atrás, para preguntarle qué cojones hacía... y fue entonces cuando sucedió.

La mano del enfermero, enfundada en un guante de vinilo azul, le cubrió la boca presionándola con fuerza, impidiéndole gritar. Con la otra mano, también enguantada, arrancó el catéter intravenoso que el marroquí tenía insertado en el empeine de la mano izquierda... Y Larbi no pudo más que abrir los ojos desorbitadamente ante aquella gruesa aguja de cuatro centímetros de largo.

45

Silvia todavía no tenía claro lo que estaba haciendo aquel sábado por la mañana. Iba al volante de su Seat Ibiza, camino de Valldoreix, dispuesta a perder un tiempo precioso de su fin de semana libre para hablar con Marisa, la pareja de Estrada. No confiaba con sacar nada claro de aquella conversación, pero sentía la necesidad de intentarlo. Incluso Saúl le había recomendado que fuera, consciente de lo mucho que le costaría a Silvia quitarse aquel asunto de la cabeza.

El chalet se hallaba en mitad de una calle repleta, a lado y lado, de fincas muy llamativas; no solo por sus grandes dimensiones y los jardines que las rodeaban, sino porque la mayoría de ellas habían sido en su origen construcciones de principios y mediados del siglo anterior, residencia de veraneo de gente acaudalada de Barcelona. Las habían restaurado con mimo, y conferían un aire histórico y señorial a la urbanización, muy diferente al efecto que producían en Gavà y Castelldefels los casoplones modernos y angulosos, todo ventanales y blancura.

Sin duda, Estrada ya debía estar echando de menos todo aquello, y más cuando ingresara en una celda de Brians. Las diligencias estaban prácticamente acabadas, a espera del informe definitivo de la autopsia, la declaración del detenido y poco más. Si no lo trasladaban desde la comisaría de Rubí a la de Esplugues aquella misma tarde, lo harían al día siguiente, directamente ante el juez de instrucción.

Estacionó su vehículo frente al muro de obra vista que rodeaba la finca, y se dirigió al acceso peatonal. La puerta metálica del exterior seguía forzada, resultado de la visita del Grupo Especial de

Intervención. Silvia entró a un jardín bastante descuidado en el que destacaba un camino de piedras planas que la conducía hasta la entrada principal de la casa. Buscó el timbre y lo pulsó.

Los segundos transcurrieron en silencio y nadie respondió desde el interior. Silvia insistió un par de veces más, rodeó la edificación hasta llegar a la zona de la piscina, por si la mujer estaba allí fuera y no oía el timbre, pero lo encontró todo cerrado a cal y canto. Dudó. Quizás se había marchado. Tenía su lógica, después de lo ocurrido los últimos días.

Regresó a la entrada principal, volvió a llamar al timbre y, ante la ausencia de respuesta, gritó con voz firme:

–Marisa. Si está ahí dentro, abra. Soy prima de Alicia Estrada. Me llamo Silvia.

Silencio.

Silvia comenzó a descender los escalones de la entrada cuando, esta vez sí, oyó el inconfundible sonido de una llave que giraba en una cerradura. La puerta se abrió a su espalda. No mucho, tan solo un par de centímetros. Silvia regreso a la entrada y observó la rendija. Era todo oscuridad. Una voz débil, de mujer, emergió del interior:

–¿Eres la mossa d'esquadra?

–Sí. ¿Le importa que entre?

–No es buen momento.

La puerta comenzó a cerrarse de nuevo. Silvia presionó con ambas manos para detenerla. Dijo:

–Ayer estuve hablando con Álvaro. Me pidió ayuda. Dice que es inocente de la muerte del abogado.

La mujer dejó de empujar la puerta. Se mantuvo callada durante unos segundos, hasta que preguntó:

–¿Y usted le cree?

–¿Quiere que le sea sincera? No… Pero hay cosas que no encajan, detalles que me hacen dudar. Me gustaría hacerle algunas preguntas. Y preferiría que no fuera a través de una puerta.

Esta vez, el silencio de la mujer se prolongó durante mucho más rato. Cuando Silvia creyó que rechazaría su proposición, oyó un débil «Pase» y observó como la puerta cedía hasta abrirse por completo. Para entonces, la mujer ya caminaba en dirección al salón, de espaldas a Silvia, cubierta por una bata de color azul cielo y con la cabeza gacha. Llevaba las manos sobre el estómago y renqueaba ligeramente de la pierna izquierda.

Silvia cerró la puerta de la vivienda y siguió a la mujer hasta el salón. Allí se sentó de lado en el sofá, ocultando parte de su rostro. Silvia ocupó una butaca situada a la derecha de la mujer. La escasa iluminación que había en el salón era luz natural que se filtraba a través de la tela de las cortinas echadas.

–Vuélvase, por favor –dijo Silvia–. No tenga miedo.

Con reticencias, la mujer le mostró todo su rostro a la mossa, y esta pudo ver lo que ocultaba. Y era brutal. Tenía el ojo izquierdo cerrado, completamente hinchado y amoratado. También tenía cortes en los pómulos y los labios, provocados sin duda por golpes.

Silvia se puso en pie.

–¿Me permite? –preguntó la mossa, señalando su cuello, cubierto por las solapas de la bata. Marisa asintió, resignada, y Silvia evaluó la piel de su cuello y observó marcas de manos en forma de collares de cardenales, fruto de una presión muy agresiva.

–¿Tiene más lesiones? –preguntó Silvia.

La mujer volvió a asentir. Las lágrimas resbalaban por sus mejillas, descontroladas.

–Creo que tengo algunas costillas rotas. También me duele mucho la rodilla izquierda; apenas puedo moverme... Y el estómago. Desde ayer orino sangre.

–¿Quién ha sido?

–Dos hombres. Magrebís. Vinieron ayer por la tarde haciéndose pasar por policías. En cuanto les abrí la puerta, comenzaron a golpearme.

–¿Qué querían?

La mujer permaneció callada. Vivía con un estafador. Incluso ella podía ser una estafadora profesional. Y esos no bajaban la guardia, ni en las situaciones más jodidas.

–Marisa, todo lo que me diga quedará aquí. Entre nosotras. Yo no tendría que estar aquí. Me la estoy jugando.

Silencio.

–Se lo pondré fácil, ¿de acuerdo? –Silvia se acercó un poco más a la mujer–. Lo que le ha pasado… ¿tiene que ver con el dinero negro que entregó Carrillo al firmar el contrato de arras?

Marisa levantó la mirada, sorprendida.

–Ya le he dicho que ayer estuve hablando con Álvaro.

–En el supuesto de que existiese ese dinero…, le respondería que sí, podría ser.

–¿Cuánto había?

–En el caso de que existiera de verdad, creo que unos doscientos mil. Quizá algo más.

Un buen golpe, desde luego. Ahora quedaba averiguar quién se lo había llevado, aunque tenía esperanzas de acertar.

–Vamos a dejarnos de situaciones hipotéticas y de historias, ¿vale? ¿Cómo eran los magrebís? –preguntó Silvia, mientras buscaba en su móvil las fotografías de Karim y sus hombres.

–No quiero denunciar a nadie.

–Y yo no he dicho que tenga que hacerlo. Eso es decisión suya. Tan solo le he pedido que los describa.

–Uno era grande y fuerte. Muy fuerte. Con los brazos muy hinchados. Cara de reptil. Daba miedo. –Silvia le mostró una foto de Karim y, bingo, Marisa asintió–. El otro era delgado y más joven. Tenía moratones en la cara, como si se hubiera peleado con alguien. No era muy espabilado.

Tras enseñarle una foto de Momo, Marisa respondió afirmativamente. Parecía sorprendida de lo rápido que los había identificado. Dijo:

–Son ellos los que están detrás de la muerte del abogado, ¿no? Usted sabe que Álvaro es inocente, ¿verdad? ¡Si es incapaz de hacerle daño a una mosca!

–¿Y Manuel?

–No…. Eso… Eso es imposible... Imposible.

Silvia decidió ir al grano:

–¿Qué sabe exactamente de lo que pasó el martes por la noche?

La mujer miró a su alrededor con gesto forzado, como si le costara recordar aquella noche.

–Según me contó Álvaro, alguien le había hablado a Carrillo acerca de su historial y quería que le devolviera su dinero. Pero Álvaro estaba convencido de que podía darle la vuelta a la situación, convencerlo de que no había nada que temer. Y conociéndolo, no me habría extrañado; le he visto sacarle cincuenta mil euros a un empresario después de que este se presentara en casa, cuchillo en mano, exigiendo que le devolviera todo lo que había invertido en una de sus operaciones. Y no solo no se lo devolvió, sino que además consiguió que siguiera invirtiendo.

–Si espera que aplauda, se va a llevar una gran decepción –dijo Silvia, conteniéndose–. Me asquea lo que hacen. Pero no estoy aquí por eso, estoy aquí por lo que sucedió el martes. ¿Qué explicó Álvaro cuando regresó a casa?

–Él y Manu llegaron muy nerviosos. Comencé a hacer preguntas, pero me respondieron con evasivas. Yo estaba muy asustada. Álvaro me había dado su corbata para que la quemara mientras ellos volvían a esconder el dinero. Estaba manchada de sangre...

–¿Cómo empezó todo? –la cortó Silvia.

–¿A qué se refiere?

–¿Cómo contactaron con Carrillo?

La mujer suspiró. Había dejado de llorar hacía rato.

–Por la casa de la Cerdanya. Teníamos información. Manu coincidió una temporada en la prisión de Zaragoza con el chófer de Carrillo... Sé que se llama Héctor, pero no recuerdo su apellido. Ayudó a fingir un encuentro casual. Álvaro tenía acceso a varias propiedades, una en la Cerdanya, y comenzó a trabajárselo...

–¿Se ha puesto Manuel Solís en contacto con usted?

–No –respondió Marisa, negando con la cabeza categóricamente–. Desde que se marchó el martes por la noche con su coche, no he vuelto a tener noticias de él. Y no me extraña, porque deben de estar todos buscándolo. No creo que venga por aquí, y mucho menos por el apartamento de Les Corts donde vive. Se quedó con cien mil euros de las arras; con eso tiene para pasar desapercibido una buena temporada.

Era imprescindible que Silvia informara al Grupo de Homicidios acerca de la identidad del socio de Estrada, aunque no tenía ni idea de cómo hacerlo sin buscarse un problema. Pero no podían arriesgarse a que Manuel Solís desapareciera para siempre. En cuanto saliese de allí, debía tomar una decisión al respecto.

Se puso en pie. Marisa intentó imitarla, pero la mossa se lo impidió presionando ligeramente uno de sus hombros.

–No hace falta que me acompañe. Descanse... Entiendo que no denuncie, pero le recomiendo que vaya a curarse. Esos magrebís se han ensañado con usted a gusto.

–Dígamelo a mí... Lo que no entiendo es cómo lo sabían todo acerca del dinero.

–¿A qué se refiere? –preguntó Silvia, intrigada.

–Pues a que sabían que era de Carrillo y que Álvaro lo había estafado... Bueno, eso decían ellos.

–¿Sabían incluso la cantidad?

–Sí, hasta eso sabían. Ya se lo digo. Menos dónde estaba escondido, lo sabían todo.

46

La noche anterior había sido especialmente larga para Karim. Y dolorosa.

Todo comenzó sobre las diez, durante una discusión con Jenni, quien le echó en cara lo poco que la sacaba de fiesta y lo poco que se gastaba en ella y con ella, a pesar del dineral que escondía en su apartamento.

Puede que tuviera algo de razón, pero lo cierto es que Karim no estaba para hostias aquella noche. Le ardía el estómago como nunca y le costaba quitarse de la cabeza la conversación que había mantenido con aquel puto mosso.

De repente, sonó el teléfono, el mismo que la policía tenía pinchado. Era Salima, la parienta de Omar Larbi.

En otras circunstancias, la habría ignorado, pero en aquella ocasión cualquier cosa era mejor que seguir escuchando la voz de Jenni taladrándole la oreja hasta quemarle el cerebro... De modo que decidió responder a Salima, pero valiéndose de otro teléfono; no quería que la policía escuchara la conversación. Usó un móvil de prepago recién estrenado y, en cuanto Salima contestó, lo hizo balbuceando sin sentido y gimiendo entre llantos y gritos. Tan solo lograba emitir unas pocas palabras comprensibles, aunque resultaba imposible darles contexto o coherencia, hasta que una de ellas fue «Omar».

–¿Le ha pasado algo a Omar? –preguntó Karim. Estaba tenso, sosteniendo el teléfono con fuerza contra su mejilla.

La respuesta de Salima fue incluso más incoherente que todo lo que había soltado hasta el momento.

Karim colgó y buscó el número de Juan Alberto Mayo, el abogado de su socio. Mientras escuchaba como el teléfono daba tono,

Jenni preguntó cuál era el problema. Karim la mandó callar con un aspaviento y se alejó unos metros, dándole la espalda. Un grito de rabia llegó hasta su oído libre; Jenni estaba como una moto. Por fin, el abogado descolgó. Antes siquiera de saludar, preguntó:

–¿Ya te has enterado?

–¿De qué?

Se produjo un silencio incómodo. Karim hasta creyó oír como la nuez del abogado subía y bajaba por su cuello tras tragar saliva.

–Lo siento –comenzó disculpándose. Ninguna noticia era buena cuando alguien se disculpaba previamente. Nunca–. Larbi ha muerto... Se ha suicidado.

Karim no se lo podía creer. Era imposible.

–¿Qué?

–Han llamado del Hospital Penitenciario. Hará un par de horas, más o menos. Se ha arrancado la vía intravenosa que le habían puesto y se ha destrozado el cuello con la aguja del catéter. Un enfermero ha intentado impedírselo, pero ya era tarde. Se ha reventado la carótida.

–¿Me estás hablando en serio?

–Eeeh... No bromearía con algo así. A mí también me ha sorprendido; la última vez que hablé con él parecía tranquilo... Lo siento, de veras.

Tras recibir aquella noticia, Karim colapsó. Un intenso pinchazo le aguijoneó el estómago desde las entrañas y le hizo doblarse sobre sí mismo. Comenzó a escupir sangre y cayó al suelo de rodillas, extenuado. El corazón parecía a punto de reventarle el pecho y echar a correr lejos, muy lejos.

Jenni reaccionó con celeridad. Telefoneó a emergencias y la ambulancia llegó a los pocos minutos. El problema vino cuando tocó subir a Karim a la camilla; los enfermeros necesitaron tres intentos y la ayuda de un vecino.

En un box de Urgencias del Hospital de Bellvitge lo estabilizaron y consiguieron dormir aquel dolor que parecía a punto de partirlo en dos. Le hicieron pruebas y le tomaron muestras. Y, a pesar de no haber olvidado la muerte de su amigo, los medicamentos que le habían suministrado lograron que se sintiera bien, tranquilo, como si nada importara. Ni lo bueno ni lo malo. Incluso durmió a ratos.

Ya era de mañana cuando una doctora descorrió la cortina, consultando el resultado de las pruebas que le habían realizado. Karim se encontraba solo, Jenni había salido a buscar un café y fumarse un cigarrillo; sus últimas palabras habían sido: «Esto comienza a no compensarme», cosa que no ayudaba a mejorar su humor de perros.

La doctora levantó la vista de los documentos, lo observó un instante y asintió, como si corroborara el diagnóstico que se había formulado en su mente. Era joven. Demasiado. Karim habría preferido a un hombre, y a poder ser, un hombre mayor. Le inspiraban más confianza.

–¿Se encuentra mejor? –preguntó la doctora.

Karim asintió.

–Pero necesito más calmantes –dijo–. Se me está pasando el efecto.

–Tendrás que aguantarte un poco. No queremos que también te enganches a eso, ¿no?

La doctora dejó a un lado la carpeta y comenzó a palparle el vientre.

–¿A qué se refiere con eso de que no me enganche? –preguntó Karim. Sonaba tenso y quejicoso; los dedos de la doctora estaban recorriendo la zona de mayor dolor.

–Acabo de ver tus analíticas. ¿Tomas analgésicos? ¿Y antinflamatorios?

–De vez en cuando.

–De vez en cuando no –lo contradijo la doctora, presionando sobre el punto más crítico–. Más bien, como si fueran pipas.

Y apretó con ganas.

Karim se retorció sobre la camilla.

–¡Joder! ¿Pero qué hace?

–Felicidades. Tienes una ulcera péptica de manual. Y de las grandes –apostilló la doctora, retomando la carpeta de documentos y haciendo algunas anotaciones–. No eres el primer caso que veo con tus mismas… –trazó un círculo invisible con la punta del bolígrafo, envolviendo el cuerpo de Karim– características. Os reventáis en el gimnasio con las pesas, os duele todo y entonces os atiborráis a analgésico y antinflamatorios, que acaban con la mucosa del estómago. Y la mucosa está ahí precisamente para proteger al estómago de los ácidos con los que se digieren los alimentos. Así de sencillo. Después… –hizo otra pausa y volvió a señalar todo su cuerpo con la punta del bolígrafo– resulta que para tener ese cuerpo no solo basta con las pesas; hay que hacer trampas, como tomar esteroides. Y esos no hacen más que empeorar los efectos de la úlcera. Los esteroides y el estrés, claro. ¿Cómo vas últimamente de ambos?

Karim no respondió. Se limitó a apartar la mirada y emitir una profunda exhalación por la nariz. Esteroides y estrés era su dieta habitual desde hacía días. Semanas. Meses. Mucho esteroide y, sobre todo, mucho estrés.

–Ya me lo imaginaba –dijo la doctora–. No haré preguntas. Me importa un bledo lo que consumes y a qué te dedicas. Pero te recomiendo seriamente que cambies de hábitos.

–Como si fuera tan sencillo –gruñó Karim.

–Te va la vida en ello.

Escuchó en silencio el tratamiento que, según la doctora, debía seguir, y decidió que, cuando tuviera tiempo, acudiría a una clínica privada a pedir una segunda opinión. Y una tercera si hacía falta. Lo que tenía claro era que cambiar de hábitos no era una opción. Ni podía ni quería.

Todavía tenía que esperar a que le trajeran el informe de alta, pero no soportaba continuar allí ni un segundo más. Buscó la ropa que Jenni le había traído para cambiarse, se vistió a toda prisa y cogió el teléfono para preguntarle dónde coño estaba.

Entonces observó que tenía varias llamadas perdidas. Eran del número nuevo del Profesor. Le devolvió la llamada y este fue breve:

–Tenemos al mulato.

47

El runrún en la cabeza de Silvia no cesaba.

Era el runrún de la mala conciencia. El de la honradez. El de la responsabilidad. Era, en definitiva, el runrún que la apremiaba a hacer algo con la información que guardaba en su poder y que, sin duda, era de vital importancia para resolver la muerte de Valentín Carrillo.

Porque una cosa era limitarse a observar cómo avanzaba la investigación y, otra muy distinta, comenzar a hurgar y conocer cosas que los encargados de resolver el caso desconocían. Como la identidad del acompañante de Estrada. O como la aparición de Momo en las imágenes del TRAM, minutos antes de que se produjera el asesinato.

Silvia iba al volante de su Seat Ibiza, de regreso a Gavà. Fue a la altura de Sant Feliu cuando decidió que ya no podía seguir ocultando lo que había averiguado. Pero, ¿a quién se lo contaba? ¿Al sargento de Homicidios? A falta de una expresión más específica para definirlo, era una un gilipollas de manual; ya habían chocado en el pasado y, sin duda, disfrutaría echándole en cara su intromisión. El tío era tan idiota que, cuando Silvia identificó al hombre de pelo blanco como Álvaro Estrada, en lugar de alegrarse se pilló un buen mosqueo por no haber sido ellos quienes lo habían averiguado.

Y Lacalle tampoco era una opción que le apeteciera. No eran pocas las ocasiones en las que el jefe de la UTI le había dado el toque por meterse donde no la llamaban e ir por libre.

Entonces ¿quién? ¿Jordi Quiroga? Era del Grupo de Homicidios, sí, pero prefería no meterlo en problemas. Además, seguía de guardia de noches y en aquellos momentos estaría durmiendo. No, mejor no molestarlo.

Definitivamente, la mejor opción, o la menos mala, era comunicarle lo que sabía a su propia sargento, Lucía López. No había mucha confianza entre ambas, básicamente porque la superior marcaba mucho las distancias y se mostraba siempre muy corporativa, demasiado para el gusto de Silvia. Hacía como un año y medio que la sargento había aterrizado en la UTI para ocupar el hueco dejado por el inefable Román Castro y, teniendo en cuenta que parte de ese tiempo Silvia había permanecido de baja por maternidad, apenas habían tenido tiempo para conocerse. Silvia no sabía gran cosa acerca de su jefa, más allá de que su pareja era también mujer, que tenían dos niñas gemelas de tres años y que se moría por ascender, cuanto antes mejor.

Tenía el móvil conectado al manos libres del coche, de modo que pronunció en voz alta el nombre de su sargento y se inició la llamada. Escuchó como el teléfono daba tono, pero no obtuvo respuesta. Repitió la llamada un par de veces más, sin éxito, y a la altura de Sant Joan Despí se dio por vencida. Era sábado, de modo que podía estar en cualquier sitio, liada con las crías o haciendo ejercicio. Confió en que le devolvería la llamada, pero en cuanto llegó a Gavà Mar comenzó a desesperarse.

Porque ahora que había tomado la determinación de compartir lo que sabía, necesitaba hacerlo.

Llegó al final de la avenida Europa e hizo un cambio de sentido. Había visto un hueco en la acera del restaurante Mar de Pins, justo enfrente de la urbanización donde vivía con Saúl desde hacía unos años, y aparcó sin dificultad. Se quitó el cinturón de seguridad y, sin apearse del vehículo, marcó el número del sargento Aitor Bartomeu, jefe del Grupo de Homicidios. Mientras oía el tono de la línea telefónica, respiró hondo y pensó en el modo menos comprometedor para ella de comunicarle lo que había descubierto.

–Dime –gruñó Bartomeu con desgana. Parecía que acababa de hacerle el favor de su vida respondiendo a su llamada.

–Disculpa que te moleste. Supongo que estáis liados con lo de Carrillo…

–Afirmativo. –Bartomeu era de los pocos policías de investigación que respondían siempre, incluso cuando hablaban en persona, como si comunicaran por una emisora. Y aquello no hacía más que redondear su imagen de capullo.

–Llamo por eso precisamente. Sé quién es el acompañante de Estrada... El otro más joven que va con él, ya me entiendes...

–¿Cómo? ¿Me estás diciendo que vas por ahí haciendo preguntas sobre mi caso?

–Yo no voy por ahí haciendo preguntas sobre tu caso ni sobre nada. Lo que sucede es que ayer me llamó mi prima y...

–¿Esperas que me lo crea? Que te llamó tu prima, que tú no has hecho nada por propia iniciativa, que no te has puesto a joder por ahí, como hiciste cuando pasó lo de Saúl, como haces siempre que te da la gana. ¿De verdad esperas que me lo trague? –Hizo una breve pausa para tomar aire y volvió a la carga–. Venga, Silvia, que nos conocemos de sobra. ¿Qué te crees? ¿La más lista de la clase?

–No es eso...

–Claro que sí. Tú eres la lista y nosotros los subnormales.

–¡Yo no he dicho eso!

–Con esas palabras no, pero como si lo hicieras. Pues te diré una cosa: con lo de Saúl no escribí contra ti porque entendía que estabas muy afectada, que era un asunto personal. Pero esta vez no pienso cortarme un pelo. ¿Te queda claro?

Silvia no respondió. Rabiaba por dentro. Porque, de no haber sido por ella, el caso de Saúl jamás se habría resuelto y seguiría trabajando codo con codo con un puñetero psicópata.

–No te oigo, Silvia. ¿Te queda claro o no?

–Como el agua.

–Así me gusta. Y ahora, dime. ¿Qué era eso que querías contarme? ¿Era sobre el cabrón que acompañaba a tu tío la noche del asesinato?

A Silvia le habría encantado mandarlo a la mierda y colgar. Pero no podía. A pesar de todo, no podía. Resolver aquel crimen estaba por encima de sargentos gilipollas y viejas rencillas.

–Sí –respondió–. Se llama Manu...

–Manuel Solís –se le adelantó Bartomeu–. Ya lo sabemos.

Se hizo el silencio.

–Mira, Silvia –soltó Bartomeu con aire soberbio–. Como me entere de que sigues metiendo las narices en el caso, te juro por Dios que hago que te empuren y me quedo tan ancho... Si necesito algo de ti o de tu grupo, que lo dudo, os lo haré saber. Ahora mismo llamo a tu sargento para recordárselo.

Y colgó.

Silvia sentía cómo le ardía el rostro. Estaba muy cabreada con aquel cretino, desde luego, pero en el fondo se lo tenía bien merecido. De pronto, mandó mentalmente a la mierda a todo el mundo, en especial a Álvaro Estrada. Cada palo que aguante su vela. Y cada perro que se lama su cipote.

Salió del vehículo, dispuesta a olvidarse de todo, pero en lugar de eso volvió a recordar la imagen de Momo cruzando la avenida y perdiéndose entre las sombras del estacionamiento del Viena. No. No podía pasar página tan pronto.

Su teléfono sonó. Sabía quién era y, sobre todo, por qué llamaba: era Lucía, a punto de soltarle el segundo chorreo del día.

El cielo estaba despejado y, allí parada, junto a su coche, el sol le daba de pleno. Al menos eso sí era agradable; el inicio de febrero había sido muy frío, y en días como aquel daba gusto sentir los rayos sobre la piel de su rostro. Ya llegarían después el verano y su calor pegajoso.

Se apoyó en el vehículo, cerró los ojos y descolgó.

–Sé lo que me vas a decir, y lo siento.

–¿A qué juegas, Silvia?

–A nada –respondió–. Ayer me llamó mi prima. Hablamos del asunto y le dije que era muy importante que colaboraran. Hoy la mujer de Estrada me ha dado el nombre del otro hombre que estuvo en el despacho de Carrillo. Y también me ha dicho dónde vive. Te he llamado antes para contártelo, pero como no respondías he llamado a Bartomeu. Y se ha puesto como un energúmeno.

Esa explicación pareció apaciguar el cabreo de la sargento, porque cuando habló lo hizo de un modo mucho más calmado.

–Silvia, no puedes ir a tu bola. Comprendo que para ti es algo personal...

–No te equivoques –la cortó Silvia–. Si Estrada es culpable, pues que lo encierren. Punto. No tengo nada contra eso.

–Ya lo sé. Pero lo que tienes que entender es que no puedes implicarte. Además, ya está todo resuelto. Han cogido a tu tío...

–No es mi tío, es el exmarido de mi tía. Y el padre de mi prima, pero no es nada mío.

–Bueno, en cualquier caso, lo han cogido a él y cogerán al otro...

–¿Tienes idea de cómo han averiguado su identidad?

Silvia preguntó porque los jefes de la Unidad tenían un chat de WhatsApp donde compartían toda la información relevante y las novedades de los casos.

–Sí. Han aparecido sus huellas en el coche que utilizaba Estrada. Un Maserati, creo.

Vaya. Así que Bartomeu se apropiaba del mérito de la identificación, a pesar de que había sido cosa de Científica...

–Por lo que han comentado en el chat, el tal Solís tiene una buena carretada de antecedentes, aunque todos contra el patrimonio. Están vigilando el domicilio donde se supone que vive, pero, bueno, es muy probable que no vuelva, así que le han colgado una orden de búsqueda.

–La mujer de Estrada me ha dicho que vivía por Les Corts, en la calle Galileo.

–A ver que mire... Sí, es la misma dirección que tienen ellos. Bueno, tarde o temprano caerá... ¿Te ha dicho algo más la mujer de Estrada?

Silvia guardó silencio.

–¿Silvia?

–No, no. No me ha dicho nada más. Pero sí hay algo más.

–¿A qué te refieres?

–Tendría que habértelo dicho ayer, perdona. En las imágenes del TRAM, poco antes de que Estrada y Solís salieran huyendo del despacho, Momo aparece en las imágenes cruzando la avenida desde el descampado y dirigiéndose hacia el aparcamiento del Viena, que, como sabes, da justo detrás del edificio de oficinas.

Se produjo un silencio de unos pocos segundos.

–¿Estás segura de que es Momo?

–No se le ve la cara, porque en todo momento está de espaldas, pero yo juraría que sí. Lo hemos visto muchas veces en persona. Y es inconfundible.

–A ver… Pero ¿eso es antes o después de que Karim salga con su coche del descampado?

–Diez segundos después.

Esta vez el silencio fue más prolongado.

–¿Es fácil acceder al edificio desde allí?

–Los muros de las dos naves que hay pegadas al aparcamiento son bastante altos, pero uno de ellos está junto a una torreta eléctrica. Se puede escalar sin mucha dificultad. Y la ventana junto a la salida de emergencia que hay en la planta donde se encuentra la oficina de Carrillo está forzada… Ayer fui al edificio a comprobarlo.

–A ver, a ver, a ver… –comenzó a murmurar la sargento–. No perdamos el norte. Han aparecido restos de sangre en la ropa de Estrada, así que el asesinato se cometió cuando él y Solís estaban en el despacho. Punto. No nos montemos películas…

–Yo solo quería comentarte lo de Momo, para que lo tuvierais en cuenta.

–Y sería un dato importante si no hubiera más líneas de investigación. Pero habiendo una tan evidente como la de Estrada y Solís, con tantos indicios en su contra, no vale la pena perder el tiempo con eso.

Lo que decía la sargento tenía sentido. Estrada estaba sentenciado. Silvia optó por callar.

–Hazme el favor de estarte quieta, ¿quieres? Estoy hasta la coronilla de Bartomeu. Y no quiero que vuelva a darme la brasa por tu culpa; te tiene entre ceja y ceja. –Y, como si tal cosa, añadió–: Vas a presentarte a cabo, ¿no?

Aquella pregunta pilló por sorpresa a Silvia. Seguía de pie, junto a su coche, y el sol, antes agradable, comenzaba a calentar en exceso. De pronto parecía que le sobraba la chaqueta. Subió a la acera y se puso a la sombra.

–Todavía no he presentado la instancia, pero sí. Esa es la idea.

–Pues deja que te dé un consejo. No des problemas. Y menos aún si quieres continuar en la especialidad de investigación. Los jefes prefieren a gente leal, que les facilite la vida, y más si son mandos.

–Esto me está sonando a amenaza.

–Pues no lo es. Te lo garantizo. Llevamos poco tiempo trabajando juntas, pero me gustas, aunque a veces tocas mucho las narices. Y si de mi dependiera, te elegiría como cabo para mi grupo. Pero eso no está en mi mano; son los de arriba los que deciden. Y son muy recelosos con su cortijo. Y rencorosos.

–Lo tendré en cuenta –dijo Silvia.

Colgó y, con la mente embotada entre tantas dudas, advertencias y amenazas veladas, cruzó la calle para dirigirse a su casa. Lo hizo sin mirar…

Un sonoro frenazo le hizo dar un brinco hacia atrás. Precisamente allí, donde un año y medio antes se había producido un atropello terrible.

Por suerte, esta vez el conductor circulaba a una velocidad relativamente moderada, y pudo frenar a tiempo. Silvia se volvió hacia el vehículo, que le resultaba extrañamente familiar. Era un monovolumen Peugeot de color rojo cereza.

Como el de Joel Caballero.

48

Allí mismo, sobre la acera, Joel le habló a Silvia acerca del encuentro que había tenido la tarde anterior con Karim Hassani. Había sido una noche dura, de dar vueltas en la cama sin pegar ojo, y estaba nervioso y ansioso por compartirlo con alguien.

Sin embargo, no fue del todo sincero con respecto a las cosas con las que Karim había pretendido amenazarlo. No es que mintiera al respecto, simplemente obvió aquel punto de la historia, aunque sospechaba que, tarde o temprano, Silvia acabaría preguntándole qué demonios tenía el marroquí en su contra para atreverse a abordarlo en plena calle, sin miedo a represalias. No tenía un pelo de tonta. Contarle que Larbi lo tenía visto del barrio y simplemente lo reconoció cuando lo encontraron medio muerto en el polígono de Zona Franca le había hecho fruncir el ceño.

Tras escucharle, Silvia permaneció pensativa unos segundos. Después dijo:

–Está claro que tenemos un problema con esa traductora... Pero dime, ¿por qué crees que Karim ha hecho algo así? ¿Por qué insistir en que no tiene nada que ver con la muerte de Carrillo?

–¿Acaso no es lo que dicen todos? Además, si realmente no tuviera nada que ver con el asunto, tendría que estar tranquilo, centrado en todas las demás mierdas en las que está metido... Pero no, viene a presionarme para quedar fuera de la investigación. Eso es lo que hace.

Silvia guardó silencio. Parecía dispuesta a contarle algo, pero no acababa de arrancarse. Al fin dijo:

–No las tengo todas con que Estrada sea el autor del asesinato. Es decir, es obvio que él y el otro hombre, su mano derecha, que se llama Manuel Solís, fueron a ver a Carrillo aquella noche, pero puede que alguien más entrara en el despacho después que ellos.

–¿Qué me estás contando?

–Ayer volví a mirar las imágenes del TRAM y descubrí que habíamos pasado algo por alto. También se ve a Momo.

–¡No jodas!

Silvia le contó la secuencia completa de hechos grabados por todas las cámaras de videovigilancia.

–¿Y sabes qué hizo Momo? ¿No quedó nada más grabado?

Silvia parpadeó ligeramente y se encogió de hombros. Tras un chasquido de lengua que anunciaba que iba a entrar en el pantanoso terreno de las conjeturas, respondió:

–A ver... Ayer por la tarde me acerqué a la comisaría de Rubí y hablé con Estrada. –Joel enarcó una ceja al oír aquello, pero permaneció callado. Por lo visto, no era el único que actuaba por libre–. Y Estrada reconoce que sí, que forcejearon y Carrillo cayó al suelo y se golpeó la cabeza, pero insiste en que estaba consciente cuando se marcharon de allí y que no tiene ni idea de cómo es que apareció asfixiado... Y ya sé lo que me vas a decir, que estamos hablando de un mentiroso profesional, que vendería a su propia madre con tal de salvarse el culo, pero también te diré una cosa: ayer estuve en el parking del Viena y no puede descartarse que Momo se las apañara para subir hasta las escaleras que hay en la parte posterior del edificio y colarse por una ventana. Había varias forzadas, una de ellas en la misma planta del despacho de Carrillo.

Joel soltó un bufido. No quería poner en duda a su compañera, pero, de ser cierta la historia aquella de la escalada, iba a costar demostrarlo. Preguntó:

–¿Hay cámaras en el aparcamiento del Viena?

Silvia negó con la cabeza.

Entonces, Joel recordó algo que, ya en su momento, les hizo sospechar de Karim:

–¿Te acuerdas de aquella llamada entre la novia de Larbi y Karim, aquella en la que dice que ya no pueden contar con Carrillo porque hay mal rollo entre ellos? Ahí podría estar el móvil.

Silvia asintió.

–Sí. Precisamente ayer Estrada me dijo que, mientras engatusaban a Carrillo para sacarle el dinero, este les contó que tenía problemas serios con unos clientes marroquíes; está claro que eran ellos, y está claro también que se trata de un asunto de dinero. Karim no se mueve por otra cosa. Y, además, no deja de desconcertarme. Escucha: ayer asaltó a la mujer de Estrada en su casa para llevarse el dinero que le habían estafado al abogado. Me lo acaba de confesar ella misma. –Hizo una pausa para tomar aire y añadió–: Karim tiene mucha información. Demasiada para no estar implicado en la muerte de Carrillo.

–Ya, pero ¿cómo podemos saber qué provocó ese mal rollo entre ellos? ¿Quién podría explicárnoslo? Karim no es una opción, y Carrillo, a menos que usemos una ouija…

–El chófer –dijo Silvia–. Es probable que sepa algo.

–Puede ser… Pero ¿qué quieres hacer? ¿Vamos por libre?

El rostro de Silvia se ensombreció.

–Mientras Bartomeu no se entere…

–No sé… –Joel dudó–. Temo que nos pillemos los dedos. ¿No prefieres hablarlo con Lucía?

Silvia negó.

–Ya le he comentado lo de Momo y le ha quitado importancia. No es mala tía, pero a la hora de la verdad no creo que se moje por nosotros. Tampoco creo que vaya a jodernos, pero está demasiado preocupada por su carrera.

–¿Y tú no?

–Yo no tengo carrera. ¿Qué me van a hacer? ¿Suspenderme de cabo? Eso es lo que no entienden: que a mí la raya me la pela. Lo que me importa de verdad es asegurarme de que Karim y su gente no tienen nada que ver con la muerte de Carrillo. Bartomeu está que trina conmigo, y Lucía ya me ha advertido de que no siga con esto o habrá represalias, pero no voy a quedarme de brazos cruzados. No puedo… Si tú no quieres seguir adelante, lo entiendo, lo único que te pido es que no digas nada.

Joel tenía un mal presentimiento con todo aquello, pero ¿cuál era la alternativa? ¿Hacerse a un lado, como si nada? ¿Dejar a su compañera sola, sabiendo que quizá tuviera razón, que necesitara ayuda? Él jamás había dejado tirado a un compañero y, al fin y al cabo, tenía las mismas sospechas que ella. No obstante, era consciente de que ya había esquivado una bala en su carrera profesional; y tal vez no tuviera tanta suerte la próxima vez... Y, aun así, dijo:

–¿Piensas ir sola a hablar con ese tío, el chófer?

Silvia pareció intuir que se subía al carro, ya que esbozó una mueca parecida a una sonrisa y dijo:

–Esa era la idea, sí, pero me sentiría más segura si me acompañaras; por lo que sé, es un poco pieza.

–Por mí no hay problema, pero, como verás, no estoy solo –dijo Joel, al tiempo que señalaba el monovolumen.

Silvia agachó la cabeza para observar el interior. Allí, sentado en la silla infantil, Eric leía tranquilamente un cómic. Silvia no había reparado en él hasta aquel momento, y puso cara de sorpresa.

–¿Tan pequeño y ya lee?

–Va a su ritmo, tranquilo, pero sí. Y menuda ruina. ¿Sabes cuánto cuestan los dichosos cómics? Mi ex no le compra ninguno ni deja que los lea; dice que le provocan pesadillas... Escucha, no es que quiera escaquearme, pero no puedo dejarlo con nadie. Mi madre está pasando el día fuera, con mi padre no puedo contar, y paso de llamar a mi ex.

–Eso no es problema –dijo Silvia–. Podemos dejarlo con alguien de confianza.

–¿Con quién?

–Sube a casa, creo que no os conocéis todavía.

Mientras hacían salir a Eric del monovolumen, con un buen puñado de cómics bajo el brazo, Joel recordó que todavía quedaba pendiente un asunto importante. Dijo:

–Habrá que hacer algo con la traductora.

–Sí –dijo, Silvia–. Luego podemos pensar en eso. Y de paso me cuentas por qué Karim, en cuanto se ha enterado de que sospechamos de él, ha ido a verte a ti antes que a nadie.

49

El Profesor había encerrado a Abel Ayomo Nguema Diallo, el famoso mulato, en una casa ocupada de la calle Moderna de L'Hospitalet. Era una construcción antigua, de dos alturas, con un garaje amplio y profundo, donde, en condiciones normales, cabían más de diez coches, aunque no era el caso. En aquel garaje apenas había sitio para un par de vehículos, una estantería con trastos y herramientas y poco más; el resto del espacio estaba ocupado por una plantación de marihuana. Encapsulada entre placas de pladur a todos lados, incluido el techo, permitía el cultivo de ochocientas plantas en el mayor de los anonimatos. Sin olores ni ruidos ni molestias. Uno de los negocios más lucrativos de Rachid Alaoui, aunque en aquellos momentos carecía por completo de plantas. El Profesor había decidido hacer un parón y trasladar el cultivo a otra casa del barrio, mucho más grande y mejor protegida, y apenas habían comenzado la mudanza del material.

Cuando Karim llegó, iba acompañado de Momo. Golpeó la puerta metálica con un par de golpes secos y uno de los hombres del Profesor abrió la pequeña obertura peatonal; era un chaval marroquí con el rostro muy serio, tirando a acojonado. Se echó a un lado, impresionado por la presencia de Karim, y este entró, seguido de su ayudante.

–Están ahí dentro –dijo el chaval, señalando hacia la pared que ocultaba con disimulo la verdadera profundidad de aquel garaje.

–Tú controla aquí –le ordenó Karim–, que no aparezca nadie por sorpresa.

Los recién llegados ascendieron por una escalera interior a la planta superior, donde vivía el jardinero de la plantación, y se dirigieron al dormitorio principal. El tipo no estaba, el Profesor lo debía de haber enviado a otra parte. Cuantos menos testigos, mejor. En el suelo, se encontraba camuflada la trampilla que comunicaba con la parte oculta del garaje por medio de una estrecha escalera metálica de caracol. Antes de descender por ella, Karim echó un vistazo bajo la cama y tras la cabecera. Después miró detrás de la puerta y, esta vez sí, se sintió satisfecho.

Sabía que el jardinero debía ocultar algún tipo de arma en su habitación, por si venían a darle el palo, y acababa de encontrar un machete con una hoja de cuarenta centímetros de largo que le iba a venir que ni pintado. La pistola impresionaba, por supuesto, pero el machete activaría la imaginación del mulato.

Al bajar los escalones, Karim se sorprendió al no oír nada de allí abajo. Ni golpes ni gritos. La estampa con la que se topó cuando pisó el suelo adoquinado del garaje era curiosa. El centro del lugar estaba completamente despejado y, donde antes cientos y cientos de plantas se erguían bajo la intensa luz de las lámparas halógenas, ahora se encontraba el pobre diablo al que habían capturado, tirado en el suelo, con las manos atadas a la espalda mediante una brida gruesa, adormilado. El tal Ayomo tenía el rostro colorado y las mejillas magulladas, pero poco más. Desde luego, el Profesor era un flojo.

Este se encontraba en aquellos momentos sentado en una silla plegable, junto al depósito de agua de mil litros utilizado para el riego. Nada más advertir la presencia de Karim, se puso en pie y se dirigió hacia él. A pesar del machete, y a pesar del rostro de mala lecho de Karim, lo abrazó y, en voz baja, dijo:

–Todavía no me creo lo de Larbi... Lo siento, hermano.

Karim no dijo nada. No quería hablar con nadie al respecto. Tampoco él lo entendía. Era ilógico. A Momo se lo había contado en cuanto pasó a recogerlo, y se había quedado en shock, como todos. Pasado un rato, había comenzado a hacer preguntas para las que no tenía respuesta; Karim se había limitado a gruñir y permanecer en silencio.

Había otro chaval en la estancia, que en aquellos momentos saludaba con un choque de puños a Momo. Solo con ver su cara podía decirse que apenas había cumplido los dieciocho años, aunque sí era más alto y corpulento que el de la entrada, y no parecía amedrentado. Sin embargo, a ese Karim tampoco lo quería pululando por ahí, así que le hizo un gesto con la cabeza señalando la escalera de caracol. Tras buscar la aprobación del Profesor con la mirada, desapareció.

Karim desvió su atención hacia Ayomo y descubrió que había cambiado de postura, poniéndose de rodillas. A pesar del frío que hacía en aquella desangelada habitación, bajo la luz de un puñado de halógenos, estaba sudando la gota gorda, temblando de miedo.

Karim miró al Profesor y dijo:

–Pensaba que habrías empezado a calentarlo.

–Todo para ti. –Se echó a un lado y extendió los brazos hacia el mulato, como si fuera un regalo–. No quería quitarte el placer.

–Muy amable –dijo Karim, mientras bajaba la cremallera del plumas que llevaba puesto. La chaqueta abultaba mucho y le costaba moverse con ella. No era la prenda que habría elegido para la ocasión, por su incomodidad y porque era demasiado llamativa, pero era lo que Jenni le había llevado al hospital para vestirse.

Todavía sentía náuseas, aunque gracias a la medicación ya no tenía aquella desagradable sensación de estar a punto de desplomarse y perder el sentido. Con todo, aún necesitaba reposo, de modo que aquello no podía alargarse demasiado.

Extendió el machete a un lado y avanzó en dirección a Ayomo. Este comenzó a arrastrarse como un gusano sobre las baldosas, intentando alejarse de él. Su espalda topó contra el depósito de agua.

Karim siguió caminando con paso tranquilo hacia él, golpeando la hoja del machete contra la palma de su mano izquierda.

–Solo te lo preguntaré una vez –le informó Karim. Suave–. ¿Quién me la ha jugado?

Ayomo estaba temblando. Todo su cuerpo se agitaba sobre el suelo. Cuando habló, sonó completamente desesperado:

–Mierda, tío... Por favor, no me hagas nada, por favor... Te diré lo que quieras saber, ¿vale? ¡Te lo diré todo! Pero no me hagas nada, tío.... A mí me usaron, colega, me obligaron a participar en ese tinglado... Pero no soy más que un matado, tío. Tienes que creerme. ¡Un puto matado! –Ahora que se fijaba, Karim reconocía el acento guineano al oír aquel puñetero lloriqueo.

–Por lo que a mí respecta, eres tan hijoputa como el resto. Ni más ni menos. Pero no tengo ninguna duda de que me dirás lo que quiero saber. Por la cuenta que te trae. –Karim se detuvo ante él, con las piernas separadas. Prácticamente estaba encima. Alzó el machete sobre su cabeza y... ¡ZAS! Le rajó el pecho en diagonal, de derecha a izquierda. Estaba preparado para oír un grito, pero la intensidad del alarido le sorprendió.

El Profesor subió a toda prisa la escalera de caracol y ajustó la trampilla desde dentro, para asegurarse de que estaban bien aislados del exterior.

–Sigo esperando y aún no me has dicho nada. ¿Quieres una X en el pecho?

Alzó el machete de nuevo y el mulato se volvió hacia el Profesor con gesto suplicante. Y suplicó:

–¡Tío, por favor, haz algo!

–¡No lo mires a él, mírame a mí! –exclamó Karim antes de bajar el machete.

Y sí, completó la X en su pecho. Esta vez no hubo sorpresas. El aullido fue menos intenso.

Karim agarró a Ayomo del cabello y tiró atrás con rabia, curvando su cuello hacia afuera. Le plantó la hoja del machete sobre la nuez, amenazante y sin ninguna intención de marcarse un farol. Aquello iba de verdad. Todos los sabían.

El tipo lloraba y moqueaba. Y, entre babas, murmuró algo.

–¡No te entiendo! –exclamó Karim

–Mmmm… mmmm…

–¡Que no te entiendo!

–Mmaa… mmaaaa.

–¿Qué?

–Ommm… Ommmarrrr…

Karim bajó la hoja del machete desde el cuello hasta el vientre y comenzó a presionar contra el cuerpo del mulato al tiempo que decía:

–¡No me jodas, cabrón! ¡Eso es imposible!

–Te… te lo juro… Te lo juro por mi vida… Fue Omar… Omar Larbi… Para, por favor…

Karim no se detuvo. La ropa del mulato se estaba desgarrando. Quería clavarle el machete, ensartarlo como a un puto trozo de carne. Lo deseaba con todas sus ganas. El Profesor se puso a su espalda y trató de frenarle el brazo que sostenía el machete.

–Karim. Para, joder, ¡para! A mí también me cuesta creerlo. ¿Me oyes? Pero, párate a pensarlo un momento, ¿quieres? Eso explicaría muchas cosas….

Pero Karim no aflojó lo más mínimo. Quería acabar con aquel cabrón que se atrevía a deshonrar el nombre de Omar, que se aprovechaba de su muerte para ocultar al verdadero culpable… Y, no obstante, había algo en las palabras del Profesor que no dejaban de resonar en su cabeza, por mucho que se negara a aceptar que su amigo del alma, su hermano, lo hubiese vendido.

–¡Karim, joder! ¿Me escuchas? ¡Suéltalo de una puta vez! Venga, colega. Afloja. Poco a poco…

La respiración de Karim era entrecortada y el corazón le bombeaba a toda máquina. Entre los dedos sentía la cabeza del mulato, consciente de que podía reventársela con solo apretar…

Pero seguía sin aceptar lo que acababa de escuchar. De pronto, pareció salir de aquel extraño trance. Echó un vistazo al depósito de agua y se puso en pie. Aún no había acabado con aquel desgraciado.

50

Tras hablar con el doctor y asumir que la pequeña esperanza que albergaba de volver a su trabajo era completamente inexistente, Saúl Sanz perdió todas las fuerzas para batallar con la frustración, que se había convertido en su acompañante perpetua desde hacía casi dos años. Había dejado de nadar a contracorriente y pasaba los días sin rumbo.

Cuando Silvia llegó a casa acompañada de Joel Caballero y su hijo Eric, acababa de darle de comer a Candela. Silvia lo puso al día de todo y le pidió que se hiciera cargo del niño durante un rato, mientras ellos dos iban a hablar con el chófer de Carrillo. Saúl aceptó porque… ¿qué otra cosa podía hacer? ¿Tratar de impedírselo? ¿Decirle que era él quien debía acompañarla? ¿Un lisiado? No, mejor que fuera con Joel, por si la cosa se complicaba. Y, al fin y al cabo, alguien debía quedarse con los críos. Al menos eso sí podía hacerlo…

Los despidió y luego llevó a Candela a su habitación para que echara la siesta. Costó un buen rato que se quedara dormida, pues la presencia del chaval en casa la había alborotado. Cuando por fin cayó, Saúl cerró la puerta con el mismo cuidado con que se manipula la nitroglicerina. Entró en el salón y vio que Eric ya se había comido el plato de macarrones. Parecía un buen chaval. Callado, tranquilo, con la vista pegada a uno de sus tebeos.

–¿Quieres postre? –preguntó Saúl mientras le retiraba el plato.

–No, gracias. ¿Puedo sentarme en ese sillón? –Señalaba el orejero que había a uno de los lados del salón, encarado al televisor. Era el mismo que utilizaba Saúl cuando Silvia se quedaba dormida en el sofá, tendida a lo largo.

–Sí, claro. ¿Quieres que ponga una película?

–No, no hace falta.

Eric se subió al sillón con su fajo de tebeos y abrió uno ceremoniosamente. Él se sentó en el sofá, próximo al niño, y comenzó a buscar algo que ver en el menú de Netflix. A veces tardaba tanto en decidirse que ya no le quedaba tiempo para ver nada. Se fijó en que el crío estaba leyendo un tebeo de Batman y, por romper un poco el hielo, preguntó:

–¿Es un tebeo de superhéroes?

–Sí... Bueno, un *comic book* de superhéroes.

–Perdona, un *comic book*. Es que soy un poco antiguo... Y ¿cuál es tu personaje preferido?

El crío alzó la mirada, pensativo.

–Yo diría que... Renée Montoya.

Saúl no había oído ese nombre en su vida.

–¿Renée Montoya? No me suena... ¿Qué poderes tiene?

–¿Poderes? Ninguno. Es solo una poli.

Le mostró la portada del cómic. El título era *Gotham Central*.

–Renée Montoya es detective en la Policía de Gotham, y no le cae muy bien Batman.

–Normal. Batman no tiene que cumplir la ley. Hace lo que le da la gana. Pero oye... Batman tampoco tiene poderes, ¿no?

–No, pero tiene mucho dinero. Y es listo.

–Pero no cumple la ley.

–Más o menos... –El niño se había animado con la conversación. Ahora lo miraba y parecía que quería preguntarle algo–. Una cosa... Tú también eres policía, como mi padre, ¿no?

–Sí. Pero tuve un accidente y todavía me estoy recuperando.

–Pero volverás a detener villanos, ¿no?

Saúl sonrió ante aquella frase, pero fue una sonrisa a medias. Amarga.

–No lo sé. Me gustaría. Pero no lo sé.

–Pues si es lo que quieres hacer, ya encontrarás la forma.

–Ojalá.

–Claro. A mí me pasa lo mismo. Yo antes quería ser dibujante de cómics, pero no puedo porque dibujo muy mal. No he ganado nunca el concurso de Sant Jordi, ni siquiera he quedado entre los tres primeros... Pero mi primo Arnau, que sabe mucho de cómics, me ha dicho que eso da igual. Que los cómics los dibujan los dibujantes, sí, pero que lo importante de verdad es a quién se le ocurren las historias. Así que yo voy a escribir las historias, y otros ya harán los dibujos por mí. –Sonrió ante la lógica de su deducción y añadió–: Tú puedes hacer lo mismo. Ser policía sin ser policía, como un superhéroe sin poderes. Y hasta podrías saltarte la ley de vez en cuando.

Saúl enarcó las cejas y dijo:

–No sé de dónde has salido tú, pero me caes bien, colega. Me caes muy bien...

51

–Oye, me gusta tu coche –comentó Silvia, alabando el monovolumen de Joel. Dijo aquello sobre todo porque lo pensaba, pero también por hacerle un cumplido, ya que había ofrecido su vehículo para ir en busca del chófer de Carrillo.

–Pues te lo vendo. Yo no lo quería, pero mi ex se empeñó. No paró de calentarme la cabeza hasta que me vendí el Golf y me compré este minibús, para llevar a nuestra futura familia numerosa. Ahora, ya ves... cuando llevo a mi hijo, siento complejo de conductor de limusinas, de lo lejos que está ahí atrás...

Silvia no pudo reprimir una sonrisa. A Joel no le favorecía nada aquella aura de penas que siempre transmitía; sin embargo, el hecho de que le saliera de un modo natural, sin la menor intención de dar lástima, lo convertía en una persona muy cómica.

–No te rías –añadió Joel, indignado–. Odio este puto coche con todas mis ganas.

–Pues lo tienes muy limpio...

–Ya, gracias. –Esta vez sonó orgulloso–. Una cosa no quita la otra.

Por una vecina habían averiguado que Héctor León vivía solo y que había salido de casa en torno a las once de la mañana, hacía unas tres horas; la mujer podía afirmarlo porque se había cruzado con él en el rellano, cuando regresaba de hacer la compra.

Silvia y Joel aprovecharon la espera para repasar el historial del chófer de Valentín Carrillo. Tenía media docena de antecedentes a sus espaldas, y había cumplido una pena de prisión por un delito de lesiones. Daban por hecho que no iba a entusiasmarle hablar con la policía, aunque lo cierto es que ya había declarado en sede policial, acerca del momento en que él y la pareja de Carrillo se habían topado con el cadáver del abogado en su despacho. Pero no era de eso de lo que querían hablar con él ahora, sino del rifirrafe que el abogado mantuvo con Karim días previos a su muerte y cómo podía ser que él, que además de ser el chófer de Carrillo también era su guardaespaldas, no hubiera estado ahí para protegerlo.

Pasaban los minutos y empezaron a impacientarse cuando recibieron un mensaje en sus teléfonos móviles. A la vez. Se trataba del chat de WhatsApp de Robos Violentos. Lo enviaba Roberto Balaguer.

«*Noticia bomba: Omar se ha suicidado*».

Ambos se miraron, perplejos. A continuación, llegó otro mensaje.

«*Me he enterado x Momo. Es el único q usa el teléfono. El resto lo tienen apagado o no lo mueven de sus casas*».

Y envió la captura de un documento redactado por la Sala Operativa acerca de un incidente acontecido la noche anterior en el Hospital Penitenciario de Terrassa, en el cual un preso ingresado allí se había quitado la vida. No entraba en detalles, pero por las iniciales O. L., de Omar Larbi, y la edad, treinta y un años, no dejaban lugar a dudas.

—No sé —dijo Silvia—. Me extraña que Larbi haya hecho algo así. A ver, estos tíos son imprevisibles, pero no son tontos, y además están bien asesorados. ¿Cuánto le hubiese caído por la posesión del arma? Tampoco tanto. Además, habría salido de preventiva más pronto que tarde.

Joel se encogió de hombros.

—Tenía bastantes causas pendientes. Igual vio venir que iba a comenzar a encadenar una tras otra y se le fue la pinza...

—Cuando ocurre eso, se largan a Marruecos a la primera de cambio y desaparecen del mapa.

—Ya... Bueno, no sé. La verdad es que buscar la lógica al comportamiento de esta gente es una pérdida de tiempo.

—Bastante —dijo Silvia, y aprovechó para sacar el tema que flotaba en el ambiente desde hacía un buen rato, pero que ninguno de los dos se atrevía a abordar—. Por eso hacen cosas tan sorprendentes como presentarse una tarde en un parque para charlar con uno de los policías que lo están investigando...

Joel alzó la mirada hacia el techo del vehículo. Respiró hondo y soltó un bufido cargado de incomodidad. Quisiera o no, había llegado el momento de hablar de ello.

–Todavía no me has dicho qué sabe Karim Hassani que yo no sepa –insistió Silvia–. Joel, si quieres que confíe en ti, tienes que contármelo.

Comenzaba a hacer calor dentro del monovolumen. O, al menos, eso le parecía a Joel. Dijo:

–He oído que tienes una amiga en Asuntos Internos –hablaba de un modo pausado, como si le costara o se resistiera a pronunciar las palabras–. Luz Auserón. Ella llevó el tema. ¿De verdad quieres que me crea que no le has preguntado nada acerca de mí?

Aquello molestó a Silvia.

–Ni yo la pondría en un compromiso preguntándole por los trapos sucios de un compañero, ni ella pondría en riesgo su trabajo por un chismorreo.

–Pero es que no es un chismorreo.

–Ah, ¿no?

Joel la observó con curiosidad.

–Entonces, ¿no sabes nada?

–Nada. Me han llegado muchas cosas, pero me da que ninguna es verdad.

–No, ninguna. Porque la verdad es aburrida. ¿Qué morbo tiene que el nuevo ayudara a encerrar a unos compañeros corruptos?

–Bueno, eso es más o menos lo que me ha llegado. Eso y que tú también…

–Que yo también soy un puto corrupto, ¿no?

52

–Te lo voy a explicar tal y como sucedió…

Y Joel se lo contó absolutamente todo.

El Grupo de Delitos contra la Salud Pública de la Unidad de Investigación de Sant Boi de Llobregat estaba compuesto por un cabo, Gabi Montero, y dos agentes, Julio Méndez y Joel Caballero.

Se llevaban bien y trabajaban en equipo, con eficacia. El cabo exigía, pero también daba, y Joel disfrutaba con los casos, porque Gabi tenía una buena red de confidentes que les aportaban información veraz de primera mano: quién trapicheaba en este o aquel local, los pisos donde se guardaba mercancía, las naves donde había plantaciones, los camellos que estaban pendientes de recibir cantidades destacables de substancia.

Se trabajaban la información para obtener buenos resultados y curraban al máximo; a menudo asumían riesgos innecesarios, porque eran pocos en el grupo y no siempre podían recibir apoyo de los demás agentes de la unidad, diezmada y bajo mínimos. Eso, con el tiempo, acabó pasando factura a los tres miembros del grupo, especialmente a Joel.

Su relación con Ana había cambiado. El nacimiento del Eric había supuesto un shock en el matrimonio, con problemas continuos para compatibilizar horarios: se veían apenas unos pocos minutos al día, y discutían por la limpieza del apartamento, las lavadoras que no se ponían, la compra que no se hacía…

Joel estaba convencido de que solo se trataba de un bache y que pronto volverían a estar como antes. Se esforzó por cambiar… o al menos lo intentó.

Y creyó que ella también.

Pero Ana llegó un día a casa antes de su hora habitual y, nada más ver a Joel, se puso a llorar. Le dijo que no podía más. Que no era feliz. Que quería separarse. El mundo se le vino abajo a Joel. Le pidió que no se precipitara, que le diera tiempo para poner remedio a todo lo que no funcionaba, pero resultó inútil. Aquello no era un diálogo. Era un monólogo. No era un toque de atención, ni una llamada de auxilio. Era una carta de despido.

De nada sirvió darse unos días para recapacitar. Ni que la telefoneara por la noche, desesperado, suplicando, arrastrándose como jamás pensó que lo haría. Fue una pérdida de tiempo. Joel no podía quitarse de encima la sensación de que aquel proyecto que un buen día decidieron iniciar juntos se había convertido en un fracaso total. O, más bien, casi total, porque habían tenido a Eric. Él no era un fallo. Era un acierto, por supuesto, pero a su vez otro foco de infelicidad. Porque sentía que iban a volver a su hijo un desgraciado, como había llegado a sentirse el propio Joel.

Nadie mejor que él sabía lo que era ser hijo de padres divorciados. Las idas y venidas de una casa a la otra, tener dos cuartos y, en realidad, no tener ninguno. Sentir que estorbaba, que era un incordio, un recordatorio con patas de un error de cálculo cometido en el pasado. Joel había sufrido depresión durante la adolescencia y, veinte años después, aquella misma depresión regresó multiplicada por diez.

Se convenció a sí mismo de que el trabajo le ayudaría a sobrellevar la separación, pero nada más lejos. Se movía por el despacho como un zombi; acompañaba a Gabi y a Méndez cuando estos salían a la calle, a hacer comprobaciones o a hablar con algún confidente, y se dejaba llevar, sin importarle a quién investigaban ni lo que este había hecho ni si lo pillarían. Iba por ahí con el piloto automático y la mayoría de las veces ni siquiera bajaba del coche de paisano.

Sus dos compañeros no dejaban de repetirle que estuviera tranquilo, que no se preocupara. Que lo comprendían perfectamente, que ellos también habían pasado por lo mismo, que le cubrían las espaldas con los jefes. Y él se mostró agradecido.

Hasta que un buen día recibió la visita de Luz Auserón, la sargento de Asuntos Internos. Fue muy clara: le dijo que, en función de sus respuestas, podía acabar mal o muy mal.

–Nos tienes a todos un poco desconcertados –comenzó diciendo la sargento–. No sabemos qué pensar. O eres muy tonto o eres muy listo.

Y comenzó a dejar caer sobre la mesa actas de vigilancia y seguimiento. No una ni dos ni tres, sino una docena, con sus fotitos y todo. Igual que las que realizaban ellos mismos, solo que aquí los investigados tenían placa. Y uno de esos investigados era el propio Joel.

En todas aquellas actas, Joel siempre permanecía en el vehículo de paisano mientras Gabi o Méndez, o ambos a la vez, se bajaban y departían con algún confidente. Solo que, tal y como le informó en aquel momento la sargento de Asuntos Internos, no se trataba de confidentes desinteresados, sino de camellos que los sobornaban. Pero eso Joel no lo sabía.

Tampoco tenía ni idea de cómo aquel par de cabrones utilizaban de vez en cuando su coche, aquel jodido monovolumen que tanto le repateaba, para ocultar la mercancía que esquilmaban del depósito de comisaría. Podían haberla guardado en cualquier otro sitio, pero preferían cogerle la llave en un descuido y esconder la droga en uno de los laterales del maletero. Y allí permanecía durante días, a escasa distancia de su hijo, hasta que encontraban a alguien a quien colocársela.

Joel no necesitó explicar nada acerca de su situación personal, porque le habían pinchado el teléfono y, por lo tanto, escuchado todas sus llamadas. Eso le hizo sentir expuesto y vulnerable. No porque tuviera algo que ocultar, sino porque le habían oído en su peor momento, llorando y suplicándole a Ana, desahogándose con los pocos amigos que tenía, hablando de medidas desesperadas.

La conversación con la sargento de Asuntos Internos fue larga y muy incómoda. Hablaron de los tiempos anteriores al divorcio y de los recientes problemas económicos de Joel. Problemas que había solventado con préstamos bancarios. Vivía al día, pero honradamente. Así que la convenció de que, puestos a elegir entre listo o tonto, era más bien lo último.

–Había dos bandos en mi grupo –dijo Luz Auserón–. Muchos estaban convencidos de que eras el cerebro, el que manejaba a los otros dos haciendo que se expusieran mientras tú permanecías en un segundo plano. Tienes suerte de que yo sea de las pocas que se decantaban por la teoría del ignorante. De lo contrario, ahora no estaríamos aquí, hablando tranquilamente.

Aquel golpe le hizo abrir los ojos, dejarse de victimismos y ponerse las pilas, porque Eric necesitaba un padre, no un alma en pena. Y no solo eso: ayudó a los de Asuntos Internos a encerrar a Gabi y a Méndez. Y lo hizo con gusto, interpretando su papel de infeliz a la perfección, pero esta vez poniendo la oreja, grabando conversaciones, observando transacciones.

Cuando llegó el momento de la detención, a todos los de la Unidad les sorprendió, en primera instancia, que encerraran a Gabi y a Méndez, y en segunda instancia, que nadie fuera a por Joel, porque todos los allí presentes los habían visto siempre juntos, como un equipo inseparable. De modo que pronto comenzó a correr el rumor de que Joel era tan culpable como sus dos compañeros, solo que más inteligente. Más trepa. Más rata.

El puñetero monovolumen aparecía día sí y día también rayado de arriba abajo, con alguna rueda pinchada o alguna luna rota. Nadie le hablaba. Le hacían el vacío. Hasta que un día recibió una llamada de la División de Investigación Criminal. Luz Auserón estaba al tanto de su situación y había recomendado un cambio de destino: la UTI Metrosur.

–Una de esas veces en las que acompañé a Gabi –prosiguió Joel–, este se reunió con Omar Larbi y un colega suyo. Yo ni los vi, no prestaba atención a nada por entonces. Pero Larbi sí que me reconoció, y se lo contó a Karim. Y el muy gilipollas creyó que podría apretarme con eso, ¿sabes? Cuando le dije que no conseguiría una mierda yendo por ahí, se encabronó y me amenazó directamente... Menudo hijo de puta está hecho.

–Hay que pararle los pies –dijo Silvia–. Y, si es verdad que tiene untada a Farida, la cosa está muy jodida.

Aquello molestó a Joel.

–¿Aún lo dudas? A ver, dime: ¿qué probabilidades hay de que yo le deje caer a la traductora que Karim vuelve a ser sospechoso y que acto seguido este aparezca con el cuento de que no tiene nada que ver, eh? En nuestro trabajo no existen las casualidades. Y no solo eso. Desde que esa mujer ha entrado en la investigación, los teléfonos han caído uno detrás de otro. Y ¿qué me dices de la baliza? Yo mismo los vi en el taller, buscándola bajo el coche. Estoy convencido de que la encontraron, pero, en lugar de sacarla de ahí, decidieron dejarla para jugar con nosotros, para despistarnos.

Silvia asintió, pero con gesto de disgusto.

–No te pongas así. Estoy de acuerdo contigo, ¿vale? Pero es que no hay ningún dato objetivo que lo demuestre. Tendríamos que seguirla, y luego…

–Hay que hablar directamente con ella –la interrumpió Joel–. Acorralarla en el despacho y soltárselo a bocajarro.

–¿Estás seguro?

–Segurísimo –respondió él.

Cogió su teléfono móvil y comenzó a teclear en el chat de WhatsApp del Grupo de Robos Violentos. En uno de sus comentarios, Balaguer había recordado que la guardia del domingo para atender los teléfonos aún no estaba cubierta, así que Joel aprovechó y se ofreció voluntario. Su jefa no tardó en aceptar.

–Espero que haya suficientes llamadas como para que la traductora tenga que ir a comisaría –dijo Silvia.

–Y si no las hay, me las invento.

Acababa de dejar su teléfono móvil en el salpicadero cuando Silvia le dio un golpe en el hombro.

–¡Eh, mira! ¿No es ese de ahí?

Joel afinó la vista en dirección al punto donde señalaba su compañera. A unos setenta u ochenta metros, un tipo con pinta de albañil acababa de abrir el portón trasero de una furgoneta Peugeot Partner de color blanco que acababa de aparcar en batería. En la zona de carga del vehículo se distinguían varios sacos de cemento, planchas de aislamiento térmico y herramientas de construcción.

El tipo comenzó a colocar sacos en una carretilla desmontable y, al volverse la segunda vez, no les cupo ninguna duda. Se trataba de él, Héctor León.

53

Ya había transcurrido más de un minuto y el pataleo de Ayomo era cada vez más débil. Se estaba quedando sin fuerzas.

Karim tiró de la cuerda y su cuerpo emergió del agua, bocabajo, como un atún recién pescado, con las manos todavía atadas a la espalda y los pies sujetos por la cuerda que lo aupaba. El travesaño que utilizaba de polea para izarlo resistía su peso sin problemas.

Llevaban con aquel sube y baja más de media hora. La mecánica era sencilla: Karim preguntaba y, si Ayomo tardaba en responder o salía con evasivas o soltaba algo que atufase a cuento, volvía a sumergirlo. Los tajos en el pecho se habían convertido en la menor de sus preocupaciones. Su máxima prioridad ahora era llenar los pulmones de oxígeno y no de agua.

De entre todo lo que había dicho, poco resultaba de utilidad. Había jurado ser un simple machaca, un matado al que habían propuesto participar en el vuelco aprovechando que hablaba francés, jugando la baza del recién aterrizado que busca dónde pillar un buen alijo. Curraba para Front Pirata vendiendo su mierda en el distrito de Poble Sec, llevándose un pequeño porcentaje del hachís que colocaba, y estos le habían prometido tres mil euros si el palo salía bien.

Cuando Karim quiso indagar sobre la traición de Larbi, de quién había buscado a quién, si él a los ultras o los ultras a él, el mulato echó balones fuera diciendo que él nunca llegó a tratar con Omar, que se limitaba a hacer y decir lo que los otros le obligaban a hacer y decir.

Le dio un par de nombres de los ultras, los que fueron a buscarlo para poner en marcha la jugada del comprador francés. Resultó que Karim los conocía, pero no eran peces gordos de la organización. Eran jefecillos de medio pelo, sin los recursos necesarios para poner por sí solos en marcha un vuelco así, contra alguien como él.

El Profesor estaba a su lado, observando a aquel desgraciado completamente derrotado, tosiendo y escupiendo agua. Ahora guardaba silencio, pero un rato antes, cuando Ayomo todavía tenía fuerzas para gritar, gemir y llorar, pidiendo clemencia y suplicando por su vida, se había puesto como una moto. Temía que algún vecino lo oyera y acabara alertando a la policía, e insistía en que Karim debía ponerle fin a aquel asunto cuanto antes.

En un segundo plano, Momo permanecía callado, atento a cualquier petición que su jefe le hiciera, aunque el asunto parecía estar ya en las últimas, a juzgar por el estado actual de Ayomo, que apenas estaba consciente.

El tipo pareció leerle el pensamiento, porque abrió los ojos y susurró:

–Déjame marchar... Por favor...

Sin soltar la cuerda, manteniéndolo todavía alzado, Karim se acercó al borde del depósito y alargó una mano hasta la brida que lo inmovilizaba por la espalda. Lo atrajo hacia él y le acercó los labios al oído:

–Por culpa tuya y de la mierda de tíos para los que trabajas..., mi amigo... mi hermano... me traicionó y después se quitó la vida. ¿De verdad crees que te voy a dejar marchar? ¿De verdad crees que soy tan gilipollas? ¿Acaso no sabes quién soy?

Ayomo comenzó a gimotear por enésima vez. Incluso aquello había perdido la gracia. Karim lo empujó hacia delante, para colocarlo de nuevo en el centro del depósito. Y fue entonces cuando dijo algo. O Karim creyó que había dicho algo. No lo había oído bien... O quizá ese no fuera el problema. Quizá el problema fuera que no lo había entendido bien. Alargó el brazo y lo atrajo de nuevo hacia él.

–¿Qué coño has dicho?

El mulato tosió varias veces, nervioso. Finalmente lo soltó.

–No... no se suicidó...

–¿Qué? ¡Repítelo!

–¡Que no se suicidó!... Tienen a un tío allí..., en el Pabellón Penitenciario de Terrassa... Él se encargó... Para vengar la muerte de Benji...

Karim volvió a empujar al mulato hacia el centro del depósito. Este comenzó a gritar, histérico.

–¡No, no, no, no...!

Soltó cuerda y Ayomo se sumergió de golpe. Apenas se le veía un tercio de las piernas. Parecía haber recobrado las fuerzas. Se retorcía de un lado a otro, trazando círculos y levantando agua, salpicando a todos lados.

Karim se volvió hacia el Profesor. A ver si tenía huevos de decirle que lo sacara de allí. Pero este permaneció inmóvil y callado.

Al cabo de minuto y medio, Abel Ayomo Nguema Diallo ya era historia.

54

Antes de que Silvia y Joel llegaran a la posición de Héctor León, ya hacía unos cuantos segundos que este los seguía con la mirada, consciente de que eran policías de paisano. A Silvia tampoco le extrañó; los delincuentes habituales y los policías se reconocen a la legua, y el motivo es una mezcla de patrones conocidos y prejuicios inevitables, tanto por una como por otra parte, que rara vez falla. Aun así, le mostraron sus placas identificativas, acompañando el gesto con el habitual anuncio de «Mossos d'Esquadra».

El chófer de Valentín Carrillo dejó caer el saco de cemento que sostenía en las manos y les dirigió una mirada de fastidio. En el interior de la furgoneta había más material de albañilería, como si estuviera en medio de alguna reforma.

–¿Sois de Sant Feliu? –preguntó el chófer–. ¿De los que llevan el tema de Carrillo?

Silvia asintió con un movimiento de cabeza.

–¿Podemos subir a tu casa y hablamos tranquilamente?

–¿Para qué? Ya he contado todo lo que tenía que contar...

–No te pongas a la defensiva, Héctor –intervino Joel–. Esta vez queremos hablar de otro asunto. Ya veo que estás liado, pero...

–Pues claro que estoy liado. En algo tendré que ocupar el tiempo, ahora que me he quedado en paro... –Alzó ambas manos, blanqueadas por el yeso, y dijo–: Mirad, no tengo nada que esconder, ¿vale? Así que me da igual que me vean con vosotros. Preguntadme lo que queráis y después largaos, por favor.

Hablaba con educación, pero el tono era desafiante. No les convenía ponérselo en contra. Al menos, no de momento. Silvia consultó a Joel con la mirada y él se encogió de hombros.

–¿Conoces a Karim Hassani? –preguntó la mossa.

–Claro.

–¿Qué pasó con Hassani días antes a la muerte de Carrillo?

El chófer ladeó la cabeza y entrecerró los ojos.

–¿Cómo os habéis enterado de eso?

–Limítate a responder –saltó Joel–. Cuando llegue tu turno de hacer preguntas, si es que llega, ya te avisaré.

El chófer se volvió hacia él y forzó una sonrisa que duró medio segundo. Desde luego, lo suyo no eran las sutilezas.

–¿Qué pasó? –insistió Silvia.

A Héctor le costó arrancar, pero, una vez lo hizo, cantó de carrerilla:

–Esto ni siquiera lo sabe Belén, su mujer, ¿vale? El lunes pasado, por la tarde, Carrillo estaba en casa, solo, y recibió la visita de Karim y dos de sus matones. El jefe se había hecho cargo de la defensa de un hermano del tío ese y, por lo visto, acababan de condenarlo a una pena de bastantes años. Y como a ese pedazo de moro no le hizo ni pu… ni puñetera gracia, pues le echó las culpas al jefe, asegurando que había pasado de todo, y lo amenazó para que le devolviera el dinero que se había gastado en su hermano.

–¿Con qué lo amenazó? –preguntó Joel.

Héctor León sonrió, socarrón.

–A ver, cuando se lo dijeron estaba colgando de los pies, bocabajo, desde un balcón bastante alto. La cosa para mí está clara. Y para Carrillo te puedo asegurar que también. Nunca lo había visto tan acojonado.

Tratándose de Karim, a Silvia no le sorprendió lo más mínimo.

–Si sabías esto –preguntó–, ¿por qué no lo dijiste cuando apareció el cadáver de tu jefe?

El rostro del chófer se ensombreció, consciente de que acababa de meterse en un jardín del que le costaría salir.

–Pues no sé… No creía que fueran ellos…

–¿No los ves capaces? –interrogó Silvia, enarcando las cejas.

–A ver, sí, claro. Esos cabrones juegan duro.

–¿Dónde estabas tú esa tarde, la del lunes? –preguntó Joel–. ¿No se supone que eras su guardaespaldas?

–No, tío. No te confundas. Yo era su chófer. Y le hacía algunos recados, ya sabes, llevar documentos, alguna que otra compra, mierdas así. Pero entre mis obligaciones no estaba partirme la cara con peña tan chunga. Ni de coña. Quitarle algún pringado de encima, sí, pero ya está… Esa tarde, por suerte para mí, estaba pasándole la ITV al Mercedes. Me enteré luego de todo, cuando me lo contó. Y claro que pensé que esos se habían pelado al jefe. Por eso me cagué y cerré el pico. Pero no dejé de darle vueltas. Por suerte, descubristeis que habían sido esos dos cabrones, los que intentaron tangar al jefe con la venta del chalet. Y fue un alivio, la verdad.

Joel y Silvia se miraron. Y sonrieron. Al chófer no le pasó desapercibido.

–¿Qué pasa? ¿Qué os hace tanta gracia?

–¿Te sientes aliviado? –preguntó Silvia. Ahora era ella la de la sonrisa socarrona.

–Sí, ¿por qué?

–¿Sabes quién es Manuel Solís?

–Sí, claro. Belén me pone al día de cómo va la investigación. Es el otro estafador, el que todavía no han detenido. El fugado.

–Y, por casualidad…, tú no sabrás dónde está tu colega, ¿no?

Héctor León abrió mucho los ojos y su mirada comenzó a oscilar entre uno y otro policía, con la mandíbula caída y la boca ridículamente abierta. De manera inconsciente, dio un paso atrás.

–¿Por qué decís que es mi colega? Yo solo lo conocía de vista, de cuando llevaba al jefe a alguna reunión con ellos, o a comer a algún restaurante… Pero yo no he cruzado ni dos palabras con ese tío ni con el otro, el viejo…

–¿Es que en la prisión de Zuera hay voto de silencio o qué? –lo cortó Joel–. Eso es nuevo. Dos presos en la misma celda y no cruzan ni dos palabras…

Héctor se llevó una mano a la cabeza. No había que darle tregua. Silvia apretó.

–Estás de mierda hasta el cuello. Lo sabes, ¿no?

–¡No, no, no, no! Escucha… –Los miró a ambos, alternativamente–. Escuchad… A mí no me podéis liar con el asesinato. ¡Yo no tengo nada que ver!

Eran palabras desesperadas, exclamadas con tono desesperado. Había gente sentada en un banco cercano, y se volvieron para observarlos. Héctor, consciente de ello, bajó el volumen de su voz al continuar:

–Yo les pasé algo de información, de acuerdo, les conté lo de la pasta en negro y que Belén iba loca por tener una casa en la Cerdanya, pero de ahí a que me endoséis una muerte... No podéis, es demasiado... Yo no tengo nada que ver con eso. ¡Mierda! Pero si ni siquiera llegué a trincar nada por pasarles esa información...

–¿Esperabas cobrar de unos estafadores? –preguntó Joel, con sorna–. Vaya fe...

–Ya... –Héctor se sentó en el borde de la zona de carga de la furgoneta, abatido–. Os juro que el martes por la mañana, cuando acompañé al jefe a casa de su hermana a por la pasta del contrato de arras, no dejaba de repetirme: «Que no te jodan esos dos, que no te jodan esos dos...». Y mira.

–¿Has tenido noticias de Manuel desde aquella noche?

Héctor negó con la cabeza.

–Al principio lo llamé varias veces, porque quería cobrar. Incluso fui a su apartamento...

–¿Qué apartamento?

–El de la calle Galileo.

–Vale, sigue.

–Pues eso, que intenté contactar con él, sin éxito. Pero cuando me enteré de que era sospechoso de matar a Carrillo, dejé de hacerlo.

–Y ¿no se te ocurre ningún otro sitio donde pueda estar escondido ahora?

–¿Yo? Ni idea. A quien le tenéis que preguntar es al viejo.

–¿A Estrada?

–Sí, a Estrada. Esos dos llevan un rollo muy raro... Muy íntimo.

Aquello pilló a Silvia por sorpresa.

–¿Son pareja? –preguntó Joel.

–Eso lo has dicho tú. Yo solo he dicho que se toman muchas confianzas.

El chófer se puso en pie.

–Sabéis que no tengo nada que ver con la muerte de Carrillo. Si me queréis acusar de intento de estafa o de pasar información confidencial o de lo que sea que queráis acusarme, lo acepto. Me lo como. Pero, por favor, dejadme fuera del asesinato del jefe...

–No podemos prometerte nada –dijo Silvia.

El chófer bajó la mirada.

–Una cosa más. –A la mossa se le había ocurrido una última pregunta–. Tú conoces a Manuel... ¿Lo ves capaz de matar a alguien asfixiándolo?

Héctor enarcó las cejas y los miró a uno y a otro, con cara de extrañeza.

–¿No os habéis enterado todavía?

Ahora eran ellos los que no entendían nada.

–¿A qué te refieres? –preguntó Silvia.

–He hablado con Belén esta mañana. La autopsia ya está lista. Y la causa de la muerte no fue el golpe ni la asfixia. Fue una puñalada en el costado. El segundo forense que analizó el cadáver lo descubrió al desnudar el cuerpo... Pero se supone que vosotros ya lo sabíais, ¿no? –Y, tras una pausa, añadió–: ¿De verdad venís de Sant Feliu?

55

Momo no se atrevía a abrir la boca. Jamás había visto a Karim tan ido como lo estaba aquella noche, y eso que lo había visto cometer todo tipo de locuras. Pero lo que planeaba hacer aquella noche era una declaración de guerra en toda regla.

No atendía a razones. Nadie se había atrevido a llevarle la contraria cuando lo propuso, o al menos sugerirle que se tomara un respiro y le diera antes otra vuelta a todo el asunto. Nadie. Todos, del primero al último, se habían limitado a asentir y apretar el culo por lo que pudiera pasar. El único con los cojones suficientes para convencerlo de que recapacitara era Larbi y, bueno..., ese ya no estaba por allí. De hecho, era el culpable de todo lo que estaba a punto de suceder.

Momo había flipado al oír aquello de que se había conchabado con los ultras. Costaba creerlo, pero... ¿por qué no? Traiciones más gordas se habían visto, y todo por la jodida pasta. Incluso a Karim, con todo lo que aquella traición suponía, le había afectado profundamente enterarse de que Larbi no se había suicidado, sino que lo habían liquidado los ultras. La noticia lo había desquiciado por completo.

Tras eso, no pensaba en otra cosa más que en contraatacar. Decía que las cosas no podían quedar así, que aquellos cabrones estaban jugando con él, que querían joderlo, volverlo loco, y que no pensaba tolerarlo.

Ni siquiera el Profesor, con su cobardía habitual, había osado abrir la boca. A ese solo parecía importarle cómo demonios iba a deshacerse del cadáver del guineano.

De modo que ahí estaba Momo, en Poblenou, sentado al volante de un Seat León FR robado, con el pie temblando sobre el pedal del acelerador, esperando a recibir luz verde para poner el vehículo en movimiento.

A su espalda, tumbado en el asiento de atrás, se encontraba Karim, vestido de oscuro, con una gorra calada hasta las cejas y sosteniendo un subfusil en los brazos. Su objetivo era la gran discoteca Supersonic, de la calle Almogàvers.

No eran los únicos que aguardaban a entrar en acción. Los hermanos Alí, a quienes Karim parecía haber sacado de la cuarentena sospechosa, estaban listos, cerca de la discoteca Ego Club, en el paseo marítimo de la Barceloneta. Igual que los hermanos Hajjaji, en las inmediaciones de la discoteca Kabuki, situada en la parte alta de la calle Aribau.

Los tres locales tenían algo en común: su vigilancia corría a cargo de los ultras de Front Pirata. La habían conseguido de malas maneras, con presiones y amenazas, al igual que la de tantos otros locales en toda Barcelona. Y no solo trincaban del servicio de vigilancia, sino que también se aseguraban de que ellos fueran los únicos proveedores de toda la mierda que se vendía tanto en el interior como en sus inmediaciones.

Pero aquellas tres eran las mejores discotecas que manejaban. Sus niñas bonitas.

A la una y treinta y uno, Karim dijo:

–En marcha.

Momo tomó aire. Si la cosa iba bien, y no había razón para que no lo fuera, acabaría rápido. Lo que más le preocupaba era la huida: deshacerse de todo, sin que surgieran problemas...

–¡Te he dicho que tires!

–Voy, voy.

Torció en la calle Badajoz y enfiló Almogàvers. Todo estaba repleto de gente. Frente a la discoteca, se agrupaba una multitud haciendo cola para entrar. Era una discoteca grande, con varios ambientes, que solía utilizarse para celebrar conciertos. Sobre la fachada, en grandes letras blancas iluminadas, se podía leer ya desde lejos el nombre: SUPERSONIC.

Karim bajó la ventanilla posterior del lado izquierdo, la que daba a la acera de la discoteca. Antes de llegar al último cruce, dijo:

–Reduce.

Momo levantó el pie del acelerador. Lo habría hecho, en cualquier caso, porque unos cuantos metros más adelante una chica acababa de apearse de un vehículo parado en la acera de la derecha y cruzaba sin mirar. Reía y le gritaba algo hacia la multitud que aguardaba su turno para entrar a bailar.

Karim se incorporó en el asiento. El cañón del subfusil asomó por la ventanilla. Sonaron las detonaciones, ensordecedoras.

Y se desató el caos.

56

El domingo por la mañana, temprano, Silvia conducía de camino a la comisaría de Esplugues escuchando en la radio del coche nuevas informaciones acerca de la noticia del día. O, mejor dicho, de la noche anterior: el triple tiroteo en varias zonas de ocio. Los compañeros de UTI Barcelona debían de estar bien entretenidos con aquel asunto.

Lo más sorprendente era que no había fallecido nadie, aunque sí había un par de chicas en estado crítico, de diecinueve y veintidós años respectivamente. El número de heridos, de manera o bien directa por los disparos o bien indirecta por pisotones, empujones y golpes de la multitud que trataba de ponerse a salvo, pasaba de la treintena. Y el número de ataques de ansiedad, durante y después de aquella sangría de tiros, había desbordado a los equipos sanitarios desplazados a los tres puntos atacados.

«¿A qué ha venido esto?», se preguntaban los medios.

Saúl lo tenía claro:

–Esto ha sido para joderles el negocio a esos tarados –dijo Saúl, señalando la pantalla, donde aparecía la entrada de la discoteca Supersonic. Solo estaban iluminadas tres letras, que se habían librado de los disparos–. Son discotecas controladas por los ultras. ¿Quién va a querer ir ahí ahora?

–Suerte que no han disparado a matar.

–O eso, o que tienen una puntería de pena...

Por si fuera poco, los medios de comunicación no perdían ocasión de resaltar que tan solo faltaba un día para la inauguración del Mobile World Congress, el evento con mayor afluencia de público y repercusión mundial de la Fira de Barcelona.

–¿Y si…? –inició la frase Saúl. Tanto él como Silvia detestaban los «y si...» como el que más, pero estaba claro que había «y si…» e «y si...», y algunos llevaban a teorías certeras–. ¿Y si la peña de Front Pirata es la que está detrás de lo que sucedió en Zona Franca, lo que cojones fuera aquello, y Hassani les ha devuelto el golpe? ¿Te parece una locura?

Por lo que habían dicho en prensa, algunos testigos afirmaban que los autores del triple tiroteo eran magrebíes. Y aún no tenían ni idea de qué había desencadenado aquel otro tiroteo que se había producido en Zona Franca a principios de semana, el mismo en el que se había detenido a Larbi. El difunto Omar Larbi. ¿Acaso había un enfrentamiento abierto entre ellos y desde la UTI Metrosur no se habían enterado de nada?

Tras recapacitar unos instantes, Silvia respondió:

–Sí, claro que me parece una locura, pero tampoco lo descartaría.

Antes de salir de casa, Silvia había telefoneado a Joel y le había contado la teoría de Saúl. Este se mostró menos entusiasta, porque creía que, en aquellas circunstancias, sabedor de que lo estaban investigando de cerca, Karim no se expondría tanto; no obstante, como tenía previsto acudir a comisaría para encarar el problema con la traductora, dijo que estaría atento por si descubría algún indicio en la intervención telefónica que respaldara su hipótesis.

El Seat Ibiza de Silvia abandonó la ronda de Dalt por la salida 12. Álvaro Estrada había sido trasladado desde la comisaría de Rubí a la de Esplugues la víspera anterior, pues debía pasar a disposición del juez que instruía las diligencias del homicidio de Valentín Carrillo. Silvia confiaba con llegar a tiempo para hablar otra vez con él.

A última hora de la tarde, Jordi Quiroga le había confirmado lo que rato antes le había adelantado Héctor León: que la verdadera causa de la muerte del Coletas era una herida de arma blanca localizada entre la axila y el pectoral izquierdos. La hoja, delgada y cortante, entró y llegó hasta el corazón. Quiroga no había ido tan desencaminado cuando intuyó que el nivel de atención, por no hablar del nivel etílico, del forense que había acudido aquella madrugada al despacho de Carrillo no era el idóneo.

En cualquier caso, si el arma homicida fue algo parecido a un cuchillo, ¿quién había aparecido con marcas de cortes en las manos? Bingo: Álvaro Estrada, el mismo que había asegurado que Carrillo los había atacado con un abrecartas que, casualmente, no se había encontrado en el lugar del crimen.

Silvia estaba que echaba fuego por la boca. ¿Cómo se había dejado engatusar por un estafador profesional?

En la comisaría de Esplugues no tuvo que representar ningún papel. Sabían que trabajaba en la UTI Metrosur y no le dieron ninguna importancia al hecho de que bajara a hablar con el detenido. En cuanto lo tuvo delante, le soltó:

–Eres un puto mentiroso.

–¿En qué te he mentido? –preguntó Estrada, al tiempo que apoyaba las manos en los barrotes, tratando de acercarse a ella. Tenía una pinta lamentable: sin afeitar, despeinado, la ropa arrugada y unas ojeras que le llegaban al suelo–. He sido sincero en todo.

–¿Cómo te hiciste esos cortes? Repítemelo.

–Quitándole el abrecartas a Carrillo.

–Y ¿qué hiciste con él después?

–Ya te lo dije. Lo tiré al suelo.

–¿Lo tiraste al suelo o se lo clavaste a Carrillo?

–Lo tiré al suelo... No sé adónde fue a parar, no lo recuerdo. Pero lo tiré. Eso sí lo recuerdo bien... Estaba a punto de clavárselo a Manuel y se lo arranqué como pude, destrozándome la mano, y lo tiré lejos... ¿A qué viene esto?

La miraba con gesto de incredulidad. Desde luego, al tío se le daba bien actuar.

–¿Sabes lo que estoy pensando? –Silvia estaba encendida–. Que quizá sí forcejeasteis; incluso me creo que intentó clavarle el abrecartas a tu socio y que tú se lo quitaste, y te destrozaste la mano. Pero estabais en superioridad. Dos contra uno. Y ganasteis. Lo tirasteis al suelo y lo matasteis clavándole el abrecartas, directo al corazón.

Estrada dio un paso atrás. Ya no se tomaba ninguna molestia en fingir. El interior de la celda estaba en penumbras, y la luz del pasillo solo la iluminaba parcialmente. Se sentó en el murete, con la mirada clavada en el suelo.

–No hay rastro del abrecartas –informó Silvia–. De entre todos los indicios recogidos en el lugar de los hechos, ninguno de ellos es el abrecartas. Y de haber estado allí, aunque todavía no se sabía que la causa de la muerte era el apuñalamiento, sin duda se habría recogido como indicio, ya que tenía restos de sangre. Tu sangre. Pero no se encontró. Y, mira por dónde, de momento, tú eres el único que ha reconocido haber tenido en la mano algo que coincide plenamente con el arma del crimen y que ha desaparecido. Dices que no has sido tú. Pongamos que te creo. Pero, si no has sido tú, la respuesta es sencilla. Y la sabes muy bien.

–Manuel...

–Premio.

Estrada negó con un movimiento de cabeza, pero fue un gesto sin energía, carente de convicción.

–No puede ser. No puede ser...

–Bueno, una cosa es que no pueda ser, y otra muy distinta es que no quieras que lo sea. Pero es posible. Se echó para atrás en mitad de la huida. Regresó al despacho, Dios sabe por qué. Tú dices que para recoger la copia del contrato de arras. Yo digo que para rematar a Carrillo... Puede que tuviera miedo de que os acusara.... O puede, simplemente, que se quedara con las ganas de hacerlo. Pudo hacerlo, lo sabes tan bien como yo.

–Y, aun así, te digo que eso no es lo que sucedió. Cuando los dos nos marchamos de allí, Carrillo seguía vivo.

Ahí seguía, sin bajarse del burro. Aunque cada vez había menos seguridad y aplomo en sus palabras. Quizá comenzaba a perder confianza en la estrategia de llevar la mentira hasta el final; podía funcionar con las estafas, pero con un homicidio cargado de indicios era un auténtico tiro en el pie.

–Hay algo que no te he preguntado –dijo Silvia–: ¿Cómo conociste a Manuel? ¿En prisión?

Estrada levantó la mirada hacia la mossa. Se puso a la defensiva.

–No. Me lo presentó un conocido.

–¿Dónde?

–Y eso qué más da...

–¿Por qué lo proteges, eh? ¿Qué hay entre vosotros?

–No es lo que insinúas –respondió Estrada tras un breve silencio.

–Yo no he insinuado nada.

–Ya. Y aun así, tu pregunta va cargada de intenciones.

–No te equivoques. Yo no tengo prejuicios. Y hace tiempo que dejé de sorprenderme por muchas cosas. Es tu silencio el que da pie a especular. Nada más.

Estrada se puso en pie y se encaramó de nuevo a los barrotes. Bajo el haz de luz, Silvia podía ver con detalle los surcos de su castigado rostro; parecía haber envejecido treinta años en los últimos tres días. La miró fijamente a los ojos y dijo:

–Es mi hijo.

Silvia enarcó las cejas, perpleja. Eso no se lo esperaba.

–Es hijo de una relación que tuve antes de conocer a Marisa. Sabía de la existencia del crío, pero me desentendí, y la madre tampoco vino en mi búsqueda. El destino quiso que me lo presentaran una vez en Tarragona, y que me hablara de lo perdido que estaba. Y, aunque no lo creas, me sentí culpable. –Rio, pero fue una risa triste, apesadumbrada–. Yo, el puto egoísta. El cabrón más grande que ha parido madre. Me apiadé de él. Porque iba de mal en peor. Y quise...

–Enseñarle el oficio.

–Algo así...

–Conmovedor.

El hombre soltó un bufido de derrota.

–Silvia, por favor, deja de burlarte de mí. Aunque no lo creas, con los años he empezado a verlo todo de otra manera. Y la enfermedad de tu prima... Eso me partió el alma.

–Para que se te parta el alma, antes tienes que tener una. Y tú le jodiste mucho la vida a Ali...

Estrada ni siquiera se defendió.

–Hay que encontrar a Manuel –dijo Silvia–. ¿No sabes de ningún sitio donde pueda estar escondido? En casa de su madre o donde sea... Madrid, Andorra, Tarragona... Cualquier sitio que se te ocurra.

–Conociéndolo, no creo que se haya movido mucho. Es de los que se acojonan rápido. Por eso dudo que él...

–No volvamos al tema.

–Hay un hotel a la entrada de Rubí donde le gustaba hospedarse. Pequeño, modesto. Y discreto. Creo que se llama Sant Pere.

–No creo que esté en ningún hotel. Envían a diario su registro de clientes a Mossos. Si se hubiera hospedado en alguno, sin duda habría saltado un aviso.

–A menos que use un DNI que no sea suyo.

–¿Usáis DNI falsos?

–No. Te estoy hablando de DNI legales, con la fotografía de tipos que se parecen a nosotros. Hay todo un mercado negro de DNI y pasaportes.

–De eso tendremos que hablar... Pero dime, ¿sabes qué nombres puede estar utilizando?

Estrada se encogió de hombros.

–Cada uno usa los suyos, y tenemos varios. Media docena.

Había que joderse.

–¿Podrías reconocer alguno si te traigo el registro?

–Podría... Te ayudaré a encontrarlo, pero él no apuñaló a Carrillo.

–De verdad, no volvamos a eso.

–Es que, si lo hubiera hecho, me lo habría dicho. ¡Estoy seguro! Lo que no entiendo es por qué no habéis encontrado más imágenes.

–¿A qué te refieres? Tenemos las imágenes del edificio, y solo hay en el hall de entrada y en el acceso al parking interior. Y, como ya te dije, vosotros fuisteis los últimos que lo visteis con vida.

–Ya. Pero me extraña que no haya cámaras en el despacho.

–¿Por qué? ¿Acaso las viste?

–No, pero recuerdo que el día que nos comentó lo del problema con los marroquíes, Carrillo dijo algo así como: «Si esos cabrones hubieran venido al despacho en lugar de a mi casa, ahora los tendría cogidos por las pelotas».

–Pues si hubiera cámaras en el despacho, tendríamos las imágenes. Eso puedes darlo por hecho.

De pronto, la puerta del pasillo se abrió y, tras el mosso de custodia, se internaron en los calabozos dos agentes del Grupo de Homicidios de la UTI Metrosur. Estos, al advertir la presencia de Silvia, se quedaron perplejos.

–Pero ¿qué haces tú aquí?

57

–Farida, sé lo que estás haciendo.

Joel se lo soltó tal cual, a bocajarro.

Ambos estaban sentados en uno de los locutorios de la UTI; ella frente al ordenador y él a su lado, muy cerca, mirándola a los ojos. Los compañeros de guardia del turno de mañanas habían salido a tomar una declaración, de modo que se encontraban solos. La intérprete frunció las cejas, extrañada. O quizá no fuese más que una pose. Quizá estuviera fingiendo.

No era la primera vez que Joel se veía inmerso en una de esas situaciones. Él jugaba al juego de «sé que has sido tú», mientras que la otra persona, Farida en este caso, contraatacaba con el «me voy a hacer la loca porque no puedes demostrarlo». Por experiencia, Joel sabía que el porcentaje de ocasiones en que quien tienes delante acabe confesando es bajo, más aún cuando se trata de delincuentes curtidos. Pero, por suerte, no siempre es así y hay personas que, susceptibles a la amenaza y con miedo a perderlo todo, ceden al final. ¿De qué pasta estaba hecha Farida?

–¿A qué te refieres? –preguntó la mujer, evitando mirarlo a los ojos.

–Sabes a qué me refiero. Pero, para que no quede ninguna duda, lo diré con todas las letras: sé que le has estado pasando información a Karim Hassani.

De pronto, dos lagrimones comenzaron a rodar por el rostro de Farida y, aun así, la mujer dijo:

–Yo no he hecho nada. Tienes que creerme, por favor...

Ahí estaba, el inicio de una confesión: negación y, a la vez, la búsqueda de una salida. Joel lo había conseguido. Había sido sencillo, pero también estaba sobrepasado, al ver el calibre de la patata caliente que le acababa de caer entre las manos.

Farida ya lloraba a lágrima viva. Aunque a Joel le habría gustado decir que esa reacción le traía sin cuidado, lo cierto es que sí le afectaba. Sin embargo, no hizo el menor gesto para consolarla. Porque él no era ni psicólogo ni asistente social. Era policía. Y, además, no podía olvidar que por culpa de aquella mujer Karim se había presentado en el parque donde su hijo jugaba y los había amenazado. De modo que continuó metiéndole más miedo en el cuerpo.

–Lo que estás haciendo es muy, muy grave. Lo sabes, ¿no? Y que por eso te pueden caer de ocho a doce años de prisión. –Torció la boca, forzando una mueca de disgusto, y continuó–: Claro que lo sabes, pero confiabas en que no te pillaríamos, ¿verdad? Pues te hemos pillado. Y te van a juzgar como un miembro más de la banda de Karim, como una pieza de su organización criminal, y van a condenarte igual que al resto, por los asaltos violentos y el tráfico de drogas.

–¡Yo no quería! –exclamó entre sollozos–. Karim me obligó. Me amenazó con hacernos daño a mí y a mi familia. ¡Te lo juro! ¿Qué podía hacer, eh?

–Venir a comisaría y contarlo, por ejemplo.

Ella negó enérgicamente con la cabeza, mientras se sonaba los mocos con un clínex arrugado.

–Lo pensé, de verdad que lo pensé, pero no me atreví… Tienes que creerme….

–Da igual lo que yo crea. Lo que cuenta es lo que has hecho tú… Y, por lo pronto, lo que has hecho es colaborar con una banda de delincuentes. ¿Cómo se enteró Karim de que trabajabas con nosotros?

Farida lo miraba con los ojos muy abiertos, enrojecidos por el llanto. Sus pupilas, negras y brillantes, bailaban de un lado a otro.

–No sé cómo se enteró. Vino un día a casa y me ofreció dinero a cambio de informarle de cómo iba la investigación… No me dio opción. Me amenazó con que, si no lo hacía y lo arrestabais, yo pagaría las consecuencias.

–¿Y te ha pagado algo?

–Todavía no. Pero cuando lo haga os traeré el dinero. ¡Te lo juro! Os lo traeré. No quiero tener nada que ver con eso...

–Farida. –Joel tenía la impresión de que la mujer no era plenamente consciente del problema en el que se había metido–. Por mucho que entregues ese dinero, por mucho que ahora confieses, eso no quita lo que has estado haciendo...

–¿Y qué puedo hacer? Tengo hijos, mi marido está en paro. Si yo no llevo dinero a casa, no sé qué va a pasar... –Agachó la cabeza, hipando desesperada, y tras unos segundos volvió a levantarla para preguntarle–: ¿Qué va a pasar ahora, eh? ¿Qué me va a pasar?

Eso mismo se estaba preguntando Joel. ¿Qué iba a pasar ahora? Y lo más importante: ¿qué paso iba a dar él? Tenían dos opciones: detenerla o utilizarla. Así de sencillo.

Joel sabía que, si llamaba en aquel momento a Lucía, su sargento, y la ponía al tanto de todo, esta se inclinaría por la primera opción. Porque así era ella. Legalista. Cuadriculada. Y prácticamente ya podían poner fin a la investigación, que a aquellas alturas estaba ya en sus estertores, con la jueza de instrucción amenazando con cerrar el caso, asumiendo que jamás recuperarían el hachís robado.

O podía posponer esa llamada. Y que conste que la expresión que utilizó consigo mismo fue «posponer la llamada». Nada de esconderla. Solo posponerla. Porque Joel confiaba en jugar esa baza, por su cuenta y riesgo; sabía que, al menos, Silvia lo apoyaría. Y estaba convencido de que Farida aceptaría aquella salida momentánea.

Mientras cavilaba, la mujer seguía llorando ante él, apoyada sobre el escritorio, tapándose el rostro con las manos. Se esperaba lo peor. Joel le puso una mano en el hombro, no para consolarla, sino para llamar su atención. Ella lo miró.

–Farida, a partir de este momento vas a hacer todo lo que yo te diga.

Ella asintió, sumisa.

–¿El teléfono de Momo sigue funcionando?

Farida asintió y añadió:

–Los otros ya no los utilizan; en cuanto le dije a Karim qué números teníais pinchados, los dejan siempre en casa. Pero Momo sigue usándolo. No para hablar con Karim y los demás de la banda, para eso debe de tener otro, pero sí para hablar con amigos del barrio.

–Pero ¿aún lo lleva encima?

–Sí. Casi siempre.

Joel albergaba la esperanza de que aquel teléfono les permitiera averiguar el nuevo número de Karim y los de otros miembros o al menos que entrara alguna llamada relevante... Aunque aquello era mucho esperar, yendo a contrarreloj como iban.

–Más vale que Karim no se entere de que Momo sigue con su viejo número. Ni de eso ni de las novedades que aparezcan en la investigación. Por no hablar de nuestra conversación.

–No diré nada, te lo juro... Pero ¿qué hago cuando me pregunte si todavía lo investigáis por el abogado muerto?

–Tú dile que era una falsa alarma. Que uno de los asesinos ya está detenido y el otro, su amigo, caerá pronto.

–Y ¿qué pasará conmigo?

–Tú haz lo que yo te diga y después hablaremos. No estás en posición de exigir.

58

Karim estaba de bajón.

Y eso que, después del ataque a las discotecas, sintió tal grado de euforia que la adrenalina le chorreaba por las orejas. En lugar de volver a casa se fue derecho al Gym 24 Horas a reventarse los músculos y recuperar el tiempo perdido durante los últimos días. Pero al amanecer la exaltación inicial había comenzado a ceder terreno al cansancio. Y no solo eso: también al pesimismo y la preocupación.

¿Era ansiedad lo que sentía? No había motivo. Llevaba toda su puñetera existencia viviendo al límite, y jamás había temido correr riesgos. Se tomó una larga pausa de la sala de máquinas para poner orden mental a todos sus asuntos.

La policía podía apretar todo lo que quisiera, pero si no conseguían probar nada, el tiempo entre rejas iba a ser tan corto que no tendría tiempo ni de deshacer el catre. Además, gracias a la traductora, iba un paso por delante de ellos, así que les podían dar mucho por culo.

Lo de los ultras era más bien una cuestión de cojones, una lucha en la que él se sentía cómodo. La clave estaba en no ceder ni un palmo de terreno, dejarles claro que a él nadie le jodía. Aunque para eso necesitaba músculo y, sobre todo, gente en la que confiar. Y tenía que reconocer que últimamente no iba muy sobrado de ninguna de las dos cosas.

Lo de Larbi... joder, cómo dolía pensar en él. Los recuerdos del pasado eran cojonudos y, sin embargo, le producían una sensación amarga que lo reconcomía por dentro. Porque todavía no sabía qué pensar. ¿Le había traicionado realmente? Seguía sin creerlo, y aun así... aunque no se hubiera suicidado empujado por los remordimientos, aunque aquellos cabrones se lo hubieran pelado para vengar la muerte del tipo del maletero, seguía cabiendo la posibilidad de que fuera un traidor.

Y, por si no tuviera bastante, la familia de Larbi se había puesto en contacto con él para pedirle un favor: que les ayudara a costear la repatriación del cuerpo a Marruecos. Querían enterrarlo en el cementerio de su ciudad natal, a pesar de las circunstancias. Y las circunstancias eran, a vista de todos, que se había suicidado. Una auténtica deshonra para la familia. Porque el Corán prohíbe el suicidio, un grave pecado ya que la vida humana es sagrada y blablablá. A Karim todo eso se la pelaba, y a Larbi también, pero a su familia no. Y, aunque tuvieran que hacerlo de noche y con discreción, querían enterrar a su hijo y hermano en su tierra natal.

Karim había accedido. A pesar de las dudas. No quería que nadie supiera que se había dejado traicionar por su mano derecha. Eso sí que era una deshonra y un grave problema de credibilidad.

Salió del gimnasio y, a pesar del agotamiento, se dirigió al bar de Hicham, a comer algo antes de meterse en la cama. Aún notaba molestias en el estómago, pero la medicación recetada por la doctora de urgencias impedía que fueran a más. En el bar, el asunto del triple tiroteo era la comidilla, pero nadie se acercó a él para preguntar. Podían leer en su cara que no estaba para hostias, y decidieron dejarlo tranquilo.

No obstante, a media mañana, cuando se disponía a abandonar el lugar para ir derechito al piso de Jenni y dormir, el Profesor se sentó a su mesa.

–Tenemos que hablar –dijo. Su tono y la mueca agria de su rostro denotaban miedo.

Karim resopló, pero accedió:

–Aquí no. Vamos fuera.

Salieron por la puerta trasera. Daba a un pequeño parque interior, rodeado de edificios.

–Esto se te está yendo de las manos. Tienes que parar ya.

–Yo no lo empecé. Que paren ellos.

–Lo de anoche fue una ida de olla –soltó el Profesor, con un bufido de impaciencia–. ¿Qué crees que van a hacer esos tarados ahora? ¿Parar? ¡No, joder! Van a responder con violencia. ¡Y van a venir a por todos!

Desde luego, el tipo no daba la talla. No valía para el juego de la calle.

–Cálmate, ¿vale? Lo tengo todo controlado…

–¿Controlado? ¡Qué coño vas a tener tú controlado…! ¿Sabes lo que van diciendo esos cabrones por ahí? Pues que te van a joder el alijo. Como lo oyes. Así que, si pretendías que se acojonaran con lo de ayer, no has hecho más que picarlos…

–Esos hijos de puta ni se van a acercar a mi hachís. ¡Antes los reviento!

–No tendrías que haber hecho lo que hiciste. Si lo llego a saber…

–¿Me lo habrías impedido? –preguntó Karim, echando los hombros para delante, agrandando su envergadura. Se había machacado tanto aquella noche que se sentía como un toro. Y, de hecho, lo era. El Profesor, que no había pisado un puñetero gimnasio en toda su vida y a su lado parecía un anoréxico yonqui, dio un paso atrás, por si acaso, y no osó responder–. Ah… Por un momento había pensado que te creías lo suficientemente hombre como para decirme lo que puedo y no puedo hacer.

–Es que lo de ayer fue una locura… La noticia ha salido en todos lados. Y con la poli encima de nosotros…

–La poli está controlada.

–Yo solo te digo que te lo tomes con calma, ¿vale? Si Omar estuviera aquí, seguro que…

–Seguro que me habría dicho lo mismo, ¿no? Pues el caso es que no está aquí. Y yo sí. Y yo tomo las decisiones. Y, si no te gusta, te jodes.

El Profesor puso cara de resignación.

–Sé que no soy quién para decirte como debes hacer las cosas –dijo–. Pero esos tíos me dan miedo, ¿vale? Les hemos jodido el negocio y pueden venir a joder el nuestro.

–¿El nuestro o el tuyo?

– Sí, vale. El mío. Lo admito. Pero no quiero que vengan a mi terreno y me echen, ¿vale? Ni tener que estar deshaciéndome de fiambres como el de ayer. Quiero las cosas fáciles.

–¿Fáciles? No me hagas reír. No hay nada fácil en este negocio. Si querías las cosas fáciles, haberte hecho panadero.

59

Cuando el teléfono sonó, Saúl estaba batallando con Candela para que abriera la boca y comiera la crema de calabaza que le había preparado. Se volvió y estiró el cuello para mirar la pantalla, y se sorprendió al leer el nombre del jefe de la UTI, Juan Antonio Lacalle. Lo primero que le vino a la cabeza fue Silvia. Lo segundo, problemas.

–Hola, jefe –saludó con tono seco.

Al otro lado de la línea, Lacalle tardó en responder. Y, cuando lo hizo, sonó incómodo.

–Hola, Saúl. ¿Cómo lo llevas?

–Jodido, pero qué remedio.

–Bueno, estas cosas…

Saúl no estaba para pamplinas.

–Me sorprende que me llames un domingo, y después de tanto tiempo, para ver cómo estoy.

–Ya..., esto…

–¿Sucede algo?

–¿Está Silvia contigo?

–No. Ha ido a ver a su madre.

–Es que la estoy llamando y no me coge el teléfono.

–Estará liada. Pero bueno, es normal, ¿no? Hoy libra.

Lacalle soltó un bufido. No estaba acostumbrado a que lo vacilaran. Como era de esperar, cortó por lo sano.

–Mira, Saúl. Aquí ya nos conocemos todos. Esta mañana la han encontrado en la comisaría de Esplugues hablando con Estrada. Y ya se le ha avisado de que no debe inmiscuirse en la investigación.

–Por lo que yo sé, el homicidio está resuelto, ¿no?

–Prácticamente… Pero se le ha advertido que se mantenga al margen y…

–Quizá sería mejor que esto se lo dijeras a ella, ¿no? No soy su secretario.

–Estoy hablando muy en serio, Saúl. Me imagino que no me coge el teléfono porque sabe lo que voy a decirle, pero como no puedo hacerlo te lo digo a ti. Que pare ya, ¿me oyes? Es una orden y punto.

–Tengo entendido que todavía no ha aparecido el socio de Estrada, el tal Manuel. ¿No queréis que os ayude a encontrarlo?

El subinspector soltó un bufido cargado de hastío.

–Lo que queremos es que se mantenga al margen. Nos hemos enterado de que ayer también fue a ver al chófer de Carrillo. Y a mí no me parece que eso sea ayudar, sino poner en duda la investigación. Y el caso está cerrado, por mucho que le joda que su tío sea el asesino…

–El exmarido de su tía.

–Bueno, lo que sea… –Lacalle hizo una pausa. Sin duda se estaba conteniendo, pero no por mucho tiempo–. ¡Por amor de Dios, Saúl! Si hasta un ciego vería que, con todas las pruebas de que disponemos, el caso no tiene fisuras. ¿A qué cojones juega?

–Lo que tengas que hablar con ella, háblalo con ella. No soy su secretario.

–Eso ya lo has dicho.

–Pues creía que no me habías entendido.

–Mañana a primera hora la quiero en mi despacho. Si no lo entiende por las buenas, lo entenderá por las malas.

–¿Estás amenazando con expedientarla?

–No, esto no es ninguna amenaza, es un hecho. Así que te informo a ti y espero que le transmitas a ella cuando la veas que sí, que voy a abrirle un expediente por insubordinación. Punto y final.

–Pues muy bien. Punto y final. Pero respóndeme a una cosa. Por lo que tengo entendido, Estrada y su socio pelearon con Carrillo, ¿no? Le provocaron una herida en la cabeza de la que manó mucha sangre, forcejearon y después lo apuñalaron, ¿verdad? Entonces,

¿no te parece que iban demasiado limpios cuando salieron del edificio?

Silencio al otro lado de la línea.

–¿Sigues ahí, jefe?

–¿Cómo sabes tú todo eso?

–Pues porque, aunque casi sea un lisiado, todavía soy agente de la UTI Metrosur. Y hasta que os hayáis deshecho de mí, estoy al tanto de las investigaciones. Soy policía, joder. Soy policía.

Lacalle colgó sin despedirse.

Algo cayó al suelo a la espalda de Saúl. Era un sonido de plástico rígido impactando contra el parqué. La cuchara. Se volvió y lo primero que le salió de la boca fue un «No me jodas…». Había crema de calabaza por todos lados: la pared, el suelo, la mesa, la silla, el techo... La misma Candela estaba rebozada de puré naranja. Había en todos lados, menos en el plato y en la panza de la niña.

Ella, cómo no, sonreía, orgullosa de su obra de arte.

60

Lo que a Momo le apetecía aquel domingo al mediodía era quedarse en casa, bajo las sábanas, sin salir de allí. No podía olvidar lo de la noche anterior. Tras mucho resistirse, había buscado la noticia en su móvil, y cada titular que iba encontrando sonaba peor que el anterior, más catastrófico si cabía. Hablaban de heridos en estado grave, de terror, de ataque salvaje.

¡Si él solo se había metido en eso por la pasta! Porque lo que de verdad quería hacer era vivir de la música, con su propio estudio de grabación. Así de sencillo. ¿Cómo demonios había acabado así?

Llamaron de nuevo a la puerta de su habitación. Su padre no dejaba de darle la murga con que se levantara de una vez. Ya había tenido que soportar su sermón unos días antes, cuando apareció con el rostro hecho un cromo y el cuerpo medio reventado, como para aguantar otro chorreo con el rollo aquel del trabajo y la madre que lo parió. ¿Qué había sacado su padre, currando toda su condenada vida en la obra, tirando cables de aquí para allá, aguantando que lo trataran como un puto inmigrante? Nadie lo respetaba, joder, y Momo aún menos. Porque dejaba que todos lo pisotearan y solo se ensañaba con él, su hijo.

Se vistió con lo primero que encontró, se puso la riñonera cruzada en el pecho, y aprovechó que su hermana estaba absorta en la pantalla del teléfono móvil para llevarse su patinete eléctrico.

Sabía que los colegas estaban en el local de Fabregada, una nave industrial dividida en distintas estancias, insonorizadas y aisladas del resto, donde se reunían para echarse unos vicios a la Play e hincharse a porros. Ahí, precisamente, en uno de esos locales, era donde planeaba montar su estudio de música, igual que otros ensayaban con su grupo de música o simplemente pasaban el rato poniéndose ciegos y viendo pelis porno.

Nada más salir de su edificio, situado en el cruce de Aprestadora con Can Tries, en la parte más oriental del barrio Gornal, se subió al patinete y comenzó a coger velocidad. A su espalda, sin embargo, algo le hizo frenar. Fue un grito a modo de saludo.

–¡Qué pasaaaaa, Mooooooomooooo, hermano!

Se giró incluso antes de detener el patinete y descubrió que aquellas palabras provenían de Ilyas, un chaval del barrio que curraba para el Profesor desde hacía algún tiempo. Le caía bien, aunque se movían con gente distinta. Sabía de él que era hijo de padre marroquí y madre española, que había comenzado como aguador para el Profesor y que ahora gozaba de su confianza, controlando a otros que vendían para él. De hecho, Ilyas era el chaval que Karim y él se habían encontrado en la estancia donde habían torturado al guineano, aunque en su caso había tenido la suerte de pirarse antes de presenciar aquella salvajada.

Chocaron los puños a modo de saludo.

–¿Qué pasa, tío? –preguntó Ilyas. Iba vestido con ropa nueva, deportiva, de buena marca. Calcetines de un blanco impoluto subidos hasta la rodilla y unas Air Jordan que Momo no había visto antes–. ¿Para cuándo un nuevo tema de Momo Yuzzz, bro?

–Pronto –respondió, haciéndose el interesante–. Estoy en algo muy potente, que pegará fuerte.

–¿De qué vas a hablar esta vez? ¿De la puta poli? ¿De lo mucho que nos joden?

–Qué va, tío... –Le costaba revelar el tema central de su siguiente tema–. Algo más personal.

–¿Va sobre una piba?

–No, tío. Qué va... Es personal, pero no sobre mí... Es sobre Karim. Quiero rendirle homenaje.

Ilyas puso los ojos en blanco y formó una enorme O con sus labios.

–¡Uoooooh! ¡No me jodas! ¿Cómo un narcocorrido, pero en trap?

–Algo así.

–¡Fuaaaaaaaaa! Qué grande. ¡Eso quiero escucharlo!

La sonrisa modesta desapareció del rostro de Momo.

–No puede ser, tío. No está acabado aún…

–Pero algo podré oír, ¿no?

–Otro día –respondió a modo de excusa–. Otro día.

Lo cierto es que se sentía incómodo con el contenido de aquel tema. Se trataba de un sentimiento que había nacido durante los últimos días y que seguía creciendo conforme se sucedían los acontecimientos.

–¡Es que Karim es la hostia, tío! –exclamó Ilyas, agitando los dedos de la mano y haciéndolos petar–. Al cabrón no hay quien le tosa. ¿Estuviste anoche en el pollo de las discotecas?

Momo asintió con un ligero movimiento de cabeza.

–¡Qué mamón! Lo que hubiera pagado yo por estar ahí.

De buena gana le habría cedido su lugar a Ilyas. Desde luego, aquel sonaja no sabía de qué hablaba.

–¿No tuviste bastante con deshaceros del mulato? –preguntó Momo.

–Menuda mierda fue eso. Y encima tuve que aguantar al Profesor quejándose todo el rato, joder. Parecía una vieja. Que si él no se lo había cargado por qué tenía que deshacerse del puto cadáver, que si siempre le toca el trabajo sucio, que si Karim se cree que es su criado, que si está descontrolado, que si no hace más que meterlo en problemas, que si les va a reventar todo en la cara, que si esto, que si lo otro… ¡Joder con el puto Profesor! Me tiene aburrido. –Ilyas le puso una mano en el hombro a Momo y dijo–: Entre tú y yo. Estoy harto de trabajar para ese gallina. Huye del riesgo como de la peste.

–Tampoco es tan malo…

–Vamos, no me jodas. Yo quiero acción. Como tú. Como la que tienes con Karim, tío. ¿Me avisarás cuando haya otra movida? No quiero perdérmela.

Momo entendía a aquel capullo, y a la vez era consciente de que le bastarían dos movidas con Karim para querer tragarse aquellas palabras. Porque no tenía ni puta idea de lo que hablaba. Aun así, dijo:

–Está bien, tío. Si hay otra movida, le dejaré caer a Karim que quieres participar. A ver qué dice.

–Gracias, colega. Eres grande.

–No hay de qué –respondió. Y volvieron a chocar los puños.

–Tienes que dejarme escuchar ese tema, tío.

–Otro día –repitió, mientras ponía en marcha el patinete–. Otro día, ¿vale?

61

Aparcaron en batería frente al hotel Sant Pere y bajaron sin hacer el menor comentario. Los ánimos no estaban para fiestas. Se trataba de un hotel de dos estrellas, aunque tenía aquel aire rústico tan propio de los hostales. Estaba situado a la entrada de Rubí, con edificios bajos a lado y lado, y un gran recinto industrial al frente. Joel echó un vistazo a la fachada y se dijo a sí mismo que aquello, como poco, era una completa pérdida de tiempo. Deseaba acabar cuanto antes e ir a casa de su madre a recoger a Eric para pasar el resto del domingo junto a su hijo.

Silvia lo había recogido en comisaría después de que Saúl la telefoneara para explicarle cómo estaban las cosas con el jefe de la UTI. Lo último que necesitaba Joel en aquellos momentos era que le abrieran también a él un expediente disciplinario, pero ya estaba demasiado metido en el asunto y en cierto modo le debía lealtad a Silvia. Mientras comían algo en el Burger King del centro comercial de Sant Cugat, repasaron temas y debatieron sobre cómo proceder con la intérprete; concluyeron que era mejor esperar, por si surgía alguna información de interés sobre el asesinato o el paradero del hachís.

La terraza del hotel estaba hasta los topes, con todas las mesas llenas. Servían un menú casero de fin de semana a un precio bastante económico. De haberlo sabido, bien podrían haberse ahorrado las hamburguesas prefabricadas comiendo allí. Al menos así habrían sacado algo de provecho con la visita.

En el interior, el mostrador de recepción estaba desierto. Esperaron unos minutos, pero no acudió nadie ni observaron ningún timbre a la vista. Se adentraron en el comedor, también hasta los topes, y fueron directos a la barra, atestada de platos y vasos sucios. Una chica morena, probablemente ecuatoriana o boliviana, se encontraba al otro lado, haciendo cafés a marchas forzadas.

Silvia se acercó a ella y, mostrándole la placa de manera discreta, llamó su atención. En cuanto la camarera se volvió y observó la credencial, la mossa dijo:

–Disculpa. ¿Podríamos hablar con algún responsable de recepción?

La chica parpadeó, perpleja, como si acabara de oír hablar a una marciana.

–¿Perdona?

–No hay nadie en la recepción. ¿Podemos hablar con algún responsable?

Un bufido salió de la boca de la camarera. La cosa pintaba cada vez mejor.

–No sé –dijo al fin–. Hablen con Javier…

Silvia y Joel se giraron. Vieron a tres camareros con camisas blancas y pantalones negros moviéndose entre las mesas, todos con las manos cargadas de platos.

–¿Te importa decirle que venga? –pidió Joel.

Otro bufido y:

–¡Javier, la policía quiere hablar contigo!

Lo dijo a voz en grito, estirando el cuerpo sobre la barra. Y Joel y Silvia se volvieron hacia ella, incrédulos. Porque el reclamo no pasó desapercibido, por supuesto. Ni para los camareros ni para los comensales que había allí sentados, en la docena de mesas que llenaban el salón interior. Los murmullos cesaron de golpe, todos los ojos se volvieron hacia ellos y Joel y Silvia no supieron dónde meterse.

El tal Javier, un tipo de unos cuarenta años, con entradas y despeinado, se acercó a ellos. Estaba algo fondón y llevaba la camisa salpicada por salsas de distintas tonalidades. Por suerte, no parecía tan afectado por el ajetreo del servicio como su compañera de la barra. Con una sonrisa, les dijo:

–Si vais a detenerme, hacedlo antes de acabar el turno, por favor. Esto no hay quien lo aguante.

Lo dijo con gracia y salero, la verdad. Silvia sonrió cordialmente. Joel se limitó a enarcar las cejas. Se presentaron al camarero y, a los pocos segundos, los clientes del restaurante parecieron perder el interés en ellos.

–Necesitamos información sobre un cliente que se ha hospedado varias veces aquí. ¿Hay algún recepcionista con el que podemos hablar?

–Aquí acabamos haciendo todos de todo. No hay nadie asignado específicamente a la recepción, así que, si queréis, yo mismo puedo ayudaros.

–Claro –respondió Silvia.

Lo siguieron hasta la entrada del hotel y los tres pasaron detrás del mostrador de recepción, donde había un ordenador con la pantalla repleta de pósits en el marco. Le dieron los datos completos de Manuel Solís y el camarero lo tecleó. La respuesta apareció al momento en la pantalla.

–Sí, ha estado aquí cuatro veces; la última, hace dos meses.

–¿Recuerdas algo sobre él? –preguntó Joel. Era una pregunta obvia, pero había que hacerla.

El camarero negó, torciendo el gesto.

–No... Por aquí pasa mucha gente. Comerciales, camioneros, fulanos que han discutido con la parienta, mochileros... Hay muchos habituales, pero este no me suena, al menos por el nombre. Quizá si viera una fotografía...

Silvia comenzó a trastear en el teléfono móvil; había hecho una fotografía a la reseña como detenido de Solís. Amplió la imagen frontal y se la mostró al camarero.

–No sé... –Unos segundos de duda que parecieron eternizarse hasta que soltó–: Espera, espera, espera.

Se puso en pie y emitió un berrido en dirección al comedor:

–¡Encarna!

Por lo visto, allí la cosa funcionaba a base de gritos. Las valoraciones del hotel Sant Pere no debían ser muy altas en el apartado de tranquilidad. Unos segundos más tarde, cuando Javier se disponía a lanzar un nuevo grito, apareció una de las camareras que antes habían visto sirviendo platos a toda mecha. Debía de rondar los cincuenta años y parecía realmente cansada.

–¿Qué pasa?

–Aquí, los agentes. Que preguntan por un cliente... Pero debe de haber un error, porque creo que es el de la ciento siete.

–¿El desaparecido?

Joel y Silvia se miraron, alerta. ¿Acaso habían estado allí ya los de Homicidios?

–Mira la foto –propuso el camarero.

La tal Encarna estudió la fotografía que le mostraba Silvia, y asintió. Sin ninguna duda.

–Pero se llama Juan Ramón algo... Mira en la entrada del miércoles. Juan Ramón Luque, creo.

Y así era. Juan Ramón Luque Villalba. Con fecha y hora de entrada el miércoles a mediodía. Había reservado y pagado para una noche. Les mostraron la fotocopia del documento de identidad. Y se parecía a Manuel Solís, pero no era él.

–¿Seguro que es el de esta foto? –preguntó Silvia; necesitaba aclarar que no se trataba de la misma persona.

–Sí, sí –aseveró la camarera–. Ahora que me fijo, el del DNI es otro, pero el que vino el miércoles es este, el de su foto. Seguro. Vamos, segurísimo.

–Y ¿a qué viene lo del «desaparecido»? –preguntó Joel, fingiendo más curiosidad que otra cosa.

–Pues a que se marchó sin decir ni pío.

–¿Ni pío?

–Ni pío, ni pío. Vamos, que hasta se dejó sus cosas en la habitación y todo. Tuvimos que sacarlas y guardarlas ahí, en la consigna.

–Y ¿cuándo se marchó? –preguntó Silvia.

–Pues el mismo miércoles. Se pasó todo el día encerrado en su habitación y, a eso de las ocho, salió, habló con alguien que estaba ahí delante, parado en un coche, y después subió con él y se marcharon.

Había llegado el momento de comenzar a rascar de verdad. Los dos policías formularon sus preguntas a la vez, atropellándose. Joel hizo un gesto, cediéndole la palabra a Silvia. Esta continuó:

–¿Pudo ver con quién hablaba? ¿O qué coche era?

–Pufff... Yo estaba aquí, en la recepción, atendiendo a unos clientes que acababan de llegar y lo poco que vi fue a través de los cristales de la puerta. Me fijé en el hombre porque acababa de tropezarse con uno de esos clientes y ni se disculpó. Estuvimos hablando de lo maleducado que había sido, por eso lo mirábamos de vez en cuando. No sé quién conducía el coche, porque ni siquiera se veía entero. Pero era de color blanco... Y grande. Bastante grande.

–¿Hay alguna cámara que enfoque a la calle?

Javier intervino esta vez:

–No, lo siento. La única cámara que hay fuera enfoca a la terraza, pero no se ven los coches que pasan.

–Bueno –dijo Silvia, sin duda tan frustrada como Joel–. ¿Podemos ver lo que dejó este hombre en la habitación?

–Sí –respondió Javier, poniéndose en pie. Abrió la puerta que había a un lado de la recepción y ante él apareció un pequeño cuarto con trastos y algunas maletas. Señaló una de color azul brillante–. Esa es su maleta. La mujer de la limpieza que recogió sus cosas de la habitación dijo que las metió todas dentro.

Joel se acercó a la maleta y, cubriendo sus dedos con el extremo de las mangas de la chaqueta, abrió la cremallera. En su interior había un par de camisas, calzoncillos y calcetines, un neceser y documentos notariales. Eran escrituras de propiedad. No había rastro alguno de llaves, ni de teléfonos móviles, ni de dinero. Volvió a cerrar la maleta.

–Estuvimos un par de días telefoneándolo, pero lo tenía apagado –dijo la camarera–. Me da a mí en la nariz que no volverá a por sus cosas.

–Igual no le importa perderlas –opinó el camarero, apagando la luz de la consigna y cerrando la puerta–. Pero digo yo que a por el coche volverá, ¿no?

–¿Qué coche? –preguntaron al unísono Joel y Silvia.

–El suyo –respondió Javier, como si fuera la cosa más normal del mundo.

Y salieron a la calle. Allí, el camarero les señaló hacia el mismo aparcamiento en batería donde Silvia había estacionado su Seat Ibiza un rato antes. Y, tres plazas más a la izquierda, había un SUV Lexus modelo RX de color gris metalizado. La matrícula coincidía con la del vehículo alquilado por Solís. Se acercaron al coche para observarlo. Estaba cerrado, y dentro apenas había nada a la vista que destacara, más allá de algunos tiques de zona azul y una lata de Monster abierta, alojada en el posavasos del centro.

Se apartaron del automóvil y regresaron a la terraza del hotel. No convenía quemar el vehículo; cabía la posibilidad de que Solís volviera a por él, o a recoger algo que guardara en su interior. Dieron las gracias a los camareros por su ayuda y estos se marcharon al comedor, para continuar con el servicio de comidas.

–Hay que avisar de que el coche está aquí –apuntó Joel–. Y de que se largó dejando sus pertenencias en la habitación.

–Es poco probable que vuelva a buscarlas, pero no puede descartarse nada –dijo Silvia, asintiendo–. Pero ¿cómo demonios informamos al Grupo de Homicidios sin meternos aún en más problemas?

–Podemos pedirles a los camareros que llamen –propuso Joel–, con la excusa de que Solís se marchó sin avisar. Y después, que comenten lo del coche.

–Es una opción. Pero el coche no se puede perder de vista, por si vuelve a por él.

Joel asintió. Podían quedarse ellos, hasta que llegara un relevo; pero de ese modo se arriesgaban otra vez a que los pillaran estando ahí. Echó un vistazo calle arriba y calle abajo, y a lo lejos vio pasar un vehículo de la Policía Local. Tuvo una idea.

–Quizá…

Aunque no le apetecía mucho, la verdad.

–¿Qué? –lo apremió Silvia–. Di.

No, no le apetecía lo más mínimo. Aun así, lo soltó.

–Conozco a una policía local de aquí, de Rubí. Fuimos compañeros de sección en la Escuela de Policía. Puedo llamarla, a ver si está de servicio.

–¿Crees que se enrollará?

–Supongo que sí.

–Pues venga, ¿a qué esperas?

Hacía mucho tiempo que no hablaba con ella. Demasiado. Se llamaba Noemí. Marcó su número y ella descolgó al segundo tono.

–¿Qué pasa, Joel? Cuánto tiempo, ¿no?

Sonaba alegre, como siempre. De fondo, Joel oyó la voz de un operador de sala hablando a través de una emisora.

–Buenas, Noemí. Perdona... ¿Estás currando?

Cinco minutos más tarde, un coche con el logotipo de la Policía Local de Rubí se detuvo frente al hotel. La puerta del conductor se abrió y del interior del vehículo salió Noemí. Llevaba galones de cabo. ¿Cuántos años hacía que no la veía? ¿Quince? Ya no era aquella chica delgada y fibrosa con ganas de demostrar de lo mucho que era capaz. Ahora su cuerpo era el de una mujer madura, y le sentaba muy bien. Muy, pero que muy bien.

Se dieron dos besos y le presentó a Silvia. El compañero de Noemí tardó en bajar del vehículo y los saludó desde lejos. Era todo un contraste con la efusividad de Noemí, que no tardó en meterse con Joel:

–Solo te acuerdas de mí cuando me necesitas, ¿eh, interesado? ¿Qué hay de tu vida? Ya vi que tuviste un crío.

–Esto... Sí.

Joel sentía la mirada de Silvia sobre él, y parecía divertirse con su rubor. Lo cierto es que aquel tipo de encuentros lo agobiaban; no estaba para remover historias del pasado. Por eso se cagó en todo cuando oyó a su compañera decir:

–Y hace poco que se ha divorciado.

–Ah, ¿sí? –exclamó Noemí, abriendo mucho los ojos–. Mira, como yo...

Joel lanzó una mirada amenazadora a Silvia, pero esta pasó de él y dijo:

–Noemí, queremos pedirte un favor.

–Claro, lo que necesitéis.

–¿Ves ese Lexus de ahí? Tiene un control específico relacionado con un homicidio. Es de alquiler. Su último conductor se alojó en el hotel y se largó, dejando la maleta en la habitación y el coche ahí aparcado. Necesitamos que pases las placas con cualquier excusa y, cuando salte el control, pongas en marcha el aviso a nuestra Unidad sin que se sepa que lo hemos encontrado nosotros.

Noemí los miró con gesto suspicaz y, al cabo de unos segundos, asintió.

–Vale, pero con una condición –dijo, mirando directamente a Joel–. Que me invites a cenar.

Joel se echó hacia atrás, acorralado.

–Eso está hecho –dijo Silvia, y en voz baja preguntó–: ¿Habrá algún problema con tu compañero?

–No, tranquila. Ese ha venido hoy cobrando horas extras. Hará lo que haga falta con tal de alargar la jornada.

Se despidieron y, de regreso a Sant Feliu, Joel trató de mantenerse en silencio. Pero le resultó imposible.

–¿Por qué has tenido que decirle que estoy divorciado?

–No sabía que fuera un secreto... Además, te estaba comiendo con los ojos. ¿Os liasteis en la Escuela o qué?

–Algo así... Pero hace mucho tiempo de eso.

–Pues vas a tener que invitarla a cenar.

–Sí, a ver cómo me lo monto a este paso, suspendido de empleo y sueldo. Y todo gracias a ti.

62

Desde la muerte de su padre, Silvia Mercado sentía una profunda repulsión hacia los tanatorios. Detestaba aquel ambiente asfixiante, aséptico y frío, por mucho que los decoradores de interiores trataran de conferir a aquellos edificios una mezcla de sobriedad y calidez. ¿De qué servía todo eso si lo único en lo que podías pensar era la muerte de tu ser querido?

Sin embargo, y como no le quedaba más remedio, Silvia seguía frecuentando tanatorios. Para acompañar en el sentimiento a amigos que habían perdido a un familiar... o por trabajo, como ahora.

Iba sola. Había dejado a Joel en Sant Feliu, donde tenía estacionado su monovolumen, cerca de la comisaría. Silvia no le había pedido que la acompañara al tanatorio; sabía lo mucho que le apetecía regresar a casa, con su hijo, y aprovechar el poco tiempo que les quedaba juntos hasta dentro de siete días. Aquello le había provocado una punzada de remordimientos, que resolvió con una videollamada a Saúl para saludarlo a él y a Candela. Acabó la conversación asegurando que volvería a casa lo antes posible y tomó rumbo al tanatorio de la ronda de Dalt, donde estaba teniendo lugar desde primera hora de la mañana el velatorio de Valentín Carrillo. Quizá no fuera el mejor momento para hablar con el par de personas para las que guardaba unas cuantas preguntas pendientes, pero el tiempo apremiaba.

El velatorio de Carrillo se encontraba en la sala más alejada de la planta baja, con vistas directas al cementerio de Horta. El hall estaba plagado de compañeros y compañeras de oficio de Carrillo que, reunidos en pequeños corrillos, hablaban de negocios y cumplían con aquel trámite sin perder el tiempo. Ninguno le prestó la menor atención a Silvia, que cruzó por su lado tratando de pasar lo más desapercibida posible. Frente al velatorio también había algunos clientes suyos, inconfundiblemente ataviados con ropa informal de diseño y mucho oro. Por suerte, no había el menor rastro de Karim Hassani y su gente, aunque no le extrañaba. Tampoco vio a ningún miembro del Grupo de Homicidios, que en aquellos momentos debían de estar más preocupados en decidir qué hacer con el Lexus de Manuel Solís después de recibir el aviso de la Policía Local de Rubí.

También había familiares, cómo no; gente de apariencia y actitud más propia de un funeral. Estos eran los que más entraban y salían de la sala de velación, tratando de consolar a los hijos de Carrillo. Porque sí, era padre de cinco hijos, ya bastante creciditos: cuarenta y uno el mayor y diecinueve la menor. Eran fruto de sus dos matrimonios anteriores al de Belén Cuenca, su tercera esposa.

Poco a poco, Silvia fue acercándose a la sala donde velaban al muerto, hasta que pudo observar el interior. Allí se encontraban todos los hijos y las tres mujeres, repartidos entre el sofá y las sillas que rodeaban una mesa redonda situada en el centro de la estancia, coronada con flores alargadas de un fucsia claro. No le sorprendió ver a los cinco hijos unidos, apoyándose ante la muerte de su padre, pero sí le llamó la atención el hecho de que las dos exmujeres estuviesen sentadas juntas, charlando en voz baja, con las cabezas muy próximas, y lo apartada que estaba la tercera esposa del resto. Le estaban haciendo el vacío de mala manera, eso resultaba evidente. Aparte de las dos hijas de Carrillo, que lloraban de un modo interrumpido y a distintas intensidades, abrazadas la una a la otra, Belén parecía la más afectada.

Mientras pensaba en cómo acercarse a Belén, Silvia sintió cierta curiosidad por descubrir qué había hecho el tanatopractor con la célebre coleta del abogado. Sin embargo, no tuvo tiempo de comprobarlo.

–¡Ya está bien, ¿no?! –exclamó Belén de repente. Su rostro estaba crispado por la rabia y dirigía la mirada a sus dos predecesoras–. Es que no habéis parado desde que hemos llegado. ¡Me tenéis harta!

Las dos exmujeres se observaron entre sí, fingiendo que no entendían a qué venía aquello, y Belén se puso en pie, cogió su bolso de la mesa y echó a andar fuera de la sala de velación. Nadie la siguió. Lo primero que pensó Silvia fue que aquella mujer debía de sentirse muy sola. Lo segundo, que acababa de presentársele la oportunidad que esperaba.

Belén cruzó la puerta de la terraza al tiempo que sacaba una cajetilla de tabaco del bolso. Enjugándose las lágrimas con la palma de su mano, se acercó a la barandilla. Trató de encender un cigarrillo y no lo consiguió hasta el cuarto intento. Dio la primera calada y se apartó el cabello del rostro, agobiada.

Todavía lloraba cuando Silvia se situó a su lado, ambas contemplando la ciudad de Barcelona desde un lugar privilegiado y, a la vez, aterrador. Su llanto parecía más de disgusto que de dolor. Silvia sacó un paquete de clínex y se lo tendió. Belén se volvió hacia ella y tomó uno de los pañuelos.

–Gracias.

Silvia se limitó a asentir.

La reciente viuda presionó con el pañuelo de papel sobre los lagrimales para secarlos y suspiró. Después, consciente de que debía recuperar la compostura, alzó la barbilla y se llevó el cigarrillo a los labios para dar una larga y profunda calada. También se ajustó la chaqueta para protegerse del frío. Era una mujer de cuarenta y nueve años, elegante y con una bonita figura. Aparentaba ser mucho más joven, la verdad. Y seguía trabajando, a pesar de ser la esposa de un abogado con una minuta repleta de ceros. Costaba entender que una mujer como aquella se hubiera liado y después casado con el Coletas, la verdad.

Tras exhalar una nube de humo, sin apartar la mirada del cielo barcelonés, Belén dijo:

–¿Sabes qué es lo peor?

Silvia no estaba preparada para aquella pregunta.

–¿Que todo haya sucedido tan de repente?

–No. Eso es grave, pero no es lo peor. Lo peor es volver a empezar –dijo la mujer, y volviéndose hacia Silvia, añadió–: No quiero estar sola... No soporto la soledad. Pero me da una pereza horrible volver a empezar, ponerme otra vez a buscar a alguien que valga la pena... Alguien que me dé justo lo que necesito. Ya no soy una cría. –Y, tras un silencio, soltó–: No te conozco.

–Soy mossa d'esquadra. Estoy en la Unidad que ha llevado la investigación de su marido.

La viuda no mostró signos de extrañeza.

–Contaba con que vendría alguno de vosotros. Gracias por vuestra diligencia. Más teniendo en cuenta que Valentín no era santo de vuestra devoción.

–Él solo hacía su trabajo.

«Y de qué manera», pensó Silvia, que había sudado la gota gorda con más de uno de sus interrogatorios en la sala de vista.

–Gracias de todos modos. ¿Sabéis algo más del otro... hombre?

–Ha surgido nueva información. Confiamos en localizarlo pronto.

–No tengo nada que temer, ¿no? Sabiendo que corre por ahí, libre...

Silvia negó con un movimiento de cabeza.

–No se preocupe. Seguro que está bien lejos. De todos modos, si nota algo extraño, póngase en contacto con nosotros.

Belén asintió con gesto agradecido y dijo:

–Habéis resuelto la investigación en muy poco tiempo. Os felicito.

–Gracias –respondió Silvia, al tiempo que aprovechó para introducir el tema que la había llevado allí–. Resultaron de mucha utilidad las imágenes de las cámaras de seguridad del edificio. Lástima que no hubiera otras cámaras en el interior de sus oficinas. Habrían sido del todo esclarecedoras.

Belén negó, expulsando la última bocanada de humo. Buscó con la mirada un cenicero, y, al no localizar ninguno, dejó caer la colilla al suelo y la pisoteó con su bota.

–Valentín no quería cámaras. Por la privacidad de sus clientes.

Eso no cuadraba para nada con el comentario que le había hecho Estrada en los calabozos. Decidió tirarse un farol.

–Pero sabemos que grababa algunas de sus reuniones.

La viuda echó el cuerpo para atrás, sorprendida.

–A estas alturas –puntualizó Silvia–, algo así es del todo irrelevante. O, más bien, puede ayudar a dejar las cosas más claras.

Tras pensarlo detenidamente, Belén asintió y dijo:

–Sé que en más de una ocasión había utilizado alguno de esos aparatejos camuflados, un bolígrafo o un reloj con micrófono, cosas así. Pero no me suena que pusiera ninguna cámara oculta. Creo que lo habría sabido.

–Si fuéramos a su despacho, ¿podría identificar alguno de esos dispositivos?

–¿Yo? No, qué va. Una vez me mostró uno de esos bolis y ni siquiera recuerdo cómo era. Parecía un bolígrafo normal, negro... Vamos, como tantos otros. Pero si vais a la tienda, quizá guarden registro de lo que compró. Sé que se llama Espía Con Nosotros, porque el nombre tiene guasa. Muy sutil... Si os ponen problemas, me llamas y hablaré con ellos.

–Muchas gracias. –dijo Silvia. Belén consultó su reloj de pulsera; era minúsculo y, aun así, no tenía pinta de ser una baratija. La ceremonia debía de estar a punto de comenzar. Antes de perderla, Silvia le hizo una última pregunta–: Tengo entendido que el señor Carrillo fue a ver a su hermana el martes por la mañana, ¿es cierto?

–Así es.

–¿Podría hablar con ella?

–Podría intentarlo, pero no creo que le cuente nada. La pobre ni siente ni padece.

Señaló hacia el interior del hall, donde una mujer sudamericana le limpiaba la boca a una anciana sentada en una silla de ruedas. Tenía la cabeza ladeada y su mirada parecía perdida en el infinito.

–En todo caso, hable con Rosalba, su cuidadora. Aunque no sé si servirá de mucho...

–Es un puro trámite –se excusó Silvia, y le tendió la mano–. Muchas gracias por su ayuda... La acompaño en el sentimiento.

–Gracias... Antes le he preguntado si sabía que es lo peor de todo. ¿Sabe que es lo mejor?

–No.

–Librarme de todos esos chupópteros que hay ahí dentro.

Tomó aire y regresó al interior del edificio.

Silvia aguardó un instante, observando a través de la pared acristalada a la hermana de Carrillo y a su cuidadora, la tal Rosalba. Eran una estampa curiosa, porque costaba adivinar cuál estaba más quieta de las dos: la señora en su silla de ruedas o su cuidadora, sentada a su lado en uno de los bancos del centro del hall. Llamaba la atención que no estuvieran en la sala de velación.

Silvia volvió a entrar, pero tuvo que agachar la cabeza en seguida. A lo lejos, procedente de la zona del bar, venía caminando a paso tranquilo Héctor León, el chófer de Carrillo. Silvia avanzó con sigilo, observando cómo el cuerpo de la anciana comenzaba a caer hacia un lado. La cuidadora se agachó y, susurrando algo que parecía una reprimenda, reincorporó a la señora. Silvia llegó hasta ellas y se presentó como policía, mostrando la credencial discretamente. Comenzó mirándolas a ambas y, rápidamente, se centró en Rosalba.

–Ya sé que mis compañeros estuvieron hablando con usted sobre el día de los hechos…

–No –respondió la cuidadora. Debía de tener unos treinta años. Quizá incluso menos. Pero vestía de un modo recatado, con la camisa abotonada hasta arriba, falda amplia y tobillera, rebeca a juego con el resto de la vestimenta y un crucifico dorado colgado del cuello.

Silvia la observó un instante. La mujer parecía incluso más sorprendida que ella.

–¿No qué? –preguntó Silvia.

–Que a mí nadie me ha preguntado nada sobre ningún día de… ¿Cómo ha dicho?

–El día de los hechos. Cuando murió el señor Carrillo, vamos.

–Ya, ya… Pues eso, que a nosotras no ha venido nadie a preguntarnos nada. De hecho, nadie nos cuenta nada…

Silvia tomó asiento en el banco, junto a Rosalba, y dijo:

–Pues a ver… Tengo entendido que el martes por la mañana el señor Carrillo fue al apartamento de la señora…

–Jacinta. La señora Jacinta.

–Eso es. Al apartamento de la señora Jacinta. ¿Es correcto?

–Correcto.

Al menos le corroboraba lo dicho por Héctor.

–¿A qué fue?

De nuevo, perplejidad en el rostro de la cuidadora.

–Pues a visitar a la señora…

–Y ¿nada más?

–Pues no sé yo más. Lo de siempre. La saluda, le da un beso en la frente y sus bendiciones. Cosas de esas…

–¿Y nada más? –insistió Silvia.

Por primera vez, la cuidadora pareció presionada.

–Bueno… De tanto en tanto va la habitación de la señora y hace algo allí.

–Coge dinero, ¿no? Guarda allí una caja fuerte, ¿verdad?

Eso no era un farol, era lo que Héctor le había contado. Tanta presión comenzó a preocupar a Rosalba, que se movía inquieta sobre el banco.

–Tranquila, Rosalba. Todo eso ya lo sé. Solo quiero que me lo confirme.

–Pues entonces sí. Lo confirmo. El señor vino y entró a coger plata.

–¿Iba solo?

–Sí, claro. Solo. Como siempre. Lo raro fue después, cuando envió al otro hombre a buscar la plata. Eso no había pasado antes. Pero como dijo que venía de su parte, yo…

Alzó ambas manos y las volteó hacia delante, como si la cosa no fuera con ella.

–¿Qué hombre? –preguntó Silvia, tratando de contener el raudal de preguntas que afloraban en su mente.

La cuidadora resopló.

–Ay, yo no sé. Pues un hombre… Español. Ni joven ni viejo. Vino el miércoles a primera hora de la mañana, con una bolsa negra de deporte. Suerte que la señora ya estaba en el salón, porque si no la habría despertado al encender la luz de su habitación.

Silvia se volvió en busca de Héctor León. Lo localizó junto a la puerta de la sala de velación, hablando con una mujer de baja estatura y robusta. Iba vestido con traje gris y camisa blanca. Sin corbata.

–¿Fue ese de ahí? –preguntó sin señalarlo directamente, solo con la dirección de su mirada.

La cuidadora negó con la cabeza, tajante.

–Ese es el chófer del señor. No, ese no. A ese lo conozco. Ha subido alguna que otra vez al departamento de la señora, pero suele quedarse abajo, en la calle.

Silvia tuvo una idea. Buscó en su teléfono móvil una fotografía en concreto, la de un hombre, y se la mostró a Rosalba.

Los ojos se le iluminaron al instante.

–¡Ese sí, ese sí! ¿Cómo lo ha adivinado?

–Me dedico a descubrir cosas… Y a veces acierto.

Los familiares más directos de Valentín Carrillo habían abandonado la sala de velación y el personal de tanatorio había cerrado su puerta. La ceremonia debía de estar a punto de comenzar. Todos los asistentes se movían en dirección al oratorio, Héctor León entre ellos. No podía dejarlo escapar.

Silvia se puso en pie.

–Muchas gracias por su ayuda –comentó Silvia, prácticamente sin mirar a Rosalba a la cara. Tenía prisa.

La cuidadora, sin embargo, alargó un brazo y la retuvo.

–¿Tiene eso algo que ver con lo que le pasó al señor? Quizá debería haberlo contado antes… Ni siquiera tengo claro qué día murió… Como nadie me cuenta nunca nada, una no sabe lo que es importante y lo que no.

–No se preocupe –trató de tranquilizarla Silvia, sin perder de vista al chófer–. Acaba de contarlo. Eso es lo importante. Muchas gracias.

–A usted. Que el Señor le traiga suerte.

Con el expediente disciplinario a la vuelta de la esquina, Silvia iba a necesitar mucho más que eso. Aceleró el paso y poco le faltó para echar a correr por el hall del tanatorio. Por suerte, llegó antes de que el chófer se perdiera en el interior de la sala de ceremonias.

–Héctor.

La voz de Silvia destacó entre los murmullos discretos de la gente. Algunos presentes se volvieron hacia ella, y uno fue el chófer. La mueca de disgustó que esbozó en su cara no dejaba lugar a dudas. Juntó los dedos de ambas manos, como si rezara, y dijo:

–Pero ¿qué quieres de mí ahora? ¿No hablamos bastante ayer?

Silvia habría preferido tratar aquel asunto en otro lado, pero no había más remedio que abordarlo allí mismo. Dijo:

–Te guardaste algunas cosas en el tintero. Cosas importantes. –Se acercó al chófer para que nadie más que él pudiera oírla y continuó–: Como, por ejemplo, que Manuel Solís sabía dónde guardaba Carrillo su dinero negro. Sabía dónde lo guardaba y qué necesitaba para conseguirlo. Y fuiste tú quién se lo dijo.

El chófer se había quedado completamente desencajado. Tras unos segundos de estupor, se llevó una mano a la frente.

–A ver, escúchame, ¿vale? Se lo conté, sí... Un día, como de pasada. Pero ¿qué me estás contando? ¿Que lo hicieron por eso? –Miró a ambos lados, temeroso, y añadió–: ¿Que lo mataron para quedarse con ese dinero?

Silvia no respondió. En su lugar, continuó interrogándolo.

–¿Qué hace falta para abrir esa caja fuerte?

–Una combinación de seis números y una llave.

–Y ¿tú sabías la combinación?

Titubeó un poco, pero acabó largando.

–Yo... Sí... La pude ver un día que acompañé a Valentín a coger algo de dinero. Iba bastante entonado con tanto cubata y le costaba atinar para pulsar los botones.

–¿Y la llave?

–La llave la llevaba siempre encima, con él... –El chófer soltó un bufido de agobio y susurró–: Tienes que creerme, por favor. Yo no tengo nada que ver con eso. Solo traté con Manu y su socio el asunto de la casa. Pero nada más. Te lo juro.

–Hasta ahora has ocultado demasiadas cosas. Me cuesta creerte.

–Pero tienes que hacerlo... Y tenéis que capturarlo.

–En eso estamos.

–Ya has visto de lo que es capaz Manu. Con él suelto por ahí... No me siento nada seguro.

Un trabajador del tanatorio, vestido con solemnidad, se asomó desde el interior del oratorio. Con gesto serio, de completo profesional, anunció:

–Si quieren entrar, deben hacerlo ya. La ceremonia está a punto de comenzar.

El chófer hizo un gesto con la cabeza, señalando hacia el interior de la sala, pidiéndole permiso para marcharse.

–Entra –fue la respuesta de Silvia.

63

A la altura del colegio Xaloc, Joel se dejó caer en un banco, agotado.

Le dolían los riñones de tanto correr encogido, manteniendo estable la bicicleta de Eric, mientras este pedaleaba y luchaba por conservar el equilibrio. Por suerte, ya le había pillado el tranquillo. Hacía días que intentaba quitarle los ruedines, y aquella tarde la cosa parecía que por fin funcionaba.

Mientras Eric practicaba, Joel se tomó un respiro tomando asiento en el paseo que bordeaba la Gran Via a la altura del barrio del Gornal. Pocas veces iban por ahí; Joel prefería los exteriores de la Fira y los alrededores del Centro Comercial Gran Via 2, pero aquella tarde, víspera del inicio del Mobile World Congress, se encontraban atestados de operarios dando los últimos retoques. Durante los siguientes tres días y medio, aquel lugar estaría repleto de recién llegados procedentes de todas partes del mundo, lo que convertía el tráfico de la entrada sur de Barcelona en un auténtico coñazo.

Le sonó el teléfono móvil. Era Silvia. Alzó la mirada hacia el lugar donde se encontraba Eric con la bicicleta, que era bastante lejos, y aprovechó que este se había detenido para indicarle con un gesto que volviera hasta su posición. Después descolgó.

–No te vas a creer lo que acabo de descubrir –dijo su compañera. Se oía ruido de fondo, como de tráfico.

Eric hizo un cambio de sentido ayudándose con los pies y arrancó a pedalear de vuelta.

–¿Vas conduciendo? –preguntó Joel.

–Sí, por la ronda de Dalt. Pero tranquilo, que voy con el manos libres.

–Pues venga, sorpréndeme.

Y vaya si le sorprendió. Le contó todo lo que había averiguado en el tanatorio.

–La llave… –dijo Joel, atando cabos rápidamente–. ¡Por eso volvió al despacho! No por los papeles del contrato, sino ¡por la llave!

–Eso creo yo.

–En ese caso… Puede que Estrada diga la verdad, ¿no?

–Podría ser.

–¿Y crees que no sabe nada de esa llave?

–A estas alturas, ya no creo nada, y menos viniendo de él. Y, aun así… Puede que no sepa nada de eso.

–¿Y qué me dices del chófer? ¿Está también en el ajo? No me refiero solo a la estafa, sino a hacerse con el dinero de la caja fuerte.

Silvia tardó unos segundos en responder.

–Me da que no. De lo contrario, no me habría contado nada. Se habría guardado toda la historia de la llave y la combinación, y apenas he tenido que apretarle para que se fuera de la lengua... Además, si estuviera en el ajo, habría ido él mismo a sacar el dinero; eso hubiera levantado menos sospechas.

–Pero Manuel Solís tiene que estar conchabado con alguien, ¿no? Porque está claro que alguien fue a buscarlo al hotel y lo está ayudando a huir…

Joel vio pasar a su hijo frente a él a bastante velocidad. Un par de abuelas, paseando a un mil leches canijo, tuvieron que echarse a un lado.

–¡Eric, afloja! –le gritó.

–¿Qué? –preguntó Silvia.

–No es a ti. Es a mi hijo, que está cogiendo confianza con la bicicleta y se está convirtiendo en un temerario. Pero oye, entonces… ¿Estrada es inocente?

–Hombre, «inocente» no sería la palabra que yo utilizaría para definirlo, la verdad, pero al menos, con respecto a la muerte de Carrillo, podría serlo…, si es que Manuel actuó a sus espaldas y le ocultó que lo había asesinado.

Una idea cruzó por la mente de Joel y no le gustó lo más mínimo. Una idea que mandaba al traste todo lo que habían considerado hasta aquel momento y, por lo tanto, todas las acciones que habían llevado a cabo durante los últimos días. Silvia debía de estar leyéndole la mente, porque dijo:

–Sabes lo que eso significa, ¿no?

–Que el puto Karim es inocente –confirmó Joel.

–Otro al que no definiría con esa palabra, pero mucho me temo que tampoco tiene nada que ver con la muerte de Carrillo.

–Pero algo sí que tiene que ver, ¿no? –Joel se negaba a aceptarlo–. Estuvo allí aquella noche... y en las imágenes se ve a Momo dirigiéndose a la parte trasera del edificio... Se le ve metiéndose en el aparcamiento del Viena...

–He estado pensando en eso –lo cortó Silvia. Su voz sonaba resignada–. Y después me he acordado del robo que sufrió Marisa, la mujer de Estrada. Karim y Momo la asaltaron en su casa, y no solo sabían la dirección..., sino que también sabían la cantidad exacta que Carrillo había pagado por el contrato de arras. Creo que de eso iba la cosa.

–¿De las arras?

–Y de las ganas que tenía Carrillo de joder a sus estafadores. Acuérdate de la charla que tuvimos con el colega de Carrillo, el que lo vio reunido con Estrada y después lo telefoneó para advertirle de que era un estafador. Me da que el Coletas se subió por las paredes y quiso matar dos pájaros de un tiro. Por un lado, dándoles un escarmiento a los que habían querido engañarlo echándoles encima a Karim, y, por otro lado, usar ese dinero para pagarle al marroquí lo que le exigía.

Desde luego, tenía lógica.

–Por eso quiso reunirse con Karim antes de hacerlo con Estrada y su socio –apuntó Joel.

–Claro, para prepararlo todo. Y debía de tener muy pocas esperanzas de que aquella misma noche le devolvieran el dinero.

En aquel momento, Joel cayó en algo en lo que no había reparado hasta entonces. Todo comenzaba a encajar. Dijo:

–Cuando Momo entró en el aparcamiento del Viena, no era para colarse en el edificio... Minutos antes, Estrada y Solís habían salido de ahí a pie...

–Porque era allí donde habían aparcado su Maserati.

–Y lo que Momo hizo fue plantarles una baliza en el coche, de ahí que después supieran exactamente dónde vivían... La madre que los parió.

–Estoy segura de que la baliza todavía está escondida en el Maserati.

–Sigue en el depósito de la Policía Local de Sant Cugat?

–Creo que sí –respondió Silvia.

–Mierda, pues mañana mismo me acerco a echarle un vistazo.

Joel estaba ansioso por comprobar si su teoría era cierta. Alzó la mirada, en busca de su kamikaze particular, y lo vio venir de vuelta, esta vez desde el otro lado. De pronto, un patinete eléctrico pasó ante Joel a toda velocidad, en sentido contrario a Eric y directo hacia él. El conductor era un tipo joven, vestido de negro, y a pesar de que iba a toda leche, mantenía la cabeza agachada hacia su regazo... ¿adónde miraba? Joder, estaba tecleando algo en un teléfono móvil. Eric, que acababa de percatarse del peligro, comenzó a mover el manillar sin sentido hacia ambos lados, acojonado, a punto de perder el equilibrio, incapaz de frenar o cambiar de trayectoria.

Justo en el momento en que Joel iba a soltar un berrido para hacer reaccionar al capullo del patinete, este levantó la cabeza y movió ligeramente el manillar del aparato. Esquivó a Eric y volvió a bajar la vista hacia el teléfono.

–¡Gilipollas, ten más cuidado! –gritó Joel, aunque el otro ni siquiera se volvió para dedicarle una peineta. Seguramente llevaba puestos los auriculares inalámbricos.

–Perdona –se excusó Joel al teléfono–. Los putos patinetes...

–Tranquilo. ¿Está bien Eric?

–Sí. Ahí viene.

Y justo cuando se disponía a preguntarle a su compañera si ya iba de camino a casa, se quedó mudo.

Porque, al otro lado de la línea, Silvia gritó. Y a continuación oyó un estruendo que le hizo pensar en lo peor.

64

A Silvia le abrasaban la cara y las manos. El airbag había frenado el golpe de cabeza contra el volante y, aun así, le costaba pensar con claridad. Sentía el cuello entumecido por el latigazo cervical, y era consciente de que, unas horas más tarde, cuando los músculos se enfriasen y agarrotasen, parecería el puñetero Robocop.

Pero estaba viva.

Acababa de estrellarse contra el muro lateral de uno de los túneles de la ronda de Dalt, a la altura de Pedralbes, y todavía no entendía lo que había sucedido. Tan solo recordaba que estaba hablando con Joel por el manos libres cuando el volante comenzó a vibrar y el vehículo se puso a dar pequeños bandazos. Intentó contrarrestarlos, sin éxito, y se alarmó al advertir que cada vez iban a más. Le resultaba imposible circular en línea recta. Pisó el pedal del freno para reducir la velocidad y, al instante, el coche efectuó por sí solo un brusco giro de casi noventa grados y se estampó contra la pared de cemento.

Había perdido el control del vehículo por completo.

Alguien abrió la puerta del conductor y le preguntó si se encontraba bien. Era un hombre de unos sesenta años con chaleco fosforito sobre un jersey de lana de tonos navideños. Tenía pinta de transportista veterano.

–Ya están avisando al 112, tranquila –informó el recién llegado. Le puso una mano en el hombro y ella aulló de dolor.

–Lo siento... Creo que te has golpeado el hombro contra la ventanilla.

Silvia observó el cristal de su puerta. Estaba resquebrajado. Aquello había sido mucho más que un golpe. El transportista y otros conductores se habían parado junto a su coche y habían comenzado a desviar el tráfico hacia los carriles situados más a la izquierda.

Su móvil comenzó a sonar en algún lugar del interior del vehículo; se había desconectado el manos libres. Echó un vistazo al suelo del asiento del acompañante y advirtió que su bolso había ido a parar allí. El móvil estaba dentro. Se agachó con dificultad y tiró del asa. Le daba pánico que fuera Saúl, no sabría cómo tranquilizarle. Sacó al fin el teléfono, que tenía la pantalla rota, y vio que era Joel quien llamaba.

–¡Dios, Silvia! ¿Estás bien?

–Sí, tranquilo. El coche se me ha ido. Todavía no me lo explico.

Le dijo que no se preocupara e insistió en que estaba bien, y le mintió afirmando que el accidente no había sido para tanto. También le pidió que no alertara a Saúl, que ya lo llamaría ella.

Cuando colgó, el transportista le informó de que acababan de llegar un par de motoristas de la Guardia Urbana, seguidos por una ambulancia. Silvia abandonó el vehículo, convencida de que podía salir de allí por su propio pie.

–Eh, eh, quieta, quieta… –trató de contenerla uno de los guardias, sosteniéndola de un brazo por si perdía el equilibrio–. Es mejor que no hagas movimientos bruscos.

–Estoy bien, de verdad…. Soy compañera de Mossos.

–Deja que te echen un vistazo –recomendó el guardia, señalando a dos sanitarios de emergencias que se acercaron a ella al trote–. Viendo cómo ha quedado el coche, el trompazo ha sido de los buenos.

–No entiendo lo que ha pasado –dijo–. El coche estaba bien y, de repente, ha comenzado a vibrar el volante y a dar tumbos. Después ha girado de golpe hacia el muro.

–Muy raro, ¿no? –comentó el guardia. Su mirada iba alternativamente del coche a Silvia, y de Silvia al coche, mientras los sanitarios la acomodaban en el interior de la ambulancia para evaluar sus signos vitales.

–Iba hablando por teléfono con el manos libres, pero estaba atenta al tráfico –se defendió Silvia, ante la mirada del guardia–.

Y no he bebido ni tomado nada. Puedes hacerme el test de alcoholemia cuando quieras. Y el de drogas.

–Ya llegaremos a eso –dijo el guardia, alejándose hacia el Seat Ibiza accidentado. Silvia podía verlo desde allí, agachándose alrededor del vehículo, estudiando el chasis, toqueteando los neumáticos, analizando el trazado de las marcas de las ruedas sobre el asfalto.

Una vez acabado el examen físico, el médico de emergencias concluyó que estaba bastante bien a pesar de haber sufrido un accidente tan aparatoso, pero que había que trasladarla al hospital, por protocolo. Le estaba explicando qué pruebas realizarían para evaluar el estado de su hombro cuando el guardia de antes se asomó al interior de la ambulancia.

–¿Todo bien? –preguntó.

–La llevaremos al hospital para hacerle unas placas, y del latigazo no la salva nadie, pero por lo demás parece que todo correcto.

–¿Le importa si se levanta un momento y me acompaña? –Se refería a Silvia, pero la pregunta iba nuevamente dirigida al médico. Este se encogió de hombros.

–Ningún problema por mi parte, pero con cuidado.

–¿Qué pasa? –preguntó Silvia.

El guardia se volvió en dirección al Ibiza, sin responder. Aquello la mosqueó. Silvia bajó de la ambulancia y siguió al guardia, que había echado a andar hacia su coche, o lo que quedaba de él. Ahora que lo contemplaba de cerca, le parecía increíble que un rato antes hubiera estado ahí dentro y que hubiera salido ilesa. El morro estaba chafado como un acordeón, y la luna delantera había desaparecido, convertida en un millón de pequeñas fracciones de vidrio que ocupaban toda la calzada y el interior del coche.

–¿Vas a decirme qué es lo que pasa? –insistió Silvia, enojada.

El guardia barrió con su bota los cristales que había junto a la rueda delantera izquierda y apoyó una rodilla. Agarró el neumático con ambas manos y se volvió hacia ella.

–¿Ves que la rueda está un poco inclinada? De aquí, de arriba. Más fuera que la parte inferior.

Silvia asintió. Claro que lo veía, pero pensaba que era fruto del accidente.

–Mira esto –continuó el guarda.

Y comenzó a mover el neumático hacia dentro y hacia fuera con gran facilidad.

–¿Se ha soltado? –preguntó Silvia.

–¿Que si se ha soltado? –Bajó una mano hacia el centro de la llanta y, con suma facilidad, comenzó a desenroscar un tornillo. Y después otro. Fue entonces cuando Silvia cayó en la cuenta de que faltaba la tapa de esos tornillos y de los tres restantes–. Compañera, si quieres saber mi opinión, alguien ha intentado joderte… Y casi lo consigue. No te has matado de milagro.

65

El Kaizoku era un restaurante de comida japonesa donde los dueños, los camareros, los cocineros y todo el personal de limpieza eran de nacionalidad china, una característica –muy común por otra parte– que le hacía merecedor de la popular etiqueta de «japochino». Sin embargo, este local destacaba muy por encima de la media gracias a la calidad de su comida y a su original decoración. Se encontraba a escasos doscientos metros del apartamento de Jenni, y, cosas de la vida, resultaba ser su restaurante favorito.

Pasadas las once de la noche, la puerta del Kaizoku se abrió y de su interior surgieron Karim, Jenni y Cristian, el hijo de Jenni. No lo hicieron rodando, pero casi, y eso que Karim apenas tenía apetito cuando habían llegado. No obstante, como siempre que entraba allí, acabó hinchándose a base de carne, yakisoba y tempura. Jamás pedía nada que incluyera pescado crudo, porque le daba un asco tremendo, pero de eso ya se encargaban Jenni y Cristian, que se ponían hasta las cejas de arroz y sushi cada vez que lo visitaban.

La idea inicial de Karim, estando la calle como estaba, había sido cenar en casa. Pero tras pasarse toda la tarde roncando como un buey, Jenni lo había despertado con unos morros que le llegaban al suelo. Lo cierto es que hacía ya tiempo que no la sacaba a cenar, ni a bailar, ni siquiera a tomar una copa o a follar a un sitio elegante, como al principio, cuando la encandiló con su cuerpo y su carisma, cuando la recogía en flamantes deportivos alquilados y la empotraba en habitaciones de hoteles de lujo… y, para colmo, las cosas se habían complicado más de lo normal en los últimos tiempos. Lógico que comenzara a cansarse. Karim, sin embargo, no deseaba acabar con aquello, o, al menos, no de momento. Porque Jenni era una chica con la que se sentía a gusto, tranquilo y confiado. Además, le costaba renunciar a algo mientras fuera bueno. Lo quería todo. Era un maldito egoísta. Por eso decidió darle una pequeña tregua y los invitó al Kaizoku.

Mientras andaban Amadeu Torner arriba, por una amplia zona ajardinada, donde destacaban unos bancos de cemento de formas caprichosas y jardineras de diferentes niveles, así como las salidas de aire de los aparcamientos subterráneos, Jenni rodeó el robusto cuerpo de Karim y este le pasó un brazo por encima, cobijándola bajo su ala y dándole calor en aquella fría noche de invierno. No muy lejos, Cristian jugaba con unos muñecos haciéndolos saltar de banco en banco. Debía reconocer que era un buen chaval. Nunca daba problemas, ni lloriqueaba, ni preguntaba cosas absurdas o incómodas. Desaparecía cuando tenía que desaparecer, y, cuando estaba, permanecía en silencio.

–Podríamos hacer un crucero, ¿no? –propuso Jenni, levantando la mirada.

–No lo veo –respondió–. Estar ahí, rodeado de agua, atrapado con todos esos viejos...

–No solo van viejos –protestó Jenny–. La Ruth y el Kevin fueron a uno y se lo pasaron de puta madre.

–Déjalo, ¿vale? –fue su respuesta. Muy seca y tajante.

Continuaron andando, ahora en silencio. Se cruzaron con tres tipos rubios, grandes, y dos tipas rubias, grandes también, parados al borde de la acera. Hablaban en un idioma nórdico y reían alto y sin preocupaciones, pasados de copas. Ellos iban vestidos como auténticos «ejecutas», con traje y corbata, y ellas iban demasiado emperifolladas para el gusto de Karim. La horda de visitantes del Mobile World Congress, que abarrotaban los barrios próximos a la plaza Europa, se había hecho notar durante todo el día. Una furgoneta Mercedes Viano negra con los cristales tintados se detuvo a su altura. El chófer bajó y les abrió el portón lateral para que entraran. Seguían de guasa cuando lo cerraron y desaparecieron en dirección a la Gran Via.

Gracias a ellos, el humor de Karim había empeorado.

–¡Anda, va! –insistió Jenny–. Le puedo pedir a mi madre que se quede una semana con Cristian. Iríamos tú y yo solos. Piénsalo,

¿vale? Por el Mediterráneo. Me han dicho que también hacen parada en Túnez...

–Escúchame bien: un puto crucero es lo que menos me apetece ahora mismo, ¿te queda claro? Estoy de problemas hasta arriba.

Ella resopló, pero no se quejó. Si alguien sabía de verdad en lo que estaba metido, era ella. Aun así, Karim se dijo a sí mismo que no podía seguir tensando la cuerda, que tenía que darle un respiro, de modo que al cabo de unos segundos dijo:

–Cuando me libre de todo eso, te prometo que nos iremos de viaje. Donde quieras.

–¿Me podré llevar al niño?

–Claro, joder.

Ella sonrió.

Fue entonces cuando llegó el sonido de la motocicleta. Era muy potente, deportiva, de gran cilindrada. Se acercaba a ellos Amadeu Torner abajo, a bastante velocidad. Pero Karim no se percató hasta que fue tarde, cuando ya la tenía encima.

La motocicleta frenó de golpe, a su altura, a escasos diez metros. Tanto el conductor como el acompañante llevaban cascos integrales con la visera completamente negra. Se volvieron hacia ellos a la vez y extendieron el brazo derecho, apuntándolos con sendas pistolas semiautomáticas. Dispararon sin contemplaciones.

Karim cubrió a Jenni con su cuerpo y la tiró al suelo. Mientras silbaban las balas sobre su cabeza, advirtió que el niño estaba hecho un ovillo detrás de uno de los bancos de cemento. Arrastró a Jenni hasta allí y rodeó a ambos con sus brazos. Era todo lo que podía hacer mientras aquellos cabrones vaciaban sus cargadores. Juraría que no le habían dado, aunque eso era mucho decir. En otras ocasiones, la adrenalina le había hecho sentir lo mismo, para descubrir después que sí había resultado herido. Pero esta vez estaba casi seguro de que no habían acertado. Ni tampoco sobre Jenni o el niño. Ella gritaba y abrazaba a su hijo con tal ímpetu que parecía querer asfixiarlo, pero no se veía sangre manando de ninguno de sus cuerpos ni empapando sus ropas.

Karim se maldecía entre dientes. Confiado, había dejado su arma en casa, creyendo que nadie se atrevería a atacarlo allí, a las puertas de su barrio, durante el breve trayecto que había entre el restaurante y el apartamento. Ahora solo quedaba esperar a que se largaran en cuanto se agotara la munición. Y, si por el contrario, se apeaban del vehículo para rematarlos, estaba dispuesto a lanzarse sobre los atacantes y luchar desarmado, con uñas y dientes. Alguna vez en el pasado se había visto en la necesidad de hacerlo y había salido victorioso de la situación.

Por suerte, el tiroteo cesó y de inmediato oyeron el acelerón de la motocicleta, que desapareció en dirección a la Gran Via, con los dos ocupantes a bordo.

–¡Tenemos que largarnos de aquí ya! –ordenó Karim.

Había curiosos asomados a los balcones y algunos temerarios incluso habían comenzado a salir de los edificios, para averiguar qué demonios acababa de suceder. Era cuestión de tiempo que apareciera la policía. Y no estaba dispuesto a dar ninguna explicación.

Karim se puso en pie y cargó al chico al hombro. Jenni estaba en shock, palpando el cuerpo de su hijo para asegurarse de que no había recibido ningún balazo, preguntándole una y otra vez si se encontraba bien. Karim tiró de ella en dirección a su edificio.

Dentro del apartamento, Jenni estalló.

–¡No puedo más! ¿Me oyes? ¡No puedo más! ¡Casi matan a mi hijo! ¡Casi lo matan!

–Jenni… –trató de tranquilizarla. Aunque él mismo se sentía mareado y con la tripa revuelta. De nuevo, las punzadas lo azotaban.

–¡Ni Jenni ni hostias! ¡Te quiero fuera de mi vida! ¡Ahora mismo! ¡Largo de aquí!

–Jenni, cálmate, ¿vale? No digas tonterías…

–¿Tonterías? O desapareces ahora mismo de mi vida y te lo llevas todo, ¡todo!, o te juro por Dios que voy a la poli y les cuento lo que sé.

Karim la agarró de ambas manos. El niño estaba delante, pero si a ella no le importaba, a él menos. Dijo:

–Más vale que te calmes y dejes de decir gilipolleces.

–¿O qué?

–O te arrepentirás.

–Ya me estoy arrepintiendo, pero de haberte dejado entrar en esta casa. Casi matan a mi hijo a tiros por tu culpa. ¡A mi hijo! Así que no te lo repetiré: o te vas con toda tu mierda de aquí o juro por Dios que te hundo, aunque sea lo último que haga.

Tenía los ojos fuera de sí. Mostraba los colmillos como una auténtica loba. Eso también era algo de ella que lo volvía loco, que pasara de ser el ser más dócil al más agresivo en cuestión de segundos. Aunque ahora no le gustaba tanto.

¿Iba a tolerar que lo amenazara? No, claro que no. Pero... Le costaba pensar con claridad.

Comenzó a sentir la acidez de los fluidos gástricos subiéndole por la garganta y soltó a Jenni. Aquella noche volvió a vomitar sangre.

66

Farida se encontraba delante de la Escuela Els Convents de Martorell cuando recibió la llamada de comisaría. Apenas pasaban unos minutos de las nueve, y acababa de dejar a sus hijos en el colegio. Contempló su móvil, sin atreverse a contestar, y desvió la mirada hacia el cielo. La semana empezaba igual que había terminado la anterior: fatal.

Respiró hondo y respondió.

–Buenos días, Farida. –Era la jefa del Grupo de Robos Violentos, la sargento Lucía. Sonaba educada, pero en el timbre de su voz percibió cierta impaciencia.

–Buenos días –respondió la intérprete, tratando de sonar alegre. Desde que tuvo aquella conversación con el mosso d'esquadra, vivía pensando que en cualquier momento la arrestarían. Le costaba actuar con normalidad–. ¿Hay muchas llamadas?

–Qué va. Parece que definitivamente han dejado de usar los teléfonos.

–Qué pena... –comentó Farida, continuando con su papel y algo más aliviada. Porque, si la sargento le hablaba de la investigación, eso significaba que no pretendían detenerla.

–Solo ha entrado una llamada, así que, si te parece bien, te la pongo y así te ahorras el viaje. Ya te lo compensaré con la hoja de horas, ¿de acuerdo?

–Bien, gracias.

–Es de esta madrugada –informó la sargento. Se la oía algo lejana, mientras trasteaba el programa informático y acercaba el móvil al altavoz del ordenador–. Es una llamada de Momo a otro chaval marroquí. Según nuestra base de datos, se llama Ilyas. Te pongo la llamada y me cuentas. No dura mucho.

–Espera un momento –pidió Farida.

Se refugió en la entrada de un bloque de pisos para ahogar los sonidos de la calle. Apretó el aparato contra la oreja, cerró los ojos para concentrarse y, a continuación, dijo:

–Ya puedes.

Y escuchó la llamada. Era cierto que no duraba mucho. Y también que el interlocutor era un chico joven y muy malhablado, de nombre Ilyas. Pero, como tradujera lo que acababa de escuchar, tendría muchos problemas. Eso Farida lo supo nada más oír el contenido de aquella conversación.

Porque lo que apuntaba podía desencadenar un montón de cosas.

Mientras cavilaba sobre todo aquello, seguía con los ojos cerrados, concentrada.

–¿Te la vuelvo a poner? –preguntó la sargento.

–Sí, por favor –respondió Farida. No porque lo necesitara, sino para ganar tiempo.

Tras la segunda escucha, abrió por fin los ojos, de par en par, y ante ella vio el colegio donde estudiaban sus hijos. ¿Qué les decía siempre? «No digáis mentiras. Ni siquiera para salvaros de un castigo».

Tomó aire y, de carrerilla, respondió:

–Momo ha llamado a ese chico, Ilyas, para que lo acompañe hoy a recoger una furgoneta. Parece ser que Karim le ha ordenado que alquile una y se la entregue delante del piso de su novia a las doce del mediodía. El otro chico se ha alegrado de que contara con él y le ha jurado que no se iba a arrepentir.

–Gracias. ¿Ha dicho algo más? ¿El nombre de la empresa de alquiler?

Farida hizo una pausa antes de responder:

–Sixt.

–¿Sixt? Genial. –Oyó como la sargento llamaba la atención de alguien en el despacho y le susurraba algo en voz baja. Parecía ansiosa. Después volvía a dirigirse a ella–. Farida, muchas gracias. Eres la mejor. Si hay algo más, te aviso.

–Vale, gracias.

¿Era la mejor? Entonces, ¿por qué se sentía tan mal? Acababa de traducir correctamente toda la llamada y no, no se sentía nada aliviada.

67

Joel había pasado una de esas noches extrañas, de las que se duerme poco y mal. Se acostó preocupado por Silvia, desconcertado después de que ella le contara que quizá no se tratara de un simple accidente. Y cuando consultó el teléfono a medianoche, leyó un incidente que la sargento había reenviado al grupo de WhatsApp sobre un tiroteo sucedido minutos antes en la calle Amadeu Torner de L'Hospitalet. Algo le decía que Saúl había acertado de pleno: la banda de Karim mantenía una guerra abierta con los ultras de Front Pirata.

Por suerte, los astros parecían alinearse y, por una vez, todo estaba a punto de suceder como se suponía que debía suceder. Al mediodía se les iba a presentar la oportunidad de confiscar el maldito alijo de hachís que podía haber originado toda aquella escalada de violencia y, con un poco de fortuna, de arrestar a Karim y toda su banda.

Gracias a una llamada traducida por Farida.

Joel tendría muy en cuenta la colaboración de la traductora, que estaba cumpliendo lo que él le había hecho prometer. Siempre y cuando el operativo que se estaba organizando diese resultado, claro. Cómo no, él se había presentado voluntario al dispositivo, aunque había pedido incorporarse a los preparativos un poco más tarde. Antes tenía algo que hacer. Algo que le había pedido Silvia. Como apenas había margen de tiempo, habían acordado dejar para otro momento la visita al depósito de vehículos de Sant Cugat en busca del Maserati de Estrada y, en su lugar, hacer otra comprobación más urgente.

Así pues, tras dejar a Eric en el colegio, con la mochila de piscina preparada y el dolor de saber que tardaría unos días en volver a verlo, Joel se dirigió al Eixample de Barcelona. En concreto, se encontraba en uno de los chaflanes de la calle Mallorca con Casanova, sentado en la terraza de una cafetería, haciendo tiempo frente a su tercer café de la mañana.

A las diez en punto, la persiana de Espía Con Nosotros comenzó a subir de manera automática. El escaparate, completamente opaco, decorado con el nombre de la tienda y el dibujo de una gran lupa animada, con nariz, bigote y ojos de mirada suspicaz, era lo único a la vista. Joel supuso que debían de haber accedido a la tienda desde la portería contigua, porque en la calle no se había visto a nadie.

Pagó el café y cruzó dispuesto a visitar aquel templo de objetos destinados al espionaje, cuya venta podía ser legal, pero cuyo uso rozaba e incluso rebasaba los límites del Código Penal. Una cosa era instalar un dispositivo GPS, un micrófono o una cámara oculta para preservar la seguridad de quien los adquiría, pero otra muy diferente era instalarlos en el vehículo de la pareja o del trabajador de una empresa.

Empujó la puerta del establecimiento, pero no cedió. Descubrió un timbre junto al marco y lo pulsó. Tras unos segundos, un chasquido y, por fin, el acceso a lo que parecía toda una fortaleza escondida. Bien mirado, aquello casaba bastante con su línea de negocio. ¿Quién iba a confiar en los artículos de una tienda que no se tomaba su seguridad en serio?

El interior del local resultó ser todo un muestrario de sus productos, que incluía desde artículos y prendas de camuflaje hasta múltiples cachivaches para ocultar micrófonos y cámaras, así como cajas fuerte de todos los tamaños. En el centro de la estancia destacaba un mostrador de vidrio que ocupaba casi toda la tienda; junto a este, de pie, se encontraba una mujer algo más joven que él, de pelo castaño y recogido en una coleta, que le dedicó una amplia sonrisa y dijo:

–Buenos días. ¿en qué puedo ayudarlo?

Joel le mostró la placa.

–Buenas, de Mossos.

La mujer enarcó las cejas, como si fuera demasiado temprano para aquel tipo de visitas, y se limitó a pronunciar un escueto «¿Sí?». Joel trató de mostrarse cordial. Siempre se estaba a tiempo de pasar al modo borde; de lo contrario, recular resultaba prácticamente imposible.

–A ver si me puedes echar una mano –dijo–. Necesito saber qué artículos compró un cliente en concreto.

La mujer sonrió, incómoda, y lanzó una mirada furtiva hacia una puerta metálica que había en uno de los extremos del local, cerrada a cal y canto.

–Esto... Disculpe un momento, por favor –dijo la mujer alargando el dedo índice y pulsando algún botón sobre el mostrador.

Era un interfono; debía de comunicar con el interior del despacho o el almacén que hubiera tras aquella puerta metálica. Al cabo de un par de segundos, una voz gutural procedente de un altavoz instalado en el techo, preguntó:

–¿Todo bien, Eloísa?

Ella asintió, sin mirar a ningún sitio en concreto y, pulsando otro botón, respondió:

–Todo correcto, señor Téllez. Tengo aquí a un mosso d'esquadra que quiere conocer cierta información acerca de uno de nuestros clientes.

–Hazlo pasar a mi despacho.

La mujer indicó a Joel con un gesto que la acompañara hacia el fondo, justo donde se encontraba la puerta metálica. Acercó una tarjeta a un detector instalado en la pared y, tras un zumbido, la puerta se abrió.

Al otro lado, Joel se topó con un tipo maduro, bastante en forma y con una buena cabellera, que lo esperaba de pie. Llevaba un traje con corbata, de los elegantes, y tenía las manos cruzadas tras la espalda y una sonrisa tan amplia como forzada.

–Le presento al señor Jacinto Téllez, dueño de la tienda –anunció la mujer, y se inclinó hacia delante, en una reverencia.

El tal Téllez alargó la mano hacia Joel.

–Muchas gracias, Eloísa. Yo me encargo a partir de ahora.

La puerta se cerró y ambos quedaron a solas, en aquel despacho forrado de madera y con las paredes a rebosar de diplomas y fotografías en las que el tal Téllez aparecía acompañado por autoridades de lo más variopintas y famosos de medio pelo.

–Sé que ya se la ha mostrado a Eloísa hace un momento –dijo Téllez, mientras le indicaba una silla frente a su escritorio–, pero ¿me permite ver su credencial?

Joel se llevó la mano al bolsillo del pantalón vaquero y sacó su cartera para mostrarle no solo la placa sino también su Tarjeta de Identificación Profesional. El tipo, que ya había ocupado su butaca al otro lado de la mesa, dedicó unos segundos a observarla con detenimiento.

–¿De dónde viene?

–De Sant Feliu de Llobregat.

–De Sant Feliu de Llobregat... –repitió Téllez.

Era la primera vez que Joel acudía a un lugar en busca de información y lo escrutaban como si fuera un sospechoso. Se le estaban empezando a hinchar las pelotas.

–Necesito información acerca de los artículos que compró un cliente en esta tienda. Supongo que guardan un registro, tanto de la tienda física como online.

Téllez permaneció inmóvil, con los codos apoyados en los reposabrazos y los dedos de ambas manos extendidos frente a la boca, tocándosela solo por las yemas, formando algo así como un triángulo o el tejado de una casa. Tardó incluso en parpadear.

Joel se impacientó.

–¿Me ha oído?

–Sí, claro que le he oído. Pero verá... Este negocio se basa en la discreción. Nuestros clientes acuden a nosotros porque no hay nadie que valore más que nosotros la confidencialidad y la privacidad de las personas.

–Disculpe –no pudo contenerse Joel–, pero el concepto de privacidad ¿no va reñido con los micrófonos y las cámaras ocultas?

Téllez, si se molestó ante aquel comentario, no dio señales. Se limitó a responder de un modo condescendiente.

–Yo le estoy hablando de la privacidad de mis clientes. No se confunda. Además, le recuerdo que existe una Ley de Protección de Datos.

–Y yo le recuerdo, por si lo ha olvidado o no lo sabe, que dicha Ley de Protección de Datos puede ser vulnerada con motivo de una investigación policial.

–Pero no por cualquier investigación policial.

–¿Qué le parece un homicidio? ¿Le parece lo suficientemente grave? –Ante el silencio de Téllez, que seguía con los dedos extendidos, presionando sobre las puntas, Joel trató de quitarle tensión a la situación–. Vamos, señor Téllez, me imagino que no es la primera vez que acude la Policía a solicitarles este tipo de información. Si quiere un documento para cubrirse las espaldas, no hay problema. –Joel alzó su móvil para mostrárselo y añadió–: Ahora mismo puedo enviarle un e–mail con la petición desde el correo del trabajo.

Téllez separó ambas manos, por fin.

–Dice usted que es de Sant Feliu, ¿no?

–De Llobregat, sí.

–Y está en la Unidad Territorial de Investigación, ¿no? Ya me imaginaba. Entonces trabaja con Jordi...

Había muchos Jordis en la UTI Metrosur, media docena, pero la sonrisa de aquel payaso y el tono en el que había formulado su suposición llevaron a Joel a pensar en un Jordi en concreto. Aun así, dijo:

–Hay muchos Jordis en mi Unidad. ¿Sabe su apellido?

–Sí, claro. Casaldáliga. Jordi Casaldáliga.

Joel cerró los ojos. Ese era precisamente el Jordi en el que había pensado. Y no era cualquier Jordi. De hecho, no trabajaba en la UTI. Era el inspector Jordi Casaldáliga, jefe del Área de Investigación Criminal. Era, literalmente, el jefe de su jefe, el subinspector Juan Antonio Latorre.

–Señor Téllez, decir que trabajo con el inspector Jordi Casaldáliga es mucho decir. Como usted bien sabrá, él es mi superior, y más allá de saludarlo cuando me lo he cruzado por el pasillo, no suelo departir mucho con él.

Téllez se encogió de hombros, dando a entender que así eran las cosas y que en aquella partida ganaba él. Por si acaso había alguna duda, añadió:

–Conozco a su jefe desde que estaba destinado en la Central. En una investigación, le prestamos un dispositivo de amplificación de sonido extremo para escuchar conversaciones en plena calle. Nos gusta colaborar con la policía.

A Joel le repateó ver como la sonrisa del aquel cretino llenaba su cara de oreja a oreja. Sopesó lo que iba a hacer durante unos segundos y luego alzó el mentón hacia aquel tipo trajeado y preguntó:

–¿Sabe cuándo oí hablar por primera vez de su tienda? –No aguardó la respuesta de Téllez–. Acabábamos de detener a una banda de chavales, de no más de veinte o veinticinco años, que llevaban siete meses asaltando casas y naves industriales donde había plantaciones de marihuana. Los cabrones no fallaban una, ¿sabe?, cada palo era un éxito, parecía que iban a tiro hecho. Si no hubiera sido porque se les iba la mano en los asaltos, dándoles la del pulpo a los vigilantes y a los jardineros, que a alguno lo dejaron con las tripas colgando, podrían haber seguido mucho tiempo dando palos. Al principio pensábamos que le habían puesto una chicharra o, como ustedes dirían, un localizador GPS, al vehículo de alguno de los traficantes, pero lo cierto es que no le daban los golpes a una banda concreta, sino a todas las que trabajaban en una misma zona. Así que, cuando los detuvimos, me llevé a un lado al más bocazas y comencé a darle palique. Además de bocazas era fanfarrón, así que me lo trabajé bien, alabando lo mucho que nos habían jodido, corriendo de un lado para otro como pollos sin cabeza, dando palos de ciego, hasta que me confesó cómo lo habían hecho: balizando el coche del electricista.

–¿El electricista? –preguntó Téllez, intrigado.

–El electricista. Era un tío especializado en instalaciones eléctricas al que llamaban unos y otros, que no trabajaba para nadie en concreto y del que todos se fiaban porque tenía un negocio legal. Un currela, vamos, que se sacaba un sobresueldo yendo a una casa y a otra, a una nave y a otra, plantando todo el cableado desde cero o haciendo ampliaciones o simples remiendos. Lo que esta banda hacía era registrar cada punto en el que se detenía, anotar la dirección y, al cabo de unos meses, tras una pequeña vigilancia para corroborar que ahí dentro había una plantación, abordar el lugar como corsarios en mitad del mar... Pero me estoy desviando del tema. Adonde quería llegar con todo esto es a que le pregunté a aquel bocachancla de dónde había sacado la baliza, pensando que me daría largas o me hablaría de alguna página oculta de internet, o cualquier otra historia por el estilo, pero lo que él dijo me sorprendió de verás: «Fácil. En una tienda que hay en el centro de Barcelona. Espía Con Nosotros. Nos las venden de cinco en cinco».

El rostro de Téllez permanecía serio. Impertérrito.

–De cinco en cinco –repitió Joel.

–Eso es completamente legal –sentenció Téllez, cruzándose de brazos.

–Que sea legal no significa que usted no sea consciente de que, si se presentan cuatro niñatos a comprar algo así, lo destinarán a cometer delitos.

Téllez se revolvió incómodo en su butaca. Antes de que le saliera nuevamente con el rollo de que todo era legal, Joel lo contuvo con un movimiento de mano.

–No diga nada. No hace falta. Yo no estoy aquí para decirle cómo tiene que llevar su negocio. No necesito preguntarle en qué equipo juega; ya sé en qué equipo juega: en el suyo. Ni en el mío ni en el de los delincuentes. Mi objetivo no es amenazarlo, sino hacerle ver que, si es capaz de mirar para otro lado cuando ciertos clientes vienen a comprar ciertos productos, también podría hacerlo cuando la policía, esa con la que tanto le gusta colaborar, viene a pedir cierta información.

Téllez lo escrutó durante unos segundos, en completo silencio, ambas manos juntas y con los dedos entrelazados. Joel le sostuvo la mirada. Estaba tan cansado que ya nada le afectaba. Por fin, el amago de una sonrisa apareció en el rostro del tipo. Esta no era tan forzada como las anteriores.

–Es usted terco, de verdad.

–Como una mosca cojonera.

–Está bien... ¿De quién se trata? –preguntó Téllez, mientras se volvía hacia la pantalla de su ordenador personal y alargaba las manos hasta el teclado.

68

En las dependencias de la UTI Metrosur, los agentes se preparaban para el dispositivo de Karim Hassani. Silvia, sin embargo, permanecía sentada, a la espera de que el subinspector Juan Antonio Lacalle la hiciera entrar en su despacho. Le costaba levantar el brazo izquierdo y girar el cuello a ambos lados con naturalidad, por no hablar del agarrotamiento general y las magulladuras en la cara, pero ahí estaba, dispuesta a afrontar su destino. El jefe de la UTI, por su parte, parecía decidido a tomarse su tiempo y alargar la agonía, vengándose de todas las veces que ella lo había ignorado a lo largo del fin de semana.

Mientras tanto, sus compañeros ya se habían protegido con los chalecos antibalas de paisano, disimulados bajo las sudaderas y las chaquetas; pasaban bastante desapercibidos, aunque, si se observaba con atención, se los notaba algo más recios y acartonados de lo habitual. Repartieron emisoras, los dividieron por binomios y comenzaron a salir en dirección a L'Hospitalet, no sin antes pasar por el armero.

–Suerte –les deseó Silvia–. A ver si me dejan unirme luego a vosotros…

Su mirada, sin embargo, no reflejaba tanto optimismo como sus palabras. Sabía que estaba más que sentenciada, no era ninguna ilusa, que acabaría perdiendo aquel pulso de todas, todas; lo que quedaba por saber era cuánto y hasta cuándo iba a perder.

Lacalle asomó por fin su cabeza por la puerta del despacho y le ordenó con voz seca que entrara. Para poder mirarlo, Silvia se giró por completo, dolorida como se sentía. Se levantó lentamente y, cuando ya estaba en el despacho del subinspector y se disponía a cerrar la puerta tras ella, Lacalle la detuvo con un gesto.

–No cierres, que falta Bartomeu. –Ni siquiera la miró al pronunciar aquellas palabras. Estaba sentado, con la vista clavada en la pila de folios que había sobre su mesa: releía algunos por encima.

–¿Bartomeu? –Silvia estaba indignada. No había duda de que el sargento de Homicidios había apretado para que la expedientaran, pero ¿también iba a estar presente cuando Lacalle le cantara las cuarenta y le retirara el arma y la placa de manera cautelar? Resultaba una auténtica humillación–. ¿Qué pinta él aquí?

Por primera vez, el subinspector la miró directamente. Durante una fracción de segundo, dio la sensación de que iba a responderle con una fresca, pero al observar las marcas en el rostro de Silvia, causadas por la abrasión del airbag al desplegarse a más de 250 kilómetros por hora contra su cara, se contuvo. En su lugar, se limitó a decir:

–No estás en situación de hacer preguntas. –Y añadió, señalando sus heridas–: ¿Qué te ha pasado?

–Tuve un accidente.

–¿De qué tipo?

–De los que te dejan marcas.

Lacalle boqueó unos segundos y finalmente, con gesto de profundo disgusto, permaneció callado. Silvia era consciente de que debía controlarse. «Cógete la baja y que les den por culo», había sido el consejo de Saúl cuando ella le pidió su coche para acudir a aquella reunión. Con la gravedad de sus lesiones, le habrían dado la baja sin dudarlo, pero ella era de las que preferían enfrentarse a los problemas cuanto antes mejor. Saúl lo sabía, de ahí que no insistiera.

Bartomeu entró en el despacho con su cara de tipo duro. Dejó caer sobre la mesa, de mala gana, una carpeta verde con documentos, y le dirigió a Silvia una mirada forzada de asco e indiferencia, con el labio inferior y la mandíbula desplazados exageradamente hacia delante.

–Me gustaría que Lucía también estuviera presente –pidió Silvia. La confianza en su sargento tenía sus límites, pero al menos habría alguien imparcial en aquella habitación.

Lacalle pensó en ello durante unos segundos y se puso en pie. Abrió la puerta de su despacho y le pidió a Lucía que se acercara.

–¿Puedes venir, por favor?

Aquella mañana, la sargento estaba hasta arriba de trabajo, organizando el dispositivo en el que ella, algo que no era en absoluto habitual, iba a participar de manera activa, a pie de calle.

Lucía desvió la mirada por encima del hombro de Lacalle y observó a Silvia ahí sentada, esperando su respuesta.

–Sí, claro. Dame un segundo.

Regresó a su mesa, dio varias instrucciones a los agentes que todavía no habían salido y se incorporó a la reunión. Bartomeu no dijo nada al respecto, pero estaba claro que su presencia le molestaba.

–Silvia... –comenzó Lacalle, sin preámbulos. Se le veía incómodo. Muy incómodo. Porque era un tipo que rehuía los problemas. «Vive y déjame vivir bien» era su lema–. Estamos muy disgustados contigo. Yo, personalmente, estoy muy disgustado contigo. Porque se te dio una orden explícita de que dejaras de inmiscuirte en la investigación del Grupo de Homicidios...

–Un homicidio con secreto de las actuaciones –puntualizó Bartomeu.

–Un homicidio con secreto de las actuaciones –repitió Lacalle, aunque en su gesto quedó claro que no le había gustado ni un pelo la interrupción del sargento–. Y tú seguiste adelante, con el único fin de contradecir los resultados de la investigación para salvar a tu tío...

–El exmarido de mi tía –corrigió Silvia.

Lacalle soltó un bufido de desesperación.

–Pues el exmarido de tu tía, me da igual... El caso es que te emperraste en boicotear la línea correcta de investigación para demostrar que tu ti... el exmarido de tu tía es inocente.

Agachó la mirada hacia los documentos que tenía delante, se puso las gafas de montura roja, muy poco apropiadas para la ocasión, y, al tiempo que seguía la cuenta con los dedos de una mano, comenzó a enumerar todas las veces que se había saltado las reglas. Al terminar, se quitó las gafas con bastante dramatismo y miró a su agente con cara de resignación:

–Dicho esto, he estado hablando con Investigación Interna de la DAI, les he presentado este escrito que ha redactado Bartomeu relatando punto por punto tu comportamiento, y han decidido que no habrá fase de información reservada, que directamente se abrirá expediente disciplinario contra ti, con medidas cautelares. Así que te comunico que, a partir de ahora, quedas suspendida de empleo y sueldo y debes entregarme tu credencial y tu arma reglamentaria.

Se hizo el silencio en el despacho, pero las miradas lo decían todo. La rabia devoraba a Silvia por dentro. Tampoco ayudaba la sonrisa dibujada en el rostro de Bartomeu... Por otro lado, Lacalle era la viva imagen de la incomodidad y resultaba evidente que deseaba acabar con aquel trámite lo antes posible. En contraste, el rostro de la sargento permanecía serio, sereno, como si aquello no fuera con ella, más allá de que no podría contar con una de sus agentes durante una temporada. Sin embargo, Lucía se volvió hacia Silvia y le preguntó:

–¿Te ha servido de algo todo esto?

Silvia no acababa de pillar si le estaba tendiendo una mano o apretándole aún más la soga. Lacalle y Bartomeu parecían igual de desconcertados.

–¿A qué te refieres? –quiso saber Silvia.

–A todo eso que acaba de leer Lacalle: lo de los testigos, y hablar con el detenido, y no sé qué más... ¿De qué te ha servido?

–¿Ahora vas a darle alas? –preguntó Bartomeu.

–No se trata de darle alas o no. Se trata de entender por qué se ha arriesgado hasta tal punto.

–Lucía –intervino el subinspector–, eso ahora no toca.

–Sí, eso ahora no toca –repitió Bartomeu.

–¿Quieres saber para qué me ha servido? –le preguntó Silvia a su sargento, ignorando a los otros dos–. Pues para confirmar que Karim Hassani no tuvo nada que ver con el homicidio.

Bartomeu soltó una risotada.

–¡Eso ya lo sabíamos nosotros, joder!

Silvia volvió a ignorarlo y continuó.

–No había ningún motivo para creer a Estrada, porque es un mentiroso profesional, pero al principio había muchas cosas que me mosqueaban y que no permitían descartar por completo a Karim y su gente: estaba lo de la visita de Karim a Carrillo en su despacho un rato antes de reunirse con Estrada y su socio, y que Momo apareciera en las imágenes de la cámara de TRAM, o los problemas que había entre Karim y el abogado... Incluso lo había amenazado de muerte. Y reconozco que hasta entré en el edificio y encontré una manera de acceder a él evitando las cámaras de seguridad...

—¿Vas a permitir esto? —inquirió Bartomeu a Lacalle—. ¿Esta vacilada?

Lacalle lo contempló unos segundos, con el gesto fruncido, y volvió a desviar la mirada hacia Silvia. Esta continuó:

—Hasta que descubrí cuál era el papel de Karim en todo esto. Resulta que hace poco le cayó una sentencia bastante dura a un hermano de Karim, y este se pilló un buen mosqueo con el Coletas y amenazó con matarlo a menos que le devolviera todo el dinero que se había gastado en la defensa de su hermano. Y no sé qué pensaba hacer Carrillo, porque está claro que no lo denunció, pero cuando descubrió que Álvaro Estrada acababa de estafarle trescientos mil euros por el contrato de arras de una casa que jamás llegaría a venderle, no se le ocurrió otra cosa que enviarle a Karim. Y este, como era de esperar, se apuntó a la fiesta, porque el viernes asaltaron la casa de Estrada y se llevaron el dinero.

—Espera, espera, espera... —interrumpió Bartomeu—. El viernes... ¡Pero eso fue cuando detuvimos a Estrada!

Silvia asintió.

—Se presentaron horas después, haciéndose pasar por policías. Karim y Momo. Y dejaron a la pareja de Estrada hecha un cromo.

—¿Cómo te has enterado de eso? —preguntó Lucía—. Porque me imagino que no habrá denuncia...

—Me lo contó ella misma. Y la descripción cuadra con Karim y Momo, sin duda.

—Tendrías que haberme informado de todo esto... —le recriminó Lucía, evidentemente molesta.

Bartomeu aprovechó el disgusto de la sargento para meter cizaña.

—Veo que no soy el único al que le han hecho la cama....

Todos lo ignoraron.

—Marisa, la mujer de Estrada —prosiguió Silvia—, no quería denunciarlo. Al fin y al cabo, se trata del dinero obtenido en un delito. Cre... –A punto estuvo de decir «creemos», cosa que habría supuesto un problema para Joel. Por el momento, nadie lo había nombrado, y era mejor seguir así–. Creo que la noche en que murió Carrillo, después de que Karim se reuniera con él, Momo colocó una baliza en el Maserati de Estrada, y de ahí que averiguaran su domicilio, en Valldoreix. De ser así, el localizador debe de seguir instalado en el Maserati.

–Si eso es verdad... –comenzó a decir Lacalle, frustrado.

–Es verdad –apostilló Silvia.

–Pues, si es verdad, ¿cómo puede ser que no nos hayamos enterado de nada? ¿No se supone que los tenemos balizados y pinchados?

–El coche de Karim no se mueve desde hace tiempo –reconoció Lucía–, y los teléfonos suelen apagarlos o dejarlos en casa cuando van a hacer algo.

–Total –espetó Bartomeu a Silvia, echándose para atrás y golpeando la mesa con ambas manos–, que te vas a ir a casa suspendida de empleo y sueldo para nada. Tu tío sigue siendo tan culpable como al principio, y su socio y él se van a pudrir en la cárcel.

–No te enteras, ¿no? –Silvia casi escupió las palabras sobre el sargento–. Si Estrada es culpable, por mí que le den. Me da igual. Quizá os penséis que lo digo por decir, pero es verdad. Yo lo único que quiero es que pague el culpable.

–Y pagará. Él y su socio.

–¿Su socio? Eso será si lo pilláis.

–Y ¿por qué no lo íbamos a pillar?

–Porque vais muy perdidos.

–¿A qué te refieres? –preguntó el subinspector Lacalle–. Si sabes algo, dilo.

–No puedo demostrar nada. O casi nada.

–Aun así, habla.

Bartomeu resopló, pero se vio obligado a cerrar el pico tras un gesto del jefe de la UTI.

–Creo...

Bartomeu no pudo reprimirse:

–Ya estamos con el «creo».

–Déjala hablar –lo cortó esta vez Lucía. Desde luego, aquel capullo acababa con la paciencia de todos.

–Creo que Estrada no miente cuando dice que forcejeó con Carrillo para evitar que le arrebatara el maletín, y creo que, efectivamente, Carrillo se golpeó la cabeza y lo dejaron ahí tirado, pero que seguía vivo cuando salieron de su despacho o, al menos, no recibió la puñalada en ese momento.

Bartomeu saltó de su silla.

–Vamos, hombre…

–Y luego hay algo que no solo creo, sino de lo que también estoy segura: el motivo por el que Manuel Solís dio media vuelta y regresó al despacho de Carrillo.

Esta vez, incluso Bartomeu guardó silencio.

–Para quitarle la llave de una caja fuerte donde el abogado guarda… o, mejor dicho, guardaba una gran cantidad de dinero negro.

–¿Qué caja fuerte? –gruñó Bartomeu.

–Una que Carrillo escondía en casa de su hermana. Si habláis con la cuidadora, os confirmará que la mañana del miércoles, horas después del asesinato, Solís se presentó en la casa. Después huyó, se ocultó en el hotel de Rubí… y desapareció.

–Entonces ¿qué? –A Bartomeu se le veía muy pero que muy perturbado ante aquel aluvión de información fresca. Porque a la vista estaba que habían dejado muchos cabos por atar y, sobre todo, porque lo dejaba en evidencia–. ¿Solís lo mató para arrancarle la llave?

–Eso no lo sé. –Silvia se cruzó de brazos. Ya había revelado todo lo que sabía o, al menos, lo que podía probar. Y, aun así, no tenía nada para demostrar lo que sentía: que Estrada podía ser un maldito estafador, pero que no merecía que lo condenasen por la muerte del abogado.

–Ya te dije que me mosqueaba mucho lo de la sangre –comentó Lacalle a Bartomeu–, que salieran de allí tan limpios…

Ambos comenzaron a discutir y Silvia aprovechó para volverse hacia su sargento y disculparse con ella, en voz baja.

–Siento haber ido por la espalda. Pero sabía que no me darías permiso.

–Pues claro que no –susurró ella también–. Y encima podrías haber metido en problemas a Joel… Ya hablaremos tú y yo de eso. Pero no aquí, ni ahora.

El móvil comenzó a vibrar en el bolsillo de la sudadera de Silvia. Era un mensaje. Y otro. Y otro más. En un primer momento, se negó a leerlos, pero después pensó en Saúl. Aquella mañana lo habían citado para un juicio en la Ciutat de la Justícia, y, como lo habían cedido a ella su coche, tenía previsto coger el transporte público para ir a Barcelona. Silvia sacó el teléfono para asegurarse de que no se hubiera retrasado por algún problema y descubrió que los mensajes eran de Joel. Como el subinspector y Bartomeu seguían discutiendo, los leyó. Y uno era una fotografía.

Contuvo el aliento. Aquello podía ser la bomba. Dio una palmada y los dos hombres callaron al instante.

–Perdón, pero tenéis que escucharme. –Les mostró la pantalla del móvil a ambos, primero, y después solo a Bartomeu–. Tú estuviste en el despacho de Carrillo durante el levantamiento de cadáver, ¿no? ¿Te suena haber visto algo así?

Bartomeu miró con atención el objeto que había en la imagen. En silencio. Pareció dudar. Hizo una mueca. Volvió a dudar. Y se levantó para dirigirse al ordenador de Lacalle. Comenzó a teclear y a mover el ratón.

–¿Qué buscas? –preguntó el subinspector, situándose a su lado.

–Las fotografías que hizo Científica en la inspección ocular.

Para entonces, los cuatro estaban ya de pie, en torno a la pantalla. Y, de pronto, ahí estaba, sobre uno de los archivadores del despacho de Carrillo: la figura de una mujer que representaba a la Dama de la Justicia. De unos treinta centímetros de alto, dorada, con la balanza en una mano y la espada en la otra. Y los ojos vendados.

–Eso de ahí –señaló Silvia a la pantalla– es una cámara.

69

Momo no daba crédito. Él estaba pelado de frío, con su chaqueta de Pull&Bear abrochada hasta arriba y, aun así, no paraba de temblar. Las temperaturas habían descendido una barbaridad, y el cielo encapotado impedía que los rayos de sol dieran algo de vidilla. Caminaba algo encorvado hacia delante y con los hombros encogidos, y se sorbía los mocos cada poco rato, en dirección al concesionario de furgonetas de alquiler, cojeando aún de la pierna izquierda. Y, mientras tanto, Ilyas iba ahí tan pancho, acompañándolo como si nada, con su plumas North Face y sus zapas de doscientos pavos. Casi le pareció verle incluso sudar.

Momo comenzaba a arrepentirse de haberle pedido a aquel mamón que lo acompañara. Le hacía la rosca, con aquel rollo de fan al que le molaban sus canciones, pero verlo ahí, vestido con más de mil euros en ropa, comenzaba a darle una rabia inmensa. Porque estaba claro que trabajar con el Profesor daba pasta, mientras que currar para Karim cada vez le aportaba menos dinero y más moratones: en una semana le habían pegado una paliza, había perseguido a un tipo por la ronda Litoral y lo había electrocutado la parienta de un estafador.

Por si fuera poco, Ilyas, que era un crío ansioso e incapaz de entender cómo funcionaban las cosas, llevaba un cuarto de hora taladrándolo a preguntas. Momo se había limitado a echar balones fuera y a recordarle que podía acompañarlo a recoger la furgoneta y poco más, porque, aunque Karim no le había prohibido que fuera acompañado, era muy probable que se mosqueara si se presentaba con alguien a su lado.

–Pero ¿le hablarás de mí? –insistió Ilyas.

Ahora intentaban cruzar la Gran Via, pero era imposible pasar a la otra acera. La calle era amarilla y negra, de tantos taxis que iban en ambos sentidos.

–Hermano, no te pillo –soltó Momo–. Con el Profesor te va de puta madre. No hay más que verte. ¿Cuánto ganas con él? ¿Trescientos? ¿Cuatrocientos a la semana?

–Colega –rio Ilyas–. Yo por eso ni me levanto. Lo menos, seiscientos pavos, y subiendo.

–Entonces ¿por qué cojones quieres venirte a currar con Karim? Yo me como los mocos con él, tío.

–Quiero acción, tío. Quiero acción. Aprender del mejor y montármelo a mi bola. Joder... ¿Qué cojones pasa en la Fira?

Siguieron esperando un rato más hasta que encontraron un hueco y se colaron, aunque un par de taxistas les dedicaron unos cuantos gritos acompañados de toques de claxon. Cinco minutos más tarde, ya estaban en la empresa de alquiler de vehículos.

–Te espero fuera, ¿vale? –dijo Ilyas.

A Momo le daba lo mismo. Lo único que quería era entrar en las oficinas, a ver si allí hacía mejor temperatura. Y sí, se estaba mejor, aunque tampoco era para tirar cohetes, porque el portón de la salida de vehículos no dejaba de subir y bajar, y resultaba difícil mantener el calor en aquella nave tan grande.

Hizo cola frente a la ventanilla de recogidas y, cuando llegó su turno, le atendió una chica enfundada en un forro polar naranja con el logotipo de SIXT y mitones en las manos. Se parecía vagamente a Marta. Nada más pensar en ella, sintió una punzada de remordimiento. Jamás volverían a salir juntos, eso lo entendía ahora. Y no la culpaba.

La trabajadora apenas lo miró a la cara, ni para comprobar la documentación. De haberlo sabido, no le habría dado la suya, sino la de algún otro pringado. Después le pidió que volviera a mostrarle la reserva del vehículo, y a Momo le dio un poco de vergüenza enseñarle otra vez su Xiaomi barato con la pantalla rajada de lado a lado. La tarjeta de crédito que había utilizado para el pago estaba a nombre de un yonqui que, a cambio de cincuenta euros, se había dejado utilizar por Karim para abrir cuentas en bancos online.

Cuando acabaron las formalidades, la chica le indicó que saliera a la calle, a esperar a uno de sus compañeros, que aparecería con la furgoneta.

Y fuera seguía Ilyas, trasteando su móvil, un auténtico pepino con el que Momo solo podía soñar…

Al cabo de un par de minutos, aparcó frente a ellos una Renault Trafic blanca con el logotipo de la empresa de alquiler serigrafiado a ambos lados. Un trabajador se apeó con una carpeta en la mano y se dirigió a Momo. Ambos rodearon la furgoneta, en busca de desperfectos que apuntar en la hoja de revisión del vehículo, pero lo cierto es que estaba nueva; el cuentakilómetros apenas marcaba doscientos sesenta kilómetros.

–Cuando la devuelvas –le advirtió el trabajador, tendiéndole una copia de la hoja de revisión–, te aconsejo que la única planta a la que huela sea a pino. Y con pino me refiero al ambientador.

Momo puso cara de no entender nada, pero Ilyas se echó a reír a su espalda.

–A pino, tío. Esa es buena…

Momo lo decidió ahí. En cuanto llegasen a plaza Europa, pensaba quitárselo de encima. Ya no aguantaba más a aquel capullo.

Ilyas subió al vehículo por la puerta del acompañante y Momo rodeó la furgoneta hasta llegar al lado del conductor. Al abrir, observó a Ilyas que trasteaba en la guantera; el muy capullo sacó la mano con un par de flyers de publicidad y la carpeta con la documentación.

–Deja eso ahí, tío –le ordenó Momo.

–Aquí dentro no hay más que mierda.

–¿Y qué esperabas? Mete eso ahí dentro y cierra.

–Vale, tío, vale… Tampoco te lo tomes todo tan en serio… –Guardó la documentación en la guantera, la cerró y estiró los pies hacia delante, apoyando sus voluminosas zapas en el salpicadero.

Momo respiró hondo e hizo girar la llave en el contacto. El motor de aquel elefante con ruedas rugió y comenzó a avanzar marcha atrás.

Apenas faltaban cinco minutos para las doce, y Karim lo esperaba. El punto de encuentro estaba muy cerca, pero, entre el tráfico y soltar a Ilyas, temía no llegar a tiempo.

70

Al subinspector Juan Antonio Lacalle le gustaba comenzar las semanas de forma tranquila. Llegar el lunes por la mañana, saludar a todos con su habitual «nosdías...» camino de su despacho, y ponerse a gestionar los mensajes de WhatsApp y los emails que había recibido a lo largo del fin de semana. Sin muertos, sin asaltos violentos, sin novedades relevantes. En la mayor de las calmas.

Jamás habría imaginado que la empezaría sentado en el asiento del copiloto de un vehículo de paisano, con Bartomeu al volante, de camino al despacho del abogado Valentín Carrillo. Detrás iba Silvia Mercado, sin decir ni mu; en su mirada no había asomo de recochineo, ni de «os lo avisé», ni de «en vuestra cara», ni de nada por el estilo. Había contado de dónde había salido la información de la cámara oculta y le había rogado encarecidamente a Lacalle que la dejara acompañarlos. Junto a ellos también iba Soto, un agente de Homicidios con conocimientos informáticos y, en otro coche, un cabo y una agente de Científica.

Desde comisaría habían avisado a la viuda de Carrillo sobre la necesidad de volver a inspeccionar el despacho. No concretaron más, por prudencia, para evitar dar más datos de los necesarios y arriesgarse a perder aquella posible prueba.

La mujer los esperaba en la puerta del edificio. Iba vestida con gorro y abrigo dorados a juego, y, a pesar de que el cielo estaba tremendamente nublado, se protegía los ojos con unas amplias gafas de sol, por motivos más que obvios.

Lacalle le dio el pésame y se sorprendió al advertir que conocía a Silvia; de hecho, esta se dirigió a la mujer con el nombre de Belén. Entonces el subinspector cayó en la cuenta de que la agente seguramente había hablado con ella durante sus pesquisas independientes, y quizá fuera esa justo la pista que la había llevado hasta la cámara oculta. Era obvio que la investigación de Bartomeu dejaba mucho que desear.

Entraron al edificio y subieron hasta el segundo piso. El bufete de abogados ocupaba prácticamente toda la planta, entre recepción, sala de reuniones, despachos, comedor y demás zonas comunes. Habían suspendido temporalmente toda actividad, y apenas se había tocado nada del mobiliario ni de los escritorios. Aún quedaba pendiente llamar a un servicio de limpieza especial para que borrara los restos de sangre de la pared, el suelo y los muebles del despacho de Carrillo. Y ese fue el lugar al que los condujo la mujer.

Belén encendía las luces a su paso. Los policías avanzaban tras ella, en silencio, como una corte, conscientes de que aquello no debía de ser fácil para ella. Sin embargo, parecía soportarlo con entereza. Hasta que llegaron al fondo de la oficina, donde se encontraba el despacho de Carrillo. Se detuvo en seco y les señaló la puerta de doble hoja.

–Prefiero no entrar –dijo.

Lacalle lo comprendió perfectamente. Le dio las gracias a la mujer e hizo una seña al resto de policías para que entraran con él.

La luz que se filtraba a través de las cortinas permitía ver con claridad todo cuanto había allí dentro. Sin embargo, el olor que los recibió era horrendo. Ahorrarían tiempo y dinero retirando aquella moqueta llena de lamparones de sangre reseca en lugar de intentar limpiarla, pensó Lacalle, quien no obstante se adentró en el despacho, buscando con la mirada, al igual que todos los que lo acompañaban, la condenada figura de la Dama de la Justicia. Por suerte, ahí estaba.

La agente de Científica hizo varias fotografías desde distintos ángulos, para dejar constancia del lugar y la posición en la que se encontraba la figura, y, con manos enguantadas, el cabo la levantó. No debía de medir más de treinta centímetros, y la base era ancha y pesada. La depositó sobre la mesa, ladeada, para estudiarla, pero Lacalle propuso otra cosa:

–¿Por qué no salimos de aquí? El ambiente está algo cargado. ¿No os parece?

La viuda de Carrillo, que seguía esperando fuera, sentada en una silla, con la mirada puesta en la ventana, preguntó al verlos salir:

–¿Ya están? –Y, al reconocer la figura, añadió–: ¿Era eso lo que buscaban?

–¿Cuánto hacía que tenía su marido esta figurita? –preguntó Bartomeu. Seguía molesto, resultaba evidente, e incluso daba la sensación de desear que todo aquello fuera una pérdida de tiempo. Al fin y al cabo, cuanto más se obtuviera, más en evidencia quedaría.

La mujer infló los carrillos, pensativa, y con un gesto de negación respondió:

–No sé. Vino un día con ella. Hará seis o siete meses. No debe de hacer más.

–¿Pero sabe lo que tiene?

La perplejidad en el rostro de Belén resultaba del todo convincente.

–¿Lo que tiene? ¿Además de ser horrible?

Lacalle sonrió. En eso no se equivocaba. Dijo:

–Si no le importa, vamos a tomar prestada una de estas mesas para hacer unas comprobaciones.

–Sí, claro. Usen la mía.

Y los llevó hasta la mesa más grande de la sala. Apartó los expedientes y las carpetas que había sobre ella, sin prestar atención al orden en que los dejaba apilados sobre los demás escritorios. Después de ofrecer un café que todos rechazaron con amabilidad, dijo:

–Pues yo sí necesito uno. Estaré en la cocina. Cualquier cosa, me avisan, por favor.

El cabo de Científica dejó la figurita sobre la mesa y, junto a la agente, estudiaron su superficie. A su lado, Lacalle, Bartomeu, Silvia y Soto observaban, ligeramente inclinados.

–Aquí –dijo el cabo, y señaló un pliegue en la túnica de la Dama, a la altura del ombligo.

Era un punto. Un punto muy pequeño, pero ahí estaba: la cámara. Acto seguido, el cabo comenzó a manipular la base y, con más maña que fuerza, desencajó la tapa inferior. Ante ellos, apareció el mecanismo interno, en el que destacaban una batería de litio y una ranura donde habían insertado una tarjeta de memoria. Tras hacer las fotografías pertinentes, el cabo retiró la tarjeta y se la tendió a Soto, que, por precaución, también se había puesto guantes de vinilo.

–Si ha seguido grabando, igual las imágenes del martes ya se han machacado –comentó Bartomeu.

El agente se encogió de hombros.

–Esta es de las de alta capacidad, pero depende de la cámara. La definición, el tipo de archivo, el modo de activación... Cosas así.

–¿El modo de activación? –preguntó Lacalle.

–Si graba de manera continua o si solo se activa cuando hay movimiento. Eso lo veremos en cuanto accedamos a la tarjeta. Si hay muchos archivos, eso significa que es de movimiento, en cuyo caso quizá veamos la noche del martes.

Depositó sobre la mesa un ordenador portátil y lo encendió. Acto seguido, introdujo la tarjeta mediante un adaptador. Comenzó a mover el cursor por la pantalla, a abrir carpetas y, de repente, llegaron al conjunto de imágenes captadas por aquella cámara oculta.

–Hemos tenido suerte –dijo el agente–. La cámara es de movimiento.

Lacalle observó el rostro de Bartomeu, taciturno, y el de Silvia, curiosa, incluso emocionada. Menudo contraste. Por lo que respectaba a él, en aquellos momentos, Lacalle se moría por ver qué había grabado.

Los archivos estaban ordenados cronológicamente. Durante el día, y sobre todo por la tarde, tenían una gran duración, debido a la presencia en el despacho de Carrillo. Había un archivo extenso, que comenzaba a las 22.30 y duraba tres horas y veintitrés minutos. Justo cuando Soto se disponía a pulsar el play en el visor de imágenes, Silvia lo detuvo.

–Espera –dijo, y miró alrededor.

Lacalle comprendió por qué lo había hecho. Él también buscó a Belén por la estancia, pero no estaba. Lo último que les apetecía era que aquella mujer presenciara el asesinato de su marido.

–Adelante –ordenó Lacalle.

Y Soto puso en marcha el vídeo.

Se trataba de un gran angular que enfocaba prácticamente todo el despacho a lo ancho, aunque distorsionaba ligeramente las formas en los extremos. En la imagen aparecía Carrillo de espaldas a la cámara, trabajando en su escritorio, con la calva en parte disimulada por su famosa cola de caballo. El plano era bueno. Y no solo eso, sino que también tenía audio.

–Avanza –dijo Lacalle. Y Soto avanzó clicando sobre la barra de tiempo.

La hora cambió de golpe a las 23.09, y un descomunal Karim Hassani, más grande que nunca a consecuencia de la deformación de la imagen, estaba plantado ante el abogado.

–*¡De mí no se ríe nadie!* –se oía gritar al abogado. Estaba encendido y gesticulaba mucho. Karim, por el contrario, daba la sensación de aburrirse.

–*Y yo quiero mi pasta. Si crees que voy de farol es que no te enteras de nada, tío. Y sin duda te mereces que esos dos cabrones se meen en tu cara…*

–*Muy gracioso. Pero eres tú el que no se entera de nada…, tío. Te estoy pidiendo que des por culo a esos cabrones a cambio de la mitad del dinero que me han robado. Y eso es mucho más que lo que me pagaste por tu hermano…*

–*Mi hermano se va a pudrir en la trena por tu culpa, cabrón.*

En la imagen, Carrillo alzaba ambos brazos, desesperado.

–*Pero ¿es que vas a volver otra vez con eso?*

Desde luego, aquello cuadraba con la teoría de Silvia.

–Vamos a lo que nos interesa –interrumpió Bartomeu, mientras posaba una mano sobre el hombre de Soto y trataba de arrebatarle el control del portátil.

El agente se volvió hacia Lacalle, sin saber cómo reaccionar, y el subinspector intervino:

–Bartu, haz el favor de dejarle trabajar tranquilo… ¿A qué hora llegaron Estrada y Solís al despacho?

Tras un gruñido, Bartomeu respondió:

–Sobre las doce menos cinco.

Soto se desplazó por la barra temporal hasta las 23.55 horas.

En la imagen, Carrillo aparecía de lado, sentado en su butaca, con gesto de cabreo infinito. Se le veía consultar el reloj de pulsera insistentemente, hasta que un pitido le hizo reaccionar. Desde su mesa, accionó un par de botones y volvió a reclinarse sobre la butaca. Y se irguió. Y se apoyó de nuevo en el respaldo... La verdad es que sorprendía ver a un tipo de su entereza comportarse con tal nerviosismo. Estaba claro que la estafa lo había alterado sobremanera.

Al fin, la puerta se abrió y Estrada y Solís hicieron acto de presencia. El primero sostenía un maletín marrón en una mano. Carrillo no los invitó a sentarse. De hecho, se puso en pie, rodeó el escritorio y, tras insultarlos, intentó arrebatarle el maletín a Estrada. Este lo ocultó tras él y alargó la otra mano para marcar distancias.

–*¡Dame mi dinero, hijo de puta! ¡Os juro por Dios Santísimo que os hundo!*

–*No te entiendo, Valentín* –trataba de aplacarlo Estrada–. *En toda mi carrera profesional jamás me habían tratado así. Tiene que haber un malentendido. A la fuerza. ¿A qué viene todo esto?*

–*¿Que a qué viene? ¡Pues a que habéis intentado joderme! ¡Y a mí no me jode nadie!*

Carrillo se abalanzó sobre Estrada, y ambos comenzaron a forcejear, luchando por ver quién se quedaba con el maletín. Solís agarró por la cintura a Carrillo y tiró de él con fuerza hasta que consiguió apararlo de Estrada, que todavía conservaba el puñetero maletín.

–*Valentín, ¡por el amor de Dios!* –insistió Estrada, despeinado y con un faldón de la camisa fuera del pantalón–. *¿Has perdido la cabeza o qué? No sé con quién has hablado, pero te garantizo que nada de lo que te han contado es verdad. ¡Me conoces! ¡Hace meses que me conoces! ¿Crees que podría engañarte?* –Hizo una pausa dramática y, sosteniendo el maletín en alto, prosiguió–: *Si no te fías de mí, no puedo seguir haciendo negocios contigo. Esto ya pasa de castaño oscuro. No me dejas otra opción que quedarme con este dinero como penalización por incumplimiento del contrato. No me esperaba esto de ti... De verdad que no me lo esperaba. Menuda decepción... Sé que te vas a arrepentir, pero ya será tarde. Por mucho que vengas rogando, llorando y suplicando que te vendamos la casa, mi respuesta será no. Punto y final. No pienso perdonar esta humillación.*

El abogado, que seguía siendo presa de Solís, exclamó: «¡Suéltame cabrón!» y comenzó a bracear para liberarse. En un momento dado, alargó una mano hacia su escritorio, dispuesto a coger algo punzante que había junto a la pantalla del ordenador.

El abrecartas.

Intentó clavárselo a Solís, pero este se zafó, y le dio un empujón. Sin embargo, el abogado no se dio por vencido y volvió a alargar la mano, en dirección al pecho de Solís... y esta vez fue Estrada quien impidió que se lo clavara, agarrando con los dedos desnudos de su mano la hoja del abrecartas. Se lo arrebató, lo lanzó al suelo y, de nuevo, tuvo que proteger el maletín de Carrillo, porque volvía a tenerlo encima, completamente desbocado.

Forcejearon durante unos segundos; Solís trataba de inmovilizar al abogado y, entre tanto tira y afloja, Carrillo trastabilló por culpa de una silla que se había volcado y cayó de espaldas. Se golpeó la cabeza contra el canto de la mesita de cristal. El ¡clonc! se oyó con nitidez, y quedó ahí tendido. Quieto. Muy quieto. Durante un par de segundos, Estrada y Solís se miraron, evidentemente asustados. Entonces el abogado comenzó a mover los brazos, como si nadara. Y a emitir sonidos incomprensibles: «Eeeh», «Uuuh».

Estrada y Solís salieron zumbando del despacho.

Lacalle, por primera vez desde hacía un buen rato, apartó la vista de la pantalla. Su mirada se cruzó con la de Silvia. Hasta aquel momento, el relato de Estrada estaba revelándose como cierto. Acto seguido, su mirada se encontró con la de Bartomeu, y este no pudo reprimir un:

–Esto apenas cambia las cosas. Quizá para Estrada sí, pero no para la resolución del caso. Ahora veremos regresar a Solís y cómo comete el asesinato.

Todos volvieron a fijar la vista en las imágenes. Pasaron unos segundos, Carrillo seguía tendido en el suelo, con leves movimientos de sus extremidades. Tal y como suponían, Solís apareció de nuevo en el despacho.

Todos contuvieron la respiración.

Vieron al joven estafador arrodillarse junto al abogado y registrarle los bolsillos. Al no encontrar lo que buscaba, se puso en pie y se acercó al colgador donde reposaba el abrigo de Carrillo. Y allí sí que halló su objetivo, en uno de los bolsillos: un juego de llaves. Se lo guardó y, antes de dejar el despacho, alargó una mano para coger un documento que Carrillo había sostenido ante ellos hacía unos minutos. Debía de ser el famoso contrato de arras. Y se largó de allí.

En la imagen, transcurrían los minutos, y resultaba evidente que Carrillo seguía vivo, por pequeños movimientos que hacía. Malherido, pero vivo. Y no solo eso llamó la atención de los policías.

En el suelo, al lado del cuerpo del abogado, estaba el abrecartas.

71

Para cuando Joel entró en plaza Europa, ya estaba hasta la coronilla del tráfico, del coche y de la condenada emisora. Para colmo, se incorporaba tarde al dispositivo. Y solo.

Cuando por fin se había presentado en comisaría, ya habían salido todos los agentes, de modo que quedó desparejado. Cogió las llaves del coche que sus compañeros habían descartado, el Skoda Fabia verde que emitía un sospechoso ruido cuando rebasaba los ochenta kilómetros por hora —algo así como una cafetera Nespresso quedándose sin agua— y bajó al vestuario a colocarse el chaleco antibalas bajo el jersey. Tras coger su pistola reglamentaria del armero, subió al Skoda infame y partió hacia L'Hospitalet.

Nada más salir de Sant Feliu, se topó con una retención. El viaje iba a ser lento con o sin Skoda. Para entonces, Rondón ya había cantado por la emisora que acababa de ver a Momo salir del edificio donde vivía, en el Gornal, y que se había reunido con otro tipo que sin duda era Ilyas, el de la llamada.

Mientras zigzagueaba cambiando de un carril a otro, esquivando coches y camiones, entre frenazos y acelerones, escuchó como sus compañeros narraban el seguimiento. Y lo hacían bien. Tranquilos, con la situación controlada. Sin arriesgar. En parte porque parecía que aquellos dos caminaban despreocupados, pero sobre todo porque los grupos de Salud Pública y Domicilios habían cedido agentes para el dispositivo. Y eso ayudaba mucho.

La sargento había repartido los binomios del siguiente modo: uno en el domicilio de Momo, otro en la empresa de alquiler y un tercero en el apartamento de la novia de Karim, en Amadeu Torner. Dos binomios más en movimiento (entre los cuales se encontraba la misma Lucía), un motorista y Joel, si es que llegaba a tiempo, que también iría por libre.

Joel detestaba los seguimientos unipersonales en coche, porque acababa haciendo malabarismos con la emisora, el GPS, el móvil y el volante. El milagro no era vigilar al objetivo sin perderlo: el milagro era no partirse la crisma en el intento.

A la altura del Splau, la cosa aligeró, pisó gas a fondo y a punto estuvo de llegar a oír el gruñido del Skoda a ochenta por hora... Pero nada más tomar la salida de Gran Via, de nuevo se vio rodeado de vehículos que avanzaban a paso de tortuga. Estaba desesperado. Colocó el rotativo sobre el salpicadero y, entre intensos destellos azules, circuló por el arcén durante un par de kilómetros hasta acceder a la Gran Via. Allí apagó el rotativo y lo escondió bajo el asiento, para no quemar el vehículo de paisano cerca de la zona donde se encontraban los objetivos.

A la altura del Hesperia Tower, por la emisora, cantaron que Momo acababa de subirse a una Renault Trafic blanca frente a la nave de SIXT.

Entre golpes de claxon y berreos de conductor a conductor, Joel continuó avanzando a gran lentitud. Maldijo el jodido Mobile World Congress y a todos sus asistentes, que colapsaban las primeras salidas de la Gran Via saturándolas de taxis, VTC y otros vehículos de transporte público más exclusivos. Por si fuera poco, para aquel lunes habían anunciado la asistencia del rey de España y del presidente del Gobierno para inaugurar el evento. Aquello era un circo en toda regla.

Informaron por la emisora del número de matrícula de la furgoneta, y Joel no tuvo más remedio que tomar nota mental de ella. En cuanto escuchó que el objetivo se dirigía a Amadeu Torner, supo que no llegaría a tiempo y que debía cambiar de estrategia. Por suerte, vivía en la zona y la conocía bien, así que comenzó a adelantar vehículos por el carril de la izquierda y no abandonó la Gran Via hasta llegar a la plaza Cerdà. La rodeó, apurando en los semáforos, y tomó el lateral de Gran Via en sentido contrario. Allí el tráfico era agobiante, especialmente frente a la Ciutat de la Justícia, pero no tanto como en plaza Europa.

Rondón comunicó que la furgoneta se detenía antes de acceder a plaza Europa y que de ella bajaba el tal Ilyas. Para cuando Joel oyó que el vehículo volvía a ponerse en marcha, él ya se encontraba a escasos trescientos metros de allí, a la altura del centro comercial Gran Via 2. De pronto, alguien anunció que la furgoneta se había detenido de nuevo. Otro comunicó que arrancaba. Y otro dijo que acababa de perderla de vista... Hubo dudas. No parecían tenerlo claro.

Joel prácticamente estaba ya en plaza Europa, haciendo cola en una hilera de vehículos que aguardaban turno para internarse en aquella gran rotonda amorfa. Alzó la mirada. No vio rastro alguno de la furgoneta, y eso que era una ballena blanca inmensa con las letras SIXT a los lados. Aceleró a fondo cuando por fin llegó a la línea de CEDA EL PASO... y entonces la vio: viniendo por su izquierda, con Momo al volante.

Casi chocan. No mandó al garete el dispositivo por cuestión de milímetros.

72

Silvia, de pie, sentía la tensión recorriendo todo su cuerpo dolorido por el accidente, machacándola, invitándola a tomar asiento, a relajar sus músculos..., pero ni se inmutó. Porque quería seguir atenta a la pantalla, igual que el resto.

–Pon el siguiente vídeo –ordenó Lacalle, aunque Soto ya estaba clicando sobre él.

El siguiente vídeo era mucho más corto. La cámara se había activado porque Carrillo había movido los brazos, frotando con ellos el suelo. También había comenzado a gemir y balbucear, hasta que, tras unos segundos, se quedaba inmóvil y parecía perder el conocimiento. Los siguientes doce vídeos eran muy similares: Carrillo despertaba, se movía un poco, hacía algo de ruido, y volvía dormirse. Cada vez que seleccionaban uno de esos vídeos, los policías albergaban la esperanza de que por fin las cosas cambiaran. Que todo se revelase.

Pero todo seguía igual. Ya faltaba poco para las 03.06 horas, momento en el que Belén se presentó en el despacho junto a Héctor, el chófer, y dieron la voz de alarma. ¿Cuándo iba a suceder algo?

Pusieron varios vídeos y... nada... hasta que al fin la puerta de doble hoja se abrió. Y ante ellos apareció Héctor, seguido de Belén. Él fue el primero en descubrir la sorpresa que les esperaba ahí dentro, pero la primera en expresar sus sentimientos fue la mujer. Y de qué manera. Comenzó a gritar, histérica.

Soto se apresuró a bajar el volumen del ordenador.

En la imagen, el chófer se había vuelto hacia Belén para abrazarla, sosteniéndola con fuerza, evitando que se desplomara en el suelo. Ella lloraba desconsolada, evitando mirar el cuerpo de su marido.

–Hace rato que no se mueve –comentó Soto, señalando con el dedo las piernas y los brazos del abogado–. Este vídeo, de hecho, lo han activado ellos al entrar.

–El abrecartas sigue ahí –apuntó la agente de Científica–. ¿Cómo es que después desapareció?

–Belén... ¡Belén! Cálmate, por favor. Tengo que ver cómo está tu marido, ¿me entiendes? Y no puedo hacerlo mientras me ocupo de ti...

La mujer contempló al chófer con gesto asustado.

–Llama al 112. Pide una ambulancia –la apremió Héctor.

Ella dio media vuelta y salió del despacho, directa hacia su mesa de trabajo, donde se encontraban en aquellos momentos los policías. El chófer se arrodilló junto a su jefe, manchando de sangre las perneras de su pantalón, y comenzó a palpar el cuerpo. ¿Trataba de buscarle el pulso? ¿Iniciar una reanimación cardiopulmonar? No, ¡qué coño!, había comenzado a rebuscar entre sus bolsillos.

–¡No me jodas! –exclamó el cabo de Científica–. ¡Menudo rata!

Estaba claro que el chófer buscaba lo mismo que Solís: la llave de la caja fuerte. Y, al no dar con ella, se puso en pie y escudriñó en la chaqueta, y sobre la mesa y dentro de un par de cajones. Registraba nervioso, levantando la mirada hacia la puerta cada pocos segundos, hasta que algo lo hizo detenerse.

Fue un gemido.

Carrillo había despertado. Tenía la cabeza ligeramente levantada en dirección al chófer, y trataba de gesticular con una mano. Héctor rodeó el escritorio y se dejó caer al lado de su moribundo jefe. Acercó la cara y le susurró algo al oído. Soto subió el volumen al máximo y echó para atrás el vídeo. Era una pregunta:

–¿Dónde están las llaves, cabrón?

No hubo respuesta por parte del abogado.

Héctor insistió.

–¿Dónde están las llaves?

Esta vez, Carrillo sí reaccionó. Comenzó a emitir un sonoro gruñido que Héctor apagó ejerciendo una fuerte presión sobre su boca con ambas manos. Frente a la pantalla, todos permanecían atónitos. El abogado trató de apartar aquellas garras que pretendían silenciarlo, pero apenas tenía fuerzas. Sus movimientos eran lentos y toscos. Y, aun así, no se lo ponía nada fácil al chófer. De hecho, lo estaba desquiciando; sus gruñidos habían dado paso a unos agudos sonidos guturales que no cesaban.

Héctor no hacía más que girarse hacia la puerta de entrada, acojonado, mientras presionaba sobre la boca y la nariz del abogado; Belén podía entrar en cualquier momento. En una de esas ocasiones, bajó la mirada y advirtió algo. Se inclinó hacia un lado, alargó una mano... y cogió el abrecartas. Sin dudarlo, lo clavó en el cuerpo de Carrillo, bajo la axila izquierda. Hasta la empuñadura. Los quejidos cesaron. Héctor se dejó caer hacia atrás, empapado en sangre, cubierto de sudor, y se sobresaltó al abrirse la puerta.

–*Ya vienen* –anunció Belén desde el umbral, con voz temblorosa–. *Ya vienen...*

La mujer no se atrevía a adentrarse en el despacho. Reacia a mirar al suelo, preguntó:

–*¿Está...?*

Héctor había vuelto a inclinarse sobre el cuerpo. Y, esta vez sí, le palpó el cuello en busca de pulso. Al mismo tiempo, y con disimulo, le retiró con la otra mano el abrecartas del costado.

–*Sí, lo siento* –respondió, mientras deslizaba el arma en el bolsillo de su americana–. *He hecho todo lo posible por ayudarlo... De veras que lo siento... ¿Quién demonios puede haber hecho esto?*

–¡Pero qué hijo de la gran puta! –exclamó alguien detrás de Silvia.

La mossa se volvió y descubrió a Belén, ahí de pie, con los ojos muy rojos y un par de lagrimones recorriéndole las mejillas. Se había sumado al espectáculo sin que ninguno de los policías se diera cuenta.

73

Sentado en la terraza del apartamento de Jenni, parapetado por el toldo color gris sucio que siempre mantenían desplegado hasta la barandilla para evitar las miradas vecinas, Karim no perdía de vista la furgoneta que Momo había aparcado en el carga y descarga de su misma acera hacía más de diez minutos.

Su paranoia iba en aumento, igual que el dolor provocado por la úlcera. La medicación que la doctora de urgencias le había recetado para bloquear la producción de ácido estomacal ya no le aliviaba lo más mínimo. Por eso había vuelto a atiborrarse a analgésicos, un remedio del que se arrepentiría tarde o temprano, pero en aquellos momentos le resultaba imposible pensar con claridad.

Había tomado la determinación de deshacerse del hachís. Malvendérselo a Gerónimo, el jodido Camionero. Solo iba a obtener una décima parte de su valor, pero... aquel hachís había resultado estar maldito. Desde que se había hecho con él, no habían sucedido más que desgracias. Acto seguido, atacaría a los dos cabrones que manejaban Front Pirata. Sabía cuándo y cómo gracias a Charly, el vigilante de seguridad.

Y después, por primera vez, se daría un respiro. Regresaría a Nador, para recuperarse. Libre de problemas, mujeres y críos. Libre de aquella maldita ciudad, que lo había engullido poco a poco hasta joderlo por dentro.

Respiró hondo y echó un último vistazo a la calle, mientras se calzaba un abrigo negro Helly Hansen de tres cuartos, con capucha de pelo. Se guardó la pistola a la espalda, encajada en la cintura de su pantalón cargo, bajo el faldón de la sudadera Guess, y cogió la riñonera Dolce&Gabbana con la pasta y la documentación. Después abandonó el apartamento sin despedirse de Jenni. Ya hablarían más tarde, largo y tendido.

En la portería del edificio se cruzó con unos vecinos que evitaron mirarlo a la cara descaradamente: pensó que quizá sí fuera buena idea dejar de pasarse por allí una temporada. Salió a la calle, y, sin dejar de mirar a un lado y a otro, subió a la furgoneta. Momo estaba apoyado sobre el volante, trasteando un móvil. Dio un respingo al verlo entrar y lo guardó.

–¿Qué móvil es ese?

–Uno nuevo.

–Se parece mucho al que tenías antes.

–Pues es nuevo. Me lo compré porque el que me diste casi no tiene memoria… –Giró la llave en el contacto y la Renault Trafic tembló al ponerse en marcha–: ¿Adónde vamos?

–Arranca y sal por la Gran Via en dirección al Prat. Después ya te diré. Y apaga todos los putos móviles que lleves.

Momo sacó un par de aparatos y los desconectó. Después tardó casi un minuto en incorporarse a la vía.

–¡Esto es una mierda, tío! Antes casi me llevo por delante a un subnormal con un Skoda roñoso. El tráfico hoy es un asco.

Precisamente, eso era algo con lo que Karim ya contaba.

74

Héctor León cerró el grifo de la ducha, abrió la mampara y se estiró para coger la toalla que colgaba detrás de la puerta del cuarto de baño. Siempre se olvidaba de acercársela antes de entrar en la ducha, y al final siempre dejaba un reguero de agua sobre las baldosas. Después se ponía los calcetines, pisaba sin querer el suelo mojado y le entraba una mala leche de la hostia.

Desde su estancia en prisión, la limpieza corporal le obsesionaba. Le habían salido hongos en la piel por problemas de humedades, que se extendieron por su cuerpo como una plaga: tiña. No consiguió recuperarse por completo hasta que estuvo de nuevo en la calle.

Lo cierto es que tenía un recuerdo nefasto de la cárcel, cómo no. Los nueve meses que había pasado entre rejas se le habían hecho muy largos. Él, que toda su puñetera vida se había comportado como un vacilón arrogante, de pronto se veía rodeado de desaprensivos sin nada que perder. Así que decidió mantener un perfil bajo, al margen de todo y de todos, y solo se apoyó en su compañero de celda, quien por cierto también pilló la tiña: Manuel Solís.

Antes de entrar allí, no se conocían de nada. Eran dos balas perdidas con pocas ganas de trabajar y muchas de conseguir dinero fácil. La principal diferencia entre ellos era la violencia: Héctor la utilizaba más de lo que debería y Manu evitaba los enfrentamientos siempre que podía.

Fueron unos meses intensos. Manu salió un par de semanas antes que él y perdieron el contacto durante años. Hasta que se reencontraron en un burdel de Sant Gervasi. Allí intercambiaron impresiones y vivencias. La vida los había tratado bastante bien.

Manu se había asociado con un viejo estafador y se dedicaban a timar a ricachones, y Héctor, por su parte, paseaba al abogado que lo había sacado del trullo.

Todavía se estaba secando cuando sonó su teléfono móvil. Era Belén.

–Hola, Belén. ¿Qué tal estás?

El tono era amable, fiel a su papel de colaborador afligido por el desdichado destino de su jefe. Se le daba bien interpretarlo, y ella, si bien siempre lo había tratado con indiferencia, se había vuelto más afable desde que habían encontrado juntos el cadáver de Carrillo.

La mujer tardó unos segundos en responder. Héctor pasó una mano por el espejo, para retirar el vaho y observar su cuerpo desnudo. Belén estaba bastante bien para su edad. Buen culo. Buenas tetas. ¿Cuánto tiempo de cortesía debía esperar para tirarle la caña?

–Bien –respondió ella–. Tirando... Ya te imaginarás.

–Ya. Qué me vas a contar. ¿Necesitas algo?

–Sí... Estoy poniendo al día la agenda de Valentín, para avisar a los clientes, que sepan lo que ha pasado... Hay anotaciones de visitas que hizo durante las dos últimas semanas que no sé muy bien a quién corresponden. Quizá tú puedas ayudarme.

–Claro. ¿Cuándo quieres que vaya?

–En cuanto puedas.

–Pues deja que me cambie y me paso... ¿por tu casa?

La pregunta pareció sorprender a Belén, que tardó en contestar.

–Eeeh... No, estoy en el bufete.

–¡Ah, sí, claro! Pues voy para allá.

Se despidieron y dejó el teléfono sobre el mármol del lavabo. Al hacerlo, advirtió que aún le quedaban restos de pintura blanca en un par de dedos, entre la uña y la carne. Se había pasado varios días con la condenada obra en casa, y aún le quedaba devolverle la furgoneta a su colega. Decidió que lo haría después de ver a Belén.

Se ayudó de un cepillo para dejar sus dedos inmaculados y continuó frotándose el cuerpo con fruición. Acto seguido, se aplicó una buena dosis de polvos de talco en los sobacos y la entrepierna; aquella mierda le dejaba la piel algo irritada, pero era mano de santo para acabar con cualquier rastro de humedad.

75

El dispositivo de seguimiento policial avanzaba por la C-31 en sentido Tarragona sin perder de vista la furgoneta de alquiler de SIXT. Hasta el momento, se lo estaban poniendo fácil a los agentes de la UTI Metrosur.

El objetivo circulaba a noventa kilómetros por hora, por el carril derecho, y los policías hacían relevos cada pocos minutos para cambiar de vehículo principal, dejando siempre uno o dos coches «inocentes» de por medio, sin pegarse demasiado a aquella ballena blanca, conscientes de que, si efectuaba cualquier movimiento extraño, la situación continuaría controlada. Aun así, Joel sentía plena tensión en su cuerpo, aferraba el volante con más fuerza de la habitual y estaba muy atento a las indicaciones que los compañeros daban por emisora.

Pasado El Prat de Llobregat, siguieron adelante por la C-31, como una pequeña comitiva camuflada entre el resto de la circulación. Alguien comentó que quizá se dirigían a Castelldefels. Otros opinaron que a Vilanova. Y el motorista, entrecortadamente, con el sonido del aire azotando el micrófono con el que se había cableado, votó por El Vendrell. Joel no dijo nada. ¿Para qué hacer conjeturas? La misma sargento les advirtió de que no hicieran suposiciones y que se limitaran a estar alerta.

De pronto, la furgoneta tomó una salida. La número 189. Correspondía a la Terminal T1 del aeropuerto.

–*¿Qué cojones?* –gritó alguien por la emisora.

Eso mismo se preguntaba Joel.

76

Héctor León usó las escaleras para bajar a la calle. El ascensor del edificio era jodidamente lento, y pequeño, y siempre iba abarrotado de gente. Y, a fin de cuentas, vivía en un segundo. Se sentía eufórico, incluso optimista. Había elegido ropa elegante, pero nada formal: vaqueros, botas marrones, camisa lisa azul y bómber de piel de la buena. También se había engominado y perfumado.

Cuando salió al exterior, ni el cielo encapotado pudo restarle un ápice de su buen humor. Económicamente no estaba mejor que una semana antes, pero confiaba con recuperar parte del dinero que Manu se había llevado de la caja fuerte. Consultó el reloj. Era prácticamente la una del mediodía y ni siquiera había desayunado; todavía le quedaba tiempo para tomar un café con leche rápido. Cruzó la avenida, en dirección al centro comercial y, antes de entrar, echó un vistazo a la furgoneta de su colega. Seguía aparcada a pocos metros de allí, justo donde la había dejado la tarde anterior, tras regresar del tanatorio.

Entonces vio algo que no le gustó un pelo: un tipo que se acercaba al vehículo y se agachaba a su lado. ¿Qué demonios hacía? ¿Se estaba atando un cordón de la zapatilla o manipulaba algo en la parte posterior? Era un hombre alto, con calva en la coronilla, y, aunque no estaba claro lo que había hecho, el gesto había resultado extraño.

Aún lo mosqueó más ver un Dacia blanco parado en doble fila, unos metros más al fondo, con dos personas sentadas en la parte delantera, con la vista fija al frente, sin hablar entre ellos. Su instinto se activó. Llevaba tiempo sin tener que preocuparse por la policía. De hecho, ya se había olvidado de lo que era vivir mirando siempre atrás… ¿De verdad estaban ahí? Y, de ser así, ¿por qué? Por lo de Carrillo era imposible. ¿Era por el sabotaje al Ibiza de la poli?

De repente, el Dacia se puso en marcha y el pulso se le aceleró. Los ocupantes eran un hombre y una mujer. Sonreían. Pasaron por su lado, indiferentes, y desaparecieron avenida abajo.

Aun así, Héctor no las tenía todas consigo. Volvió a mirar la furgoneta, y el tipo sospechoso tampoco estaba ahí. Decidió dejar el vehículo donde estaba, subir a casa, coger cuatro cosas y largarse a toda hostia. Ya llamaría a Belén para disculparse.

Si algo había aprendido en el pasado era a no ignorar su instinto. De pronto, su humor había cambiado. Se había agriado.

Dio media vuelta y entró de nuevo en su edificio.

77

Frente a la fachada de la Terminal 1 del Aeropuerto Josep Tarradellas Barcelona-El Prat, en la zona de salidas, se hallaba un parking express en el que los vehículos se detenían para dejar o recoger pasajeros. El estacionamiento en aquel vial era gratuito siempre que no se superasen los diez minutos; de lo contrario, había que acceder al edificio de la terminal, buscar un cajero automático y pagar por el tiempo excedido.

A la altura del servicio de facturación de Vueling, Karim, de pie, fuera de la furgoneta, observaba el trajín de vehículos y turistas. Consultó una vez más el reloj de pulsera que se había puesto esa mañana, un Omega Speedmaster de oro amarillo, y constató que ya habían transcurrido siete minutos desde su llegada.

Se sentía satisfecho y angustiado a la vez. Porque no dejaba de ver movimientos extraños a su alrededor y, sin embargo, nada le confirmaba la existencia de posibles perseguidores, ya fuera la maldita poli o cualquier hijo de puta con intenciones de darle el palo. Y, si quería acercarse a la guardería, debía estar seguro de no llevar cola.

Una ráfaga de dolor lo obligó a inclinarse hacia delante, apoyándose en el lateral de la furgoneta. Escupió bilis y sangre. Tenía que acabar con aquello cuanto antes y poner remedio a la puñetera úlcera.

Subió a la furgoneta y se topó con la mirada bobalicona de Momo, que lo interrogaba con los ojos, sin atreverse a preguntar qué demonios hacían en el aeropuerto.

–Arranca –le ordenó.

Faltaban treinta segundos para cumplir los diez minutos.

En el cielo, Karim observó un avión de AirFrance, alejándose. Eso mismo quería él: acabar de una vez y marcharse bien lejos.

78

Héctor entró al portal de su edificio y se topó con la mujer de la limpieza; de hecho, casi se la lleva por delante. La mujer, fregona en mano, le lanzó una mirada acusadora. No le prestó atención y avanzó a toda prisa sobre el suelo mojado, dejando un rastro de pisadas. Sabía que aquello la molestaría; sin embargo, no oyó ninguna queja a su espalda. Todo se había tornado demasiado sospechoso.

Dejó a un lado los ascensores y se dirigió a la escalera. Subió los escalones de dos en dos y llegó a la segunda planta en cuestión de segundos. El corazón le latía a mil por hora y le faltaba el aire; siempre le sucedía lo mismo cuando ascendía escaleras a toda prisa, por cortas que fueran. Antes de acceder al descansillo de la segunda planta, sacó el inhalador del bolsillo de la chaqueta y se dio un par de golpes. El asma era otro de los obsequios que se había llevado como recuerdo de su paso por el talego.

Un sonido seco, como un golpe contra la pared, sonó en la parte superior de la escalera. Héctor asomó la cabeza, pero no vio nada. Preguntó si había alguien ahí. Nadie respondió. Otra cosa extraña para la colección, porque realmente parecía que sí había alguien.

Joder, tenía que largarse de allí.

Abrió la puerta que separaba la escalera del descansillo de la segunda planta y se encaminó hacia la entrada de su apartamento. Mentalmente, hizo una lista de las cosas que necesitaba llevarse. No serían muchas, solo lo básico. También tenía una ligera idea de adónde iría. Quizá estuviera actuando como un demente con manía persecutoria, pero siempre se había fiado de su instinto. Al menos, hasta aquel momento, lo había mantenido vivo. Y libre.

Sacó el llavero del bolsillo e introdujo la llave en la cerradura. A la segunda vuelta, oyó a su espalda como se abría la puerta de la escalera. Miró sobre su hombro, pero apenas tuvo tiempo de reaccionar.

Un tipo se abalanzó sobre él y lo empotró contra la pared, al tiempo que otro le sujetaba la mano en la que sostenía el llavero. Había intentado clavarle la llave al primero en la espalda, y a punto estuvo de conseguirlo. Le faltó bien poco.

Lo siguiente que vio fue a aquella jodida mossa d'esquadra, la puta mosca cojonera, que le retorcía el otro brazo. La muy cabrona seguía vivita y coleando.

A pesar de estar en inferioridad numérica, siguió revolviéndose como un poseso, ofreciendo el máximo de resistencia. Pensaba vender cara su piel.

79

Estacionados en un polígono industrial del Prat de Llobregat, junto a la descomunal nave de Amazon, Momo aguardaba sentado al volante, mientras Karim, a su lado, observaba todo cuanto se movía alrededor de la furgoneta.

El jefe había cambiado. Ya no veía en él la seguridad y el poderío que tanto admiraba. Ahora solo transmitía tensión, cansancio, nerviosismo e improvisación. Karim parecía actuar a impulsos, carente del aplomo que lo había caracterizado en el pasado.

Momo casi sentía lástima por él. Solo casi, porque no había dejado de tratarlo como un perro desde el momento en que había subido a la furgoneta. Estaba claro que Karim no confiaba en nadie más que en él, porque, de lo contrario, contarían con el apoyo de más hombres para llevar a cabo lo que sin duda se disponían a hacer; pero no, ahí estaban los dos, a solas, con las continuas faltas de respeto por parte del jefe. ¿De verdad merecía ese trato?

–Arranca y vuelve a plaza Europa –ordenó Karim.

–¿Qué?

–Que vuelvas a la puta plaza Europa. ¿Estás sordo o qué?

–No...

–¡Pues arranca de una vez!

Momo puso en marcha la furgoneta, pero levantó el pie del embrague demasiado pronto y el vehículo dio una brusca sacudida antes de calarse.

–¿Tú eres tonto o qué?

Momo se mordió la lengua. Karim parecía deseoso de soltarle una hostia. Y una de sus hostias podían dejarte KO. Lo había visto demasiadas veces y no le apetecía pasar por ello.

Volvió a poner la furgoneta en marcha y comenzó a callejear por el polígono hasta que se incorporó a la C-31 en sentido a Barcelona. Las manos no habían dejado de temblarle mientras sujetaba el volante. Se arrepentía de haber dedicado tanto tiempo a componer la canción para Karim. Había pasado de admirarlo a... a... simplemente temerlo.

Al cabo de pocos minutos ya se encontraban en la Gran Via. Tomó la salida del IKEA y avanzó hasta plaza Europa.

–Vuelve al piso de Jenni –masculló Karim con la vista fija en el retrovisor de su lado. Lo había colocado de tal modo que le permitía observar los vehículos que circulaban tras ellos.

Todo parecía indicar que Karim se echaba atrás. Y Momo sintió un gran alivio. Porque el cielo estaba muy negro, anunciando lluvias, y desde el primer momento le había parecido un mal augurio. Para asegurarse, preguntó:

–¿Abortamos?

Karim se volvió hacia él con una mueca de asco.

–Tú sí que eres un aborto... Párate delante del bloque, junto a la rampa del parking.

Tardaron en llegar por culpa del tráfico del Mobile, que seguía dando el mismo asco que un rato antes.

Cuando por fin detuvo la furgoneta frente al edificio donde vivía Jenni, Karim metió una mano en el bolsillo del voluminoso plumas que llevaba puesto. Mantuvo la mano ahí dentro durante unos segundos, mirándolo a la cara con severidad. ¿Acaso había hecho algo que lo molestara? ¿Iba a dirigir su paranoia contra él? Eso le provocó un escalofrío.

Karim extrajo por fin la mano del bolsillo, y en ella llevaba algo. Se lo tendió. Era el mando de un parking y un llavero con dos llaves.

–Entra ahí y dirige la furgoneta hasta el fondo. Maniobra para dejarla de culo a la puerta del trastero número 117. Ábrelo y carga los fardos. Todos.

Momo no daba crédito. ¿Habían estado los fardos siempre ahí, bajo el edificio de Jenni? Y ¿tendría que cargarlos él solo?

Karim también le dio un teléfono móvil de prepago nuevo.

–Hay un número en la lista de llamadas recientes. Cuando acabes de cargarlo todo, dame un toque y te diré adónde tienes que llevarlo.

–Pero, pero...

–Ni pero ni hostias. –Su mirada, inyectada en sangre, le taladraba el cerebro–. Haz lo que te digo y cierra la puta boca.

Acto seguido, Karim bajó de la furgoneta sin despedirse. Momo sintió que le faltaba el aliento. Se obligó a calmarse y se dijo que todo saldría bien.

Mientras maniobraba para encarar la rampa, vio a Karim detener un taxi que circulaba por Amadeu Torner con la luz verde encendida. Subió a él rápidamente y desapareció de su vista.

80

Alguien cantó por la emisora que Karim acababa de coger un taxi, pero eso Joel ya lo sabía; lo había visto con sus propios ojos, a lo lejos, mientras circulaba por Amadeu Torner en sentido montaña. Era cuestión de segundos que se cruzaran.

Estaba exhausto, como el resto de agentes que conformaban el dispositivo. Les había costado sangre, sudor y lágrimas mantener la furgoneta bajo vigilancia sin que los marroquíes advirtieran que iban tras ellos a lo largo de aquel surrealista itinerario. Y ahora los desesperaba advertir que regresaban al punto de partida. ¡Tanto esfuerzo para nada!

Sin embargo, cuando repararon en que Momo maniobraba para meter la furgoneta en el parking del edificio, la cosa cambió. ¿Y si Karim ocultaba el hachís ahí mismo, en un trastero? Al inicio de la investigación, habían hecho comprobaciones, y el piso alquilado por la novia de Karim no tenía asignado ningún trastero. Sin embargo, nada le impedía tener acceso a uno, claro. Algunos de sus compañeros, no obstante, eran más pesimistas. Estaban convencidos de que, después de tanto mareo de aquí para allá, Karim había acabado quemándolos a todos, enviando al traste el operativo y renunciando a recoger el alijo. Por último, alguien había sugerido también que aquello podía ser un señuelo, que Karim los mantenía entretenidos dando vueltas mientras otros cargaban el hachís lejos de allí.

El taxi al fin se cruzó con el Skoda de Joel. Su primera reacción fue encogerse tras el volante para que Karim no lo descubriera. No obstante, decidió mantenerse firme y tratar de leer la matrícula del taxi. 5937M… ¡Joder! No había conseguido verla del todo. Trató de utilizar el espejo retrovisor, pero el turismo que circulaba detrás del taxi le tapaba la placa. Buscó un poco más arriba el número de licencia, y le resultó imposible distinguirla.

–*¿Alguien ha pillado la matrícula del taxi?* –quiso saber la sargento por la emisora– *¿O la licencia?*

Su tono era más desesperado que imperativo. Joel aguardó, rogando que otro de sus compañeros respondiera, pero nadie lo hizo. Al final, mientras hacía un cambio de sentido en la rotonda para tratar de recuperar posiciones tras el taxi, comunicó que solo había podido leerla parcialmente. Cantó los números y la primera letra.

–*¡Mierda!* –soltó la sargento por abierto.

Por si fuera poco, a pesar de que Joel ya casi había alcanzado plaza Europa, el taxi podía haber tomado cualquiera de sus salidas. Y aquello era un hervidero de taxis en movimiento. Ya podían dar por perdido a Karim. La sargento no tardó en reaccionar.

–*El objetivo es la furgoneta* –dijo–. *En cuanto salga del parking, un coche le corta el paso y los demás saltamos sobre ella sin miramientos.*

–*Estamos dando por sentado que ahora mismo Momo está ahí abajo cargando la mercancía* –apuntó Nacho Aguilar, el cabo–. *Pero... ¿y si no es así? Nos arriesgamos a mandarlo todo a la mierda.*

La sargento fue tajante en su respuesta:

–*Por si no te habías dado cuenta, la investigación ya está en la mierda. Esta semana acaba todo, así que, si la furgoneta va cargada, nos coronamos. Y, si no, pues mi mesa está repleta de casos nuevos. Y tarde o temprano volveremos a estar detrás de estos; eso no lo dudes. Pero ¿qué quieres que te diga? Así es la vida.*

El silencio invadió la emisora.

Acto seguido, la sargento repartió a la gente por la zona, controlando el entorno del edificio, con un único vehículo en movimiento.

A Joel le tocó vigilar desde un banco situado en el cruce de Amadeu Torner con Jerusalem delante de un restaurante japonés que no tenía mala pinta. Se sorprendió a sí mismo preguntándose si a Noemí le gustaba la comida japonesa. Al contrario de lo que se temía, había estado bien verla de nuevo. Quizá, cuando las cosas se calmasen, podría invitarla a cenar allí, y a ver qué pasaba después.

81

Silvia se encontraba en el rellano de la segunda planta del edificio donde vivía Héctor León, frente a la puerta de su apartamento. Ella y Soto custodiaban la vivienda a la espera de que llegaran los compañeros de Homicidios con el Letrado de la Administración de Justicia y la autorización judicial para efectuar la diligencia de entrada y registro del domicilio.

El chófer, mientras tanto, aguardaba fuera, en la calle, en la parte posterior de un vehículo logotipado de Mossos, cagándose en los muertos de los policías, y muy especialmente en los de Silvia.

Poco después de inmovilizarlo, cuando Silvia le espetó que sabía que había sido él quien le había boicoteado el coche, el muy rastrero se había limitado a decir:

–No sé de qué me hablas. Tú estás loca.

–Pues te lo vas a comer. Aunque, con lo que te viene encima, ese va a ser el último de tus problemas.

Héctor León le lanzó una mirada de desprecio y dijo las tres palabras mágicas:

–Quiero un abogado.

A lo que los tres agentes que acababan de detenerlo reaccionaron mirándose entre sí y estallando al unísono en una carcajada.

–Claro, hombre –dijo uno–. Ya hemos empezado a recibir llamadas de abogados. Se han apuntado en una lista, locos por defenderte. Al fin y al cabo, solo te has cargado a uno de ellos.

–¡Abogadoooo! –exclamó Soto en mitad del descansillo, imitando a Robert De Niro–. ¿Dónde estás, abogadooooo?

De eso hacía ya más de una hora.

En aquellos momentos, Silvia deseaba que sus compañeros llegaran cuanto antes para proceder al registro del domicilio y así poder marcharse de allí. Le dolía todo el cuerpo y se sentía muy pesada. Además, no confiaba en obtener nada de interés de aquel registro, que en cierto modo venía a ser un trámite improductivo pero ineludible. Porque su objetivo era intentar recuperar las ropas utilizadas por Héctor León durante el homicidio, así como el famoso abrecartas, y, aunque el chófer no era ningún lumbreras, podían dar por hecho que a aquellas alturas ya se había deshecho de cualquier indicio que pudiera incriminarlo.

82

Karim Hassani dio la orden al taxista de que lo llevara al Corte Inglés de Cornellà. Sin embargo, antes de llegar, bajo el puente de la ronda de Dalt, le indicó que detuviera el vehículo ahí mismo, que ya le iba bien. El taxista no rechistó. Cobró la carrera en efectivo, lo que pareció alegrarlo, y salió pitando de vuelta a la Fira.

Aguardó unos minutos, observando a un tipo zarrapastroso que aprovechaba los semáforos en rojo para plantarse ante la hilera de vehículos a hacer malabares con un diábolo, y constató que era malo de cojones. Lo lanzaba al aire y resultaba incapaz de cogerlo al vuelo la mayoría de las veces. ¿De verdad esperaba cobrar por un espectáculo tan lamentable?

Al cabo de un rato, Karim se aproximó a los vehículos que había estacionados bajo el puente, en los márgenes de la avenida. Algunos tenían pinta de estar medio abandonados, pero otros debían pertenecer a trabajadores de las fábricas cercanas. Se plantó ante un Peugeot 108 gris. Sacó una llave y lo abrió.

Cuando se sentó tras el volante, se sintió encajonado. Karim era demasiado voluminoso para un vehículo de dimensiones tan exiguas, pero ya era tarde para corregir el error. Corrió para atrás el asiento y amplió el espacio disponible. Tan solo esperaba no llamar demasiado la atención.

Arrancó y circuló en dirección al edificio donde vivía Jenni. Entró por la calle Jerusalem y siguió avanzando hasta el cruce con Amadeu Torner. Giró parcialmente en la rotonda y tomó esa calle hacia arriba, hasta rebasar el Lidl. Una vez allí, subió el coche a la acera y maniobró para encararlo al edificio de su novia, bien pegado a los setos; era habitual encontrar vehículos allí estacionados, puesto que al lado había un estanco y muchos clientes se paraban un momento para ir a comprar tabaco.

Desde aquella posición podía controlar a la perfección el acceso al parking. La idea era enviar a Momo con la furgoneta cargada al aparcamiento de camiones que regentaba Gerónimo en Sant Boi. Mientras tanto, Karim vigilaría la mercancía desde la distancia, sin exponerse.

Consultó su reloj. Hacía más de media hora que Momo se había metido ahí dentro con la furgoneta. Estaba claro que no iba a ser un pispás lo de cargar mil quinientos kilos de hachís, pero esperaba que se diera garbo. Cada minuto que pasaba le resultaba una completa agonía. Había pasado de un dolor incómodo a ráfagas de calambrazos que lo obligaban a inclinarse hacia delante para tratar de mitigar el tormento. Para colmo, la paranoia iba en aumento. Durante una fracción de segundo, había estado seguro de ver al mosso corrupto aquel…, pero después le surgió la duda, y ya no había vuelto a verlo más. Cada vez le costaba más discernir entre lo real y lo imaginario.

Al sentir un nuevo latigazo en las tripas, Karim se revolvió sobre el asiento. Aquello era insoportable. Dirigió su mirada de vuelta al edificio y se topó con algo que no le gustó lo más mínimo. Se trataba de aquel chaval que curraba para el Profesor… Ilyas, se llamaba. Acababa de bajar por la rampa, aprovechando que un todoterreno salía del parking. Sabía que Ilyas era colega de Momo… ¿Acaso lo había llamado para que lo ayudara a cargar la mercancía? Si era así, pensaba girarle la cara en cuanto lo tuviera delante. ¿A qué jugaba aquel maldito vago?

Antes de echar a andar por la rampa y desaparecer, Ilyas había mirado hacia un lado de la calle, o al menos eso le había parecido a Karim. También había hecho una señal llevándose una mano al pecho. Nada muy evidente ni marcado, más bien sutil y rápido.

Karim volvió la cabeza hacia el punto donde Ilyas había dirigido su mirada y no vio más que a gente normal desplazándose arriba y abajo, a pie o en patinete eléctrico, o arrastrando el carro de la compra. Se inclinó un poco más hacia delante, sobre el reducido espacio del Peugeot, y entonces sí, lo vio. Conocía aquel coche. Y a quien lo conducía.

83

El apartamento de Héctor León era más bien austero, sin lujos ni demasiados muebles. Por no tener, no tenía ni despensa. Debía comer y cenar fuera, porque lo único que había en la nevera eran bebidas, sobre todo cervezas, y yogures. Lo que sí les había llamado la atención era la gran cantidad de productos de higiene personal que había en aquel domicilio. Rayando lo obsesivo.

Por lo demás, nada. Ni rastro de la ropa que vestía cuando cometió el homicidio, ni las botas, ni mucho menos el abrecartas. Nada.

Durante el registro, el tipo se mostraba confiado, aunque se notaba que era una pose. Necesitaba que alguien le creyera, que se pusiera de su lado. En cuanto llegó el abogado del turno de oficio que se le había asignado, el chófer comenzó con el rollo de «no entiendo nada», «esto es una locura», «yo adoraba a Valentín». El abogado, que enarcó las cejas en cuanto le informaron de que acababan de detener a su cliente por homicidio, preguntó: «¿Esto no será por Valentín Carrillo?». Bartomeu, que se encargaba de dirigir el registro, asintió solemnemente, y todos presenciaron como el letrado se puso rígido, se ajustó las gafas, y a partir de ese momento no volvió a dirigirse al chófer. De hecho, se limitó a mirar por la ventana y a aguardar a que todo aquello acabara.

Héctor, mientras tanto, seguía con su papel de que era imposible que encontraran nada allí que pudiera incriminarlo porque él era inocente. Silvia se moría por ver su cara cuando le revelaran que el homicidio había sido grabado por una cámara oculta. Bartomeu había dado orden de guardar silencio al respecto, y todos lo habían respetado. Por mucho que apeteciera borrarle del rostro aquella desagradable mueca de chulería con la que los observaba.

–Aquí no hay nada –anunció Silvia, cerrando la puerta del armario que había estado inspeccionando.

Ya habían registrado todas las estancias y nada de nada. El puñetero abrecartas podía estar en cualquier sitio; era importante encontrarlo, pero por suerte tenían las imágenes del chófer clavándoselo a Carrillo. Con eso ya tenían para encerrarlo y tirar la llave.

Silvia salió de la habitación que acababa de registrar y entró en la de enfrente. Se sorprendió al descubrir que en esa aún había menos muebles; apenas una mesa, dos sillas y una cómoda. También había tres bolsas de rafia grandes, cuyo contenido de ropa estaba ahora esparcido por el suelo, y poco más. Entre eso y que daba la sensación de que las paredes estaban muy blancas, como recién pintadas, la estancia parecía más bien pequeña para el tamaño del apartamento.

Se fijó en el zócalo y reparó en que había restos de pintura blanca, pequeños goterones frescos. Entonces recordó la furgoneta de Héctor, cuando Joel y ella lo interrogaron el sábado. No muy lejos de allí, en la calle.

Salió al comedor y llamó la atención de Soto.

–¿Me acompañas un momento fuera? Quiero comprobar algo.

El compañero la observó extrañado, pero se encogió de hombros.

–Claro, ¿por qué no?

Antes de abandonar el apartamento, se toparon con el subinspector Lacalle, que entraba con el teléfono en la mano. Acababa de colgar una llamada, una de tantas; se había pasado la mañana con el móvil pegado a la oreja.

–Ya está, ¿no? –preguntó Lacalle, impaciente.

–Que el secretario no cierre el acta todavía –dijo Silvia, mientras salía al rellano.

–¿Por qué? –El rostro del jefe de la UTI reflejaba más fastidio que otra cosa–. ¿Qué pasa ahora?

–Dame un par de minutos... Te lo pido por favor.

Lacalle estuvo a punto de negarse, pero, en su lugar, levantó ambos brazos, resignado, y dijo:

–Está bien. Pero dos minutos. Ni uno más. –Y, antes de que Silvia se perdiera por las escaleras del edificio, repitió en alto–: ¡Ni uno más!

84

Momo estaba sudando como un pollo. Y reventado. Ahí dentro había un montón de fardos, y comenzaba a dudar seriamente que cupieran todos dentro de la furgoneta.

Se detuvo un momento, para recuperar el resuello, y se sentó en el borde de la parte trasera. Le pareció oír un ruido cercano, como de pasos, y se puso en alerta. Sin embargo, cesaron pronto. O se alejaron. Llevaba así desde que había entrado al parking; las primeras veces se había puesto de los nervios, pero, con el paso de los minutos, fue cogiendo confianza. Al fin y al cabo, se encontraba en el fondo del aparcamiento, con el culo de la furgoneta muy pegado a la puerta del trastero, y los portones traseros abiertos hacia delante, creando una especie de pasillo del que apenas se veía nada desde fuera.

Ya había perdido la noción del tiempo. Y lo menos le quedaba una docena de fardos por cargar. ¿Cuántos se había encontrado ahí dentro? ¿Cuarenta? ¿Cincuenta? Meneó la cabeza, incrédulo, y se limpió el sudor de la frente. Al principio había intentado colocarlos en la furgoneta con cuidado, ordenaditos, pero al final se había hartado de tanto subir y bajar y había comenzado a lanzarlos a boleo. Karim ya podría haber bajado a ayudarlo... o, al menos, enviarle a alguien para que le echara una mano.

De pronto, tuvo el convencimiento de que, esta vez sí, alguien se acercaba. Sus pisadas sonaban cada vez más fuertes. E intensas.

Se puso en pie y cerró la puerta del trastero de un golpe seco. Se maldijo con un gesto desesperado, casi cómico, lamentando no ser más silencioso, y se volvió rápidamente para cerrar los portones traseros de la furgoneta. Primero uno y luego otro. Y fue tras ese segundo portón cuando se encontró ante él... a Ilyas.

Momo dio un brinco hacia atrás.

–¿Qué coño haces aquí, tío? Menudo susto me has dado, hermano.

Ilyas no respondió. Había algo en su mirada, en la mueca de su cara... ¿Qué era eso? Si no lo conociera, habría dicho que era desprecio. Pero no podía ser, ¿no?

–¿Te envía Karim? –preguntó Momo, ya que el otro seguía ahí plantado, mudo, dirigiéndole aquella mirada de... ¿Era de asco, ahora?

–¿Cuánto te queda por cargar? –preguntó Ilyas. Por fin hablaba.

–Algo más de diez fardos... Podrías haber venido antes, tío. Menudo faenón me he pegado.

–¿Y tener que ponerme a cargar contigo? Ni de coña, colega.

–Pero te manda Karim, ¿no?

Ilyas se llevó una mano a la cara y, de repente, estalló en una carcajada.

–Me lo habían dicho, pero no me lo creía. Tú eres muy gilipollas, tío. Pero mucho, mucho.

Momo sintió como le subía la mala leche de repente.

–¿A qué viene esto, tío? Si no te envía Karim, ¿por qué estás aquí?

–Estoy aquí por lo mismo que tú. –Ilyas se movió en dirección a la puerta de copiloto. La abrió, se inclinó hacia delante y accionó el botón que liberaba la guantera. Introdujo una mano en ella y sacó algo cuadrado. Negro. Que emitía una luz roja, pequeñita.

Un geolocalizador.

–Menudo paseíto os habéis pegado, ¿no? –soltó Ilyas, mientras guardaba el aparato en uno de los bolsillos de su flamante plumón–. Menos mal que nos lo habéis ahorrado. Lo jodido es que el alijo estuviera tan cerca y nosotros sin saberlo. Hay que joderse...

Momo no daba crédito.

–Espera, tío. Pero ¿tú con quién vas?

Ilyas volvió a reír con ganas.

–Contigo no, eso seguro. Así que, venga, capullo, acaba de cargar la furgoneta que me la llevo.

–¿Qué?

Ilyas chasqueó la lengua, como si ya estuviera harto de tanta cháchara. Se llevó una mano al bolsillo lateral de sus pantalones cargo y, antes de que Momo pudiera hacer nada para evitarlo, Ilyas ya avanzaba hacia él, empuñando una navaja.

85

La espera, sentado en un banco de cemento y bajo un cielo encapotado que amenazaba lluvia, se le estaba haciendo muy larga a Joel. Había cogido frío y, por si fuera poco, la impaciencia también se había apoderado de él.

La sargento Lucía había insistido en que, hasta nueva orden, nadie se moviera de su posición; estaban esperando al Grupo Especial de Intervención, que venía ya de camino para hacerse cargo de la detención. Su activación había sido más ágil y sencilla de lo habitual, sin duda a causa de la alarma social provocada por los tiroteos de los últimos días. Al recibir la noticia, Joel se sintió aliviado. No era de los que disfrutaban con las detenciones a salto de mata, aunque si había que hacerlas, las hacía, qué remedio. Pero una cosa era acabar por los suelos y revolcarse con un delincuente de medio pelo, y otra muy distinta lidiar con tipos como Karim Hassani, gente realmente violenta.

Sin embargo, a ese paso, los GEI acabarían llegando tarde.

Joel necesitaba moverse y entrar en calor. Y también acercarse un poco más al parking. Su instinto le decía que las cosas iban a complicarse y que allí, tan apartado, no sería de ninguna utilidad.

Abandonó su posición y comenzó a aproximarse. Poco a poco, poniendo sumo cuidado en que Lucía no lo descubriera. La sargento se encontraba en el piso de alquiler cedido por la inmobiliaria, el mismo desde el que llevaban semanas vigilando a Karim cuando visitaba a su novia. Cruzó la calle, en sentido montaña, y avanzó a paso tranquilo hasta llegar al Lidl. Frente a la puerta había un banco de madera, y Joel se sentó en él, con las manos en los bolsillos de la chaqueta. La acera era ancha y resultaba difícil que la sargento pudiera verlo desde su posición. Se planteó entrar al supermercado y coger unas pipas, porque la ansiedad lo mataba, pero no podía arriesgarse a estar en la caja pagando y que alguien cantara por la emisora que la furgoneta salía.

Se subió el cuello de la chaqueta y deseó haber cogido un gorro. El aire que corría era frío y hacía la espera aún más incómoda. Se volvió hacia la derecha, en dirección a un estanco que había algo más allá de la entrada del parking privado del Lidl, y se quedó petrificado.

Vio abrirse la puerta de un Peugeot gris que había aparcado ahí, sobre la acera, y quien bajaba del vehículo era ni más ni menos que Karim Hassani. ¿Cuánto tiempo llevaba ahí? ¿Es que nadie lo había visto? Lo siguió con la mirada y dedujo que se disponía a cruzar Amadeu Torner. ¿Acaso tenía intención de entrar en el parking? De ser así, igual hasta se coronaban. Detenerlo con el hachís supondría un gran colofón para aquella historia.

Vio como Karim cambiaba de acera aprovechando un hueco en el tráfico, pero, en lugar de dirigirse al edificio de su novia, caminó hacia un Toyota blanco, un todoterreno, aparcado en una zona de carga y descarga.

Joel supuso que Lucía también debía de haberse percatado de su presencia; era imposible no verlo, andando tan tranquilo, con las manos en los bolsillos frontales de su voluminoso plumón tres cuartos de color negro. Por si acaso, se dispuso a radiarlo por la emisora.

Y, justo cuando comenzaba a pulsar el botón de comunicar, se quedó helado, esta vez metafóricamente. Karim acababa de sacar la mano derecha del bolsillo y en ella empuñaba una pistola.

Extendió el brazo y apuntó con ella a la ventana del conductor del Toyota.

86

El agente destinado al Área Regional de Recursos Operativos, acostumbrado a derribar puertas con ariete, optó esta vez por un mazo de mango largo. Se situó frente a la pared blanca, inmaculada, elevó el acero del martillo sobre su cabeza y descargó un mazazo con todas sus ganas.

Silvia contenía la respiración. El resto de los presentes, desde Lacalle hasta Bartomeu, pasando por los otros tres agentes de UTI que habían participado en el registro, así como los de ARRO que habían venido a dar apoyo, e incluso el abogado y el secretario judicial, se mantenían atentos y expectantes. El único que dirigía su mirada al suelo, como si aquello no fuera con él, era precisamente Héctor León.

Unos minutos antes, en cuanto había visto el mazo, se revolvió sobre el sofá y preguntó qué pasaba ahí. Silvia, sin prestarle atención, guio al agente de antidisturbios a la habitación recién pintada. Fue entonces cuando el chófer comenzó a hablar, desbocado. Que si esa habitación la acababa de pintar porque tenía humedades, que si a ver qué hacían, que como le jodieran el piso y no lo dejaran tal y como estaba se iban a enterar, que si patatín, que si patatán... Estuvo tocando las narices hasta que vio el mazo en movimiento y tuvo claro que aquello no lo paraba nadie.

La cabeza de acero del martillo reventó las placas de pladur y quedó hundida en un boquete considerable. Parecía que había un hueco tras aquella capa de pladur, una especie de cámara de aire.

Un nuevo martillazo amplió el agujero y permitió ver con claridad la pared original al fondo, a una distancia de al menos un palmo. Gracias al tercer golpe, un agente de ARRO pudo meter la cabeza y, ayudado por una linterna, indagar si había algo ahí dentro. Su descripción al mirar abajo, a la derecha, no fue muy protocolaria pero sí bastante gráfica:

–¡No me jodas…! ¡Pero si tiene un muerto aquí, el hijo de puta!

Se trataba de Manuel Solís. A pesar de la mortaja en que estaba envuelto, y de la cal viva, el olor reveló que debía de llevar muerto casi una semana.

Silvia se sorprendió y, a la vez, no se sorprendió de descubrir que estaba allí, emparedado. La trabajadora del hotel Sant Pere de Rubí afirmaba haber visto a Solís subirse a un coche grande y blanco. Al principio, Silvia pensó en un todoterreno, pero entonces cayó en que habían visto al chófer con una furgoneta blanca. No era de las grandes, pero sí abultaba más que un turismo. El resto eran meras conjeturas: quizá recogió a Solís en el hotel y fueron a su apartamento, donde discutieron por el dinero y acabó matándolo, fruto de otro arrebato, como sucedió con Carrillo. Era de mecha corta aquel tipo, y un verdadero peligro público.

Que hubiera estado haciendo obras en casa no tenía nada de sospechoso, a menos que redujera las dimensiones de una habitación de manera considerable. Silvia había visitado un par de pisos con la misma distribución que aquel y sabía que tanto aquella habitación como la de enfrente era gemelas. Para salir de dudas, subió a hacer una comprobación en el piso situado justo encima de aquel; resultó que allí vivía una pareja mayor, muy agradables, padres de un policía local de Cubelles, por lo que su predisposición a colaborar fue absoluta. Le permitieron certificar que ambas habitaciones eran de idéntico tamaño, y le aseguraron que el piso de abajo, igual que el de todas las demás plantas, tenía la misma distribución.

Cuando acabaron de tirar la pared abajo, el cadáver se ladeó y rodó hacia el centro de la estancia, y esparció la cal a su paso. Héctor estaba mudo. Igual que el resto de los presentes. El único que habló fue el abogado, y lo hizo para preguntar si podía fumar.

–Es que siempre me tocan las peores guardias –se lamentó.

87

Tres acontecimientos simultáneos sacaron a Rachid Alaoui, el Profesor, del sopor provocado por la dilatada espera.

El primero fue el golpeteo de las primeras gotas de lluvia, precipitándose sobre la luna delantera del Toyota en el que se encontraba. El cielo, tras horas de amenaza, iniciaba la tormenta.

El segundo, la salida de una furgoneta SIXT del aparcamiento subterráneo. Al volante iba Ilyas.

Y el tercero, el más llamativo, el más aterrador, fue el repiquetear de un objeto metálico contra el cristal de su ventanilla.

Cuando desvió la mirada a la izquierda, se topó con el cañón de una pistola, apuntándolo directamente a la cabeza. Anheló por un instante que quien la empuñara fuera un policía. Una detención era soportable. Una detención era el menor de los males en el juego que se llevaba entre manos.

Pero no lo era.

Tras aquella pistola, el rostro de Karim Hassani, imperturbable, con los ojos ojerosos, inyectados en sangre, transmitía cualquier cosa menos clemencia. Odio, asco, desprecio; eso sí. Pero ni un ápice de piedad.

Y ¿qué esperaba?

Conocía a Karim desde la adolescencia. Siempre había sido un tipo codicioso, capaz de cualquier cosa con tal de obtener dinero, cuanto más mejor, del modo que fuera, sin escrúpulos, sin remordimientos. Ese era Karim. Y también un maldito rencoroso. Ambos se toleraban, porque estaban condenados a entenderse, a colaborar; uno robando mercancía y el otro vendiéndola por las calles. Pero ya estaba harto, joder. Harto. Por eso, cuando surgió la posibilidad de darle el palo, se tiró en plancha.

–Oye, chaval, ¿qué sabes tú de ese hachís que guarda el Sincuello? –le había preguntado semanas atrás Gerónimo Barroso, más conocido como el Camionero, taladrándolo con sus afilados ojos azules.

Estaban parados de pie entre dos camiones de grandes dimensiones, en el aparcamiento de la empresa de aquel tipo, uno de los seres más retorcidos que campaban por el sur de Barcelona. Regentaba una empresa de transportes a las afueras de Viladecans, una pantalla para sus variados y rentables trapicheos. Rachid acababa de venderle un alijo de hierba.

–Pues lo mismo que tú, supongo –había respondido el Profesor, con cautela–. Que lo tiene a la venta y que le está costando quitarse el lote completo...

–¡Porque es un puto avaricioso! –El viejo se había encendido de golpe. Echaba chispas–. Le hice una buena oferta. Una oferta cojonuda. Y ¿sabes lo que me respondió? ¡Que antes prefería comérselo que venderlo por esa miseria!

–Igual le ofreciste poco...

–¿Poco? ¡Los cojones! Lo que pasa es que se cree que puede colocarlo como si acabara de salir de fábrica... Pero nadie se lo va a pagar a ese precio. ¿Viniendo de él? Imposible... Imposible. A menos que encuentre a un idiota.

–Igual es eso lo que espera, un idiota. De todos modos, yo de ese hachís no sé nada.

–Tú de ese hachís sabes mucho, ¡no me jodas! Que me ha llegado que le estás dando salida con tus chavales...

–Poca cosa.

–Pero sabrás dónde guarda la mercancía, ¿no?

Ahí fue cuando se internaron en arenas movedizas.

–Ni idea. Me trae fajos de pastillas y yo las corto y distribuyo las posturas entre mi gente. No hablo de grandes cantidades, prefiero no dar el cante. Lo justo para ir tirando.

–También he oído que tú y el Sincuello no os lleváis tan bien como aparenta...

–Habla claro.

–Está bien. Hablaré claro. A cara de perro. –El viejo le clavó la mirada y se inclinó hacia delante. Era viejo, estaba gordo, tenía papada y resultaba desagradable a la vista, pero también acojonaba. Casi en un susurro, dijo–: Quiero darle el palo a ese hijoputa. Y necesito tu ayuda. Seré generoso.

El Profesor permaneció inmóvil. Incluso conteniendo la respiración. No quería pensar en el dinero. Tan solo en probabilidades. Probabilidades de éxito.

–¿Cómo piensas hacerlo?

–Con un idiota. No uno auténtico, sino uno al que yo prepararé. Y tú se lo presentarás a ese puto codicioso.

Le contó el plan y, aunque era arriesgado, podía funcionar. La peor parte, la que desagradaba a Rachid, era la participación de los ultras de Front Pirata, porque despreciaba con todas sus ganas a aquella panda de racistas. Pero el Camionero lo convenció de que era lo mejor; solía montar golpes con ellos y le aseguró que sabía cómo controlarlos.

Y bueno, después todo salió como salió. Se fue de madre, y de qué manera, incluso el propio Rachid estuvo a punto de palmarla. Ironías de la vida, fue Karim quien lo salvó.

Desde entonces, no había tenido más remedio que jugar a dos bandas, protegiéndose el culo, mientras los ultras la liaban, obsesionados con joder a Karim y acabar con él. Quedó claro entonces que el Camionero no pudo o no quiso controlarlos. En la conciencia del Profesor quedaría para siempre la muerte del guineano; le había prometido interceder por él si no lo delataba ante Karim, y el tipo cumplió como un campeón, aunque él ni pudo ni quiso salvarlo.

–Ahora el muy mamón dice que sí, que me lo vende –había soltado el Camionero la madrugada del día anterior. Se habían reunido cerca del Hospital de Bellvitge, frente al campo de rugby de L'Hospitalet.

–Acepta –dijo Rachid.

–¿Por qué pagar? Ya había decidido que lo quería gratis.

–Gratis no hay nada. Pero tú acepta. Yo te lo traeré por el doble de lo que me prometiste.

Hacía días que Karim apestaba a desesperación. Por eso había hecho entrar en juego a Ilyas, dándole instrucciones de que se pegara a Momo. El Profesor ansiaba averiguar dónde demonios escondía Karim el cargamento, y había estado a punto de arrebatárselo.

Quizá, bien mirado, la codicia también era una de las debilidades del Profesor. La misma debilidad que lo había conducido hasta la boca de aquel cañón negro que le apuntaba directo a la cabeza. Como única barrera, el cristal de la ventanilla. Insignificante. Nada que detuviera lo inevitable.

Sintió un miedo repentino que le recorrió el espinazo.

Miró a Karim a los ojos. Iba a disparar.

Oyó un grito fuera, en la calle. Parecía una orden, pero no llegó a entenderla ni supo quién la profería.

Karim apretó el gatillo.

88

Joel gritó «¡Alto! ¡Policía!» al tiempo que extraía su pistola reglamentaria y cruzaba corriendo la calle, apuntando a Karim, luchando contra la visión túnel. El marroquí ni se inmutó. Si lo había oído, sin duda pasó de él. Porque mantuvo su arma en alto, encañonando al conductor. Y disparó.

El cristal de la ventanilla se hizo añicos y una explosión roja invadió el interior del vehículo salpicándolo todo.

Joel debía de estar a unos treinta metros de Karim. Siguió avanzando y repitió la orden por segunda vez. Esta vez sí, Karim se volvió hacia él, apuntándolo. Joel se detuvo. Estaba completamente expuesto, allí, en mitad de la calle. Sin refugio. Y, para colmo, la lluvia lo estaba empapando.

Alrededor, chillidos de histeria e incomprensión. Y movimiento. De compañeros. Joel creyó que se unirían a él, pero no. Acababan de rodear la furgoneta SIXT y encañonaban al conductor. Todo había sucedido al mismo tiempo. La obsesión por ver salir la dichosa furgoneta y saltar sobre ella los había cegado. Por lo que parecía, también los había dejado sordos. ¿Es que no habían oído el disparo?

Karim también los vio. Bajó el arma y echó a correr.

Un Renault con dos tipos en su interior, bastante jóvenes, efectuó un brusco cambio de sentido en mitad de la calle, obligando al resto de vehículos a frenar, y emprendió la huida Amadeu Torner arriba. Joel no tuvo ninguna duda de que se trataba de hombres de apoyo en aquel golpe, aunque no acertaba a adivinar cuántos bandos enfrentados se daban cita ahí.

Joel buscó a Lucía con la mirada y la localizó junto a la furgoneta, comunicando por la emisora. Joel llamó su atención haciendo grandes aspavientos, señalando el Toyota, y gritó:

–¡Karim estaba aquí! ¡Acaba de matar a uno!

–¡¿Qué?!

–¡Que Karim estaba aquí! ¡Acaba de matar al conductor de ese coche! ¡El Toyota!

Esta vez sí, la sargento lo comprendió. Desvió la mirada hacia el Toyota, y la visión de las lunas manchadas de sangre le congeló el gesto.

Bajo la lluvia, Joel echó a correr detrás de Karim, aunque ya lo había perdido de vista. Había escapado en dirección al Gornal. El policía no era un buen corredor, y los años de tabaquismo, a pesar de haberlo dejado cuando nació Eric, le habían mermado la capacidad de mantener una carrera prolongada. Sin embargo, se animó al recordar que el marroquí tenía la constitución de un armario ropero, machacado a base de pesas y esteroides, y que debía de ser poco aficionado a practicar el cardio.

Mientras galopaba, comenzó a radiar por emisora la descripción de Karim y su lugar de huida. También pidió patrullas de seguridad ciudadana y avisó de que tomaran precauciones, puesto que el sospechoso tenía una pistola y no dudaría en utilizarla. Cuando llegó al campo de fútbol municipal del Provençana, comenzó a sospechar que lo había perdido definitivamente. Porque estaba a pocas calles del Gornal, y aquel barrio era su territorio.

Siguió avanzando por un pasaje que desembocaba en Can Tries, frente a dos edificios blancos en los que Joel había llevado a cabo un par de registros en el pasado. Cruzó la calle y siguió adelante por la calle Joncs. La gente se lo quedaba mirando a su paso. Primero con perplejidad, al escuchar su frenética respiración, y después con cautela, al descubrir el arma en su mano. Antes de llegar a Carmen Amaya, miró a la izquierda y distinguió el plumón negro de Karim, que corría con una leve cojera, moviendo su cabezón rapado arriba y abajo.

También parecía agotado.

Joel radió su posición, esforzándose por que lo comprendieran a pesar de sus jadeos, y se internó en el pasaje. Karim había torcido a la derecha en el segundo edificio. Joel rezó por que no hubiera entrado en él, sino que solo quisiera cruzar por los parques interiores que comunicaban los diferentes bloques. Llegó al mismo punto en el que había perdido de vista a Karim, pasó entre las porterías, resguardándose momentáneamente de la lluvia, y accedió al parque.

Y lo vio. Ya no corría, ahora caminaba, con cierta dificultad.

El mosso se detuvo para recuperar el aliento y, cuando creyó que ya había perdido demasiado tiempo, gritó:

–¡Quieto, Karim!

Lo dijo con el arma en alto y protegido parcialmente por un banco de madera. El marroquí se volvió. Tenía el rostro empapado y desencajado. Levantó el arma y, sin mediar palabra, disparó.

Joel se había agachado de manera instintiva. Oyó silbar la bala sobre su cabeza. Llevaba chaleco, sí, pero ahora lo percibía como una prenda minúscula, casi como si fuera un milagro que algún proyectil fuera a parar sobre su superficie y que, con toda probabilidad, iría directo a la gran cantidad de órganos que quedaban expuestos. ¿Realmente confiaba en detenerlo él solo?

–¡Ven aquí, poli de mierda! –gritó Karim. Su voz sonó más ronca que nunca.

Y disparó una segunda vez. Esa tampoco le dio, por suerte, pero levantó una nube de tierra embarrada a unos cinco metros de su posición.

–¡Puto cobarde! ¡Sal de ahí si tienes cojones!

–¡Tira el arma! –gritó Joel. No quería liarse a tiros sin ton ni son. No pensaba disparar a menos que fuera necesario, aunque empezaba a ser consciente de que se había metido en la boca del lobo y que, de seguir así, no tendría más remedio que hacerlo.

–Estoy en un parque entre Carmen Amaya y el colegio Xaloc –comunicó por la emisora–. Está disparando contra mí.

Las sirenas comenzaron a ulular a lo lejos. No era un coche ni dos. Eran bastantes más.

–¡Tira el arma! –volvió exclamar Joel–. No tienes escapatoria. He visto como disparabas al conductor de ese coche. Estás de mierda hasta el cuello.

—¿Hasta el cuello? ¿Yo? ¡Tú sí que estás bien jodido! No creas que te vas a librar de mí tan fácilmente, ¿me oyes? Ya te pillaré...

Karim echó a correr, internándose entre los edificios. Joel salió tras él, pero un nuevo disparo le hizo echarse al suelo. Esta vez sí, impactó contra el respaldo del banco y el proyectil salió desviado hacia arriba. Antes de perder a Karim de vista, escuchó una vez más:

—¡Ya te pillaré, hijoputa! ¡Ya te pillaré!

Joel se puso en pie y volvió a ir tras él, aunque esta vez lo hizo más despacio, sin correr, apuntando al frente, consciente de que podía encontrárselo en cualquier esquina. Llegó hasta el final de la calle, pero sin toparse con nadie. Resultaba imposible adivinar en qué edificio se había metido, si es que se había metido en alguno.

Las patrullas comenzaron a recorrer el barrio en su búsqueda e incluso entraron en el cercano bar de Hicham, donde Karim solía reunirse con su gente. No obtuvieron ni una sola pista acerca de su paradero.

Karim Hassani se había desvanecido.

89

Silvia no supo de Joel hasta horas más tarde, cuando se encontraron en comisaría. Para entonces, ambos estaban inmersos en la redacción de los respectivos atestados policías; ella, detallando en una minuta cómo habían descubierto el cadáver de Manuel Solís emparedado en el apartamento de Héctor León, y él, cómo había presenciado el homicidio de Rachid Alaoui a manos de Karim Hassani, y el modo en que este había huido de la persecución policial.

Menuda mañanita.

La noticia de un asesinato cometido a sangre fría apenas a quinientos metros de las puertas del Mobile World Congress había corrido como la pólvora, aunque cargada de falsas verdades e incluso grandes mentiras. La principal y más generalizada, que la víctima era un inocente visitante al Mobile a quien un ladrón le había exigido a punta de pistola su cartera y su teléfono móvil. El miedo y la indignación habían llenado las redes sociales y los dirigentes del congreso comenzaban a plantearse muy en serio la rescisión del contrato para los próximos años. Era el caos absoluto.

Sin embargo, no todo eran bulos ni rumores. Había algo cierto en toda aquella historia: que el asesino seguía libre. Karim Hassani seguía en la calle.

Unidades antidisturbios controlaban los accesos al barrio del Gornal registrando a toda persona y vehículo que salía de allí. Y también se había buscado la colaboración de figuras de respeto dentro de las distintas comunidades del barrio con el fin de que, si la policía no podía encontrarlo, al menos que ellos lo sacaran. Porque estaba claro que a nadie le gustaba, ni mucho menos le interesaba, que los mossos metieran la nariz hasta el fondo de su día a día.

El sentimiento generalizado en comisaría, sin embargo, era que tardarían en verle el pelo a Karim durante una buena temporada. Que se escondería como una rata y huiría bien lejos, a Marruecos. Ya no solo se enfrentaba a los cargos por el vuelco de hachís en la AP-7, sino que también pesaba sobre él una orden de detención por asesinato, y de esa no lo libraba nadie.

La parte positiva de toda aquella locura era que, contra todo pronóstico, habían recuperado el hachís robado. Al volante de la furgoneta estaba Ilyas, uno de los chavales del Profesor, que no sabía dónde meterse con tanta pistola encañonándolo. Dentro del vehículo hallaron cuarenta y tres fardos con la inscripción «AK-50» escrita en grande, con pintura negra a cada lado, de treinta kilos de peso la unidad. Casi mil trescientos kilos en total. Abajo, en el parking, junto a dos fardos más, localizaron a Momo, desangrándose de una puñalada en el hígado. En aquellos momentos, el marroquí luchaba por sobrevivir en una habitación de Urgencias del Hospital de Bellvitge, detenido y custodiado por una patrulla de Seguridad Ciudadana. Cuando saliera de allí, si lo hacía con vida, se iría de cabeza a prisión preventiva.

La muerte del Profesor a manos de Karim no daba respuesta a todos los tiroteos que se habían producido a lo largo de los últimos días, pero sí explicaba por qué iba tan desbocado: tenía al enemigo en casa. Era de esperar que ahora, al menos, los ánimos se calmaran un poco.

Lucía se asomó desde la puerta de la sala de reuniones y les hizo señas para que fueran allí Silvia y Joel. Cuando entraron, la sargento se aseguró de que la puerta quedaba completamente cerrada.

–Sentaos, por favor –pidió Lucía, y les señaló las sillas que rodeaban la gran mesa ovalada. Al fondo, la imagen de ellos tres aparecía reflejada en el oscuro pantallón de un televisor de cien pulgadas apagado que años antes le habían requisado a un traficante de marihuana.

Los dos agentes, no obstante, permanecieron en pie. Silvia con gesto retador; Joel, más contenido. Sin duda, el estrés de toda la mañana había hecho mella en él. Y no era de extrañar; al fin y al cabo, habían disparado contra él, a pesar de no haberlo herido.

Silvia fue directa al grano.

–Si vas a decirme que el expediente sigue adelante, prefiero que lo hagas ya.

La sargento movió la cabeza de lado a lado, en señal de negación.

–No es eso, tranquila. De hecho, acabo de hablar con Lacalle sobre ese tema, y me ha confirmado que no van a hacer nada al respecto. Olvídate de eso, ¿vale?

–Entonces, ¿por qué nos reúnes a nosotros dos solos? –preguntó Joel.

–Porque quiero felicitaros.

–¿Felicitarnos? –preguntaron ambos al unísono, mirándose entre sí y a los lados, buscando una cámara oculta.

–¿Dónde está la trampa? –inquirió Joel, con sorna.

–No hay trampa, te lo aseguro. –El gesto de la sargento demostraba que hablaba en serio–. Sé que, de no ser por vosotros, el homicidio de Valentín Carrillo se habría resuelto en falso. Lo sé yo, lo sabe Lacalle y, por mucho que le joda, lo sabe Bartomeu. Pero no esperéis que vengan ellos y os feliciten, ni que os propongan para una medalla. No contéis con ello. Pero yo sí os quiero felicitar... a pesar de que no me ha gustado nada que me desobedezcáis y me ocultéis información.

–No tenía más remedio –dijo Silvia. En el fondo, sentía que le debía una disculpa.

–Lo sé. Has asumido tus riesgos. Y, en lo que a mí respecta, no habrá represalias. Pero con respecto a los demás... Se han echado atrás con el expediente porque no tienen más remedio; de seguir adelante, quedarían en evidencia al tener que hablar de la investigación y los fallos que se han cometido. Pero... ¿todavía tienes intención de presentarte a cabo?

Silvia asintió y dijo:

–Vamos, que me van a suspender.

–No. Algo mucho más retorcido. Te aprobarán y así podrán darte la patada de la familia de investigación. Bartomeu es rencoroso. Y tiene contactos en la División.

Silvia era consciente de que, en caso de ascender, necesitaba que la reclamaran desde alguna unidad de investigación si quería seguir haciendo carrera como policía judicial. Y ahora era consciente de que así era como se la iban a jugar.

–Cuando apruebes –dijo Lucía–, porque sé que aprobarás, te aseguro que te reclamaré. No sé dónde estaré yo, pero no me cansaré de insistir.

–Cosa inútil, teniendo en cuenta que estaré vetada –dijo Silvia–. Aun así, ¿por qué harías eso?

–Porque hace falta más gente como tú y como Joel... Para seguir el camino fácil, como hacen Karim Hassani o el caradura de Álvaro Estrada, ya están los delincuentes. En la policía no podemos conformarnos con eso. Tenemos que hacer las cosas bien, por difícil que resulte.

Dicho eso, Lucía se volvió hacia Joel, que en aquellos momentos mantenía la vista en el suelo, y le preguntó:

–Joel, ¿te pasa algo?

El agente carraspeó y se dejó caer en una silla.

–¿Estás bien?

Tras frotarse el rostro con ambas manos, miró primero a Silvia un instante y al fin le dijo a Lucía:

–Es sobre Farida, la traductora.

90

Karim agonizaba en el asiento trasero de un Citroën C5, entre envases vacíos de refrescos y patatas fritas.

El estómago le ardía. ¡Todo el cuerpo el ardía!

La carrera que se había pegado bajo la lluvia lo había dejado completamente exhausto y molido, y apenas había tenido unas horas de tregua... Si es que podía considerarse tregua a aquellas horas de mierda.

Había logrado huir a bordo del C5 de Samir Hamid Rana, un pakistaní responsable y temeroso, un pringado de tomo y lomo al que le entraron los mil males cuando lo vio tirarse en plancha en el interior de su coche, aparcado al final de la avenida Carmen Amaya. Karim le mostró el arma, y no tuvo que decir más. Samir arrancó, cagado de miedo, consciente de que el marroquí la había liado gorda, y condujo en dirección contraria al lugar de donde procedían todos aquellos coches patrulla con las luces y las sirenas a tope. Karim le ordenó que condujese tranquilo, si es que podía, por el polígono industrial Pedrosa, y que se detuviese en un lugar discreto.

Apenas llevaba dinero encima, pero sí lo suficiente como para conseguir algo que le calmara de verdad aquel dolor que lo carcomía por dentro. Y Samir también tenía dinero. Se lo había ofrecido una y otra vez. Y el coche. Y el móvil. Y lo que quisiera, con tal de que lo dejara marchar. Pero lo que más necesitaba Karim en aquellos momentos era al propio Samir, porque había cosas que no podía hacer por sí solo.

–Te juro que no diré nada. No he visto nada, amigo. No sé nada. Deja que me vaya, por favor. Te lo suplico. No quiero problemas –repetía sin parar–. No quiero problemas, amigo.

–Ya te he dicho que tú te quedas. ¡Y calla de una puta vez! ¡Me estás volviendo loco! De aquí no te mueves, ¿te queda claro? Y tira para Zona Franca.

–Tú guiar, por favor. Estoy muy nervioso.

–Joder...

Karim lo orientó por las calles que debía tomar hasta que llegaron al instituto de la calle Motors. Lo hizo estacionar, apartado del resto de vehículos, y le dio indicaciones sobre cómo llegar a la plaza Falset y dónde debía preguntar para conseguir lo que necesitaba. También le dio dinero, pero Samir lo rechazó.

–No, amigo. Yo pago. Después tú dejas ir.

–Eso ya se verá.

–Después tú dejas ir –repitió Samir, cerrando la puerta.

Se alejó a paso rápido.

Transcurrían los minutos mientras Karim agonizaba en el asiento trasero de aquel coche de mierda. Pronto comenzó a sospechar que el pakistaní lo traicionaría, recordando lo cerca que estaba de allí la comisaría de Mossos.

De pronto, alzó la cabeza y vio a Samir acercarse desde el otro lado de la acera. Parecía que sonreía. Entró al vehículo y le tendió un pequeño envoltorio de plástico transparente con sustancia marrón en su interior. Heroína.

–Fácil –dijo Samir–. Ahora yo ir, ¿vale? Ese era el trato.

–No colega, tú ahora me llevas al polígono y aparcas donde yo te diga.

–Teníamos un...

–¡Arranca!

Volvieron por calle Motors y se escondieron en una callejuela intermedia, delante de una nave en alquiler. Para entonces, Karim ya se había metido la primera raya. Esnifó un par más y, al instante, sintió como el cuerpo se le entumecía y, de algún modo, dejaba de ser él. Era agradable y, a la vez, desquiciante, porque no quería perder el control. No en aquellos momentos...

91

El patio trasero de comisaría era conocido como «el fumadero», a pesar de que cada vez quedaban menos fumadores y quien acudía a aquel lugar eran agentes que deseaban hacer una llamada al aire libre o, simplemente, escaquearse. Y precisamente era allí donde se encontraba Joel, al fondo, de pie, mirando el paisaje mientras daba pequeños sorbos a un café que acababa de sacar de la máquina de autoventa del comedor. Había escampado poco antes. La lluvia había dejado pequeños charcos sobre el asfalto y las aceras, y el sol seguía oculto en el cielo negro y encapotado.

Silvia estaba a pocos metros de él, sentada sobre el murete, hablando por teléfono con su pareja, Saúl. Y, ahora que se fijaba, se la veía mejor. Más animada. Menos enojada con el mundo. Quizá su relación no marchaba tan mal como Joel pensaba días antes; quizá solo fuera su pesimismo en lo concerniente al futuro de las parejas que le hacía verlo todo de manera negativa.

–Toma, Joel –dijo ella de pronto, y le tendió el móvil–. Saúl quiere decirte algo.

Joel se preguntó qué sería. Apenas se conocían. Cogió el teléfono.

–¿Qué pasa, Saúl? ¿Cómo va?

–Buenas, Joel. Menuda se ha liado, ¿no?

–Ya te digo...

–Silvia me ha contado cómo ha ido la cosa y me alegro de que estéis todos bien.

–Ha sido de locos... Tú qué tal, ¿sigues todavía en la Ciutat de la Justícia?

Habían citado a Saúl para un juicio contra una banda de atracadores de tiendas Compro Oro, y su declaración se había pospuesto hasta la tarde.

–Aquí sigo. Nos han dado descanso para ir a comer, y, a este paso, tendré que volver mañana.

–Vaya palo.

–Bueno, es lo que hay... Oye, una cosa... Te felicito por lo que has hecho hoy, tío. Créeme. De verdad. Pero la próxima vez no eches a correr detrás de un desgraciado como Hassani. No vale la pena. ¿Quién cojones te va a agradecer que te juegues el tipo por un mierda como ese? Piensa en Eric. Eso es lo único que importa.

–Ya... No sé. Fue instintivo. Pero debo reconocerte que me sentí muy en peligro. Y me acojoné.

–Normal. Pero tranquilo, que de todo se aprende. O eso dicen... –Saúl soltó una risotada que contagió a su compañero.

–¿Por qué no quedamos un día y charlamos tranquilamente? –propuso Joel.

–Claro, cuando quieras.

Se despidieron y le devolvió el teléfono a Silvia.

Mientras su compañera finalizaba la llamada, Joel apuró el café y volvió a pensar en Lucía y en cómo había reaccionado al contarle lo sucedido con Farida. Desde luego, no se lo había tomado tan mal como él pensaba. Logró convencerla de que la mujer se había comportado, que gracias a que tradujo correctamente la llamada supieron lo del alquiler de la furgoneta, y le arrancó la promesa de que, antes de emprender acciones contra ella, mantendrían una estrecha conversación. Tras aquello, Joel acabó confesando también que Karim había ido a visitarlo una tarde al parque, creyendo que podría chantajearlo con el asunto de sus compañeros de Sant Boi. Lucía era de las pocas personas que estaban al tanto de todo cuanto hacía referencia a su pasado. Y sí, se mostró molesta al descubrir hasta qué punto le habían ocultado información, pero sobre todo se preocupó de lo expuesto que había estado.

Silvia colgó el teléfono y se unió a Joel, de camino hacia la puerta del fumadero.

–Parece que aún le queda un buen rato en los juzgados –dijo Silvia.

–¿No tenéis que ir a buscar a la niña a la guardería? –preguntó Joel, tirando el vaso de papel en el cubo de la basura.

–Van mis suegros –respondió Silvia. Y, mientras marcaba en el panel numérico el código de acceso al edificio, preguntó a su vez–: ¿Y tú? ¿Esta semana no tienes que hacerte cargo de Eric?

–No, qué va. Esta semana está con su madre. De hecho, ahora estará… –Consultó su reloj… Pasaban veinte minutos de las cinco de la tarde.

Y fue entonces cuando cayó en la cuenta.

–Silvia –dijo. La voz le temblaba. Todo el cuerpo le temblaba. Podía no ser más que un simple presentimiento… Aun así, le aterrorizaba la idea de que pudiera cumplirse–. Necesito que me acompañes… Por favor.

92

Cuando Karim despertó, ignoraba cuánto tiempo había pasado fuera de combate. Tenía la boca pastosa y un intenso dolor de cabeza, por no hablar de las cuchilladas que sentía en el intestino, desgarrándolo por dentro. Estaba solo. Samir se había largado. Y lo había hecho con mucha prisa, porque había dejado la llave en el contacto del coche.

Se metió otra raya de caballo y le invadió un sentimiento apocalíptico: no iba a salir de esa. O la palmaba o lo encerraban, o primero lo encerraban y luego la palmaba, pero el caso es que estaba bien jodido. Y el origen de su desgracia lo focalizaba en aquel mosso d'esquadra. No veía nada más, no podía pensar en nada más. Se lo había advertido un rato antes.

«Ya te pillaré, hijoputa. Ya te pillaré».

Karim Hassani no amenazaba en balde, y jamás habría nadie capaz de decir lo contrario. También pensó que, si lo pillaban, después del primer muerto, el resto ya salían gratis. No podían encerrarlo de por vida. La ley española era la bomba.

Miró el reloj. Era el momento apropiado.

Se cambió al asiento del conductor y, renqueando, condujo el C5 de regreso a L'Hospitalet. Estacionó el vehículo de cualquier manera en la calle Buenos Aires y accedió a la plaza Milagros Consarnau. Igual que el viernes por la tarde. Se le había acabado la heroína, pero todavía sentía el efecto calmante de la última dosis. Aun así, estaba exhausto. Se apoyó en un árbol y examinó la plaza, atestada de críos de todas las edades y colores, y de padres sentados en bancos, de pie y en las terrazas de los bares.

Con la mirada encendida, buscó a aquel maldito policía escuchimizado, con entradas y cara de gilipollas, pero no lo vio. Barrió de nuevo la plaza con la mirada, examinando cada rostro, cada cabeza… Y siguió sin verlo.

Pero a quien sí vio fue a su hijo. Sí, era él.

Echó a andar en su dirección. Si eso era necesario para conseguir que saliera el cabrón de su padre, no dudaría en hacerlo. Sintió las miradas posarse en él cuando entró en el cerco vallado del parque infantil. Algunas quejas tímidas procedentes de padres sorprendidos. No hizo caso. Le daba completamente igual.

Agarró al mocoso rubio por la chaqueta y tiró de él. El crío se giró y dijo:

–Tú eres el villano, el que conoce a mi padre.

Parecía más emocionado que asustado, como si su padre y él fueran viejos amigos.

–Vamos a buscar a tu padre –dijo Karim, sacándolo a rastras del parque–. ¿Dónde cojones está?

Miraba a todos lados y seguía sin verlo aparecer. Una tipa histérica comenzó a chillar como una posesa, y varios padres y madres corrieron a proteger a sus hijos. Pero el cabrón del mosso no salía, ni ninguna otra persona se le acercaba, quizá porque para entonces Karim ya empuñaba la pistola y tenía el cañón muy pegado a la oreja del crío.

–No lo sé –respondió el chaval, temblando–. Esta semana me toca estar con mi madre.

Karim se detuvo en seco. No contaba con eso. ¡No contaba con eso! Se maldijo, preguntándose por qué estaba malgastando el poco tiempo que le quedaba para huir lejos, ponerse a salvo donde nunca lo arrestaran…

Sin embargo, una voz a su espalda le hizo sentir un repentino alivio:

–Karim, suelta a mi hijo.

El marroquí se volvió lentamente. El mosso no había acudido solo. A su lado, había otra poli, la tenía vista del pasado… Pero eso le daba lo mismo a Karim: por él, como si venía todo el puto cuerpo de Mossos si quería. ¡Él tenía el control! ¡Él tenía el poder! ¡Sí, joder, sí!

–Suelta al niño –repitió el mosso. Sonaba sereno, como si le estuviera haciendo una recomendación o dando un consejo, pero todos los allí presentes sabían que en realidad se lo estaba suplicando. Sí, suplicando. Tanto él como su compañera mantenían las manos frente al pecho, bien abiertas, para mostrarle que no iban armados.

–¿Quieres que lo suelte? Pues ven aquí tú, ponte en su lugar.

–Eso es lo que quiero. Cambiarme por él. Pero no hagas ninguna locura, ¿me oyes? Esto está lleno de críos. ¡Está lleno de gente, por el amor de Dios!

Eso a Karim le traía sin cuidado. Estaba tan hasta el cuello de mierda que ya todo le daba igual.

–¡¿Vas a venir o no?!

La mujer histérica de antes, que no había dejado de sollozar en ningún momento, volvió a emitir un chillido que los sobresaltó a todos.

–Ana, por favor... –dijo el mosso, y cerró los ojos, tratando de mantener la calma.

Cuando los abrió de nuevo, echó a andar hacia Karim con las manos en alto. En cuanto el marroquí lo vio avanzar hacia él, se olvidó del crío. Desvió el arma en dirección al policía. Lo tenía a poco más de cinco metros. Sabía que no fallaría.

Y apretó el gatillo.

93

Silvia fue de las primeras personas que vieron cómo Saúl corría a la espalda de Karim y se abalanzaba sobre él, tirando de su cuello con fuerza para atrás y, a la vez, levantando el brazo derecho para desviar la trayectoria de la bala.

La detonación retumbó en las paredes de la plaza y todo el mundo se agachó por instinto.. El único que no lo hizo fue Eric, que se alejó corriendo de Karim al oír como Saúl se lo ordenaba:

–¡Corre, Eric!

Una segunda detonación, esta vez apuntando directamente al cielo, prolongó el terror en la plaza. Y, acto seguido, Saúl logró su propósito, con lo que Karim perdió el equilibrio y cayó de espaldas... justo encima del propio Saúl.

El desplome de los dos cuerpos sobre el suelo de tierra y grava sonó con estrépito. El arma había resbalado de la mano de Karim, pero a este pareció no importarle; se zafó del abrazo de Saúl y dio media vuelta para enfrentarse cara a cara con él.

Silvia y Joel cayeron al unísono sobre Karim y entre los tres policías trataron de inmovilizarlo..., pero no podían. Era como luchar contra un oso salvaje, furioso e impredecible.

Entonces Joel le clavó el codo en el estómago, y, esta vez sí, el marroquí aulló de dolor. A partir de ese momento, su abdomen fue el objetivo de todos los golpes. Aun así, no consiguieron doblegarlo hasta que aparecieron las primeras patrullas.

Para esposarlo por la espalda, necesitaron unir dos pares de grilletes, porque con uno no les alcanzaba.

En cuanto las patrullas se encargaron de Karim, Joel corrió a abrazar a su hijo. Silvia, manchada de sangre, sudor y barro, se agachó para ayudar a Saúl a levantarse. Desde luego, si no llega a aparecer, aquello habría sido un auténtico desastre.

Un rato antes, Silvia se había mostrado convencida de que Joel no tenía nada que temer, de que su presentimiento era exagerado. Incluso el mismo Joel no había dejado de repetirlo de camino allí. Aun así, sabiendo que Saúl se encontraba cerca, en la Ciutat de la Justícia, decidió telefonearlo para ponerlo sobre aviso.

Silvia pasó un brazo por la espalda de Saúl y tiró de él hacia arriba. Entonces advirtió que tenía el rostro contraído en una mueca de lo más preocupante.

–Saúl, ¿estás bien?

Él negó con la cabeza. Parecía que trataba de decir algo.

Ella se agachó aún más y, entonces sí, comprendió lo que le decía:

–Creo que me he vuelto a romper…

EPÍLOGO

El detenido era un yonqui de nombre Bernardo Rangel y, por el bien de todos, necesitaba una ducha con urgencia.

Silvia Mercado y su compañero Julián Mata, de servicio uniformado por las calles de Gavà, se toparon con Berni, pues así lo conocía todo el mundo, de pura casualidad, cuando este huía por la rambla Joaquim Vayreda en dirección mar, aferrando contra su pecho una caja de caudales azul. Arrancaron tras él y no tardaron en darle caza. Berni era joven, veintisiete años, aunque aparentaba cuarenta y muchos y tenía la capacidad pulmonar de un sexagenario, de modo que la hazaña no tuvo mucho mérito.

En el interior de la caja había poco más de trescientos euros, entre billetes y monedas, y pertenecía a una tienda de ropa situada en la misma rambla. Berni había entrado en el establecimiento a pedir limosna y, al advertir de dónde sacaba la dueña unas monedas para dárselas, le arreó tal mamporro en la cara que le hizo saltar las gafas y echó a correr con la caja.

Silvia, cabo de Seguridad Ciudadana desde hacía unos meses, ya comenzaba a pillarle el tranquillo al patrullaje. ¿Robo con violencia? Pues grilletes y al calabozo. Sin más. Durante los años de investigación había perdido la práctica de la primera línea, cuando aún se vestía con uniforme de camisa azul celeste, pantalones de pinza, zapatos rígidos y gorra de plato. Ahora, con aquel uniforme más operativo, más oscuro, más sobrio, muchas cosas habían cambiado, y, sin embargo, lo importante seguía igual. La violencia en las calles no cesaba, los patrulleros estaban más vendidos que nunca, y las herramientas y medios con los que la Administración los dotaba seguían dejando mucho que desear.

Pero ahí estaba ella, aguantando, y con su galón de cabo.

Ya se lo había advertido Lucía quince meses antes: aprobarás y te darán la patada. Y así había sido. Tras finalizar el curso de formación, no pudo incorporarse a ninguna unidad de investigación porque nadie la reclamó. O, mejor dicho, a pesar de que hubo unos cuantos mandos que sí mostraron su interés, entre ellos Lucía, desde la superioridad hicieron llegar el mensaje de que no había lugar para ella.

Ese era el precio. Y lo aceptaba.

Además, tampoco era tan malo. Ahora su horario era mucho más estable, podía hacer horas extras remuneradas y asistía a más juicios, por lo que su sueldo igualaba e incluso superaba al de un sargento de UTI. Y, lo mejor de todo, ahora disponía de más tiempo para estar con Candela y Saúl.

Lo cierto es que, durante el último año, la vida les había dado un vuelco radical. No solo por su ascenso, qué va; bien mirado, aquel era el menor de los cambios. El principal había sido que la lesión de Saúl, agravada tras la detención de Karim Hassani, lo había incapacitado definitivamente para el servicio activo en Mossos.

Tras la aparatosa caída, hubo que intervenir a Saúl una primera y una segunda vez, y aun así no consiguió recuperarse al cien por cien. Y si bien en el pasado eso habría supuesto una fuente de estrés y frustración para él, resultó todo lo contrario. Porque, antes incluso de que lo evaluara el tribunal médico, Saúl ya había tomado la decisión de unirse a un viejo amigo, policía nacional en excedencia, y montar juntos una agencia de detectives privados. Mientras se rehabilitaba, se había formado para obtener la titulación, y en la actualidad ejercía como detective por toda el área metropolitana de Barcelona. El trabajo abundaba, Saúl disponía de gran libertad horaria para compaginarse con Silvia en el cuidado de Candela, y, de vez en cuando, se topaba con un caso interesante que lo sacaba de la rutina habitual, repleta de parejas infieles y defraudadores de compañías de seguros, y que lo hacía volver a sus años como investigador.

Cuando llegaron al área de custodia de detenidos de la comisaría de Gavà, llevaban las ventanillas delanteras bajadas hasta los topes porque, a pesar de la mampara de separación, el tufo de Berni los estaba narcotizando. Y al presentárselo al agente de custodia, este los observó con desagrado, consternado por el hedor y la poco atractiva perspectiva de cachearlo, y preguntó:

–¿Causa de la detención?

–Robo con violencia –respondió Julián.

–Pues deberíais imputarle también un delito contra la salud pública, la hostia…

Mientras Julián finalizaba el ingreso de Berni en los calabozos, Silvia subió a la planta principal para adelantar con el papeleo. Pasó por el cuarto de baño para lavarse las manos y después se dirigió a la Oficina de Atención al Ciudadano, en busca de un ordenador libre para redactar la minuta policial.

Comenzó a avanzar por el largo pasillo, pero todos los locutorios estaban ocupados; confiaba que al menos el de Relaciones con la Comunidad estuviera disponible. Sin embargo, antes incluso de llegar allí, oyó voces procedentes de su interior.

–Mire bien todas las fotografías y piense que la persona que usted vio, si es uno de ellos, puede estar algo cambiado, porque no son fotos actuales. Quizá tenía más barba cuando le hicieron esta foto, o el pelo más largo, o era más joven. Así que fíjese sobre todo en rasgos que no cambian tanto, como los ojos, la nariz o la boca.

Era la voz de un hombre. Un hombre al que Silvia conocía muy bien.

Se asomó a la puerta y, en efecto, se encontró a Joel Caballero, sentado tras el escritorio. Frente a él había una mujer de unos cincuenta años; la habían peinado con esmero y sostenía un voluminoso bolso sobre el regazo. Llevaba unas gruesas gafas de montura blanca e, inclinada sobre la mesa, observaba con atención un folio con ocho fotografías de hombres de características físicas similares.

Joel, que seguía en la UTI Metrosur, a las órdenes de Lucía en el Grupo de Robos Violentos, sonrió al advertir la presencia de Silvia y le hizo una seña de que aguardara un momento.

Silvia esperó. Quería hablar con él. Y mientras lo hacía, rememoró aquella tarde en la plaza Milagros Consarnau.

Menuda locura.

A raíz de aquel incidente, Joel tuvo muchos problemas con su expareja, quien lo acusaba de haber puesto en peligro la vida de su hijo Eric. Y estaba claro que la vida de Eric había corrido peligro, pero no por culpa de Joel, sino por culpa de un salvaje desquiciado llamado Karim Hassani. Ella contrató un buen abogado e hizo todo lo posible por quitarle la custodia compartida, pero, por suerte, no lo consiguió. Entre otras cosas, porque el mismo Eric había insistido en que quería seguir viendo a su padre con regularidad. Era un buen crío. De vez en cuando, quedaban todos para comer, y a Candela le encantaba estar con él, lo seguía a todas partes, le enseñaba sus juguetes y le preguntaba qué era eso que aparecía dibujado en los cómics que leía. Joel y Saúl se llevaban bien, demasiado, y se ponían muy pesados hablando del Barça, pero, mira por donde, alguien más los acompañaba: Noemí. La cosa había cuajado, y ahora Joel parecía un poco menos resentido que de costumbre y bastante más confiado, gracias a ella.

Sí, desde luego, el caso había marcado un antes y un después para muchos. Entre ellos Karim Hassani, que seguía interno en Brians 1 junto a su lacayo Momo, a espera de juicio. O de juicios, mejor dicho, porque la lista era larga. El más grave, por supuesto, el asesinato a sangre fría de Rachid Alaoui, el Profesor.

–¿Este? –preguntó la mujer, hecha un mar de dudas, señalando una de las fotografías.

–Esto no es un concurso, señora. Si señala a alguien, quiero que esté convencida de que es el hombre a quien vio salir corriendo de la casa.

–Es que los ojos se me fueron a la pistola... No sé... –Siguió mirando y señalando–. Este y este, seguro que no... Y este... –Joel se irguió un poco. Aquel al que apuntaba ahora, sin duda debía ser el objetivo del reconocimiento–. Buf... Es que era muy grandote. Con barba poblada. Y la cara más cuadrada.

–Si no está segura, no se preocupe. No pasa nada...

Joel había perdido la esperanza de que la mujer identificara a su candidato. Comenzó a retirarle el folio, pero la mujer se lo impidió.

–No, por favor, déjeme echarle otro vistazo.

–Como quiera –dijo Joel, sin esperanzas–. Salgo un momento a saludar a mi compañera.

Silvia lo recibió en el pasillo con dos besos.

–¿Qué pasa, cabo?

–Pues ya ves, currando un poco. Y tú, ¿qué haces por aquí?

–Perder el tiempo, por lo que veo. Nada, un asalto a un chalet aquí, en Gavà.

–¿El de la calle Cunit?

–Sí, ese. Veo que lo tienes controlado.

–Tampoco hay tantos asaltos en Gavà... Y, después de todo, me pasé unos cuantos años investigándolos. Normal que sigan llamándome la atención, ¿no?

–Normal... –replicó Joel, con sorna–. Oye, sigue en pie lo de la barbacoa de la semana que viene, ¿no?

–Claro. Candela no habla de otra cosa. Ni Saúl. No sé qué le das...

Ambos rieron.

De pronto, Joel recuperó la seriedad.

–Me comentaron el otro día que no tardarían en llegarnos las citaciones para el juicio de Karim. ¿Sabes algo de eso?

Silvia negó con la cabeza y dijo:

–Tienes ganas de quitarte eso de encima, ¿no?

–Ni te imaginas.

El testigo principal contra Karim Hassani por el asesinato del Profesor era Joel, y nadie dudaba de que su declaración lo condenaría. Habían hablado sobre el riesgo a represalias, pero Joel estaba convencido. Haría lo que tenía que hacer. Lo que se esperaba de él. Lo correcto.

Era un hombre valiente. Igual que Farida, la traductora. Valiente y dura. Porque, tras reunirse con la sargento y explicarle lo sucedido, cómo su marido buscó a Karim y cómo este amenazó con hacerle daño a ella y a su familia si no estaba de su lado, Lucía decidió no instruir diligencias contra ella, con la condición de que no volviera a trabajar para ningún cuerpo policial. Le dejó bien claro que se la jugaba por ella, y Farida fue tajante. No quería ningún favor. No quería salir indemne de aquello. Porque temía que Karim sospechara que se había ido de rositas por colaborar con los Mossos. Quería que la castigasen para estar tranquila y segura, por ella y por su familia. Así se lo explicó a Lucía, y esta lo comprendió, por lo que denunciaron a Farida por un delito de revelación de secretos.

Quien sí salió mejor parado fue Álvaro Estrada. No se fue de vacío, ya que se le imputó un delito de estafa con motivo de las arras desaparecidas, pero desde luego quedó libre de la acusación de homicidio.

Cuando Silvia se reunió con él días más tarde en casa de su prima, tuvo claras dos cosas: que al viejo estafador le había afectado profundamente la noticia de la muerte de Manuel y que, con el tiempo, volvería a hacer lo único que sabía hacer, lo que mejor se le daba, lo que el cuerpo le pedía: estafar. Lo veía en sus ojos, a pesar de que aseguraba querer estar al lado de su hija enferma. Y es que resulta muy difícil renunciar a un estilo de vida. Estrada se había dedicado tanto tiempo al engaño que incluso era capaz de creerse sus propias mentiras.

Así que, a fin de cuentas, no todo tenía pinta de cambiar. Ni eso ni las hostilidades entre bandas, que seguían atacándose unas a otras por dinero, por droga, por venganza o por mil cosas más. Ni tampoco cambiaría la sede del Mobile World Congress, que a pesar de los tiroteos del año anterior aún era Barcelona, y todo gracias a la maquinaria política, que había conseguido mitigar el impacto cuadriplicando la presencia policial alrededor del recinto ferial.

–Creo que no, eh –dijo la mujer, alzando la cabeza–. Creo que no es ninguno de estos.

–¿Quién es tu candidato? –preguntó Silvia.

–Un informador nos ha dicho que Jackson Michael Abreu está en el ajo –respondió Joel. Después señaló a la mujer y añadió–: Es la vecina, que se cruzó con uno de los autores cuando volvía a casa. Ella iba en coche y el tipo huía de allí corriendo, con una mochila al hombro y el arma en la mano. Acababa de descubrirse la cara.

Jackson Michael Abreu, dominicano de pura cepa, era un clásico entre los clásicos de los narcoasaltos. E iba principalmente a por cocaína.

–Prueba otra cosa –comentó Silvia, pensativa–. Ha dicho que tenía la cara cuadrada. Y que era más gordo. Enséñale a aquel colega de Abreu... ¿Cómo se llama? Ozuna... Wilson Ozuna.

–¿Estás segura?
–Sí.
–Por intentarlo, no se pierde nada, ¿no?
–Eso digo yo.
Joel entró en el locutorio.
–No te marches sin despedirte –dijo ella.
El locutorio de al lado estaba vacío y Silvia lo ocupó.
Mientras rellenaba la información de la minuta, oía de fondo a su compañero, que hablaba con la mujer y preparaba el siguiente reconocimiento fotográfico.
Y cuando escuchó a la mujer decir: «¡Es este! ¡Es este! Ay, Dios, se me ha puesto la piel de gallina», Silvia se dijo a sí misma que, tarde o temprano, volvería a investigación. No sabía cómo, pero volvería.